아
버
지
의

땅

문지클래식 4 / 소설집

아버지의 땅

초판 1쇄 발행 1984년 6월 25일
초판 15쇄 발행 1994년 11월 30일
 2판 1쇄 발행 1996년 8월 30일
 2판 21쇄 발행 2017년 3월 13일
 3판 1쇄 발행 2018년 9월 3일
 3판 2쇄 발행 2024년 10월 31일

지 은 이 임철우
펴 낸 이 이광호
편   집 조은혜 최지인 이민희 박선우
펴 낸 곳 ㈜문학과지성사
등록번호 제1993-000098호
주   소 04034 서울 마포구 잔나리로7길 18 (서교동 377-20)
전   화 02)338-7224
팩   스 02)323-4180(편집) 02)338-7221(영업)
전자우편 moonji@moonji.com
홈페이지 www.moonji.com

ⓒ 임철우, 1984, 1996, 2018. Printed in Seoul, Korea

ISBN 978-89-320-3459-1 04810
ISBN 978-89-320-3455-3 (세트)

이 도서의 국립중앙도서관 출판예정도서목록(CIP)은 서지정보유통지원시스템 홈페이지
(http://seoji.nl.go.kr)와 국가자료공동목록시스템(http://www.nl.go.kr/kolisnet)에서
이용하실 수 있습니다. (CIP제어번호: CIP2018026225)

문 지
클래식

4

임철우

아버지의 땅

소설집

문학과지성사

차
례

곡두 운동회

─1950년 7월 28일 금요일 새벽 4시

바닷가 그 작은 마을을 난데없이 쩌렁쩌렁 울려대기 시작한 그 요란한 노랫소리에 놀라, 주민 2천여 명은 약속이나 한 듯이 거의 동시에 잠자리에서 벌떡 일어났다.

아무리 아침에 일찍 일어나는 시골 사람들이라곤 하지만, 날이 밝기 한두 시간 전인 그 시각은 너나없이 달고 곤한 잠에 빠져 있을 때였다. 때마침 구름 한 점 없는 여름밤 하늘엔 무수한 별들이 반짝이고 있었고, 바다는 유난히 잔잔했으며, 바람 또한 조용히 숨을 죽이고 있었다. 간밤 늦게까지 극성이던 물것들도 새벽녘 한기에 주눅이 들었는지 뜸해지고, 선창 맞은편 작은 무인도의 울창한 수풀 속에선 늙은 부엉이도 울기를 멈춘 지 오래였다. 이따금 풀섶에선 지친 풀벌레의 울음이 잔뜩 목에 잠겼고, 바다 쪽으로부터 부드러운 물결이 차르르

차르르 기슭을 핥는 소리만 간간이 들려올 뿐이었다.

그런 어느 순간, 느닷없이 웬 요란하고 당돌한 소음이 그 깊은 정적을 깨뜨리며 아직 짙은 어둠에 혼곤히 잠겨 있는 온 마을을 우렁우렁 흔들어대기 시작했다.

그즈음 연일 계속된 무더위에 시달리느라 대부분 얇은 셔츠 바람이거나 아예 웃통을 훌훌 벗어젖힌 알몸뚱이로 잠자리에 들었다가 얼결에 놀라 후닥닥 눈을 뜬 그 마을 주민들은 저마다 그 난데없는 소동이 도대체 꿈인지 생시인지를 가려보느라 한동안 멍하니 앉아 있기만 했다. 아마도 그 소란 통에 맨 먼저 귀가 벌어진 쪽은 잠이 없는 늙은이들이었을 테고, 뒤이어 아직 힘깨나 남은 젊은 축들이 코를 골다 일어나 곁에 누운 아내 혹은 남편을 황급히 흔들어 깨웠을 터이며, 아이들이란 본디 잠이 깊은 까닭에 맨 나중에야 깨어나 이불을 머리꼭지까지 훌렁 뒤집어쓰거나 놀란 울음부터 애앵 터뜨리거나 했을 것이다.

어쨌든, 그 돌연한 소동을 접한 짧은 순간에 이 마을 8백여 주민들이 최초로 경험한 것은 바로 놀라움과 당황이었다. 때문에 지금 밖에서 벌어지고 있는 그 급작스러운 소동의 내막에 대하여 그들 모두는 저마다 각양각색의 상이한 판단을 내리고 있었다.

어떤 사람들은 그것이 바다 쪽에서 날아오고 있는 함포 사격이나 총소리라고 생각했고, 혹은 마른번개와 뇌성벽력이 몰아치는 게 아닌가 여긴 늙은이들도 있었으며, 또는 엉망으로 술에 취한 남정네들 수십여 명이 박수를 치고, 발을 구르고 또 뭔가를 쿵쿵 두드리며 왁자하니 노래를 불러대고 있는 게 틀림없다고 멋대로 추측해버린 여자들도 있었다. 아이들의 생각은 대부분 산더미처럼 어마어마하게 크고 힘센 탱크가 마을 큰길을 지나가고 있다는 데에 일치했는데, 그건 필시 그들이 탱크나 장갑차 따위를 아직 한 번도 구경 못 해보고 소문으로만 들어온 까닭이었을 터이다.

물론 그중엔 비교적 정확하게 판단을 내린 사람들도 몇은 있었다. 큰길가 약방집 둘째 아들이 그중 하나였다. 올해 스물네 살인 그는 얼마 전까지만 해도 도회지에서 대학에 다니고 있다더니, 전쟁이 터졌다는 소문이 나고 얼마 되지 않았을 때부터 마을로 돌아와 집에서 지내고 있었다. 얼굴이 양초같이 희고 몸집이 여자처럼 가냘픈 그는 온종일 방에만 틀어박혀 좀체 바깥출입을 하지 않았는데, 사람들은 그가 너무 많은 책을 읽어서 머리가 이상해진 게 아닌가 의심하고 있었다. 이 청년은 이날 새벽의 괴이한 소동이 총성과 사내들의 노랫소리, 그리고 몇 대의 대형 트럭이 난폭하게 신작로를 달려 다니며 만들어내는 소리라는 것을 금세 알아차린 유일한 인물이었다.

정말이었다. 정체불명의 수많은 사내들이 트럭에 올라탄 채, 마치 누군가에게 잘 들어보라는 양 일부러 질러대는 그런 악다구니만 같은 노래를 목청껏 고래고래 부르며 마을 곳곳을 부릉부릉 내달리고 있었다. 서산 너머로 기울어가는 조각달이 그 침입자들의 윤곽을 어렴풋이 드러내줄 뿐, 그 몇 대의 대형 트럭이 난폭하게 질주해대는 마을 신작로엔 쥐 새끼 한 마리도 눈에 띄지 않았다. 트럭 뒤 칸에 탄 사내들의 철모며 손에 쥔 소총의 쇠붙이 부분이 달빛을 받아 희미하게 번들거렸다. 무엇 때문인지 그들은 쉬지 않고 노래를 부르고 손바닥을 두들겨대면서도 연신 수상쩍은 눈길을 서로 주고받으며 히죽히죽 웃음을 흘리곤 했는데, 그때마다 그들의 입술 사이에서 유난히도 허연 치아가 무슨 발광체처럼 불길하게 빛나곤 했다.

방 안에 숨어 떨고 있는 사람들의 귀에 이따금 차바퀴가 왈캉왈캉 튀어 오르는 소리와 함께 따쿵따쿵 날카로운 총성이 간헐적으로 들려왔다. 그때마다 총알이 금방 제집 흙바람벽을 뚫고 날아들 것만 같아 사람들은 겁을 집어먹고 머리통을 손바닥으로 싸쥔 채 이불 속에서 납작하니 엎드리곤 했는데, 그것이 실은 전혀 엉뚱하게도 하늘을 향해 공포를 쏘아대고 있는 것이라는 사실을 짐작할 수 있을 정도로 세상 물정에 눈이 튄 사람은 거의 없었다.

"앞으로 앞으로 나아가세. 기쁨으로 해방 전선에 목숨을 바치자아……"

육중한 트럭의 바퀴 소리와 간간이 하늘을 찢어발기는 총성과 함께, 사내들의 노랫소리는 마을의 골목과 골목, 지붕과 지붕 사이를 함부로 헤집고 다니며 사람들의 단잠을 두들겨 깨우고 있었다. 사람들은 어둠 속에서 둥그렇게 눈알을 뒤집어 까고, 마른침을 꿀꺽 삼켜가면서 그 노랫소리에 귀를 기울이고 있었다. 그들 중 어느 누구도 남포등을 켜기 위해 성냥을 긋지 않았으며, 감히 방문을 열어본다든가 혹은 무슨 일인가 싶어 토방 위의 고무신을 꿰어 신고 사립문 쪽으로 나가본다든가 하는 무모한 사람도 없었다. 모두가 수숫대마냥 목이 뻣뻣하게 굳은 채 깜깜한 방 안 한구석에서 쿵쿵쿵, 저마다의 가슴 뛰는 소리만 헤아리고 있을 뿐이었다.

노랫소리.

새벽녘의 짙은 어둠을 가르고 들려오는 그것은 처음 들어 보는 전혀 생소한 곡조와 가사의 노래였다. 지금껏 사람들이 익히 들어온 군가들 중에 그런 노래는 없었다. 읍사무소 지붕에 설치된 스피커에서 이따금 둔탁한 목소리로 쨍쨍 울려 나오던 그 노래도 아니고, 마을 앞 신작로나 학교 운동장에서 총을 멘 병사들이 척척척 군화 소리와 함께 행진을 하며 굵은 목소리로 입을 모아 부르곤 하던 그 군가도 아니었다. 물론 이날 새벽의 노래 역시 사내들의 둔중한 저음과 행진곡풍의 경쾌하고 힘찬 박자를 지니고 있긴 했지만, 왠지 그 생소한 노랫소리를 듣는 순간 주민들은 하나같이 당혹감과 놀라움으로 가슴이 벌렁벌렁 뛰어오를 정도로 충격을 받았던 것이다. 아무도 가르쳐주지 않았지만, 그들은 그것이 틀림없는 적군의 노랫소리라는 엄청난 사실을 금방 깨달았다. 본능적인 직감이었다.

"적군이다. 저, 적군이 드, 들어왔어!"

"뭐라구요. 바, 반란군이 들어왔다고요?"

사람들은 경악하며 그 믿기지 않는 사실을 저마다 그렇게 짧은 몇 마디의 말로 확인했다.

정말이지 너무나 뜻밖의 사태가 벌어진 거였다. 물론 아군이 차츰 밀리고 있다는 사실을 풍문으로나마, 그리고 전황의 불리함을 애써 부인하면서도 어딘가 허둥대는 듯한 아군 병사들의 불안한 기색을 훔쳐보면서 주민들도 어느 정도 짐작은 하고 있었다. 하지만 설마 이렇게 급작스럽게, 더구나 이날 새벽에 돌연한 적군의 군가 소리를 듣게 되리라고는 미처 상상도 하지 못했던 것이다.

소문대로라면, 전투는 이 소읍으로부터 까마득히 먼 곳에서 벌어지고 있어야 했다. 설사 아군이 계속 밀리고 있다 하더라도, 국토의 최남단인 이곳까지 닿으려면 최소한 열흘 혹은 그 이후가 되리라 여기고 있는 터였다. 때문에 머잖아 닥쳐올 전투에 대한 걱정과 함께 차츰 피난을 떠날 궁리를 하기 시작한 참이긴 했지만, 그래도 주민들 마음은 그렇게까지 다급한 상태까지는 아직 아니었다. 그도 그럴 것이, 아직 가까운 곳에서 전투가 벌어진 적도 없고, 또 해방군임을 자처한다는 반란군은커녕 그들이 입고 있는 군복 색깔조차 구경해본 적이 없는 마을 사람들로서는 아무래도 참혹한 전쟁에 대한 실감이 그만큼 덜할 수밖에 없었다. 또 바닷가 최남단의 소읍이라는 지리적 여건 때문에, 어차피 피난이라고 떠나봤자 고작 바로 코앞에 흩어져 있는 연안의 자잘한 섬들에로의 일시적 이주에 그치고 말 게 빤하다는 사실이 그처럼 때아닌 느긋함을 갖도록 했는지도 모른다. 더구나 마을에 주둔 중인 아군 부대의 이즈음 상황을 두고 보더라도 별달리 눈에 띌 만 한 점을 발견할 수가 없던 터였다.

본디 인구 2천여 명 남짓한 이 소읍엔 경찰지서가 하나 있었고 그 근무 인원이라야 고작 10여 명에 불과했다. 워낙 조용하고 사건이 드문 작은 포구라서 그들의 할 일도 그다지 많지 않아 보였다. 그래서인지, 모자를 벗은 제복 차림에 한가로운 걸음걸이로 부둣가를 오가며 이제 막 선창으로 뱃머리를 디밀고 들어온 고깃배의 수염투성이 선원들과 가벼운 농담을 주고

받는 서장이나 경관들의 모습을 으레 구경할 수 있었고, 길바닥에 퍼질러 앉아 막무가내 고집을 부리고 있는 꼬마의 울음을 그치게 하려고 여자들은 때마침 근처를 지나가는 경관을 가리키며 "저거 봐. 널 잡아가려고 순경 아저씨가 온다"하고 큰 소리로 말했다. 그러면 경관은 짐짓 가던 길을 멈추고 두 눈알을 제법 무섭게 부라려줌으로써, 아이의 울음을 뚝 그치게 만들 줄도 알았다. 대부분 외지로부터 남편의 근무지를 따라 이 마을로 들어온 경관의 아내들은 으레 주민들의 후한 인심을 얻어 누리며 살 수가 있었다. 고기 잡는 철이 되면 심심찮게 생선을 구럭에 담아 들여보내거나, 생일이나 제사 때면 떡 접시며 음식 쟁반을 들고 서로 오며 가며 지낼 줄도 알았다.

그러나 얼마 전부터는 사정이 많이 변했다. 무엇보다도 전쟁이 일어났다는 놀라운 소식에 인심이 전에 없이 부쩍 흉흉해지기 시작한 탓도 있겠지만, 사실은 이 작은 시골 읍내가 갑자기 지상군 및 해군의 보급 기지 역할에 적합한 전략적 요충지로 부각되면서부터 일단의 아군 부대가 내지로부터 이동해 와 주둔하게 된 때문일 터였다. 청색 전투복 차림을 한 그들은 여러 대의 대형 트럭에 실려 마을로 들어오더니, 읍사무소 건물을 모두 차지하고 얼마 전부터 거기서 지내는 중이었다. 5백여 명 남짓한 그 병사들은 각기 기다랗고 무거워 보이는 소총을 한 정씩 어깨에 걸고 있었는데, 선창, 마을 입구, 신작로, 그리고 언덕 위에 참호를 파놓고 아침저녁 교대로 경계 근무를 섰다. 읍사무소와 학교 운동장에 있는 게양대엔 아군의 청색 깃발이 펄럭였고, 병사들이 척척척척 군화 소리와 함께 대오정연하게 큰길을 행진해 지나갈 때마다 마을 사람들

은 전쟁이 일어났다는 두려운 사실을 새삼스레 상기해내곤
했다.

며칠 전만 하더라도 주민들을 읍사무소 앞 공터에 모두
모이게 한 다음, 부대장이라는 사람은 절대로 안심하고 있으
라고 큰소리를 쳤다.

"잘 아시겠습니다만, 에, 전선이 약간 후퇴해 내려온 것
은 사실입니다. 에에, 놈들의 기세가 워낙 완강해놔서 우리 아
군이 다소 주춤해 있는 사이에, 얼핏 초반의 형세가 약간 불리
한 것처럼 보일 수도 있을 것입니다. 에, 하지만 조금도, 진짜
로 조금만치도 불안해하거나 염려할 필요는 없습니다. 아군은
막강한 화력과 장비를 재정비하는 대로 즉각 반란군 놈들에게
반격을 가하여, 머잖아 곧 전선을 밀어 올리고 완전 소탕 격멸
하여 기필코 승리를 쟁취할 것입니다. 그러므로 우리 2천여 애
국 시민 여러분께서는 절대 동요하지 말고 각자 맡은바 생업
에 전념해주시기만 하면 됩니다. 에에, 두고 보십시오. 전쟁은
금방 끝이 납니다."

개구리처럼 배가 튀어나온 그 부대장은 국기 게양대 앞
단상에 올라서서 불룩한 배를 손바닥으로 두드리며 그렇게 장
담을 했다.

하지만 연일 흘러드는 소문은 결코 가만히 앉아서 전쟁이
끝나기만을 기다리고 있을 수 없도록 뒤숭숭한 것들뿐이었다.
전황은 갈수록 이쪽에게 극히 불리하게 진행되어가는 눈치였
다. 전선은 그새 벌써 훨씬 아래쪽으로 야금야금 내려오고 있
었고, 수도는 이미 오래전에 적군의 수중에 떨어졌다고들 했

다. 그러나 마을은 여전히 평화스럽게만 보였다. 어디서고 총성은 들리지 않았고, 하늘은 쨍하니 맑았으며, 여름 해는 불덩이처럼 뜨거웠고, 바다는 잠잠하게 숨을 죽이고 있었다. 무엇보다도 읍사무소에 주둔 중인 부대는 철수 준비는커녕 그 비슷한 기척조차 보이지 않고 있었으므로, 그걸 지켜보는 주민들은 전쟁의 여파가 이곳까지 밀어닥치려면 아직 상당한 시간 여유가 남아 있어서일 거라고 추측할 수밖에 없었다. 그런데 기어코 이 바닷가 작은 마을에도 처음으로 심상찮은 사건이 일어났다.

바로 사흘 전 저녁, 읍사무소 건물 남쪽 귀퉁이에서 작은 폭발물이 터진 사건이었다. 다친 사람은 없었지만, 읍내엔 즉각 비상이 내려졌다. 범인을 색출해내기 위하여 경찰은 주요 건물을 수색하고 거리에서 행인들을 심문했다. 그리고 의심쩍은 사람들 여러 명을 체포했다. 그중엔 최근에 도회지에서 돌아온 약방집 둘째 아들과 대장장이, 소금장수, 애꾸눈 구두 수선공도 끼여 있었다. 그들이 모조리 잡혀가고 난 다음, 사람들은 골목이며 한길가에 모여 웅성이면서 바로 약방집 둘째 아들이 폭탄을 만들고 그 사건을 주동한 우두머리라고들 수군거렸다. 어려서부터 유난히 똑똑하고 영특해서 동네에 인물 하나 났다는 소리를 들었던 그 청년은 엉뚱하게도 도회지에 나가더니만 그만 길을 잘못 들어 위험한 물이 들었다는 얘기였다. 그리고 이번에 잡혀간 사람들이 일단 죄가 있는 걸로 밝혀지면 머잖아 총살형을 받게 될 거라고도 했다.

그런데 아주 이상한 일이 벌어졌다. 하룻밤이 지나서, 그러니까 바로 어제저녁, 약방집 둘째 아들은 물론 함께 잡혀갔던 사람들 전원이 풀려나온 거였다. 조사한 결과 증거가 아무 것도 없었기 때문이라고들 했지만, 주민들은 저마다 이해할 수 없는 일이라며 고개를 갸웃거렸다. 실제로 경찰은 진작부터 이 마을 주민들 중에 적군과 은밀히 동조하는 불순한 인물들이 상당수 존재한다는 정보를 알고 있었다. 주민들 역시 주변에서 일부 사람들이 뭔가 수상쩍은 일들을 은밀히 꾸미고 있다는 사실쯤은 어지간한 사람이면 누구나 어렴풋이 눈치를 챌 수 있었다. 벌써 몇몇 인물들은 큰길가 약방집 뒷문을 드나들며 목소리를 낮춰 저희들끼리 숙덕이다가 서둘러 흩어지기도 하고, 남의 눈을 피해 밤늦게 골목을 돌면서 반란군을 찬양하는 내용의 조잡한 인쇄물을 집집마다 던져 넣고는 재빨리 사라지기도 했다. 그런 일련의 사건을 훤히 파악하고 있으면서도, 그 용의자들을 순순히 풀어주었다는 사실은 아무래도 이해하기 쉽지 않았다. 여하간 그 사람들이 풀려나온 것은 바로 어젯밤의 일이었다. 그런데 오늘 새벽녘이 되자마자 불시에 이렇게 적군이 밀어닥치고 말았으니, 대관절 이게 어찌 된 노릇인가 싶어 사람들은 다들 반쯤 넋이 나가 있는 참이었다.

"앞으로 앞으로 나아가라 해방군 용사여. 최후의 한 놈까지 박살을 내고서……"

굵직하고 거친 노랫소리를 태운 트럭은 여전히 마을의 이쪽 끝에서 저쪽 끝까지 쿵쾅거리며 함부로 달려 다니고 있었다.

"만세 만세애. 우리는 해방군이다아! 해방군이 들어왔다아!"

요란한 만세 소리와 함께 어지러운 박수 소리도 들려오곤 했다.

"이, 이럴 수가 있나! 하룻밤 사이에 세상이 뒤바뀌다니."

읍내 2천여 주민들은 시계추처럼 마을의 이쪽 끝과 저쪽 끝을 연신 오가며 울려 퍼지고 있는 그 돌연한 적군의 군가 소리를 들으며 차츰 정신을 가다듬기 시작했다. 문제는 바로 그때부터였다. 맨 처음 한결같이 당황하고 얼떨떨하기만 했던 순간이 지나자, 이제는 주민들 속에서 그 노랫소리에 대한 매우 다양한 반응들이 나타나기 시작했다.

주민들 대부분은 우선 하얗게 겁에 질려 떨고 있었지만, 그 한편에선 문득 회심에 찬 눈빛을 번득이며 반색하는 이들도 있었다.

흐흐. 마침내 바라던 대로 우리 세상이 되었나 보다. 이놈의 자식들, 그렇다면 어디 한번 두고 보자구. 그렇듯 혼자 은밀히 만족스런 웃음을 흘리는 쪽은 우선 폭발물 사건으로 체포되었다가 풀려난 사람들이었고, 그 외 큰길가 약방집 샛문을 몰래 드나들던 패들도 마찬가지였다.

바로 그 시각, 더 정확히는 이날 새벽 4시 30분, 약방집 둘째 아들 역시 그 괴이한 소동의 행방을 처음부터 줄곧 귀로 헤아리면서 불 꺼진 방 안에 홀로 앉아 있었다. 이 청년은 그 군가를 이미 알고 있었다. 아마도 그는 이 읍내에서 그것이 '해방군'의 군가라는 사실은 물론 가사까지 줄줄 외우고 있는 유일한 인물이었을 것이다. 그리고 그 노랫소리를 듣자마자 누구보다도 먼저 기뻐 날뛰며 만세를 외칠 사람도 바로 그였다. 물론 당연히 처음엔 약방집 둘째 아들은 "만세, 드디어 올 것이 왔구나" 하고 감격에 겨워 문밖으로 달려 나가려고 했다.

그런데 한순간, 그는 움찔 몸을 사리며 그냥 방바닥에 주저앉고 말았다.

"이상한걸. 왠지 뭔가가 이상한 느낌이 들어."

청년은 무심결에 중얼거렸다. 누구보다도 이런 날이 오기를 고대해왔지만, 아무래도 너무나 급작스레 세상이 뒤바뀌었다는 사실이 어딘가 묘하게 찜찜한 의혹을 불러일으켰다. 실은 그 시각까지도 청년은 불안한 마음에 잠을 한숨도 이루지 못한 채 간밤 내내 몸을 뒤척이며 누워 있었다.

"자, 어서 집으로 돌아가거라. 넌 운이 엄청 좋은 거야. 이 빨갱이 놈아."

지난밤, 그를 창고 안에 가둬놓고 심문하던 순경이 어째선지 밖으로 나갔다가 한참 후 다시 들어와 그렇게 알쏭달쏭한 말을 던져주었을 때, 청년은 그 말을 곧이듣지 않았다. 필시 총살형을 집행하기 위하여 마침내 그들이 한밤중에 자신을 불러내는 거라고 믿었다. 하지만 뜻밖에 그건 사실이었고, 함께 체포된 동료들 역시 마찬가지로 석방되었던 것이다. 도무지 이해가 되지 않았다. 응당 처형시켜야 할 자신들을 어떤 연유로 모두 순순히 풀어준 것일까. 그 수수께끼에 대한 의혹과 불안함으로 그는 밤을 뜬눈으로 지새웠다.

"이상해. 왠지 꺼림칙한 느낌이 든단 말이야."

약방집 둘째 아들은 어둠 속에서 담배를 더듬어 찾아 물고 성냥을 그었다. 한 모금 길게 뿜어낸 다음 그는 한참 동안 골똘히 생각하는 눈치였다. 그러더니 별안간 아차, 하는 탄성과 함께 담배를 쥔 손으로 탁, 하고 무릎을 쳤다. 그 바람에 불똥이 방바닥으로 튀었지만, 그는 아랑곳없이 자리에서 벌떡 일어섰다.

"맞아! 그렇구나! 틀림없어. 내가 지금 이러고 있을 때가 아니야."

청년은 옷을 꿰어 입는 둥 마는 둥, 방문을 열고 후다닥 밖으로 튀어 나갔다. 마당은 어두웠다. 트럭은 그사이 저만치 동구 밖 쪽으로 달려간 눈치였다. 마당을 잰걸음으로 가로질러, 대문 틈새에 귀를 모으고 잠시 바깥의 동정을 살폈다. 이윽고 청년이 한껏 조심스레 빗장을 푼 다음, 문을 열고 몸을 막 내미는 순간이었다. 쇠붙이의 단단하고 섬뜩한 촉감이 청년의 양쪽 옆구리에 불쑥 와 닿았다. 억. 청년의 입에서 얼결에 낮은 비명이 터져 나왔다. 사내 두 명이 어둠 속에서 그의 코앞에 총구를 바싹 들이밀었다. 청년은 그들이 착용하고 있는 복장이 어딘가 이상하다는 사실을 금방 알아차렸다.

"당신들은 누, 누구요?"

"아무 말 말고 얌전히 따라오시오. 안 그래도 여기서 이렇게 기다리고 있던 참이오."

"어, 어디로 가는 겁니까."

사내들은 대답 대신 그의 양쪽 겨드랑이를 민첩하게 움켜잡더니 성큼성큼 걷기 시작했다. 큰길가 약방집 둘째 아들은 그렇게 낯선 사내들을 따라 어디론가 사라져버렸다. 그 모든 것은 짧은 동안 대단히 신속하고도 은밀히 벌어진 일이었으므로 청년의 식구들은 물론 이웃 사람들 역시 누구도 그 광경을 목격하지 못했다.

바로 그 시각, 그러니까 청년이 어둠 속으로 흔적 없이 지워져버렸을 즈음, 그 약방에서 그리 멀지 않은 곳에 위치한 정미소집 주인 남자는 안방에서 바짝 긴장해 있었다. 그의 아내는 이빨을 다다다닥 두드리며 이불을 흠뻑 뒤집어쓰고 있었고, 덩달아 아이들도 어미 곁에서 와들와들 턱을 떨어대었다.

"아이구. 이젠 꼼짝없이 죽었구나. 저놈들이 설마 이렇게 벼락치기로 밀고 들어올 줄 누가 알았나."

정미소집 사내는 눈앞이 아찔해오면서 이마와 등허리로 식은땀이 질펀하게 솟아 나왔다.

"그, 그러기에 내가 일찌감치 뭐랍디까. 다다닥. 큰소리치는 걸, 다다닥, 곧이듣지 말고 이, 일찌감치 다다닥, 피난을 떠나자고 다다다다, 했잖았수."

여자가 하나 마나 한 소리를 이빨로 무전기를 두드려대듯하며 신음처럼 내뱉었고, 아이들은 금방 숨이 넘어갈 듯이 꺽꺽 울음을 억지로 삼키고 있었다. 주인 남자는 속으로 경찰들에게 욕을 퍼부어댔다. 도대체 지금껏 뭘 하고 자빠져 있었기에 이 지경이 되도록 놔두었단 말인가. 반란군 놈들이 코앞에 와 있다는 걸 아무런들 그렇게도 모르고 있었을까. 간밤에 총소리는커녕 그 비슷한 기척도 듣지 못했다는 생각에 그는 더더욱 화가 치밀어 올랐다. 하지만 지금은 그런 걸 따지고 있을 때가 아니었다. 당장 목에 총알이 날아와 박힐 판국이었다. 이제야말로 세상이 뒤집혀버렸으니, 놈들은 누구보다 먼저 자신에게 칼끝을 들이댈지도 모른다고 그는 생각했다. 정미소집 사내는 돈이 많았고, 지역의 유지였으며, 읍장을 지낸 경력까지 있고, 게다가 현재 다른 지방에서 경찰 간부로 근무 중인 큰아들을 둔 처지였다. 인민의 적, 각오하고 기다려라. 그렇게 피냄새를 풍기는 살벌한 문구의 쪽지가 며칠 전엔 그의 집 안마당에 떨어져 있었는데, 그걸 발견하자마자 그는 득달같이 지서로 달려가 신고를 했었다.

"이런 일이 생기려고 필시……"

정미소집 주인 사내는 문득 간밤의 꿈을 떠올렸다. 참으로 야릇하고 수수께끼 같은 꿈이었다. 꿈속에서 무대는 인파로 들끓는 우시장이었다. 그는 건강하고 보기 좋게 살찐 누렁이 암소 한 마리를 샀다. 게다가 암소는 홑몸이 아니어서, 산같이 부풀어 오른 배를 보아하니 금방이라도 몸을 풀 눈치였다. 운수 좋게 훌륭한 놈을 골랐다는 생각에 흐뭇해하면서 그는 고삐를 쥐고 집으로 돌아오기 시작했다. 그런데 도중에 무슨 영문인지 별안간 그놈의 소가 뒷발을 떡 버티고 서서는 도무지 옴짝달싹하려 들지 않는 거였다. 가만 살펴보니, 해산기가 틀림없었다. 다급한 김에 입고 있던 제 두루마기를 벗어 깔고, 소의 엉덩이 쪽에 얼굴을 바짝 들이대고는 새끼를 받아낼 준비를 했다. 소가 우우, 비명을 지르며 힘을 쓸 때마다 정미소집 주인 사내는 팔소매를 걷어 올린 채 덩달아 욱욱, 힘을 써댔다. 그런 어느 순간, 한껏 부풀어 오른 배가 뿌지직 찢어지는 소리와 함께 엉뚱하게도 소의 허리를 뚫고 새끼가 불쑥 튀쳐나왔다. 어억, 외마디 비명을 지르며 정미소집 사내는 혼비백산해 주저앉았다. 눈앞에선 방금 튀어나온 새끼가 매애애애애…… 하고 간드러지게 울음을 터뜨리고 있었다. 정미소집 사내는 제 눈을 의심했다. 희한하게도 그건 송아지가 아니라 이마에 날카로운 뿔이 달린 흑염소였다. 그런데 바로 그 순간 시끌벅적한 노랫소리와 차량의 엔진 소리가 들려왔고, 그는 꿈에서 깨어났던 것이다.

이왕에 꿈 얘기가 나왔으니 말이지만, 정미소집 주인 사내 말고도 이날 밤에 기묘한 꿈을 꿨다는 사람들이 적지 않았다. 이 마을 읍장의 아내 역시 그 가운데 하나였다.

읍장의 아내는 얼마 전부터 집에서 앓아누워 지내는 처지였다. 몸이 매우 비대한 그 여자는 지난봄 어느 날, 가까운 야산으로 꽃구경을 나갔다가 비탈길에서 넘어져 엉덩이뼈를 다쳤던 것이다. 그런데 간밤엔 읍장인 남편이 자정 넘도록 전화 연락도 없이 집에 들어오지 않았다. 외박이라니, 전에 없던 일이었다. 몇 번이나 수화기를 들었으나 무슨 영문인지 전화기마저 불통이었다. 이웃집에 물어보니 이상스럽게도 다들 마찬가지로 고장이라고 했다. 울화도 끓고 서러운 생각마저 들어, 급기야 코끼리처럼 방바닥에 엎디어 쿵쿵 눈물 콧물을 찍어내다가 어느 결에 잠이 든 모양이었다. 그 여자는 꿈속에서 흥부의 아내처럼 커다란 호박을 한 통 따다 놓고 톱질을 하고 있었노라고 했다. 한참이나 낑낑대며 그걸 두 쪽으로 쪼개어놓고 보니, 묘하게도 안에 또 다른 호박 하나가 들어 있었다. 그것을 꺼내어 마저 쪼갰더니만 다시 아까처럼 또 한 개가 그 안에 들어 있고…… 그렇듯 읍장 아내는 그 기이한 호박 쪼개기를 끊임없이 반복하던 중에 문득 잠을 깼는데, 바로 그때 큰길 쪽에서 시끌벅적한 소리가 쿵쾅쿵쾅 들려오고 있더라는 얘기였다.

한편, 마을 동쪽 언덕에 자리한 예배당의 목사는 이날따라 늦게야 자리에서 일어났다. 사십대인 목사는 심한 근시여서 눈을 뜨자마자 머리맡에서 안경을 더듬어 찾아 썼다. 전등을 켜려고 했는데, 또다시 정전인지 불이 들어오지 않았으므로 부득이 촛불을 켜야만 했다. 손목시계를 보니 4시 35분이었다. 시계가 고장이 난 건 아닐까 싶어 그는 한동안 눈을 껌벅이며 앉아 있다가 황급히 몸을 일으켰다. 매일 새벽 4시 정각이면 부지런한 늙은 집사가 땡그랑땡그랑 울려주는 종소리와 함께 목사는 어김없이 자리에서 일어나곤 해왔던 것이다. 매일 새벽 기도를 위해 찾아오는 신도들이 있기 때문이었다. 그런데 이날은 종소리도 없었고 또 방문을 두드려 자신을 깨워주는 이도 없었으니 어딘가 이상했다.

예배당 안 역시 텅 비어 있었다. 이때까지만 해도 목사는 언덕 아래 읍내 마을에서 무슨 소동이 벌어지고 있는지조차 까맣게 모르고 있었다. 많이 늦어지긴 했으나 그래도 종을 치기 위해 종루 쪽으로 몇 발짝 걸음을 옮기던 목사는 그제야 마을에 뭔가 심상찮은 일이 일어났음을 깨달았다. 얼떨떨하니 그가 아래쪽을 내려다보고 서 있는데, 문득 등 뒤에서 인기척이 들렸다. 늙은 집사였다. 그는 바로 예배당 근처에서 살고 있었다.

"목사님, 큰일이 났습니다요."

"무슨 일로 그러십니까."

"세상에, 저, 적군이 들어왔다는군요. 반란군들 세상이 된 거라고요."

"설마, 그…… 그럴 리가 있습니까."

목사는 대뜸 목 안이 컥 막히고 눈앞이 캄캄해왔다. 설마

이처럼 느닷없이 들이닥치다니. 도대체 읍사무소의 아군 부대는 지금까지 뭘 하고 있었단 말인가. 그는 절망에 찬 탄식을 토해냈다.

"그래, 다친 사람은 없습니까?"

"글쎄올시다. 아직은 잘 모르겠습니다. 저도 총소리는 거의 듣지 못했으니까요."

"그래요. 거참, 이상한 일이구만요."

"그나저나 장차 이 일을 어쩌면 좋습니까. 목사님부터 잠시 어디로 몸을 피해야 하지 않겠어요. 그놈들은 당장 우리 교회당에 불을 지르고 목사님까지 해치려고 들 게 빤하지 않습니까."

늙은 집사는 목사의 두 손을 덥석 잡으며 다급하게 말했다. 집사의 쭈글쭈글한 손이 몹시 떨리고 있음을 느끼며 목사는 잠시 눈을 감고 생각에 잠겼다. 이제 와서 몸을 피해본들 안전한 곳이 어디 있겠으며, 또 설사 도망친들 얼마나 더 가겠는가. 어차피 모두가 그분의 뜻이라면 다만 순종할 도리밖에…… 그렇게 마음을 정하고 나자 목사는 말없이 돌아서서 걸음을 옮겼다. 그리고 예배당의 유리문을 열고 들어가 십자가 앞에 무릎을 꿇고 조용히 눈을 감았다. 목사는 머지않아 닥쳐올 환란과 죽음의 순간에 부디 순교의 참된 용기를 내려주십사, 간절한 기도를 올리기 시작했다.

사위는 차츰 어둠이 걷히기 시작했다. 멀리 동쪽 바다 위로 하늘이 희부옇게 밝아오기 시작하자, 그때까지 노랫소리를 싣고 왁자하니 마을 신작로를 누비던 트럭들은 마침내 그 왕복 운동을 끝마치려는지 읍사무소 앞 광장에서 돌연 움직임을 멈추었다.

꼬박 한 시간 넘게 사람들을 단잠에서 두들겨 깨워내어 깜깜한 방 안에 가두어놓은 채로 온통 엄청난 공포와 불안 속으로 몰아넣었던 사내들의 그 불길한 노랫소리가 멈추자마자 마을은 일순간 무거운 정적 속으로 빠져들었다. 믿어지지 않을 만큼 완벽한 고요의 순간이었다. 2천여 주민들은 저마다 좁은 방 안에 틀어박힌 채 겁먹은 눈알을 껌벅이며 너나없이 그 기이한 정적을 온몸으로 헤아리고 있었다.

"벌떡, 벌떡, 벌떡……"

그들의 귀엔 어느 순간 마을 전체, 아니 지구의 거칠게 몰아쉬는 숨소리가 또렷하게 들려오는 듯했다. 하지만 그것은 바로 자신들의 심장에서 울려 나오는 고동 소리였다. 소란이 그치자마자 재빠르게 끼어든 그 정적은 참으로 견딜 수 없이 불안하고 고통스러웠다. 마침내 그 짙은 정적을 깨뜨리며 이번엔 또 다른 요란한 소리들이 온 마을을 흔들어대기 시작했다.

"만세애. 만세애. 해방군이 왔다아……"

"만세. 해방군 만세애……"

박수 소리, 만세 소리, 골목과 큰길을 마구 뛰어 돌아다니는 어지러운 발소리…… 그런 것들이 차츰 밝아오는 새벽녘의 시골 읍내를 마구 흔들어대고 있었다.

정미소집 주인 사내나 읍장의 뚱뚱보 아내, 그리고 예배당의 목사와 늙은 집사를 비롯한 대다수 사람들의 귀에 그 소리는 아까의 낯선 군가 소리와 트럭의 엔진음보다도 더 확실한 공포와 불안의 부피를 지니고 있었다. 사람들은 이제 바로 코앞에 들이닥친 죽음의 검은 그림자, 그리고 그것의 불길하고 음산한 냄새를 온몸으로 확인하며 불현듯 진저리를 치고 있었다.

하지만 또 다른 사람들에겐 그것은 들뜬 흥분과 가슴 짜릿한 호기심을 불러일으키는 매력적인 신호로 여겨지고 있었다. 전부터 약방집 뒷문으로 박쥐처럼 몰래 들락거리던 인물들뿐만 아니라, 그동안 겉으로 전혀 내색을 하지 않아 주위에서 미처 눈치를 채지 못했을 뿐, 막상 세상이 뒤집혔다는 소식을 듣자마자 뺨을 발그레 달군 채 은근한 흥분과 기대에 차 있는 사람들도 없지 않았다. 그리고 그런 사람들은 트럭이 노랫소리를 몰고 읍사무소 앞 공터에서 발동을 끄고 잠잠해지고 나자 장마 끝의 실뱀처럼 문밖으로 슬금슬금 기어 나오기 시작했다. 그들은 당장 읍사무소로 달려가 때마침 공터에 정렬해 있는 '해방군'의 모습을 발견하고 목청껏 만세를 부르고 손바닥이 부서져라 두들겨 환영해주었다.

그들 중 가장 열성적이었던 소금장수와 대장장이와 애꾸눈 구두 수선공은 반란군의 우두머리로 보이는 한 장교와 친히 악수를 나눠보는 벅찬 영광까지 누렸다. 소금장수의 눈에 비친 그 장교는 끝이 멋들어지게 휘어진 매부리코를 가진 사람이었다. 그들은 매부리코 장교가 주민들에게 알려주라고 부탁한 지시 사항을 전달하고자 읍내 곳곳을 부리나케 뛰어다니면서 손나팔을 만들어 신바람 나게 악을 써대기 시작했다.

"해방군이 왔소오, 여러부운, 모두 다 나와서 환영합시다아! 아침밥을 일찍들 지어 잡수고 아침 8시까지 학교 운동장으로 모이시오오! 한 사람도 빠짐없이 전원 운동장으로 모여 주시오오……"

소금장수와 대장장이와 구두 수선공을 비롯한 열성적인 환영객들은 마을길을 누비며 그렇게 소리를 지르다가도 간혹 어떤 집 앞에 이르러서는 대문을 사납게 발로 걷어차거나 욕지거리를 난폭하게 지껄여대기도 했다. 그런 집들은 대개 그들이 이전에도 협박 섞인 종이쪽지 따위를 몰래 던져 넣어주곤 했던 집이었다.

병사들의 노랫소리가 그치고 나서부터 시작된 이들의 소동은 동이 훤히 터올 때까지, 그리고 그들의 목청이 쉬고 두 다리에서 힘이 후줄근하게 빠져나갈 즈음까지 계속되었다. 그동안 읍내 2천여 주민들 중 상당수 사람들은 눈앞에 당장 들이닥칠 사태를 예상하며 벌써 산송장 꼴이 되어 있었고, 또 어떤 이들은 드디어 활개치고 나설 날이 오긴 왔구나 하고 회심에 찬 미소를 띠고 있었다. 그리고 그보다 훨씬 많은 사람들은 대체 앞으로 세상이 어찌 돌아갈 것인가 하는 두려움과 더불어, 제 목숨 하나를 온전히 부지하려면 어떤 현명하고 적절한 방도를 취해야 될 것인가라는 중대한 문제를 놓고 저마다 절박한 고민에 빠져 있었다.

선창가의 푸줏간집 곰보 사내도 바로 그런 고민에 빠진 사람들 가운데 하나였다. 이 사내 역시 그 소동을 방 안에서 줄곧 지켜보고는, 하루아침에 세상이 뒤집혀버렸다는 사실을 깨달았다. 행여 그렇다고 당장 제 목에 칼이 들어오리라는 위기감 따위는 별로 없었다. 푸줏간집 곰보 사내는 극히 평범하고 우직스럽기만 한 인물이었다. 그저 돈을 벌어 모으려는 욕심에만 매달려 사느라 뭐가 왼쪽인지 오른쪽인지 색 가림을 할 여유도 흥미도 없었고, 또 그럴 능력도 재주도 없이 오로지 무지하고 무식할 따름이었다. 간단한 숫자 계산도 할 줄 몰라서 장부 정리라든가 골치 아픈 살림 따위는 아내에게 죄다 떠맡겨버린 채, 자신은 온통 피범벅이 되어 열심히 칼질을 해대는 재주 한 가지밖에 가진 게 없었다.

새벽 5시가 조금 지났을 무렵, 오들오들 떨고 있는 아내와 마주 앉아 푸줏간집 사내가 방 안에서 꿈벅꿈벅 담배를 빨고 있으려니, 담장 밖에서 만세 소리와 함께 아침 8시까지 학교 운동장으로 모여라 어쩌라 하고 외치는 소금장수의 들뜬 목소리가 들려왔다. 얼씨구 저런 등신 같은 녀석이 오늘 아침은 웬일로 저리 설치고 다닌담, 하고 있는데, 이내 가게 덧문을 쿵쿵 두드리면서 소금장수가 "어이 곰보, 날세. 어서 문 좀 열어보게" 하고 부르는 소리가 들렸다. 둘은 서로 만났다 하면 대뜸 욕설부터 튀어나오는 죽마고우였다.

"무신 일이여. 꼭두새벽부터 고함을 지르고?"

러닝셔츠 바람으로 나가보니 소금장수는 어느 틈에 이마엔 흰 수건을 질끈 동여매고 손에는 큼지막한 몽둥이까지 움켜쥔 험상한 몰골로 떡 버티고 서 있었다. 그 몽둥이는 필시 제집 괭이자루를 뽑아온 것일 터였다.

"어이, 곰보. 자네 시방 집에서 뭘 하고 자빠져 있는 것이여. 우리 세상이 되었단 말이여. 나나 자네같이 맨날 억울하게 압박과 핍박만 받고 살아온 놈들이 얼른 나와서 해방 전선에 솔선수범 앞장을 서야제, 이러고만 있으면 되겠어? 어서 나와

라이. 할 일이 태산같이 많응께."

소금장수는 이날따라 감히 겁도 없이 함부로 곰보라고 부르면서 흥분한 얼굴로 떠들어댔다. 하지만 그까짓 것쯤이야 아무래도 좋았다. 푸줏간집 사내의 눈에는 소금장수의 그 턱 없이 당당하고 의기양양해진 모습이 신기하기도 하고 놀랍기도 했다. 소금장수는 어디서 구했는지 어깨에 흰 완장을 두르고 있었는데 거기엔 붉은색 글자 몇이 씌어져 있었다. 그것이 '해방군 만세'라는 글자임을 소금장수가 잔뜩 거드름을 피우며 가르쳐주었을 때, 곰보는 입을 비죽거리기는 했으나 내심 그 완장 찬 모습이 꽤나 부럽고 그럴싸해 보였다.

"어물어물하다간 팔자 고칠 기회도 다 놓치고 마는 것이여. 나 먼저 갈 테니께 금방 뒤따라오란 말이여. 알았는가. 그럼 나는 가네."

완장 두른 어깨를 거들먹거리며 소금장수가 맞은편 골목으로 바삐 뛰어가버린 뒤에 곰보는 방 안으로 돌아와서 생각에 잠겼다. 사실 그는 세상 돌아가는 판국을 거의 아무것도 모르고 살아온 처지였다. 아까 소금장수는 자기더러 핍박이니 억울이니 하고 떠들어대면서 해방 전선이 어떻고 자기네들이 앞장을 서야 하느니 어쩌느니 하고 늘어놓았지만, 그런 말들이 정확히 무엇을 뜻하는지조차 도통 애매모호할뿐더러 생각해보면 자기는 이제껏 세상에 대해 별다른 불만이나 원한을 품어본 기억 또한 없었다. 이젠 어느 정도 돈도 모았고, 아들만 셋씩이나 줄줄이 빼내준 아내의 궁둥이는 아직 살집이 실팍져서 그런대로 손바닥으로 두드리기에 좋았으며, 자신은 여전히 건강하고 힘이 넘쳤다. 가끔 이웃 사람들이 백정이니 곰보딱지니 하고 장난삼아 친근하게 불러주긴 했지만, 그것이 반드시 분하고 괘씸하게 여겨지는 것만도 아니었다.

하지만 말이여……, 하고 푸줏간집 사내는 팔짱을 낀 채 소금장수의 말대로 자신이 억울하고 불쌍해야만 하는 이유를 새삼스레 찾아내기 위해 둔한 머리를 애써 모아보기 시작했다. 그래서 억지로 분하고 성난 표정을 지어보려고 제 딴에는 상당히 진지한 노력을 기울였는데, 웬일인지 그때마다 소금장수의 의기양양한 얼굴과 흰 머리띠, 완장, 그리고 그 완장에 씌어져 있는 해방군 어쩌고 한다는 글자가 눈앞에 어른거리는 것이었다. 마침내 다행히도 벌겋게 분노하고 성난 것 같은 얼굴을 만들어내는 데에 어렵사리 성공했을 때, 곰보는 벌떡 일어나 옷을 주워 입기 시작했다. 그의 아내와 아이들이 눈이 둥그레져서 쳐다보고 있었다.

"어, 어딜 가실라고 그래요?"

"어디는. 밖으로 얼른 나가서 환영을 해야 할 것 아닌가."

"으마, 당신 미쳤수. 당신이 뭔데 그런 일을 한단 말이우. 이럴 때는 가만히 있는 게 상책일 텐디."

"이 여편네야, 모르는 소리 좀 그만해. 나도 인자는 옛날처럼 어굴하고 피빡받는 그런 불쌍하고 못난 인간 곰보가 아닌께. 나도 엄연히 해방 정선에 솔섬수범하야 한몫 끼어볼 참이여. 알어? 그걸 알기나 하겄냐고."

그렇게 제법 어려운 말을 섞어가며 꽥 소리를 쳐주고 나니 그는 괜스레 기분이 좋았다. 곰보는 밖으로 나가려다가 이내 다시 돌아오더니 뻣뻣하게 힘이 들어간 목으로 방 안을 휘휘 둘러보았다. 그러고는 방바닥에서 무엇인가를 손으로 집어 들고는 그것을 쭈욱 찢어 내렸다.

"에구머니나. 그건 내 속치마 아녜요?"

"속치마건 속곳이건 어떻다는 말이여. 색깔이 희기만 하면 되얏제!"

이러면서 곰보는 기다랗게 찢어낸 헝겊을 이마에다가 질끈 동여매더니 부리나케 밖으로 뛰쳐나가버렸다. 이윽고 "만세애. 해방군이 왔다아" 하고 고함을 질러대는 귀에 익은 음성을 푸줏간집 여자는 못쓰게 된 속치마를 손에 들고 입을 따악 벌린 채 듣고 있었다.

이렇게 저렇게 하여, 이 작은 바닷가 마을은 7월 28일 새벽의 충격적인 몇 시간을 보낸 셈이었다.

〈학교 운동장. 해방군. 8시. 환영.〉

그런 짤막한 낱말들을 하나씩 되뇌어보면서 그제야 마을 사람들은 마침내 어떤 확실한 운명을 제각기 부여받은 느낌이 들었다. 그리고 불과 얼마 남지 않은 그 시간 동안에, 사람들은 이미 예정되어 있을지도 모를 그 운명의 실꾸리로부터 저마다 실 한 가닥씩을 손가락 끝에 감아쥐고 제 몫의 길이만큼씩을 가슴 조이며 풀어내야 하는 일만 남아 있는 셈이었다.

어찌 되었든지 간에, 이날 아침도 태양은 제시간에 어김없이 짙푸른 바닷물을 박차고 허공으로 둥싯 떠오르고 있었다.

"애애애…… 앵."

마을엔 때아닌 사이렌 소리가 날카롭게 터져 나왔다. 매미의 자지러지는 울음 같은 그 소리는 거의 5분간이나 이어지다가 뚝 그치더니, 이내 굵은 사내의 음성이 읍사무소 지붕 위의 확성기를 통하여 우렁우렁 울려 나왔다.

"주민 여러분. 지금 즉시 학교 운동장으로 모여주십시오. 삐익삑. 한 사람도 빠짐없이 모이시오."

사람들은 대부분 그때까지는 일찌감치 밥을 먹고 나서 공연히 이런저런 물건들을 새삼스럽게 매만지고 들쑤시고 닦는 시늉을 하면서 초조와 불안함을 잊어보려 애쓰던 참이었는데, 막상 그 사이렌 소리를 듣고 난 순간부터는 대번에 뻣뻣하게 굳은 낯빛으로 손을 털고 일어나 허겁지겁 집을 나설 차비를 차렸다.

이때 언덕 위 예배당에서 목사는 어쩌면 마지막이 될지도 모를, 그리고 자신의 평생을 통틀어 아마도 가장 절실하고 간곡한 것이 될 십자가 앞에서의 기도를 드리고 난 후 방 안으로 들어갔다. 그리고 잠시 후 깨끗한 회색 두루마기 차림으로 갈아입고, 두툼한 성경을 가슴에 두 손으로 소중히 받쳐 안은 채 예배당을 천천히 걸어 나오고 있었다. 목사는 예배당 정문 앞 돌계단을 내려서려다 말고 마지막으로 한 번 더 주위를 눈여겨보고 싶었다. 눈에 익은 낡은 벽돌 건물과 껑충하게 솟은 종루, 10여 년이 넘도록 독신으로 기거해왔던 사택 따위의 모습들이 불현듯 안경 너머 목사의 충혈된 눈자위를 뜨겁게 했다. 해마다 아이들이 씨를 뿌리고 가꿔온 뜨락의 화단에는 백일홍, 봉숭아, 맨드라미, 분꽃, 나팔꽃, 깨꽃 같은 화초들이 한데 어우러져 흐드러지게 피어나고 있었다. 훗날 목사는 이날 아침에 자신이 보았던 꽃들과 나무들과 푸른 하늘처럼 그렇게 눈물겨우리만치 아름답고 정겨운 모습을 이후 다시는 본 적이 없었노라고 회고했다.

비슷한 시각, 정미소집에서는 약간의 동요가 있었다. 이 집의 80이 넘은 노모가 아들 내외를 붙잡고 방정맞게 곡소리를 낸 까닭이었다. 노파는 원래 가벼운 치매기가 있는 데다가 허리를 거의 쓰지 못하는 처지였으므로 하는 수 없이 혼자 집에 남겨둘 도리밖에 없었는데, 이 가는귀먹은 노인네가 어떻게 무슨 낌새를 알아차렸는지, "너희들이 나만 몰래 떼어놓고 잔칫집에 가려고 그러는 것이제" 하면서 꺼이꺼이 우는 시늉을 했다. 아들 내외는 고개를 떨군 채 끝내 대꾸도 없이 집을 빠져나왔고, 그들의 열 살짜리 막내아들은 제 어미의 손을 잡고 대문을 나서면서 문득 이날이 마치 어느 운동회 날 아침 같다는 생각을 했다.

정말, 마을은 이날따라 얼핏 운동회 날이나 무슨 축제일의 아침처럼 술렁거리고 있었다. 사람들은 모두 비슷한 시각에 온 가족이 오물오물 무리를 지어 한꺼번에 거리로 몰려나와, 마을 서쪽 바닷가에 위치한 국민학교를 향하여 무거운 걸음을 옮기고 있었다. 그들은 도중에서 역시 자기네들처럼 누렇게 떠 있는 얼굴들과 마주칠 때마다 잔뜩 긴장된 시선을 어정쩡하게 주고받다가도 이내 경계하는 표정을 짓곤 하였다.

"밤새 안녕들 하시구먼요. 다행입니다."

"예에, 댁도 무고하시고……"

"그런데…… 대관절 어떻게 된 노릇일까요. 별로 싸우는 기척도 없이 어느 틈에 이렇게 됐는지 모르겠구먼요."

"저도 역시 총소리를 듣지 못했습니다. 그나저나 아군은 어떻게 되었을까요."

"글쎄올시다. 모두 철수했는지 그림자도 안 보이는군요."

"저런 빌어먹을. 우리들은 저놈들 손에 남겨두고 자기들만 도망쳐버리면 대체 어쩌라고, 원."

그렇게 무심결에 내뱉은 쪽은 뒤늦게야 화들짝 놀라 황급히 주위의 눈을 살폈고, 다른 쪽은 부디 말조심하시라고, 이제부터는 쥐도 새도 모르게 죽어나갈 판국이 아니냐고, 목소리를 잔뜩 낮추면서 충고를 해주었다.

──오전 8시 30분

마을 서쪽 바닷가에 있는 학교 운동장은 어느덧 사람들로 채워졌다. 해마다 하늘이 맑은 초가을이면 날을 잡아 한 차례씩 열리곤 하는 운동회 날을 빼고는 그렇게 마을 전 주민이 한데 모인 적은 일찍이 없었다. 교실 여섯 칸과 교직원실용 한 칸으로 된 단층 목조 건물은 저만치 뒷산을 배경으로 하여 자리 잡고 있었다. 수령 3백 년의 거대한 느티나무가 오른쪽에 버티고 있고 그 반대쪽은 곧장 바다와 잇닿아 있었다.

교사 정면의 국기 게양대에는 적군의 백색 깃발이 바람에 펄럭이고 있었다. 그 깃발을 바라보는 사람들의 가슴이 금방 서늘해져왔다. 바로 전날 저녁까지만 해도 거기엔 눈에 익은 아군의 청색 깃발이 여느 때처럼 한가로이 걸려 있었던 것이다. 사람들은 겁에 질려 움츠러든 시선으로 마치 무슨 위험스럽고 불경한 짐승을 구경하듯 잠자코 그 생소한 깃발을 올려다보며 옹송그리고 서 있었다. 게양대 뒤쪽 현관 위에는 큼지막한 광목 플래카드에 "해방군 환영"이라고 붉은 글씨로 커다랗게 씌어져 있었는데, 급조해놓은 탓인지 그것은 몹시 조악하고 서투르게 보였다. 때마침 적국 제복 차림의 병사들은 무슨 지시를 받는 모양인지, 모두 운동장 맨 중앙의 단상 앞에서 우두머리로 여겨지는 그 매부리코 장교를 빙 둘러싸고 모여 있는 참이었다.

그들에게서 아직 이렇다 할 지시 사항이 없었으므로, 마을 사람들은 교문을 중심으로 하여 웅성웅성 서 있었다. 무엇보다도 주민들의 호기심을 집중시킨 것은 운동장 한가운데에 □□□모양으로 둘러쳐놓은 새끼줄이었다. 무슨 이유에서인지 각각의 모서리마다 말뚝을 땅에 박아놓고, 거기에 새끼줄을 기다랗게 연결하여 운동장을 크게 세 칸으로 구분지어놓았는데, 사람들은 그 새끼줄을 보는 순간 불현듯 섬뜩한 예감으로 전신에 소름이 쭉 끼쳐왔노라고 훗날 한결같이 입을 모았다. 그들은 그 용도를 알 수 없는 새끼줄과, 바람에 펄럭이는 백색 깃발과, 생경한 플래카드를 번갈아 쳐다보며 기다리고 있으려니 자꾸만 악몽을 꾸고 있는 것 같은 느낌이 들었노라고 얘기했다.

날씨는 유난히도 맑고 쾌청했다. 벌써 7월의 태양은 산 위로 떠올라 사람들의 머리통을 두 쪽으로 빠개버릴 듯 이글이글 타오르고 있었고, 이상하게 주위에 바람 한 점 느낄 수 없는데도 정작 게양대 끝의 흰 깃발은 이따금 뱀 헛바닥 같은 꼬리를 널름 말아 올리며 음산하게 펄럭이곤 했다. 다른 때 같았으면 너도 나도 서늘한 그늘부터 찾아들었으련만, 이날은 학교 담장가에 늘어선 포플러 나무의 그늘이 오히려 섬뜩하고 불길하게 느껴졌으므로 사람들은 대부분 햇볕 속에서 유령처럼 붙박여 있었다. 모두의 얼굴은 하나같이 어두워 보였고, 눈동자는 누렇게 떠서 풀려 있었으며 입술은 바짝 말라붙은 몰골들이었다.

맴 매앰 맴 쓰르르르……

이따금 포플러 나무에서 매미들이 기묘한 소리로 자지러지게 울어대다가는 갑자기 뚝 그치고, 그러다가는 한참 후에 다시 울곤 했다. 어떤 사람들의 귀에는 그것이 누군가가 숫돌에 칼날을 갈고 있는 소리로 들렸고, 또 다른 사람들에겐 마치 굶주린 들짐승 떼가 입맛을 쩝쩝 다셔가면서 시체를 뼈까지 갉아 먹고 있는 소리처럼 들리기도 했다.

이윽고 그때까지 잠잠하던 스피커가 건물 지붕 위에서 삐익 소리와 함께 모두들 앞으로 나오라는 명령을 하달했을 때, 모여 있던 사람들은 그 자리에 잠시 멈칫거리고 서 있었다. 그러자 일단의 적군 제복 차림의 병사들이 척척척척 발을 맞추어 이쪽으로 걸어오기 시작하더니 이내 한 줄로 길게 열을 지어 운동장 중앙에 늘어섰다. 그 뒤를 따라 민간인 복장을 한 사내들이 교문 가까이에 모여 있는 주민들을 향해 호루라기를 사납게 불어젖히며 쫓아 나왔다. 50여 명쯤 되는 그들 중에는 소금장수와 대장장이, 애꾸눈 구두 수선공 그리고 이날 아침에야 비로소 발탁된 푸줏간집 곰보도 끼여 있었다.

"빨랑빨랑 앞으로 나오지 않고 뭘 우물거리고 있는 거요."

"아직까지 정신 못 차린 작자들이 있는 모양이네, 이거!"

다투어 고함을 질러대면서 그들은 사람들의 등을 윽박지르듯 떠밀어내며 이리저리 뛰어다니기 시작했다. 그들은 하나같이 이마에 흰 띠를 질끈 동여매고 있었고, 한쪽 팔에는 "해방군 만세"라고 씌어진 완장을 두르고 있었으며, 저마다 호루라기를 입에 물고 숨이 넘어가게 빽빽 불어대었다. 사람들은 지금 자기들을 얼이 빠지게 몰아대고 있는 그 완장 찬 사내들이 바로 어제저녁까지만 해도 자기들의 선량한 이웃이었던 바로 그 낯익은 얼굴들임을 확인했지만, 그 사실에 대해 놀라워하고 어쩌고 할 여유조차도 없었으므로 저마다 당장 그 서슬에 놀라 달음박질을 치듯이 앞으로 우르르 쫓겨나갔다.

주민들이 새끼줄의 가운데 칸을 채우며 □▨□과 같이 자리를 잡고 나자 병사들이 총을 겨눈 채 그 외곽을 빙 둘러쌌다. 사람들은 모두 새파랗게 질려버리고 말았다. 벌써 울음소리를 내는 여자들도 있었고 더러는 그 자리에 펄썩 주저앉아버리기도 했다. 사람들은 적군 병사들이 닥치는 대로 잔인하고도 끔찍스럽게 살인을 자행하고 다닌다더라는 식의 소문을 이미 들어서 잘 알고 있었으므로 이제 자기들도 영락없이 개죽음을 당하게 되리라 여겼다.

금방이라도 무차별 사격이 시작될 것만 같은 긴박한 순간이었다. 그러나 다행히도 그들은 주민들을 모두 땅바닥에 주저앉도록 명령했고, 사람들은 저마다 머리통을 두 손바닥으로 싸쥐는 시늉을 보이며 얌전히 그에 순종했다. 그제야 사람들은 적군 제복 차림의 병사들의 모습을 자세히 훑어볼 수가 있었다. 바로 그 순간에 사람들은 난생처음으로 진짜 적군의 실체를 직접 구경하는 셈이었다. 그들이 착용한 갈색 군복과 둥근 모자, 그리고 빨간색 계급장과 군화 역시 죄다 처음 보는 것들이었다. 특이한 것은 오랫동안 치열한 격전을 치르며 여기까지 내려왔을 병사들답지 않게 그들의 혈색은 과히 나빠보이지 않았으며, 피곤에 지친 기색도 별로 찾아보기 어렵다는 사실이었다. 또 그들의 갈색 제복은 마치 남의 것을 대충 빌려 입은 것처럼 턱없이 헐렁하거나 아니면 기장이 짧은 옷들이 대부분이어서, 딱 잘라 말하기는 어렵지만 아무래도 어딘지 어색하고 어울리지 않는 구석이 있었다. 하지만 그런 것들까지 일일이 살펴볼 만큼 한가한 사람은 아무도 없었다.

잠시 후, 장교 하나가 단상으로 뒤뚱거리며 올라왔다. 적군의 우두머리인 듯싶은 땅딸막한 키에 매부리코를 가진 사내였다. 권총을 찬 허리춤에 양손을 척 걸친 채 그 사내가 면도날 같은 눈초리로 이쪽을 한번 쓰윽 휘둘러보는 순간, 2천여 마을 주민들은 숨소리도 없이 싸늘하게 얼어붙어버렸다. 그때 그 매부리코 장교의 입술 가장자리로 야릇한 웃음이 짧은 동안 희미하게 떠올랐다 사라진 것을 본 사람은 맨 앞줄에 앉아 있던 몇몇에 불과했다.

"여러분을 만나게 되어 우선 대단히 기쁘게 생각하오. 아시다시피, 우리는…… 해방군이오. 저 간악한 놈들과 그 앞잡이들의 총칼로부터 여러분들을 해방시키고자 우리 해방군 용사들은 천 리 길을 한달음에 달려와 이렇게 영광된 승리를 쟁

취한 것이오."

"만세애, 만세애, 짝짝짝짝……"

별안간 요란스런 박수와 만세 소리가 터져 나왔다. 그것은 주위의 완장 찬 패거리 쪽에서였다. 땅바닥에 주저앉아 있던 사람들은 엉겁결에 그들을 따라서 박수를 치고 만세를 불렀다. 매부리코 장교의 연설은 계속되었다.

"전쟁은 곧 끝날 것이오. 놈들은 곧 항복할 것이며 모든 영토는 우리 해방군의 손에 완전히 들어오게 될 것입니다. 이 제부터 우리 모두는 이 땅에 해방 낙원을 건설해야 할 영광스럽고 중대한 시점에 와 있소……"

한동안 연설은 계속되었다. 하지만 사람들은 지나치게 긴 장한 탓에 그것이 무슨 말인지 귀에 잘 들어오지를 않고 연신 쇳소리만 귓속에서 윙윙대고 있는 느낌이었다. 그러는 동안에도 머리 위로 햇볕은 사정없이 내리쬐고 있었고, 바람도 없이 깃발만 혼자 혓바닥을 날름거렸으며, 매미들은 이따금 숫돌에 칼날을 갈아대는 소리로 울었고, 바다는 썩은 웅덩이같이 잠잠하기만 했다.

이윽고 단상의 매부리코 장교는 이렇게 말을 맺었다.

"……고로, 새로운 해방 낙원을 건설하기 위해서 우리는 적군의 앞잡이들과 그 잔당들을 철저히 가려내어 우리 손으로 처형시켜야 마땅할 것이오. 때문에, 오늘 바로 이 자리에서 그 반동분자들을 철저히 가려내어 해방군의 이름으로 준엄한 심판을 내리고자 하는 바이오."

순간 주위는 물을 끼얹은 듯 조용해졌다. 그제야 사람들은 자기들을 거기에 모이도록 한 이유를 확실히 깨닫기 시작했으며, 그 새끼줄이 무엇을 뜻하는지 어렴풋이나마 짐작할 수 있었다. 마침내 이날 저 운명의 심판은 완장 패거리들의 왁자한 만세와 박수 소리를 신호탄으로 하여 서서히 그 막이 오르기 시작했다.

——오전 9시 30분

매부리코 장교는 먼저 주민들 가운데 어린아이들과 나이 많은 노인네들을 골라내어 따로 대열 밖으로 분리시켜 모아놓도록 지시했다. 그 지시를 직접 받은 것은 바로 소금장수였는데, 그 장교가 완장 패거리들 중에서도 유독 자신을 불러 지시한 것만을 보더라도 자기는 벌써 같은 동료들의 대장 격으로 인정을 받았음이 틀림없다고 내심 여겨졌으므로, 소금장수는 어깨에 잔뜩 힘을 넣으며 완장 패거리들에게 그 지시 사항을 전달했다. 이때부터 주민들에 대한 선별작업(選別作業)의 임무는 모두가 소금장수, 대장장이, 구두 수선공을 위시한 50여 명의 완장 패거리들이 맡게 되었다. 적군 제복의 병사들은 대열 외곽에서 총을 들고 서서 지키고만 있을 뿐, 모든 것을 완장 패거리들이 하는 대로 맡겨두고 있는 눈치였다.

완장 패거리들이 15세 이하의 어린아이들과 환갑이 지난 노인네들을 추려내놓고 보니 그 수효가 대략 전체의 3분의 1쯤 되었다. 그렇지만 완장들은 노인네들 중에서 다시 스무 명 가량을 따로 색출해냈다. 그 노인들은 대개 읍장, 면장, 경찰관, 우체국장, 소방서장 등등의 관리들을 아들로 두고 있는 사람들이거나 과거에 이런저런 감투를 써본 경력이 있는 사람들, 혹은 재산이 많아서 인심을 잃은 이들도 끼여 있었다. 또 예배당 종지기인 집사와 선창가 여관집 늙은이같이 지극히 평범한 인물도 끼여 있었는데, 그런 경우는 으레 완장 패거리들 중의 누군가로부터 평소에 미움을 받아온 때문이었다.

"이 늙은이들은 제외시켜서는 안 됩니다. 모두 심판을 받아야 마땅할 작자들입니다, 대장님."

소금장수는 누가 부르지도 않았는데 제 발로 단상 앞까지 쪼르르 달려 나가 보고를 했다.

"호오, 어째서?"

무엇 때문인지 아까부터 혼자 연신 야릇한 웃음을 싱글싱글 떠올리고 있던 매부리코 장교는 자못 재미있다는 투로 물었다.

"예전에 모두 한 가닥씩 했던 죄과가 있고 또 성분이 워낙 불순한 자들이기 때문입니다."

"좋아, 그런 자들은 따로 우측 새끼줄 안으로 분리시키도록 하라구."

"옛. 알았습니다."

소금장수는 멋들어지게 거수경례를 척 붙인 뒤 의기양양해져서 게걸음으로 어기적어기적 돌아 나왔다. 저편에서 대장장이와 푸줏간집 곰보가 잔뜩 부러운 눈으로 이쪽을 건너다보고 있었다. 소금장수는 다시 한번 자신의 특별한 위치를 확인시킨 셈이라고 여겼으므로 기분이 매우 흡족했다. 이제 자신의 앞날은 훤히 트여 있었고 그것이 그의 빈약한 가슴팍에 턱없이 부푼 바람을 집어넣도록 만들었다. 하지만 그에게는 내심 한 가지 꺼림칙한 느낌이 여전히 남아 있음도 사실이었다. 어찌 된 영문인지, 큰길가 그 약방집 둘째 아들의 행방이 아직까지 묘연했기 때문이었다. 약방집 식구들은 물론 동료들 중 누구도 그 청년을 보았다는 사람이 없었다. 해박한 지식으로 보나 또 그동안의 치밀한 계획과 사상 교육의 공로로 보나 자신들을 앞에서 지휘하고 이끌어줄 명실상부한 지도자는 바로 그 청년이 틀림없었다.

"틀림없다구. 놈들이 도주하면서 함께 끌고 가버린 것이 분명해."

소금장수를 비롯한 완장 패거리들은 행방을 알 수 없는 약방집 둘째 아들에 대하여 그런 식의 추리를 하고 있었다.

심판을 받아야 한다는 소금장수의 주장에 따라 별도로 뽑혀 나온 스무 명 남짓한 노인네들은 새끼줄의 맨 우측 칸으로 □□▨과 같이 끌려 들어간 첫번째 사람들이었다.

"억울합니다. 대체 나 같은 사람이 무슨 잘못이 있다고들 이러슈."

"뭔가 착오가 있는 게 분명해. 나야말로 억울해요. 여보게, 소금장수. 자네가 나한테 어찌 이럴 수가 있는가, 응."

한동안 저마다의 억울함과 부당함을 호소하다가 이내 애걸 조로 나오며 법석을 피우던 노인들은 곁에 둘러서 있던 적군 제복 차림의 병사들이 철커덕 하고 총알을 장전해 보이자 금방 시퍼렇게 질린 채 끽소리도 못 하고 느티나무 아래, 우측 새끼줄 안으로 허둥지둥 쫓겨 들어가고 말았다.

완장 패거리들은 이번에는 나머지 어린아이들과 노인들을 이끌고 새끼줄로부터 멀찌감치 떨어져 있는 교문 근처의 포플러 나무 그늘 밑으로 데리고 가서 그곳에 한데 주저앉도록 했다. 교문 쪽에 따로 떨어져 나온 아이들과 노인들은 어렴풋이나마 자신들은 이날의 선별 대상에서 제외되었다는 사실을 깨달았다. 그래서 노인들은 약간 긴장을 풀고 허리춤으로부터 담배쌈지를 꺼내거나 옆 사람과 가만가만 얘기를 주고받기도 했으며, 아이들은 잔뜩 호기심에 찬 눈을 반짝이며 저만치서 벌어지고 있는 광경을 지켜보기 시작했다.

──오전 10시 10분

잠시 후, 운동장의 새끼줄 한가운데에 모인 주민들은 언뜻 학교 건물로부터 끌려 나오고 있는 몇 명의 사내들의 모습을 발견했다. 놀랍게도 그 사람들은 읍장과 우체국장, 조합장, 소방서장 등등의 관리들이었다. 손목에 철사를 친친 감은 채그들은 일렬로 늘어서서 총을 멘 병사들에게 이끌려 단상 앞까지 걸어왔다. 지켜보던 가족들의 입에서 한동안 탄성과 울음 섞인 비명이 흘러나왔다. 읍장의 뚱뚱보 아내 역시 남편의 묶인 모습을 확인하자마자 털썩 땅바닥에 주저앉아버렸다.

"에그머니. 경찰을 따라 무사히 피신한 줄로만 알았더니 저게 웬일이람."

그녀는 남편을 좀더 가까이에서 보려고 두어 걸음 앞으로 나가려다가 완장 패거리들의 고함 소리에 놀라 다시 주저앉아버렸다. 그러다가 어느 순간 우연히도 뒤를 힐끔 돌아보는 읍장의 눈이 뚱뚱보 여자의 그것과 마주쳤다. 그녀는 온통 울상을 지으며 남편에게 손짓을 해 보였는데, 그때 남편의 얼굴이 기묘하게도 빙긋 웃고 있는 듯한 느낌이 들었으므로 그녀는 잠시 얼떨떨해져 있었다. 아마 잘못 봤겠지 하고 생각하고 있는데, 남편의 그 표정을 소금장수가 훔쳐본 모양이었다.

"어, 이 작자 좀 봐라. 웃어? 웃음이 나와? 이 판국에도 정신을 못 차렸군."

소금장수는 다짜고짜 달려가더니 읍장의 가슴팍을 발로 냅다 걷어질렀다.

"아, 아닙니다. 웃다니요. 무, 무슨……"

그렇듯 황황히 변명을 하려던 읍장은 금방 어이쿠, 소리를 내지르며 앞으로 고꾸라졌고, 뚱뚱보 여자는 그걸 지켜보다가 그만 눈을 질끈 감아버렸다. 이윽고 읍장을 비롯한 다른 관리들은 느티나무가 서 있는 새끼줄의 우측 칸 안으로 끌려들어가, 이미 앞서 들어가 있던 스무 명의 노인들과 함께 땅바닥에 무릎을 꿇려 앉혀졌다.

그다음, 완장 패거리들은 경찰 가족을 일일이 끌어냈다. 묘하게도 지서장 집을 비롯하여 여섯 가구의 경찰 가족들은 거의 대부분이 고스란히 아직 마을에 남겨져 있었던 것이다. 약속이나 한 것처럼 그들은 남편 혹은 아버지의 얼굴을 간밤에는 구경조차 하지 못한 채, 다른 주민들과 마찬가지로 이날 새벽녘 적군이 들어오기 전까지 아무것도 모르고 잠자리에 들어 있었다고 했다. 하얗게 질린 모습으로 끌려 나온 이들 경찰 가족들 역시 새끼줄의 우측 칸으로 격리되어졌다.

그러고 나자 주민들은 한 사람씩 차례로 불려 나가 선별심사를 받기 시작했다. 교실에서 꺼내 온 낮은 책상을 여러 개

맞붙여놓고, 그 앞에 적군 제복 차림의 병사 세 명이 의자에 앉았다. 그 옆으로는 소금장수와 대장장이, 애꾸눈 구두 수선 공, 푸줏간집 곰보를 비롯한 예닐곱 명의 완장 패거리들이 붙어 서서 피심사자의 신원 및 성분 내력을 증언해주는 형식을 취했다. 한 사람씩 그 성분을 따져 이쪽이냐 저쪽이냐를 가려내는 데에는 그리 오랜 시간이 걸리지 않았다. 더러는 우측으로 데려가라는 판정을 받게 되면 자신의 무고함과 판정의 부당함을 극구 주장하는 사람들도 있었으나, 대부분 완장 패거리들의 증언이 그 결과를 결정적으로 좌우하는 눈치였다.

목사는 다섯번째로 불려 나갔다. 책상 앞에 앉은 적군 제복의 병사가 이름과 나이 등을 물었다.

"직업은?"

"목삽니다."

그 병사는 목사가 들고 있는 성경을 한번 흘끗 바라보았을 뿐이었다. 그때 곁에 서 있던 청년 하나가 황황히 고개를 돌려 외면하는 것을 목사는 보았다. 그는 그 청년을 알고 있었다. 예배 때마다 맨 앞줄에 앉아 열심히 찬송가를 부르던 모습이 눈에 선했다.

"이보게, 어쩌다가……"

목사는 무심결에 말을 걸어보려 했는데 청년은 끝내 외면해버리고 말았다. 그때 목사는 그의 눈앞으로 불쑥 솟아 나오는 엄지손가락 하나를 보았다. 그것은 앞에 앉은 병사의 손가락이었다. 그 엄지손가락은 목사의 코앞에서 불쑥 치켜세워지더니 이내 오른쪽으로 까딱 숙여졌다. 그쪽으로 가라는 판결이 내려진 거였다. 목사가 성경을 소중하게 껴안은 채 느티나무 아래 새끼줄의 우측 칸을 향해 비칠비칠 걸어가고 있으려니 소금장수가 쫓아와 발로 엉덩이를 세차게 걷어차며 빨리빨리 가지 않는다고 고함을 질렀다. 그 바람에 하마터면 앞으로 고꾸라질 뻔했던 목사는 '주여, 저들을 용서하소서' 하고 속으로 기도를 했다.

정미소집 사내는 느티나무 아래로 끌려오기 전에 공연히 덤으로 뺨까지 실컷 얻어맞고 코피까지 쏟는 곤욕을 치러야 했다. 병사의 엄지손가락이 가리켜준 오른쪽을 향해 힘없이 걸어가고 있으려니까 뒤에서 일부러 불러 세워 다짜고짜 손바닥으로 얼굴을 후려갈긴 녀석은 그가 얼굴을 익히 알고 있는 청년이었다.

"어때, 설마 나한테 이렇게 당할 줄은 꿈에도 몰랐지? 사람 팔자 시간문제라구, 짜식아."

얼굴에 아직 애티가 채 가시지 않은 그 녀석은 코피를 흘리고 있는 정미소집 사내를 보고 이죽거리며 말했다. 그자는 정미소집 사내의 큰딸과 한때는 서로 죽고 못 산다며, 청혼한답시고 지겹도록 찾아와 졸라댄 적이 있었다. 하지만 정미소집 주인 사내는 둘 사이를 악착같이 갈라놓으려고 훼방을 놓다가 끝내는 딸을 다른 동네로 억지 시집을 보내버렸다. 그 청년이 워낙 밑구멍이 째지고도 남을 빈털터리인 데다가 무엇보다도 그 어미가 곱사등이였다는 이유에서였다.

왼쪽, 오른쪽, 오른쪽, 왼쪽, 오른쪽……

그러는 동안에도 쉴 새 없이 사람들은 저마다 병사들의 엄지손가락을 따라 바다가 보이는 왼쪽, 혹은 느티나무가 있는 오른쪽으로 각각 나뉘고 있었다. 마치 염라대왕 앞으로 끌려 나온 것처럼 사람들은 너나없이 그 엄지손가락 앞에 나서는 순간부터 온몸이 빳빳하게 얼어붙고 말았다. 그러다가 손가락이 왼쪽으로 굽혀지면 이내 안도의 한숨을 푸우 뽑아내며 벙긋벙긋 웃음을 흘리기까지 했고, 더러는 뒤에서 차례를 기다리고 있는 식구들이나 친지들을 향해 안심하라는 시늉의 손짓을 보내기도 했다.

하지만 그들과는 반대로 새끼줄의 우측 칸으로 끌려가는 사람은 하나같이 이미 초주검이 된 몰골을 하고 있었다. 더욱이나 부녀자들은 아예 얼이 빠진 상태였다. 사람들은 울부짖으며 애걸 조로 사정을 해보다가 완장 패거리들의 손에 어지간히 혼쭐이 난 다음에야 개돼지처럼 네 발로 벌벌 기어가기도 하고, 심장이 약한 축들은 엄지손가락이 오른쪽으로 까딱 눕혀지는 순간 그 자리에서 까무라치기도 했다. 그러면 완장 패거리들은 그들을 질질 끌고 가서 새끼줄의 오른쪽 칸 안에 아무렇게나 패대기 질을 쳐버리곤 했다.

그것은 퍽이나 대조적인 풍경이었다. 새끼줄을 경계로 하여 왼쪽 사람들은 어디 소풍놀이라도 나온 양 조금은 희희낙락하는 기색으로 앉아 있다가, 저만치 누가 차례가 되어 앞으로 나가기라도 할라치면 자진해서 "그놈도 죽여야 해. 똑같은 놈이여" 하고 고함을 쳐서 자신의 갸륵한 충성심을 나타내 보이기도 하였다. 반대로 경찰 가족과 관리들을 비롯한 인물들이 모여 있는 느티나무 쪽은 벌써 지옥이었다. 그쪽 사람들은 대부분 사지를 지탱할 힘조차 잃어버리고 만 듯 축 늘어진 채 땅바닥에 무릎을 꿇고 앉아 있을 뿐이었다. 목사와 몇몇 신실

한 신도들은 그 와중에도 간절한 기도를 웅얼거리고 있었고, 그러는 동안 그 적군 병사의 엄지손가락은 끊임없이 왼쪽 혹은 오른쪽을 향해 굽혀지고 있었다.

이 무렵 교문 근처에 따로 모여 앉은 노인들과 아이들 역시 저만치 새끼줄을 중심으로 하여 벌어지고 있는 그 진기한 풍경의 장면마다에 따라 갖가지 다양한 반응을 드러내고 있었다. 주름투성이 노인들의 얼굴은 자기 식구 혹은 친지들의 향방이 바닷가 쪽이냐 느티나무 쪽이냐에 따라서 희비가 엇갈렸고, 덩달아 어린아이들까지 웃다가 울고 울다가 웃기를 되풀이하는 참이었다.

정미소집의 열 살짜리 막내아들은 아버지가 느티나무 쪽으로 질질 끌려가는 모습을 바라보며 눈물을 글썽였는데, 그것은 다른 아이들도 식구들이 그쪽으로 가게 되면 울음을 터뜨렸기 때문이었다. 그런 어느 때인가 정미소집 막내아들은 별안간 뒤가 마려워졌다. 아침부터 배 속에서 북북 소리가 나더니 기어코 탈이 난 모양이었다. 그래서 옆으로 슬슬 빠져나와 저만치 떨어진 학교 건물 뒤편의 변소를 향해 눈치를 살필 겨를도 없이 잰걸음을 하고 있는데, 갑자기 등 뒤에서 누군가 아이를 불러 세웠다.

"이 꼬마 녀석. 어딜 가려는 거얏."

병사 하나가 어깨에 멘 소총을 쩔꺽거리며 성큼성큼 다가왔다. 아이는 금세 겁을 집어먹고는 엉덩이를 손바닥으로 감싸며 쭈뼛쭈뼛 뒷걸음질을 쳤다.

"짜아식. 배탈이 난 게로군. 빨리 갔다 와."

의외로 병사는 장난스런 웃음을 빙긋 흘리며 말했다. 아이는 뒤도 돌아보지 않고 후다닥 뛰어 들어갔다. 쭈그리고 앉아 한참 힘을 쓰고 있을 때였다. 저만치서 저벅거리는 군화 소리와 함께 인기척이 나더니 이내 쏴아아, 힘차게 물줄기 떨어지는 소리가 들려왔다. 아마도 병사들일 거라고 아이는 짐작했다.

"저런 멍텅구리 같은 사람들이라니, 원. 속도 모르고 저 날뛰는 꼬락서니 좀 보라구."

"아무리 그렇더라도 좀 너무한 것 같잖아. 이런 식의 방법을 쓴다는 게 말이야."

"너무한다구? 저런 작자들은 이 잡듯 깡그리 없애버려도 시원찮을 판국에 무슨 소릴 하고 있는 거야. 아, 그래서 우리가 이렇게 여기까지 내려와서 귀찮은 놀음을 하고 있지 않느냐 말이야."

이윽고 물소리가 그치고 그들의 발소리가 밖으로 멀어져 갔다. 정미소집 아이의 가슴이 까닭 모르게 벌렁벌렁 뛰어오르기 시작했다. 아이가 볼일을 마치고 변소를 막 나서려는 순간이었다. 얼핏 어디선가 기괴한 소리가 들려오는 것 같았다. 교실 뒤편, 창고가 있는 쪽에서였다.

"아으읏. 안 돼. 그게 아니야아. 아악!"

분명 누군가의 끔찍스런 비명 소리였다. 아이는 황급히 그 자리를 도망쳐 나왔다. 화단을 따라 교문 쪽 제자리를 찾아 뛰어가면서, 아이는 불현듯 조금 전 그 비명 소리가 어딘지 약방집 둘째 아들의 목소리를 닮았다는 생각이 들었다.

드디어 이날의 예정된 행사는 거의 끝이 났다. 새끼줄의 왼쪽과 오른쪽은 ▨□▨과 같은 꼴로 완전히 두 쪽으로 나뉘어 있었다.

"모두 끝났습니다."

병사 하나가 그렇게 보고를 했다. 매부리코 장교는 마침 한 손에 물컵을 들고 서 있었는데, 그 보고를 받더니 "그래? 이제 다 마쳤구먼. 아아, 모두가 끝난 셈이란 말이지"하고 대답한 뒤 훌쩍 컵을 마셔 비웠다.

교문 근처의 노인들과 아이들은 운동장 양편으로 분리된 두 패의 사람들을, 그리고 그들을 명확하게 두 동강이로 갈라놓은 가늘고 긴 새끼줄을 먼발치에서 숨을 죽이며 지켜보고 있었다. 그들 모두는 불과 몇 시간 전까지만 해도 조상 대대로 물려받은 이 작은 마을에서 아침저녁으로 서로 얼굴을 맞대고 살아온 지극히 순박하고 평범한 사람들이었다. 그런 그들을 지금 이 순간 두 개의 전혀 판이한 운명으로 나눠놓은 것이 고작 그 가느다랗고 볼품없는 새끼줄 몇 가닥이라는 사실은 얼핏 믿기지가 않았다. 그 두 집단을 분단시켜놓은 새끼줄과 새끼줄 사이의 공간이라고 해야 겨우 스무 발짝도 채 못 되는 거리였지만 이 순간 그것은 바다보다도 더 까마득하게 멀고 먼 거리로 여겨졌다.

한동안 바닷가 작은 마을의 학교 운동장 안에는 기괴하

리만큼 완벽한 정적이 무겁게 감돌고 있었다. 이따금 혼자 펄럭거리곤 하던 게양대의 깃발은 때마침 정지했고, 포플러 나무 가지 끝에서 매미도 돌연 칼날 갈기를 중지했다. 새끼줄의 왼쪽도 오른쪽도, 그리고 그 양분된 두 덩어리의 집단을 멀리서 지켜보고 있는 교문 쪽도 모두 입을 다문 채 유령처럼 고요해져 있었다. 왼쪽은 오른쪽을 무표정하게 건너다보았고 오른쪽은 왼쪽을 멍하니 응시하고 있을 뿐, 그 어느 쪽도 입을 열지 않았다. 그들의 눈에 서로는 다만 똑같이 환영(幻影)으로서만 존재하는 것 같았다. 그 비현실감을 더욱 조장해주고 있는 것은 침묵이었다. 사실상 그 침묵은 불과 몇 초 동안의 지극히 짧은 순간에 지나지 않았음에도, 운동장 안의 주민들 모두에게 그것은 한없이 오래고 긴 시간처럼 느껴졌다.

태양은 머리 위에서 이글이글 타오르고 있었다. 구름 한 점 없는 하늘은 유리알처럼 맑았고, 햇볕은 불 인두처럼 뜨거웠으며, 바람은 움직임을 멈추었고, 멀리 바다는 죽은 듯 푸른 빛으로 잔잔하기만 했다. 그 기이한 정적 속에서 무릎을 꿇고 앉아 있던 목사는 문득 하늘을 향해 목을 뒤로 꺾었다. 거대한 불덩이가 7월 한낮의 하늘 한복판에 외눈깔로 이글거리며 박혀 있었다. 정오가 가까워오고 있구나, 하고 그는 생각했다.

그때, 그 무겁고 꺼림칙한 정적을 깨뜨리는 미세한 움직임이 대열 가운데에서 일어났다. 목사의 바로 곁에 꿇어앉아 있던 한 젊은 여자가 돌연 몸을 발딱 일으켜 세운 것이었다. 목사도 그 이름을 기억하고 있는 어느 경관의 딸이었다. 온통 땀에 범벅이 된 얼굴로 묘하게 눈을 빛내며 그 자리에 우두커니 서 있던 그녀는 이윽고 태연스런 동작으로 앞을 가로막고 있는 새끼줄을 위로 젖혀 올리더니 밖으로 몸을 빼냈다. 그녀의 한쪽 발은 맨발인 채로였다. 그녀는 전혀 서두르지 않는 걸음으로 맞은편 사람들의 무리를 향해 천천히 다가가기 시작했다. 그 모습은 터무니없이 너무나 당당하고 태연해 보였으므로, 한동안 왼쪽도 오른쪽도 꼼짝하지 않고 그 여자의 거동을 눈으로 좇고 있을 따름이었다.

마침내 그녀가 넋 나간 사람처럼 흐느적거리며 다가가서 왼쪽의 새끼줄을 손으로 젖혀 올리며 그 안으로 몸을 집어넣으려 할 찰나였다. 그 안에 서 있던 사내 하나가 우르르 좇아 나와 그녀를 붙잡고 땅바닥에다가 우악스레 패대기질해버렸다.

"이년아. 어딜 숨어 들어오려는 거야. 그래도 살고는 싶은 게지."

"아, 아녜요. 난 정말 억울해요. 그게 아니라니까요. 처음부터 나는 이쪽 칸으로 왔어야 할 사람이었다고요. 잘못된 거라니까요! 정말이에요. 그게 아니라니까!"

여자가 끌려 나가지 않으려고 미친 듯 몸부림을 치며 악을 썼다. 순간 그때까지 땅바닥에 꿇어앉아 있던 느티나무 쪽 사람들 대여섯 명이 덩달아 그 여자처럼 새끼줄을 뛰어넘어 맞은편을 향해 필사의 탈출을 감행하려 했다.

"억울해. 나는 살고 싶어!"

"난 죄가 없어요. 뭔가 잘못된 거라고요."

그들 역시 저마다 그렇게 울부짖으며 달려갔지만 반대쪽 사람들이 미리 기다리고 서 있다가 그들을 오지 못하도록 저지했다.

"안 돼. 어딜 들어오려고 그래. 너희들은 심판을 받아야 한다니까!"

어지러운 발길질과 주먹질, 고함 소리와 욕설과 비명 소리가 한꺼번에 무자비하게 퍼부어졌다. 끝내 새끼줄을 넘어 무모한 탈출을 시도했던 그 몇 사람은 완장 패거리의 손에 질질 끌려 다시금 느티나무 쪽으로 간단히 되돌아오고 말았다.

"자아. 이제 모든 심사는 끝이 났소!"

단상 위에서 그 광경을 줄곧 지켜보던 매부리코 장교는 빈 물컵을 높이 쳐들면서 큰 소리로 선언했다.

"만세. 만세애. 위대한 해방군 만세애……"

하늘을 찌를 듯 요란한 만세와 박수 소리가 왼쪽의 사람들로부터 한꺼번에 쏟아져 나오기 시작했다. 느티나무 아래의 오른쪽 사람들은 무릎을 꿇은 채 반대쪽 사람들의 그 열광적인 함성과 만세 소리, 박수 소리, 쿵쿵 굴러대는 발소리, 그리고 그들의 활짝 벌린 두 팔과 목의 힘줄과 벌겋게 상기된 얼굴들을 넋이 빠진 채 바라보고만 있었다. 그들은 모두가 바로 어제까지만 해도 자기들의 정겨운 이웃이었으며 친척이었고 혹은 한 가족의 얼굴들이었던 것이다.

목사는 현기증으로 어른거리는 눈을 질끈 내리감고 기도를 되풀이했다. 주여, 가엾은 저들을 용서하소서. 저들은 저희의 죄를 모르고 있나이다. 이윽고 목사는 성경의 어느 부분인가를 손에 잡히는 대로 열었다.

"낮 12쯤 되자 어둠이 온 땅을 덮어 오후 3시까지 계속되었다. 태양마저 빛을 잃었던 것이다. 그때 성전 휘장 한가운데가 찢어지며 두 폭으로 갈라졌다. 예수께서는 큰 소리로 '아버지, 제 영혼을 모두 아버지 손에 맡기나이다!' 하시고는 숨을 거두셨다."

깨알 같은 글자를 천천히 짚어가며 읽어 내려가는 목사의 손가락이 가느다랗게 떨리고 있었다. 목사는 가슴 터질 듯한 감동에 사로잡혀 하늘을 우러러보았다. 이글거리는 태양이 하늘 한가운데에 멎어 있는 순간이었다.

—1950년 7월 28일 낮 12시

마침내 정오였다.

단상 위에 우뚝 서 있던 매부리코 장교는 시계를 들여다보고 있었다. 그러더니 그는 불현듯 하늘을 향하여 두 팔을 번쩍 펼쳐 올리는 것이었다. 목사의 눈에 그것은 악마의 신탁(神託)을 받고 있는 모습으로 보였고, 다른 사람들이 보기에는 그가 무엇인가 하늘을 향해 외치려 하는 것처럼 여겨졌다.

그러나, 사실은 그것이 이날 행사의 클라이맥스를 알리는 운명의 신호였음을 사람들은 그때까지도 까맣게 몰랐다.

애애애애……앵.

매부리코 장교의 치켜올린 팔이 내려오는 것과 동시에 느닷없이 요란한 사이렌 소리가 사람들의 고막을 갈가리 찢어대기 시작했다.

뜻밖에도 사이렌 소리는 학교 담 너머로부터 날아들고 있었다. 운동장에 모인 모두의 눈이 ─ 왼쪽도, 오른쪽도, 완장 패거리들과 적군 제복의 병사들까지도 ─ 일제히 교문을 향하여 집중했다. 그 순간 주민들은 똑같이 경악했다. 그들의 눈앞에선 지금 마악 실로 믿을 수 없는 기적이 벌어지고 있었다. 사람들은 모두 저마다의 눈을 의심했다. 새끼줄의 왼쪽도, 오른쪽도, 완장 패거리들도, 아이들과 노인들도 모조리 딸각 호흡이 멎어버렸다.

트럭이 들어오고 있었다.

한 대.

두 대.

세 대.

모두 세 대였다. 트럭의 뒤 칸마다 무장한 병사들이 가득가득 타고 있었다.

"이, 이럴 수가……"

지켜보고 있는 마을 사람들은 눈알이 일제히 뒤집히는 것만 같았다.

아군이었다. 눈에 익은 청색 깃발을 펄럭이며 들어오고 있는 그들은 분명 바로 어제저녁까지 읍사무소에 주둔해 있던 그 아군 병사들의 모습이었다. 트럭에서 내린 그들은 저벅저벅 군화 소리를 내며 마을 사람들을 두 쪽으로 갈라놓고 있는 그 중앙의 공간을 가로질러 유유히 행진해 들어오고 있었다. 이윽고 그 배불뚝이 아군 부대장과 매부리코 적군 장교가 자신들의 바로 눈앞에서 만나 힘차게 악수를 나누고 있는 광경을 사람들은 똑똑히 지켜보았다.

"아니야아. 거짓말이야. 모조리 속임수란 말이야앗!"

어디선가 날카로운 비명 소리가 터져 나온 것은 바로 그 순간이었다. 누군가 창고 건물의 모퉁이를 돌아 나오며 고함을 치고 있는 게 보였다. 온몸이 꽁꽁 묶인 채 끌려 나오고 있는 그 사내가 바로 이날 내내 종적이 묘연하던 그 약방집 둘째 아들이라는 사실을 사람들은 깨달았다.

"아이쿠 속았구나!"

소금장수와 푸줏간집 곰보가 그 자리에 풀썩 주저앉았고, 대장장이는 서 있는 채로 바지에다 쭐쭐 오줌을 누고 말았다.

"허허허허헛. 자아, 이제야 모두 끝났나 봅니다. 허헛. 본의 아니게도 죄 없는 여러분들이 십년감수하셨겠소이다. 우리 몇 사람은 사실 처음부터 빤히 다 알고 있었지만 일부러 모르는 척했었지요. 우리인들 달리 어쩌겠습니까. 허허허. 이렇게 해야만 숨어 있는 불순분자들을 하나 남김없이 깡그리, 그것도 제 발로 스스로 걸어 나오게 만들 수가 있다고들 하니 말입니다. 허허헛. 그래서 우리 관리들 몇은 어젯밤부터 모두 집에 들어가지도 못하고, 할 수 없이 각본대로 연극을 좀 해봤지 뭡니까. 저분들은 사실 K시의 아군 부대 병사들이랍니다. 반란군 제복으로 갈아입고 감쪽같이 그럴듯하게 적군 행세를 한 거지요. 읍사무소에 주둔하고 있던 부대는 이웃 마을에 잠시 철수해 있다가, 오늘 낮 12시 정각에 나타나기로 약속이 돼 있었다는군요. 허허헛. 어떻습니까. 이거야말로 정말 기막힌 아이디어가 아닙니까. 힘 하나 안 들이고 놈들을 모조리 잡아들일 수 있게 된 것입니다. 허허. 벌써 다른 마을에서도 똑같은 방법을 써보았더니 그 효과가 아주 좋았다지 뭡니까. 으허허헛."

그때까지 고개를 떨어뜨린 채 꿇어앉아 있던 읍장은 엉덩이를 툭툭 털고 일어나더니, 퍽이나 재미있는 놀이였다는 양 그렇게 설명을 해주고는 한바탕 웃음을 터뜨리는 거였다. 하지만 사람들은 아직도 어안이 벙벙한 채로 그저 하나같이 입만 따악 벌리고 서 있을 뿐이었다.

"어이구, 여러분들께서 진짜 고생들 하셨습니다. 더구나 우리 읍장님과 조합장님은 아주 연기가 그럴듯하던데요. 하하."

"아유, 별말씀을. 하지만 이거, 아까 저놈한테 얻어맞은 자리가 아직도 욱신거리는구먼요. 허헛."

배불뚝이 부대장과 적군 제복 차림의 매부리코 장교가 새끼줄 오른쪽 칸으로 다가와 읍장과 몇몇 관리들에게 치하를 했을 때도 여전히 사람들은 정신이 오락가락하는 기분이었다.

소금장수와 대장장이, 애꾸눈 구두 수선공과 푸줏간집 곰보 사내를 포함한 50여 명의 완장 패거리들은 신호가 떨어지자마자 적군 제복 차림의 병사들에게 꼼짝없이 붙잡혀서 한꺼번에 새끼줄 왼쪽 칸 안으로 쫓겨 들어갔다. 뒤이어 묶여온 약방집 둘째 아들도 거기에 합류했다. 이번엔 그들이 오히려 양 손바닥을 머리 위에 얹은 채 무릎을 꿇려 앉혀졌다. 그야말로 눈깜짝할 사이에 모든 상황이 물구나무서기를 한 셈이었다.

"어때. 이 반란군 놈들아. 감쪽같이 속아 넘어간 기분이? 이제야말로 네놈들이 제 발로 스스로 걸어 나왔으니, 입이 백 개라도 할 말이 없을 테지. 안 그래? 킬킬킬킬."

적군 제복 차림의 병사 하나가 총구를 그들 앞에 불쑥 들이대며 이죽거렸다. 킬킬킬킬킬…… 소금장수와, 약방집 둘째 아들과, 구두 수선공과, 푸줏간집 곰보와 대장장이는 눈앞으로 다가오고 있는 그 시꺼먼 총구를, 눈도 코도 없이 동그랗게 입만 달린 채 킬킬킬킬 웃고 있는 그 총의 웃음소리를 꿈속처럼 아스라하니 듣고 있었다.

"만세. 만세애. 만만세애……"

마침내 이번엔 느티나무 쪽으로부터 엄청난 만세 소리가 터져 나오기 시작했다. 읍장과 우체국장, 그리고 정미소집 주인 사내와 읍장의 뚱뚱보 아내를 비롯한 느티나무 쪽 사람들은 말 그대로 죽었다가 다시 살아난, 그 기막힌 환희와 감격을 도저히 주체할 길이 없어 눈물 콧물을 줄줄 흘려대며 미친 듯 발을 구르고, 서로 부둥켜안고 펄쩍펄쩍 뛰어오르고, 목이 터져라 만세를 부르고, 손바닥이 부서져라 박수를 쳐대고 있었다.

그들은 바로 일순간 전까지 자신들의 머리 위에 드리워 있던 죽음의 그림자를, 그 소름 끼치는 공포와 처참한 고통의 기억을 까맣게 잊어버리고 다만 환희와 기쁨으로 전율했다. 그리고 조금 전까지 자신들의 육체와 영혼을 그토록 엄청난 힘으로 짓누르고 있던 그 죽음의 족쇄를 실로 자연스럽게 새끼줄 너머 저쪽 사람들에게 되돌려주는 것으로 통쾌한 복수를 실현했다. 그리하여 그 가슴 벅찬 희열과 감격을 한층 더 충만한 은총과 축복으로 승화시켰다.

"세상에, 간밤의 꿈이 이렇게도 맞을 수가 있담!"

정미소집 사내는 간밤의 그 기이한 꿈을 새삼 떠올리며 아내를 부둥켜안았다. 예배당 종지기 집사도 목사의 팔을 붙들고 엉엉 울음을 쏟았다. 주여, 저들을 용서하소서, 하고 금방까지 기도를 했던 목사는 너무 충격을 받은 탓인지 즉석에서 기도문의 내용을 수정하여, "주여. 악을 능멸하시고 의인을 구하시옵는 아버지시여. 감사하옵니다. 진실로 진실로 감사드리옵나이다" 하고 중얼거렸다. 그러다가 끝내는 목구멍으로 치솟아 오르는 감격을 억누르지 못하고 목사는 다른 사람들과 똑같이 '만세 만세 만만세'를 목청껏 외쳐대기 시작했다.

한편, 그런 순간에도 오히려 멀뚱해져 있는 쪽은 교문 근처에 따로 떨어져 있는 노인들과 아이들이었다. 거기까지 달려와서 미처 그 내막을 알려주는 이가 아무도 없었으므로, 그들은 여전히 무슨 영문인지를 몰라 어리둥절할 뿐이었다. 저만치 운동장 안에서 벌어지고 있는 그 희한한 광경을 입을 벌린 채 지켜보고 있던 정미소집 열 살짜리 막내아들의 눈에는, 그것은 영락없이 청군/백군이 한데 모여 운동회 날의 흥겨운 폐회식을 치르고 있는 것처럼 보였다.

──에필로그

얼마쯤 세월이 흐른 뒤에 전쟁은 끝이 났고, 바닷가 그 작은 마을에도 민첩한 도둑처럼 다시 평화가 숨어들어왔다. 그

동안 마을 주민의 전체 숫자는 오히려 전보다 훨씬 더 줄어들어 있었지만, 그 부족한 자리를 채우기까지는 그다지 오랜 시간이 걸리지 않았다. 여자들은 부지런히 아이를 낳았으며, 갓 짝을 맺은 젊은 부부들은 주인 없이 오래 버려져 있던 빈집들을 허물고 그 자리에 새로운 집을 지어 신혼살림을 차렸다.

그래도 해마다 7월 어느 날이면 마을의 꽤 많은 집들에선 한꺼번에 똑같이 제사상이 차려지곤 했지만, 무심한 세월은 사람들의 쓰디쓴 기억의 잔에다가 조금씩 조금씩 맹물을 타 넣어주었으므로, 오래지 않아 그들은 어느 해 한여름 대낮의 그 기괴한 곡두 놀음의 기억을 뇌리에서 조금씩 지워가고 있었다.

그리고 언제부터인가 하늘이 유리알처럼 맑은 가을날을 잡아 마을 서쪽 바닷가의 학교 운동장에선 예전처럼 다시 운동회가 열렸고, 그때마다 온 마을 주민들은 청군/백군으로 나뉘어 한바탕 열띤 응원을 벌이며 박수를 치고 만세를 불렀다. 그러다가도, 나이 지긋한 어른들은 손뼉을 치다 말고 제풀에 화들짝 놀라며 돌연 겁먹은 눈빛으로 서로의 얼굴을 흘끗흘끗 훔쳐보곤 했는데, 아직 어린 꼬마들은 도통 그 까닭을 알 수가 없었다.

아
버
지
의

땅

쫓겨가는 한 마리 딱정벌레처럼 트럭은 저만치 들판 가운데로 난 황톳길을 따라 느릿느릿 기어가고 있었다. 고르지 못한 노면에서 바퀴가 튀어 오를 때마다 덜컹대는 쇳소리가 들려왔고 꽁무니로 부옇게 마른 먼지가 피어올랐다.

덮개 없는 트럭의 뒤 칸에 홀로 쭈그려 앉은 채 실려가고 있는 녀석의 모습이 유난히도 자그맣게 오므라들어 있어 보였다. 뒤 칸에 적재된 알루미늄 식깡들이 이따금 섬뜩하리만큼 차가운 금속성의 광선을 되쏘곤 했다. 풀잎들이 저마다 윤기를 잃어가고 있는 들녘과 차츰 잿빛으로 퇴색해가기 시작하는 야산의 정지된 풍경 속에서 그것은 안간힘을 쓰며 집요하게 꿈틀거리고 있는 단 하나의 운동체였다.

"더럽게 운도 없는 녀석이군. 전입해온 지 보름 만에 초상을 치르다니."

바지를 까 내리고 오줌발을 내갈기며 오 일병이 뇌까렸

다. 나는 말없이 마른풀을 짓씹었다. 바로 조금 전에 우리는 그 트럭에서 내렸었다. 야영지를 출발한 지 얼마 되지 않아 차가 마을로 통하는 샛길 입구에 다다랐을 때, 선임 탑승자는 차를 세워 우리 둘을 내려주었던 것이다.

이제 트럭은 들판을 지나 산모퉁이를 마악 꺾어 돌아가려는 참이었다. 나는 아직 그 전입병의 이름조차 모르고 있었다. 기동 훈련이 시작되기 불과 며칠 전, 군장을 꾸리느라 어수선한 내무반 안으로 더플백을 껴안고 엉거주춤 들어서던 맨 첫날의 모습만 기억할 뿐이었다. 이틀 만에 한 번씩 나타나는 보급 차량에 실려 녀석은 지금 본대로 돌아가는 중이었다. 아마도 도착하자마자 특별 휴가를 받아 고향으로 달려가게 되리라. 그리고 어쩌면 이미 매장을 마치고 마당에 드리운 광목 휘장이 걷힐 무렵에야 뒤늦게 제 집에 닿게 될지도 모를 일이다. 이윽고 꽁무니로 먼지를 물고 차가 시야에서 사라져버리자 텅 빈 풍경이 웅숭그리며 제자리를 찾아 들어앉고 있었다.

"자식, 안되었지 뭡니까. 키는 껀정한 녀석이 금방 울먹울먹하더라구요. 홀어머니였다지요, 아마."

오 일병이 허리춤을 여미며 말했다.

우리는 걷기 시작했다. 작전 도로 우측으로 엎드린 낮은 언덕바지에 택시 한 대가 간신히 드나들 수 있을 만한 좁은 샛길이 나 있었다. 길 어귀엔 허리 높이로 세워놓은 콘크리트 표지판이 서 있고, 거기엔 "새마을 승공부락"이라는 초록색 글자가 흰 페인트 바탕에 엉성하게 적혀 있었다. 둘은 샛길로 접어들어 그다지 가파르지 않은 언덕을 걸어 올랐다. 길 아래로 흐르는 작은 시내는 바짝 말라붙어 있었다. 떡갈나무며 오리나무 따위의 관목들이 드문드문 깔려 있는 후미진 어귀를 돌아 언덕 등성이를 마악 올라섰을 때였다. 별안간 눈앞에서 무엇인가 여러 개의 시커먼 덩어리들이 한꺼번에 푸다다닥 허공으로 솟구쳐 올랐으므로 우리는 약속이나 한 듯 움찔 뒷걸음질을 쳤다.

까마귀 떼였다. 길 양편으로 꽤 넓은 밭이 드러누워 있었다. 미처 뽑을 시기를 놓쳐버린 배추며 무 따위가 밭고랑 여기저기에서 된서리를 맞아 썩어가고 있는 참이었는데, 어디서 날아왔는지 수많은 까마귀들이 그 검고 칙칙한 날개를 퍼덕이며 밭고랑을 뒤적이고 있다가 인기척에 놀라 후닥닥 날아오른 것이었다. 놈들은 멀리 달아나지는 않았다. 저만치 밭둑 근처까지 날아갔다가는 되돌아와 검은 헝겊 조각 같은 날개를 펄렁이며 하나둘 땅에 내려앉고 있었다. 더러는 흘금흘금 이쪽의 눈치를 살피면서도 짐짓 태연히 등을 돌리고 있는 놈들도 있었다.

오 일병이 거기다 대고 돌팔매질을 했다. 여기저기 숯덩이를 흩뿌려놓은 듯 구물거리고 있던 새 떼가 일제히 비명을 지르며 떠올랐다. 까우욱, 까우욱, 그것들의 울음이 황량하기 그지없는 초겨울의 빈 들녘을 공허하게 흔들었다. 그는 이번엔 좀더 작은 돌멩이를 골라, 이미 날아가고 있는 새들을 향해 던졌다. 하지만 돌멩이는 밭둑까지도 채 못 미쳐 툭 떨어져버렸다.

"빌어먹을 까마귀까지 오늘은 영 기분을 잡치게 하는걸."

땅에 내려놓았던 소총을 어깨에 다시 메면서 오 일병은 타악 침을 뱉었다. 하늘 한 귀퉁이에 불길한 검은 얼룩을 만들며 그 수많은 새들은 머리 위를 두어 번 선회하더니 이윽고 저편 야산 기슭으로 날아가버렸다. 넓은 날갯깃을 펄럭일 때마다 무엇인가가 우리들의 머리 위로 우수수 떨어져 내릴 것만 같은 섬뜩한 불쾌감에 절로 고개가 움츠러들곤 했다.

"총알만 있다면 저걸 그냥……"

"뭘 그래? 오랜만에 보니까 까마귀도 반가운걸."

"반갑다구요? 시체에서 눈알을 뽑아 먹는다는 저놈들이 말예요? 남들은 까치를 보고 길조라고들 합디다만, 난 그것조차 기분 나쁩디다. 새라면 작고 귀여운 맛이 있어야지 원, 시꺼먼 게……"

오 일병의 턱없이 화난 표정을 보고 나는 자그맣게 웃었다. 그렇잖아도 꺼림칙해 있었을 그였다. 땅을 파다 말고 꽤액 비명을 지르며 삽자루를 내동댕이친 채 달아나던 아까의 모습이 떠올랐다. 괜찮아, 인마. 사람 뼉다귀를 처음 봐서 그래? 동료들이 이죽거리며 놀려대자 그제서야 비식 어색한 웃음을 흘리며 태연한 척해 보이고는 있었지만, 그는 여태 줄곧 속으로는 어딘가 개운찮은 느낌을 지워내지 못하고 있는 것이리라. 지금도 이따금 침을 탁탁 뱉어내며 그는 고개를 조금 숙인 채 앞장서서 걷고 있었다.

"지난밤 꿈자리가 더럽더라니만, 씨발."

마른 나뭇가지를 발길로 내지르며 그가 말했다.

"꿈이 어땠길래."

"상여를 봤지 뭡니까. 그런데 이상한 게 말이죠. 장의차나 앰뷸런스였다면 또 모르는데, 울긋불긋한 상여 뒤를 쫓아가면서 엉엉 울다가 깼단 말예요. 난 상여라곤 영화 속에서밖엔 구경한 적이 없거든요."

그는 정말 수상쩍다는 투로 내게 얼굴을 돌리며 묻는 것이었다.

"꿈이 맞은 셈이군. 아까 그 전입병 녀석이 꿀 꿈을 대신 꿨나 보지."

나는 그가 내심 무슨 생각을 하면서 묻고 있는지를 빤히 알면서도 그렇게 대꾸해주었다. 하지만 여전히 뭔가 걸린다는 듯이 그는 시무룩하게 입을 다물어버렸다.

걸음을 옮길 때마다 옆구리에선 허리띠에 찬 수통과 부딪치며 소총이 달그락 소리를 냈다. 돌아다보니, 까마귀 떼가 조금 전에 우리가 지나온 밭으로 다시 펄럭펄럭 내려앉고 있는 게 보였다. 놈들은 거기에다 무엇인가 먹을 것을 숨겨두었던 것일까. 텅 빈 초겨울의 들녘에서 저희들끼리 몰려다니며 무엇 하나 남아 있을 것 같지 않은 메마른 밭고랑 사이를 어슬렁어슬렁 배회하고 있는 그 크고 흉물스런 새 떼의 모습이 까닭 없이 마음을 우울하게 했다.

──저걸 좀 봐라이. 새들은 사람보담도 몬치 계절을 아는 법이여.

어머니가 말했다. 그녀는 잘게 썬 고구마를 햇볕에 말리기 위해 마당 앞 돌담장 위에 하나씩 널고 있던 참이었다. 토방에 주저앉아 잠자리를 들여다보고 있던 나는 무심코 고개를 들었다. 담장에 기댄 어머니가 목을 젖힌 채 하늘을 치어다보며 서 있었다. 그녀의 눈길이 가 닿아 있는 쪽 하늘엔 언뜻 작은 점들이 무수하게 흩어져 있는 게 눈에 잡혔다. 새 떼였다. 목이 기다란 것이 어쩌면 자연 시간에 배운 청둥오리나 재두

루미인지도 모른다고 나는 생각했다. 새들은 별로 서두르는 기색도 없이 천천히 허공을 비행하고 있었다.

해마다 앞산 나무숲이 누런빛을 떠올리기 시작하고 가을 햇볕이 차츰 온기를 잃어갈 무렵이면, 우리는 뒷산 등성이를 넘어 날아오는 그 철새들의 행렬을 이따금 볼 수 있었다. 그것들은 대단히 높다랗게 떠서 목을 길게 잡아 뺀 채 끊임없이 날아가고 또 날아가곤 했다. 나는 새들이 그렇게 우리 마을을 지나서 앞산 너머에 있는 바다를 향해 날아가는 것이라는 사실을 알고 있었다.

─애야, 저것은 북쪽에서 날아오는 철새란다. 날씨가 추워지면 따뜻한 남쪽으로 내려왔다가 봄에는 다시 고향을 찾아가는 것이여.

어머니는 넋 나간 사람처럼 하던 일을 잊은 채 아직도 고개를 길게 빼 늘이고 하늘을 치어다보며 그렇게 말하는 것이었다. 그건 나도 학교에서 배워서 다 아는 얘기였다. 그 새들은 바닷가나 강기슭에서 잔물고기며, 우렁이, 조개 같은 것들을 먹고 산다는 것도 알고 있었다. 그렇지만 나는 그녀의 말을 함부로 가로막지는 않았다. 이전에도 벌써 그와 똑같은 말을 여러 번 들어왔던 까닭이었다. 이제는 그것이 어머니 혼자서 외는 주문 같은 것일지도 모른다고 나름대로 여기고 있는 터였다.

나는 다시 잠자리의 날개를 무릎 새에 끼우고, 녀석의 발에 실 가닥을 묶기 위해 정신을 모았다. 잠자리가 눈알을 뒤룩거리며 연신 발을 오무락대었으므로 실을 잡아 묶기에 애를 먹었다. 나는 그놈을 이용해 다른 잠자리들을 유인할 작정이었다.

한참 후에까지도 어머니는 그렇게 멍하니 서서 하늘을 치어다보고 있었다. 그러나 새들은 언제나 이쪽은 거들떠보지도 않고 기다랗게 열을 지어 우리들의 머리 위를 지나 바다를 향하고 끼룩끼룩 날아가기를 계속할 뿐이었다. 그때마다 나는 공연히 화가 치밀어 새들을 향해 주먹감자를 날려 보내곤 했는데, 어머니는 그 새들이 마을 들판을 지나고 멀리 맞은편 산꼭대기 너머로 가물가물 사라져버릴 때까지 오래오래 그 자리에 붙박인 듯 서 있는 것이었다. 그러다가는 또 불현듯 이렇게 중얼거리곤 했다.

──그래애, 저런 날짐승도 때가 되면 제 고향으로 날아올 줄을 아는 법이란다. 그 멀고 먼 북녘에서 애를 써가며 한사코 여그까장 찾아오는 걸 좀 봐라이.

그럴 때면, 어머니는 영락없이 무엇엔가 홀려 있는 사람 같았다. 그것은 꼭 나더러 들으라고 하는 말은 아니었다. 어쩌면 한 줄로 기다랗게 혹은 ㄱ자나 화살표 꼴로 대열을 지어서 날아가는 새들을 향해 하는 말 같기도 했고, 아니면 당신 혼자만 아는 그 누군가와 나직하게 주고받는 얘기 같기도 했다.

저만큼 옹기종기 모여 앉은 인가가 눈앞으로 성큼 다가왔다. 대략 30여 호나 될까. 산골짜기를 타고 내려와 마을 앞을 돌아 흐르는 실개천 둑 위엔 이파리를 모두 떨구어낸 껑충한 미루나무들이 듬성듬성 서 있었다. 이즈음엔 어딜 가보나 그렇듯 허름한 집채 위에다가 슬레이트나 함석 따위만 덜렁 씌워놓고서, 거기에 원색 페인트를 덕지덕지 개어 바른 탓으로 오히려 생경하고 조악해 보이기까지 하는 그런 모습을 그 마을도 예외 없이 지니고 있었다. 강원도 산간치고는 비교적 평탄한 인근의 밭뙈기를 일구며 그럭저럭 살아가고 있는 눈치로, 첫눈에도 가난에 찌든 벽촌의 모습이었다.

외딴집 하나를 지나쳤을 때, 담장도 없는 허름한 그 집 토방에서 개 한 마리가 불쑥 튀어나오더니 우리를 보고 깽깽 짖어댔다. 바싹 마르고 못생긴 잡종 개였다. 마을 초입을 들어서니 작은 구멍가게가 눈에 띄었다. 아마도 유일한 가게인 모양으로, '담배'라고 씌어진 양철 표지가 기둥에 붙어 있고 그 곁에 빨간 우체함도 걸려 있었다. 우선 거기서 물어보는 게 좋을 것 같았다.

지독히 낡고 엉성한 유리문은 닫힌 채로였다. 온통 빈집들뿐인가 싶게 주위는 인기척이 없었다. 오 일병은 가게 앞에 펴놓은 먼지 낀 평상 위에 소총과 철모를 벗어놓고 걸터앉더니 담배를 피워 물고 있었다. 나는 유리문 안을 들여다보았다. 창살마다엔 먼지가 켜를 이루고 있었고, 안에는 아무도 뵈지 않았다. 밀어보니 문은 잠기지 않은 채였다. 가게라고 해야 건빵 부스러기 따위가 대부분인 싸구려 과자 봉지들이 종이 상자에 담겨져 있었고, 소주병과 라면, 비누, 성냥, 고무줄 정도가 진열품의 전부였다. 몇 차례 부르고 나서야 때 묻은 창호지가 너덕너덕 붙여진 쪽문이 반쯤 열리고 사람의 머리통 하나가 비죽이 나타나는 것이었다. 흰 머리카락이 반이나 섞인 노파였다.

"누굴 찾으시우."

노파는 이쪽이 군복 차림임을 확인하고 나자 꿈지럭거리며 문턱 가까이 다가와 앉았다. 여전히 문고리를 한 손으로 쥔 채로였다. 어슴푸레한 방 안에 다른 누가 또 있는지는 알 수 없었다. 바닥에 깔린 꾀죄죄한 이불 자락이 내다보였다.

"실례합니다. 좀 알아볼 말씀이 있는데요."

"무, 무슨 일이신데 그러시우."

철모를 벗어들고 나는 부러 웃는 표정을 지어 보이려 했다. 노파는 이쪽을 아직 경계하는 듯한 눈치였다. 나는 마을 이장집을 물었다.

"이장? 무엇 때문에 찾는지는 모르겠수만, 지금 가본들 이장은 못 만날 텐데……"

그제서야 노파는 문고리를 잡고 있던 손을 내렸다. 그 통에 쪽문이 소리를 내며 비스듬히 젖혀져버렸다.

"아침나절에 여길 들렀었는데, 읍내에 볼일이 있는 모양입디다. 막차는 해 질 녘에나 올 테니까 한참 멀었구……"

"뭐, 꼭 이장님이 아니더라도 좋습니다. 마을 어르신들 중에서 아무나 좀 뵀으면 합니다만."

나는 눈곱이 꾀적꾀적한 노파의 실눈을 바라보며 약간 답답한 느낌으로 말했다. 그때 방 안에서 인기척이 있었다.

"왜 그러시오."

작달막한 키의 노인이 헛기침을 하며 문밖으로 걸어 나왔다. 그때까지 방 안에 누워 있었던 모양이었다. 첫눈에도 병중이 아닌가 싶은 안색이었지만, 평생 흙을 일구며 살아온 촌로답게 주름살이 팬 이마엔 아직 강건함이 엿보였고 나를 쏘아보는 눈초리에도 어딘가 힘이 있었다. 나는 우선 우리가 마을 가까운 산기슭에서 며칠 전부터 야영 훈련 중인 부대의 일원임을 밝혔다.

"그런데 실은, 오늘 오전에 참호를 파다가 우연히 사람의 유골을 발견하게 되었습니다."

"유골이라구?"

노인이 문득 고개를 쳐들었다. 노인의 그 말에 오히려 방문에 붙어 있던 노파가 엉덩이를 들썩하고 일어서려 했다.

"네, 틀림없는 사람의 뼈였습니다. 하지만 애초에 그런 줄 알았으면 누가 삽을 대었겠습니까. 누가 보더라도 묘라기엔 너무 반듯한 평지였어요. 근처엔 다른 묘 같은 것도 전혀 없었고요."

"으음. 그렇겠지……"

뜻밖에도 노인은 짚이는 게 있는 듯 고개를 주억이는 것이었다.

"그것이 어디쯤이나 됩디까, 군인 양반."

노파가 징검징검 마루를 질러오며 물었다. 그녀의 반응은 좀 의외였다. 내가 대강 그 위치를 설명해주고 있는 동안, 오 일병은 얼굴을 찡그린 채 곁에서 듣고 있었다. 그도 그럴 것이, 맨 먼저 삽 끝으로 뼛조각을 헤집어냈던 게 바로 그였기 때문이었다.

우리는 이즈음, 기동 훈련을 대비한 야전 진지를 구축하고 있는 중이었다. 오늘은 두 사람씩 한 조가 되어 경계용 참호를 각 20미터 정도의 간격을 두고 파야 했다. 우리 소대에 할당된 몫은 삼부 능선에 위치한 자리였다. 나와 오 일병은 하필 맨 좌측 끝을 맡게 되었다. 소대장이 군화 뒤축을 빙글 박아 돌리며 표시해준 그곳은, 그다지 넓진 않았으나 주위에 비해 반반한 평지를 이루고 있는 걸로 보아, 꽤 오래전에 버려둔

해묵은 밭 자리가 아닐까 싶었다. 우리는 유난히 잡초가 무성하게 어우러져 있는 그 자리에 섰다. 말라붙은 이파리들을 달고 키가 넘게 자란 쑥대며 엉겅퀴 같은 억세고 질긴 풀들이 서로 완강히 얽혀 있었다.

젠장, 뭐라도 숨어 있을 것같이 음침하군.

내키지 않는다는 듯 오 일병이 코를 찡그렸고, 나 역시 왠지 꺼림칙하게 느껴지는 풀섶을 내려다보았다. 우리는 삽날을 비껴들고 더부룩한 풀 더미를 밑동부터 쳐나가기 시작했다. 엄지손가락 굵기의 풀 줄기들은 삽날로 서너 차례 내리쳐야만 쓰러졌다. 그래도 땅 표면이 그리 두껍게 얼어 있지 않은 것이 다행이었다. 무릎 깊이만큼 파 들어가자 거기서부터는 흙 빛깔이 눈에 띄게 달라졌다. 지금껏 우리가 퍼냈던 것보다도 훨씬 습기 차고 검붉은 흙이 나타나기 시작한 것이었다. 출처를 알 수 없는 퀴퀴한 냄새가 주위에 스멀스멀 퍼져 오르는 듯한 느낌이 들기 시작한 것도 그 무렵이었다. 그것은 어릴 적, 내가 살았던 퇴락한 고가의 마룻장 밑으로부터 비라도 금방 구죽죽이 뿌릴 성싶은 날이면 솔솔 스며 나오곤 하던, 그 눅눅하고 음습한 냄새를 연상케 했다. 휑하니 넓기만 한 큰 집에 혼자 남아 있을 때나 무료할 때면, 나는 늘 마루 위에 배를 깔고 엎드린 채 고개를 디밀어 마루 밑을 오래 들여다보곤 했었다. 마루 밑 깊숙한 저편엔 언제나 까마득한 어둠이 도사리고 있었다. 깊이를 헤아릴 수 없는 괴괴한 어둠과 그 어둠 속에서 끊임없이 솔솔 풍겨 나오는 음습한 곰팡이 냄새는 마치 은밀한 범죄 장면을 숨어 지켜보고 있는 듯한 은근하면서도 유혹적인 두려움과 함께 전신에 아릿한 쾌감과 흥분을 불러일으키곤 했던 것이다.

　어이쿠. 이게 뭐야!

　코를 쿵쿵거리면서도 작업을 계속해가는데 갑자기 오 일병이 억, 하고 다급한 비명을 질렀다. 이제 막 삽 끝에 떠올라온 흙덩이를 들여다보다 말고 삽자루를 팽개친 채 그는 구덩이 밖으로 벌벌 기어 나가고 있었다. 그 바람에 뭉툭한 흙덩이가 내 발치에 떨어졌다. 사람의 해골이었다. 눈알이 있던 자리엔 꺼멓게 뚫린 두 개의 구멍이 흙더미 속에 박힌 채 나를 쏘아보고 있었다. 동료들이 달려왔고 잠시 후엔 소대장과 인사계까지 구경거리라도 만난 듯 끼어들었다. 소대장은 그걸 다시 제자리에 아까처럼 파묻어버리라고 말했다. 그런데 인사계 김 중사가 손을 저으며 나섰다.

　거, 모르시는 얘깁니다. 아무리 족보 없는 유해라고 해도 조상을 그리 함부로 대하는 법이 아니에요. 이런 일이 우연 같지만, 알고 보면 그게 다아 인연이 닿아 이리 된 것인 줄 누가 압니까. 잘못하다간 자칫 복이 될 것을 화로 바꾸게 될지도 모릅니다.

　그러면서 인사계는 이와 비슷한 경우를 자기도 두어 번 겪었는데, 굴러다니는 뼛조각이라고 함부로 내팽개쳐버린 다음엔 반드시 뒤끝이 곱지 않았노라는 이야기를 늘어놓았다. 그리고 실지로 있었다는 몇 가지 다소 믿기 어려운 불상사에 대해 일일이 예를 들어주기도 했다. 심심하면 아무나 붙잡고 운을 봐주겠다며 손바닥을 벌려보곤 하던 그였다.

　결국 우리는 관도 없이 묻혀 있던 그 뼛조각들을 조심스레 파내기 시작했다. 유골은 비교적 온전하게 제 모습을 갖춘

채 묻혀 있었다. 고작 무릎 깊이만큼의 흙 속에 묻혀 있었다고
는 믿어지지 않을 정도로 가지런했다. 하지만 주위로부터는
여전히 시큼한 냄새가 줄곧 피어올라왔다. 맨 먼저 머리뼈를
끄집어냈고, 이어서 갈비뼈가 엉성하게 붙은 몸통 부분을 끄
집어내었을 때 지켜보던 우리들은 문득 아, 하고 낮은 탄성을
질렀다.

저건 피피선 아냐?

누군가가 손가락질을 하며 말했다. 앙상하게 드러난 갈비
뼈에 몇 겹이나 되는 전선이 감겨져 있는 것이었다. 흔히들 피
피선이라고 부르는, 아직도 군용 유선 전화선으로 쓰이고 있
는 바로 그 전선이었다. 그것은 두 팔과 손목뼈까지도 치밀하
게 결박해놓고 있었다. 시신이 누워 있던 자리의 흙은 유난히
도 검붉은 찰흙빛이었다.

한순간, 구덩이 옆에서 줄곧 지켜보던 나는 저도 몰래 삽
자루를 놓고 말았다. 삽은 미끄러지며 구덩이 속으로 곤두박
질쳐 떨어지고 있었다. 모를 일이었다. 몇 겹으로 뭉쳐진 채 결
박해놓고 있는 그 검고 가느다란 전선을 바라보는 순간, 나는
불현듯 어머니의 주름진 얼굴을 보았던 것이다. 저걸 좀 봐라
이. 새들도 때가 되면 고향으로 돌아올 줄을 아는 법이여. 담
장 모서리에 비스듬히 몸을 기대어 서서 하늘을 치어다보며
어머니는 그렇게 중얼거리고 있었다.

"그것 보라구요, 영감. 내가 아까 뭐랍디까. 엊저녁 꿈에
글쎄 그 어르신네를 보았다니까요."

노파가 허둥대는 음성으로 노인을 향해 말했다.

"거참, 쓸데없는 소릴."

"정말이라니까요. 영락없이 생시에 보던 그대로였다우. 그 훤칠한 얼굴로 삐긋이 웃으시면서 아, 영감을 찾아왔노라고 그러잖아요. 원, 설마 생시인들 그리 역력할 수가 있을까."

"제발 그만 좀 해두라니까 그러는군. 임자는 가서 술 한 병하고 뭣 좀 집어 오구려. 조상을 뵈었다는데 빈손으로 갈 수야 없는 노릇이니……"

노인은 퉁명스레 쏘아주고 방 안으로 들어가더니, 이내 짙은 회색 두루마기를 걸쳐 입고 나왔다. 우리는 소총을 다시 어깨에 메고 일어섰다. 노파가 한 되짜리 소주병과 북어 서너 마리를 신문지에 쌌다. 그것들을 나와 오 일병이 받아서 하나씩 옆구리에 끼었다.

"추우신데 공연한 걸음을 시켜드려서 죄송합니다."

"아니오, 젊은이. 이런 일은 꼭 남의 일만은 아니니까……"

노인은 그렇게 선선히 대답하고 훌쩍 문을 나서고 있었다. 노파가 마을 초입까지 따라 나왔다.

"거기 가거든 찬찬히 잘 살펴보시구려. 그 어르신은 키가 크고 몸매가 굵은 분이시니까 어쩌면 알아보실 수 있을는지도 모르겠수."

더는 따라나서지 않을 생각인지 노파는 걸음을 멈추고 남편에게 당부를 했다. 하지만 노인은 고개를 한 번 까딱 해 보였을 뿐, 말없이 그녀를 떼어놓고 우리들을 앞장서서 걷기 시작하는 것이었다. 그제서야 나는 그가 한쪽 다리를 조금씩 절고 있음을 발견했다. 얼핏 보면 잘 드러나지 않았으나 분명히 노인은 왼편으로 기우뚱대며 걷고 있었다. 그런데도 퍽 정확하게 떼어놓는 걸음걸이였다. 외딴집을 지나칠 때, 예의 그 잡종 개가 달려 나오더니 또 짖어대기 시작했다. 먹을 걸 제대로 주지 못하는지, 홀쭉하니 달라붙은 뱃가죽에 뼈가 앙상하게 불거져 나온 꼬락서니로 개는 제법 그르렁거리는 시늉을 했다.

휭하니 비어 있는 들판 한가운데에서 껀정하니 바람을 맞으며 늘어서 있는 전신주들을 옆에 끼고, 우리 셋은 한동안 말없이 걷기만 했다. 얼마쯤 걷다가 돌아보니, 그때까지 우리를 지켜보고 있던 노파가 마악 등을 돌린 채 구부정한 모습으로 되돌아가고 있는 게 보였다.

철새들이 날아오는 가을 무렵이면 나는 늘 그렇게 하늘을 바라보고 서 있는 어머니의 모습을 볼 수가 있었다. 하지만 꽤나 나이가 들었을 때까지도 나는 왜 그 하찮은 새들의 이동이 어머니의 눈빛을 아득하게 풀리도록 만들곤 하는 것인지, 그리고 사람보다도 먼저 계절을 알아차리고 따뜻한 남녘으로 날아온다는 새들의 그 지극히 자연스럽고도 어김없는 본능이 왜 하필 그녀에게만은 그토록 새삼스러운 의미를 지녀야 하는 것인지를 알지 못했다. 그러던 어느 때인가, 끼룩끼룩 이상한 울음소리를 남기며 우리 마을을 지나쳐 가는 철새의 무리를 바라보면서, 어머니는 어쩌면 누군가를 기다리고 있는 것인지도 모른다는 생각을 나는 하기 시작했다. 그러고 보니 단지 그것뿐만은 아니었다. 한여름 땡볕 속에 쭈그리고 앉아 비탈진 밭고랑을 호미질해나가다가도 이따금 고개를 들어 동구 밖으로 뻗어나간 고갯길을 하염없이 멍한 눈으로 바라다보기도 하고, 빨래를 줄에 널거나 마당 귀퉁이에서 푸성귀를 다듬고 있다가도, 깜박 넋을 놓아버린 사람처럼 허공으로 시선을 물빛으로 풀어 던지며 문득 긴 한숨을 내쉬기도 한다는 사실을 나는 새로이 알아냈던 것이었다. 그때가 아마 열두서너 살이었으리라. 그때서야 비로소 나는 우리 집엔 어머니와 나 둘뿐이라는 사실을 처음으로 확실한 의문점으로 여기기 시작했던 것 같다.

아버지는 돌아가셨다. 먼 곳으로 배를 타고 나갔다가 영영 돌아오시지 못하게 된 것이야. 아버지에 대해 물으면 어머니는 겨우 그렇게만 대답해주곤 했다. 그러던 어느 날, 그러니까 내가 중학생이 되었을 무렵 나는 교실에 가방을 남겨둔 채 혼자 집으로 울먹이며 돌아온 적이 있었다. 같은 반의 먼 친척뻘 되는 녀석으로부터 나는 아버지에 대한 놀라운 비밀을 우연히 전해 듣게 되었던 것이다. 대문을 박차고 뛰어들어와 나는 다짜고짜 어머니를 붙잡고 덤벼들 듯이 따져 물었다. 그 순간 어머니의 얼굴로 짧게 스쳐지나가던 그 참담한 고통의 빛을 나는 지금도 잊지 못한다. 그러나 어머니는 애써 태연한 얼굴로 내게 간신히 이렇게 대답하던 것이었다.

그래. 아버진 죄를 지었단다. 아직은 넌 모를 테지만, 그 때문에 아버지는 집을 떠나신 거여. 하지만…… 네 아버지는 눈매가 고운 분이셨다. 우리 마을에서 단 하나뿐인 학생이었고…… 남들이 사람을 해치려는 걸 한사코 말리시려고 했지. 그 때문에 살아난 사람도 여럿이 있어. 정말이여.

그런 어머니의 변명은 끝끝내 내 마음을 어루만져주지 못했다. 그 후로 나는 좀처럼 아버지에 대한 얘기를 꺼내지 않게 되었다. 뜻밖에도 아버지의 죄를 순순히 시인하는 그녀의 한마디가 내게는 그토록 엄청난 충격으로 깊이 남겨졌던 탓이리라. 바로 그 순간부터 나는 아버지의 그 죄라는 것을 내 스스로 함께 나누어 지니고 만 느낌이었고, 그 때문에 나이에 걸맞지 않게 눈빛이 깊고 어두운 아이가 되어가고 있었다. 그리고 그때부터 아버지의 무서운 환영은 저주처럼 내 곁을 따라다니기 시작했다. 그는 언제나 시커먼 어둠 저편에 숨어서 음산하기 그지없는 눈빛으로 나를 쏘아보고 있었다. 그는 어디에나 숨어 있었다. 내 어릴 때 이따금 고개를 디밀어 들여다보면 마루 밑 저편 깊숙이 도사리고 있던 그 까마득한 어둠 속에서도, 그 어둠 속에서 술술 기어 나오던 그 눅눅하고 음습한 냄새 속에서도, 내가 한 번도 얼굴을 본 적이 없는 그 사내는 핏발 선 눈알을 번득이며 나를 쏘아보고 있는 것이었다. 그건 어디서 묻었는지도 모르는, 오랜 시간이 흐른 뒤에까지 지워지지 않는 핏자국처럼 내게는 저주와 공포의 낙인으로 깊이 박혀 있었다. 그리고 그 낙인을 가슴에 지닌 채, 나는 끝끝내 나를 휘감고 있는 어떤 엄청난 죄악감과 불길한 예감으로부터 영영 벗어날 수가 없었다.

산골짜기를 돌아 나온 바람이 섬뜩한 한기를 뿌려주고 내달아났다. 노인은 줄곧 앞장서서 걷고 있었다. 조금씩 한쪽 다리를 절며 걷고 있는 노인의 허리는 그러나 곧게 세워져 있었다. 한 발을 절룩이면서도 그렇듯 허리를 바로 세우기 위해서는 노인은 분명 내심 안간힘을 쓰고 있을 터였다. 어쩌면 그가 헤쳐 나온 지난 삶 또한 그렇게 흐트러짐 없이 질기고 옹골찬 것이었을지도 모른다고 나는 생각했다. 멀리 떨어진 산기슭에서 까마귀 떼가 이따금 날아올랐다가 다시 펄럭펄럭 내려앉곤 하는 모습이 보였다. 그것들이 날아오를 때마다 하늘 한쪽 끝이 부패한 짐승의 살덩이처럼 스멀스멀 부풀어 오르는 듯한 착각을 일으켰다.

"암만해도 이거, 우리가 저 영감네 산소를 작살내놓은 건
아닐까요, 이 병장님."

오 일병이 곁으로 바싹 다가오며 말했다.

"설마 그럴라구. 제대로 쓴 묘라면야 관도 없이, 게다가
그런 흉한 꼴을 하고 있겠어."

"하기야……"

그는 옆구리에 낀 술병을 반대쪽으로 옮겨 안으며 쓴웃음
을 지어 보였다.

"허어, 눈이 쏟아질 것 같군."

앞서가던 노인의 음성에 나는 고개를 들었다. 정말, 하늘
한끝으로부터 검고 두터운 구름이 낮게 드리워지고 있었다.
어느새 해는 보이지 않았다.

야영지가 가까워오고 있었다. 가파른 비탈을 마저 걸어
올랐을 때, 김 중사가 나와서 노인을 맞았다. 대부분 구덩이
파기를 마치고 땔나무를 긁어다가 불을 피워 손을 녹이고 있
는 참이었다. 낯선 분위기 탓인지 노인은 적이 당황한 얼굴빛
을 띠고 있었다.

"영감님. 여기까지 오시게 해서 죄송합니다."

얼굴에 애티가 남아 있는 소대장이 거수경례를 붙이자 노
인은 황황히 허리를 숙였다.

우리는 노인을 이끌고 유해가 나온 자리로 갔다. 구덩이
는 파다 중지했던 대로 내버려져 있었는데, 그 곁에 신문지를
깔고 예의 그 뼛조각들을 모아놓은 게 보였다. 노인은 한동안
그걸 물끄러미 내려다보더니 문득 쯧쯧 하고 혀를 찼다. 그의
주름 많은 이마가 어둡게 보였다.

"여길 파라고 지시한 것도 나였습니다만, 처음부터 전혀 묘 같지가 않았습니다. 어떻게 해서 이런 것이 여기 묻혀 있었는지 모르겠습니다."

행여 뭔가 잘못된 것은 아닐까 싶은지 소대장은 변명처럼 말했다.

"알고 보면 조금도 이상스러운 일은 아니지요. 이 부근이 워낙 그런 자리였으니까요."

노인은 한동안 묵묵히 그것들을 내려다보고 있다가 입을 열었다.

"그럼, 역시 우리 짐작대로 6·25 때에……"

"여기만은 아니지요. 마을에서 10여 리 안팎 어디를 파보더라도 이렇듯 주인 없는 뼈다귀 하나쯤 찾아내기란 그리 어려운 일이 아닐 거외다."

"그렇게까지 심했습니까. 예전에 여기서 무슨 유명한 전투가 있었다는 말은 듣지 못한 것 같은데."

부쩍 호기심을 보이며 되묻는 소대장의 앳된 얼굴을 흘깃 쳐다보더니, 노인은 몸을 돌려 짧은 동안 먼 산을 응시하는 것 같았다.

"하기야 그게 어디 꼭 이 마을에 한한 일이겠소만, 유난히도 여기선 사람 죽는 꼴을 지겹도록 지켜본 셈이지요. 저기를 보시구려."

노인은 손가락을 들어 멀리 산을 가리켰다. 반도의 등줄기라고들 하는 태백산맥의 거대한 모습이 잔뜩 찌푸린 하늘 한쪽을 가린 채 몸을 틀고 엎드려 있었다. 그러고 보니 사방 어디에나 험준한 산으로 시야가 꽉 막혀 있는 지형이었다. 어

디를 향해 나아가든지 이내 깎아 세운 듯한 산허리에 맞부딪
히고 말 게 뻔했다.

"저기가 바로 태백산맥의 원등줄기인 셈이오. 저길 타고
올라 등성이만 따라가노라면 남북으로, 지리산에서부터 금강
산까지 곧장 이어져 있다고들 하지요. 예전엔 하늘이 뵈지 않
을 만큼 울창한 산이었소."

우리는 노인의 손가락 끝을 따라 시선을 움직였다. 거대
한 파충류의 등허리처럼 꿈틀거리며 뻗어져 나온 산맥의 등줄
기는 곧바로 마을 북쪽에 마주 뵈는 산으로 잇닿아 있었다. 그
런데 그 산엔 사람의 힘으로는 도저히 건널 수 없는 깎아지른
벼랑이 병풍처럼 둘러쳐져 있다는 것이었다. 때문에 어쩔 수
없이 그 절벽을 멀리 돌아 나가자면 자연히 이 마을 근처를 지
나가게 된다는 것이었다.

노인의 말로는 바로 그게 문제였다고 했다. 전쟁이 끝나
갈 무렵부터 낯선 사람들이 밀어닥치기 시작하더라는 것이었
다. 전선이 훨씬 남쪽으로 내려갔을 때엔 정작 총성조차 뜸하
던 마을은 느닷없이 쑥밭이 되다시피 했다. 산사람들은 주로
밤에만 나타나 식량이며 옷가지를 약탈해갔고, 때로는 길잡이
로 쓰기 위해 마을 주민들을 끌고 가기도 했다. 지리산에서부
터 줄곧 걸어왔다는 패거리들도 있었는데, 그들은 모두 한결
같이 굶주리고 지친 몰골로 북쪽을 향해 도주하는 중이었다.
마침내 그들의 퇴로를 막기 위해 국군이 들어왔고, 그때부터
전투는 산발적이나마 밤낮으로 계속되어졌다.

"끝내는 소개령이 내려져서 마을은 이주를 하게 되었으나
그 와중에 주민들의 수효도 꽤 줄었지요."

노인은 밤새 총소리가 어지럽던 다음 날엔 들녘이며 산기슭에 허옇게 널린 시체를 모아다 묻는 일을 해야 했다는 것이다. 전쟁이 끝났고 사람들은 마을로 되돌아왔다. 그리고 이름도 고향도 모르는 그 숱한 낯선 시신들을 묻었던 자리엔 해마다 키를 넘기는 잡초들이 무성하게 돋아나곤 했다. 그 때문에 몇 년 동안은 누구도 아예 감자나 무 따위는 밭에 심으려고 하지 않았노라고 노인은 말했다.

　누군가가 헌 타올과 신문지를 가져왔다. 노인은 뼛조각을 하나씩 집어 들고 수건으로 흙을 닦아낸 다음, 그것을 펼쳐진 신문지 위에 가지런히 정리해놓기 시작했다.

　"그렇다면 이 치도 아마 빨갱이였겠구만. 안 그래요?"

　소대장이 지휘봉의 뾰죽한 끝으로 쿡쿡 찌르듯 유해를 가리키며 말했다. 인사계가 되물었다.

　"어째서요?"

　"산을 타고 도망치던 빨치산들이 그리 많이 죽었다잖아. 이 치도 보기엔 군인은 아니었을 것 같고, 그렇다고 근처의 주민이었다면 가족이 있을 텐데 임자 없이 이 꼴로 팽개쳐뒀을라구."

　"그걸 누가 압니까. 그때야 워낙 피차에 서로 죽고 죽이던 판인데……"

　그때였다. 쭈그려 앉아서 손을 움직이고 있던 노인이 불쑥 소리치는 것이었다.

　"어허, 대관절…… 대관절 그게 어떻다는 얘기요. 죽어서까지 원, 아무리 이렇게 죽어 누운 다음에까지 이쪽이니 저쪽이니 하고 그런 걸 굳이 따져서 무얼 하자는 말이오. 죽은 사람이 뭣을 알길래…… 죄다 부질없는 짓이지. 쯔쯧."

노인의 음성은 낮았지만 강하고 무거웠다. 노인은 고개를
숙인 채 뼛조각에 묻은 흙을 정성스레 닦아내고 있었다. 무슨
귀한 물건마냥 서두르는 기색도 없이 신중히 손질하고 있는
노인의 자그마한 체구를 우리는 둘러서서 지켜보았다. 모두들
한동안 입을 다물었고, 나는 흙에 적셔진 노인의 손끝이 가늘
게 떨리고 있음을 깨달았다.

"땅속에 누운 사람의 잠을 살아 있는 사람이 깨워서야 되
겠소. 또 그럴 수도 없는 법이고. 원통한 넋이니 죽어서라도
편히 눈감도록 해야지, 암. 그것이 산 사람들의 도리요…… 하
기는, 이렇게 불편한 꼴로 묶여 있었으니 그 잠인들 오죽했을
까만."

노인은 어느 틈에 꾸짖는 듯한 말투로 혼자 중얼거리고
있었다. 두개골과 다리뼈를 꼼꼼히 문질러 닦은 뒤, 노인은 몸
통뼈에 묶인 줄을 풀어내기 시작했다. 완강하게 묶인 매듭은
마침내 노인의 손끝에서 풀리어졌다. 금방이라도 쩔걱쩔걱 쇳
소리를 낼 듯한 전선은 싱싱하게 살아 있었다. 살을 녹이고 뼈
까지도 녹슬게 만든 그 오랜 시간과 땅 밑의 어둠을 끝끝내 견
뎌내고, 그렇듯 시퍼렇게 되살아나는 그것의 놀라운 끈질김과
냉혹성이 언뜻 소름 끼치도록 무서움증을 느끼게 했다.

노인은 손목과 팔에 묶인 결박까지 마저 풀어낸 다음 허
리를 펴고 일어서더니 전선 묶음을 들고 저만치 걸어나갔다.
그가 허공을 향해 그것을 멀리 내던지는 순간, 나는 까닭 모르
게 마당가에서 하늘을 치어다보며 서 있는 어머니의 가녀린
목줄기와 그녀가 아침마다 소반 위에 떠서 올리곤 하던 하얀

물 사발이 눈앞에 떠올랐다가 스러져버리는 것이었다.

나는 담배를 피워 물었다. 멀리 메마른 초겨울의 야산이 헐벗은 등을 까 내놓고 죽은 듯이 엎드려 있었다. 사위는 온통 잿빛의 풍경이었다. 피잉, 현기증이 일었다.

광주리를 머리에 인 어머니가 모래밭을 걸어오고 있었다. 돌돌거리며 흐르는 물소리를 거슬러 강변 모래밭에서 어머니가 혼자 저만치 다가오고 있었다. 모래밭은 하얗게 햇살을 되받아 쏘며 은빛으로 반짝였다. 허리띠를 질끈 동인 어머니의 치맛자락이 흐느적이며 바람결에 흔들리고 있었다. 나는 햇살에 부신 눈을 가늘게 오므리고 줄곧 그녀를 지켜보고 있었다. 그때였다. 꿈속에서처럼 나는 그녀의 뒤를 바짝 따라오고 있는 한 사내의 환영을 보았다. 그건 아버지였다. 언젠가 어머니의 낡은 반닫이 깊숙한 옷가지 밑에 숨겨져 있던 액자 속에서 학생복 차림으로 서 있던 그대로, 그건 영락없는 그 사내였다. 나를 어머니의 배 속에 남겨놓은 채 어느 바람이 몹시 부는 날 밤, 산길을 타고 지리산인가 어디로 황황히 떠나가버렸다는 사내. 창백해 뵈는 뺨에 마른 몸집의 그 사내가 어머니와 함께 걸어오고 있는 것이었다. 놀란 눈으로 풀밭에 앉아 나는 그들을 지켜보고 있었다. 이윽고 어머니의 눈썹과 코, 입의 윤곽과 야윈 목줄기까지 뚜렷이 드러날 만큼 가까워졌을 때, 사내의 환영은 어느 틈에 사라져버리고 없었다. 몇 번이나 눈을 비비고 보았으나 역시 마찬가지였다. 하얗게 반짝이는 모래밭 위로 어머니가 찍어내는 발자국만 유령처럼 끈질기게 그녀의 발꿈치를 뒤따라오고 있을 뿐이었다.

우리는 관 대신에 신문지로 싼 유해를 맨 처음 그 자리에

다시 묻어주었다. 도톰하니 봉분을 만들고 뗏장까지 입혀놓고 보니 엉성한 대로 형상은 갖춘 듯싶었다. 노인은 술을 흙 위에 뿌려주었다. 그리고 자신이 먼저 한 모금 마신 다음에 잔을 돌렸다. 오 일병이 노파가 준 북어를 내놓았고, 덕분에 작은 술판이 벌어졌다. 음복인 셈이었다.

"얀마, 이런 느닷없는 장례식도 모두 너희 두 놈들 때문이니까, 자 한잔씩 마셔라."

"그래그래. 어쨌든 너희들은 좋은 일 했으니 천당 가도 되겠다."

소대장이 병을 기울였고 다른 녀석들도 낄낄대며 한마디씩 보태었다.

술이 가득 차오른 반합 뚜껑을 나는 두 손으로 받쳐 들었다. 저것 봐라이. 날짐승도 때가 되면 돌아올 줄 아는 법이다. 어머니가 말했다. 저만치 웬 사내가 서 있었다. 가슴과 팔목에 전선을 동여맨 채 사내는 이쪽을 응시하며 구부정하게 서 있었다. 퀭하니 열려 있는 그 사내의 눈은 잔뜩 겁에 질려 있는 채로였다. 애앵. 총성이 울렸고 그는 허물어지듯 앞으로 고꾸라지고 있었다. 불현듯 시야가 부옇게 흐려왔다.

아아, 아버지는 지금 어디에 쓰러져 누워 있을 것인가. 해마다 머리맡에 무성한 쑥대와 엉겅퀴꽃을 지천으로 피워내며, 이제 아버지는 어느 버려진 밭고랑, 어느 응달진 산기슭에 무덤도 묘비도 없이 홀로 잠들어 있을 것인가.

반합 뚜껑에서 술이 쭐쭐 흘러 떨어지고 있었다.

나는 노인과 함께 산을 내려오기 시작했다. 노인이 몇 번이나 그만 돌아가라고 손짓을 했지만, 이번엔 올 때와는 달리 내가 앞장을 섰다. 짙은 잿빛 구름장들이 점점 낮게 드리워지고 있었다. 바람에 쫓기듯 구름은 어지러이 소용돌이를 이루며 마주 뵈는 산등성이로부터 내달려오고 있는 참이었다.

신작로로 나서면서부터 우리는 나란히 걷기 시작했다. 한쪽으로 조금씩 끌리는 노인의 걸음걸이가 아까보다는 더디었다. 가끔 등 뒤에서 달려온 바람이 그의 낡은 두루마기 자락을 불어 올리곤 하였다.

"저, 영감님. 아까 할머니 말씀을 얼핏 들으니까 누구를 찾고 계시는 것 같던데요."

찬찬히 잘 살펴보라고 당부하던 노파의 말이 생각나서 물었으나 노인은 한동안 묵묵히 걷기만 했다. 괜한 소리를 꺼냈나 싶은 생각을 하고 있으려니까 노인이 입을 열었다.

"실은 그때 나도 형님 한 분을 잃어버렸어. 내 다리가 이 꼴이 된 것도 그때부터이고…… 형님은 길잡이로 앞세워져서 한밤중에 끌려 나갔다네. 산을 넘다가 함께 총에 맞아 죽었다는 소문을 듣고 달려가봤지만, 어찌 된 영문인지 형님의 시체는 끝내 찾지 못했어."

우리는 그새 마을로 통한 샛길로 접어들고 있었다. 거기서부터는 언덕길이었다.

"그런데 간밤 꿈에 그 사람이 꿈을 꾸었다는구먼. 실없는 할멈 같으니라구…… 이런 일이 생길려구 그랬는지 원."

상여를 보았다던 오 일병의 꿈 얘기를 기억해내며 나는 묘한 기분이 되었다.

"그럼, 좀 전의 그 유해가 혹시……"

"허허, 이제 와서 누가 그걸 어떻게 알아볼 수가 있겠는가. 무슨 특별한 표식이 남아 있다면 또 몰라도…… 하지만 그게 누구이든지 간에 불쌍한 영혼 하나, 늦게나마 땅속에 편히 눕게 해준 것만으로도 다행한 일이 아닌가. 허허."

노인은 쓸쓸히 웃었다. 때마침 불어온 바람이 그 웃음을 삼켜버렸다. 주위가 문득 어두워진 느낌이 들었다. 바람이 불어오는 방향을 바라보니, 들녘 저편은 우윳빛 유리를 끼워놓은 듯 희부옇게 흐려져 있었다.

"눈이 내리는군요. 첫눈이지요 아마."

"그렇구먼."

우리는 한동안 밭둑 위에 서서 희끗희끗 땅 위로 내려앉기 시작하는 눈발을 말없이 눈으로 헤아리고 있었다. 저만치 밭둑 너머로 마을 지붕들이 보였다. 저녁을 짓는 것일까. 몇 오라기 가느다란 연기가 실타래로 풀어지며 희미하게 떠오르고 있었다.

"이젠 다 왔나 보구먼. 그만 돌아가봐요. 혼자서 가려면 먼 길이 될 터인데."

노인이 웃으며, 가라고 손짓했다. 나는 순순히 걸음을 멈추었다. 벌써 노인은 저만치 마을을 향해 기우뚱거리며 걸음을 옮기고 있었다. 차츰 굵어져가는 눈발 사이로 멀어지는 노인의 뒷모습이 유난히 쓸쓸해 보였다. 나는 밭언덕 귀퉁이가 그의 모습을 완전히 감추어버릴 때까지 서서 지켜보고 있었다.

머리맡에 밥상을 놓는 기척이 들리고 이내 어머니가 나를 흔들어 깨웠다. 첫 휴가를 받아 집에 도착한 다음 날이었다. 밤새 완행열차를 타고 내려와 집에 닿자마자 쓰러지듯 잠에 빠져들었던 것이다. 눈을 비비며 일어났던 나는 그득한 밥상을 보고 놀랐다. 아이들처럼 연신 수줍은 웃음을 흘리며 어머니는 나를 쳐다보았다.

참, 이상도 하지. 네가 온다는 말에만 정신이 팔려 깜박 잊고 있었는데, 글쎄 오늘이 그 양반 생일이로구나.

누구 말예요?

느그 아버지 말이다.

얼결에 그렇게 말해놓고, 그제서야 어머니는 깜짝 놀라며 황황히 내 눈치를 살피고 있었다. 난 가슴이 철렁 내려앉는 것 같았다.

도대체 지금 정신이 있으세요, 어머니. 그 얘긴 다시 꺼내지 말라고 그랬잖아요. 아버진 진작 죽은 사람이에요. 아니, 설사 살아 있더라도 우리한테는 그게 백번 나아요.

무슨 말을 그렇게 하는 거냐. 애야, 아직 살아 계실지 누가 안다고 그래.

죽었어요. 그런 줄만 아시라니까요!

그래도…… 살아 있기만 하믄야 언제고 만나게 될지도 모르는디……

나는 기어코 폭발하고야 말았다.

어떻게요? 이제 와서 대체 어떻게, 어떤 꼬락서니를 하고 서로 만난다는 말입니까, 네?

입에 씹히는 대로 나는 내뱉고 있었다. 숟가락을 쥔 손이 벌벌 떨릴 지경이었다.

아, 아니다. 내가 잘못했다. 빌어묵을 놈의 이, 이…… 주둥아리가 방정이지 뭐이다냐.

어머니는 훌쩍 등을 돌리고 앉았다. 그러고는 주섬주섬 저고리 섶을 끌어올리는 것이었다. 어머니가 울고 있었다. 외아들 앞에선 좀체 눈물을 비치지 않던 그녀였다. 아무리 앓아 누웠을 때라도 입술을 앙다물고 애써 태연해 보이던 그녀가 쭐쭐 눈물을 흘리고 있는 것이었다.

아아, 나는 까맣게 잊고 있었던 것이다. 어머니가 그토록 오랫동안 누군가를 기다려왔었음을. 내 유년 시절의 퇴락한 고가의 마루 밑 그 깜깜한 어둠 속에서 음습하고 불길한 냄새와 함께 나를 쏘아보고 있던 한 사내의 눈빛을, 그리고 청년이 된 지금까지도 가슴을 새까맣게 그을려놓으며 깊숙한 상흔으로만 찍혀 있을 뿐인 그 증오스런 사내의 이름을, 어머니는 스물다섯 해가 넘도록 혼자서 몰래 불씨처럼 가슴속에 키워오고 있었던 것이다. 어머니한테 그 사내는 다른 아무것도 아니었다. 다만 곱고 자상한 눈매로서만, 나직한 음성으로서만 늘 곁에 남아 있었던 것이다.

하지만 그녀가 울고 있는 건 그 미련스럽도록 끈질긴 기다림 때문만은 아니었으리라. 아니, 사실상 어머니는 누구보다도 더 잘 알고 있을 터였다. 그녀의 기다림이 얼마나 까마득하게 손이 닿지 않는 먼 곳으로 자꾸만 자꾸만 밀려나가고 있는 것인가를 말이다. 스물다섯 해의 세월이, 스스로 묶어놓은 그 완고한 기만이 목에 잠기어 흐느낌도 없이 지금 어머니는 울고 있는 것이었다. 밥상을 받아놓은 채 나는 고개를 처박고 앉아 있었다. 눈앞에는 우리 가족의 그 오랜 어둠과 같은 미역 가닥이 국그릇 속에서 멀겋게 식어가고 있을 뿐이었다.

이제 노인의 모습은 더 이상 보이지 않았다. 그새 수북이 쌓인 눈을 밟으며 나는 오던 길을 천천히 되돌아가기 시작했다. 걸음을 옮길 때마다 어깨에 멘 소총이 수통과 부딪치며 쩔렁쩔렁 소리를 냈다. 나는 어깨로부터 전해오는 그 섬뜩한 쇠붙이의 촉감과 확실한 중량을 새삼스레 확인하고 있었다. 그리고 항상 누구인가를 겨누고 열려 있는 총구의 속성을, 그 냉혹함을, 또한 그 조그맣고 둥근 구멍 속에서 완강하게 똬리를 틀고 앉아 있는 소름 끼치는 그 어둠의 깊이를 생각했다.

까우욱. 까우욱.

어느 틈에 날아왔는지 길 옆 밭고랑마다 수많은 까마귀들이 구물거리고 있었다. 온 세상 가득히 내려쌓이는 풍성한 눈발 속에 저희들끼리만 모여서 새까맣게 구물거리며 놈들은 그 음산함과 불길함을 역병처럼 퍼뜨리고 있는 것이었다. 얼핏, 쏟아지는 그 눈발 속에서 나는 얼어붙은 땅 밑에 새우등으로 웅크리고 누운 누군가의 몸 뒤척이는 소리를 들었다. 아버지였다. 손발이 묶인 아버지가 이따금 돌아누우며 낮은 신음을 토해내고 있었다. 나는 황량한 들판 가운데에 서서 그 몸집이 크고 불길한 새들의 펄렁거리는 날갯짓과 구물거리는 모습을 오래오래 지켜보았다.

머리 위로 눈은 하염없이 쏟아져 내리고 있었다. 함박눈이었다. 굵고 탐스러운 눈송이들은 세상을 가득 채워버리려는 듯이 밭고랑을 지우고, 밭둑을 지우고, 그 위에 선 내 발목을 지우고, 구물거리는 검은 새 떼를 지우고, 이윽고는 들판과 또 마주 바라 뵈는 거대한 산의 몸뚱이마저도 하얗게 하얗게 지워가고 있었다. 그것은 어머니가 새벽마다 샘물을 길어 와 소반 위에 떠서 올려놓곤 하던, 바로 그 사기대접의 눈부시도록 하얀 빛깔이었다.

사
평
역

내면 깊숙이 할 말들은 가득해도
청색의 손바닥을 불빛 속에 적셔두고
모두들 아무 말도 하지 않았다
──곽재구의 시 「사평역에서」

막차는 좀처럼 오지 않았다.

별로 복잡한 내용이랄 것도 없는 장부를 마저 꼼꼼히 확
인해보고 나서야 늙은 역장은 돋보기 안경을 벗어 책상 위에
놓고 일어선다.

벌써 30분이나 지났군.

출입문 위쪽에 붙은 낡은 벽시계가 8시 15분을 가리키고
있다. 하긴, 뭐 벌써라는 말을 쓰는 것도 새삼스럽다고 그는
고쳐 생각한다. 이렇게 작은 산골 간이역에서 제시간에 정확
히 도착하는 완행열차를 보기가 그리 쉬운 일은 아님을 익히

알고 있는 탓이다. 더구나 오늘은 눈까지 내리고 있지 않은가.

역장은 손바닥을 비비며 창가로 다가가더니 유리창 너머로 무심히 시선을 던진다. 건널목 옆 외눈박이 수은등이 껑충하게 서서 홀로 눈을 맞으며 희뿌연 얼굴로 땅바닥을 내려다보고 있다. 송이눈이다. 갓난아이의 주먹만 한 눈송이들은 어둠 저편에 까맣게 숨어 있다가 느닷없이 수은등의 불빛 속에 뛰어들어오면서 뚱그렇게 놀란 표정을 채 지우지 못한 채 땅바닥으로 곤두박질치고 있다. 굉장한 눈이다. 바람도 그리 없는데 눈발이 비스듬히 비껴 날리고 있다. 늙은 역장은 조금은 근심스런 기색으로 유리창에 얼굴을 바짝 대어본다. 하지만 콧김이 먼저 재빠르게 유리창에 달라붙어 뿌연 물방울을 만들었기 때문에 소매로 훔쳐내야 했다. 철길은 아직까지는 이상이 없었다.

그는 두 줄기 레일이 두툼한 눈을 뒤집어쓴 채 멀리 뻗어나간 쪽을 바라본다. 낮엔 철길이 저만치 산모퉁이를 돌아가는 모습까지 뚜렷이 보였다. 봄날 몸을 푼 강물이 흐르듯 반원을 그리며 유유히 산모퉁이를 돌아 사라지는 철길의 끝을 보고 있노라면, 마치도 모든 걸 다 마치고 평온하게 죽음을 맞이하는 어느 노년의 모습처럼 그것은 퍽이나 안온하고 평화로운 느낌을 주곤 하는 것이다. 하지만 지금, 철길은 훨씬 앞당겨져서 끝나 있다. 수은등 불빛이 약해지는 부분에서부터 차츰 희미해져가다가 이윽고 흐물흐물 녹아버렸는가 싶게 철길은 더이상 볼 수가 없다. 그 저편은 칠흑 같은 어둠이다. 어둠에 삼켜져버린 철길의 끝이 오늘 밤은 까닭 없이 늙은 역장의 가슴 한구석을 썰렁하게 만든다. 그는 공연히 어깨를 떨어보며 오른편 유리창 쪽으로 몸을 돌린다. 그쪽은 대합실과 접해 있는 이를테면 매표구라고 불리는 곳이다.

역장은 먼지 낀 유리를 통해 대합실 안을 대충 휘둘러본다. 대합실이라고 해야 고작 국민학교 교실 하나 정도의 크기이다. 일제 때 처음 지어졌다는 그 작은 역사 건물은 두 칸으로 나뉘어 각각 사무실과 대합실로 쓰이고 있는 터였다. 대개의 간이역이 그렇듯이 대합실 내부엔 눈에 띌 만한 시설물이라곤 거의 없다. 유난히 높은 천장과 하얗게 회칠한 사방 벽때문에 열 평도 채 못 되는 공간이 턱없이 넓어 보여서 더욱을씨년스런 느낌을 준다. 천장까지 올라가 매미마냥 납작하니붙어 있는 형광등의 불빛이 실내 풍경을 어슴푸레하게 드러내주고 있다.

지금 대합실에 남아 있는 사람은 모두 다섯이다. 한가운데에 톱밥 난로가 놓여 있고 그 주위로 세 사람이 달라붙어 있다. 난로는 양철통 두 개를 맞붙여서 세워놓은 듯한 꼬락서니로, 그나마 녹이 잔뜩 슬어 있어서 그간 겨울을 몇 차례나 맞고 보냈는지 어림잡기조차 힘들다. 난로의 허리께에 톱날 모양으로 촘촘히 뚫린 구멍 새로는 톱밥이 타들어가면서 내는 빨간 불빛이 내비치고 있다. 하지만 형편없이 낡아빠진 그 난로 하나로 겨울밤의 찬 공기를 덥히기에는 어림도 없을 듯싶다.

난롯가에 모여 있는 셋 중 한 사람만 유일하게 등받이 없는 의자에 앉아 있는데, 그러고 있는 것도 힘겨운지 등 뒤에서 있는 사람의 팔에 반쯤 기댄 자세로 힘없이 안겨 있다. 그는 아까부터 줄곧 콜록거리고 있는 중늙은이로, 오래 앓아오던 병이 요즘 들어 부쩍 심해져서 가까운 도회지의 병원을 찾아가려는 길이라는 것을 역장도 알고 있다. 등을 떠받치고 있는 건장한 팔뚝의 임자는 바로 노인의 아들이다. 대합실에 있는 다섯 사람 가운데서 그들 두 부자만이 역장에겐 낯익은 인물들이다.

그 곁에서 난로를 등진 채 불을 쬐고 있는 중년의 사내는 처음 보는 얼굴이다. 마흔은 넘었을까 싶은 사내는 싸구려 털실 모자에 때 묻은 구식 오버를 걸쳐 입었는데, 첫눈에도 무척 음울해 뵈는 표정을 지니고 있다. 길게 자란 턱수염이며, 가무잡잡한 얼굴 그리고 유난히 번뜩이는 눈빛이 왠지 섬뜩하다. 오랜 세월을 햇볕 한 오라기 들지 않는 토굴 속에 갇혀 보낸 사람처럼 사내의 눈은 기묘한 광채마저 띠고 있다.

그 셋 말고도 저만치 벽을 따라 길게 붙어 있는 나무 의자엔 잠바 차림의 청년 하나가 웅크리고 앉아 있다. 그리고 청년으로부터 약간 떨어진 곳에는 미친 여자가 의자 위에 벌렁 누워 있다. 닥치는 대로 옷을 껴입은 여자는 속을 가득 채운 걸레 보퉁이 모양으로 몸집이 퉁퉁하다.

청년은 추운지 호주머니에 두 손을 찔러 넣은 채 어깻죽지를 잔뜩 웅크리고 있으면서도, 무슨 까닭인지 난로 곁으로 갈 생각은 하지 않는 눈치다. 뭔가 골똘히 생각하는 표정으로, 청년은 들여다볼 만한 것이라곤 아무것도 없는 시멘트 바닥을 뚫어져라 내려다보고 있다.

톱밥이 부족할 것 같은데……

창 너머 그들을 하나하나 둘러보다가 문득 난로 쪽을 슬쩍 쳐다보며 늙은 역장은 중얼거린다. 불을 지핀 게 두어 시간 전이니 지금쯤은 톱밥이 거의 동이 났을 것이다.

톱밥은 역사 바깥의 임시 창고에 저장해놓고 있었다. 월
동용 톱밥이 필요량의 절반 정도밖에 남아 있지 않다는 사실
을 역장은 아까서야 알았다. 미리미리 충분한 톱밥을 확보해
두는 것은 김 씨가 맡은 일이었지만, 미처 확인하지 못한 자신
에게도 책임은 있다고 역장은 생각한다. 역원이라고 해야 역
장인 자신까지 합해 기껏 세 명뿐이니 서로 책임을 확실히 구
분 지을 수 있는 일 따위란 애당초 있을 턱이 없었다. 하필 이
날따라 사무원인 장 씨는 자리를 비우고 없는 참이었다. 아내
의 해산일이라고 어제 아침 고향인 K시로 달려갔으므로, 그가
돌아올 때까지는 역장은 김 씨와 둘이서 교대로 야근을 해야
할 처지였다.

하지만 톱밥은 우선 당분간 창고에 남아 있는 것으로 이
럭저럭 견디어낼 수 있으리라. 대합실 난로는 하루 두 차례씩
만 피우면 되니까.

역장은 웅크렸던 어깨를 한번 힘차게 펴보기도 하고 두
팔을 앞뒤로 흔들어보기도 한다. 역시 춥긴 마찬가지다. 그새
손발이 시려오기 시작했으므로 역장은 코를 훌쩍이며 엉금엉
금 책상 앞으로 되돌아간다. 그러고는 사무실용으로 쓰고 있
는 석유난로를 마주하고 앉아 손발을 펼쳐 널었다.

"아야, 말이다. 이러다가 기차가 영 안 올라는 갑다."
"아따, 아부님도 참. 좀 기다려보십시다. 설마 온다는 기
차가 안 오기사 할랍디여."
아들은 짜증스럽다는 듯이 얼굴도 돌리지 않고 건성 대답
한다. 그는 삼십대 중반의 농부다. 다시 노인이 쿨룩거리기 시

작한다. 그때마다 빈약하기 그지없는 가슴팍이 훤히 드러나도록 흔들리고 있다. 아들은 흘끗 노인을 내려다보았으나 이내 고개를 돌리고 난로만 들여다본다. 노인에겐 미안한 일이긴 하나 아들은 모든 게 죄다 짜증스럽다. 벌써 몇 달째 끌어온 노인의 병도 그렇고, 하필이면 이런 날, 그것도 밤중에 눈까지 펑펑 쏟아져 내리는데 기차를 타야 한다는 일도 그렇다. 그 모두가 노인의 괴팍한 성깔 탓이라는 생각이 들자 그는 버럭 소리라도 질러주고 싶은 심정이다.

아들이 전에도 여러 번 읍내 병원에 가보자고 했지만, 막무가내로 고집을 피우며 죽더라도 그냥 집에서 죽겠노라던 노인이 난데없게도 이날 점심나절에는 스스로 먼저 병원엘 가자면서 나선 것이었다. 소피에 혈이 반이 넘게 섞여 나온다는 거였다. 부랴부랴 차비를 꾸리고 나니, 이번엔 하루 두 차례씩 왕래하는 버스는 멀미 때문에 절대로 타지 않겠다며 노인은 한사코 역으로 가자고 우겼다. 이놈아, 병원에 닿기도 전에 내 죽는 꼴을 볼라고 그라냐. 놔라. 싫으면 나 혼자라도 갈란다. 어찌나 엄살을 떠는 통에 할 수 없이 노인을 등에 업고 나오긴 했는데, 그나마 일이 안 되려니까 기차마저 감감무소식이었다.

"빌어묵을 눔의 기차가……"

농부는 문득 치밀어 오르는 욕지거리를 황황히 깨물며 지레 놀라 노인의 눈치를 살핀다. 다행히 눈곱 낀 노인의 눈은 아까처럼 질끈 닫혀 있다. 아들은 고통으로 짙게 고랑을 파고 있는 노인의 추한 얼굴을 내려다보고는 약간 죄스러운 맘이 된다.

'이거, 내가 무슨 짓이다냐. 죄받는다, 죄받어……'

노인이 또 쿨룩쿨룩 기침을 토해낸다. 가슴 밑바닥을 쇠 갈퀴로 긁어내는 듯한 고통스런 기침 소리.

그들 부자 곁에 서서 등을 돌린 채 난로의 불기를 쬐고 있 는 중년 사내는 자지러지는 기침 소리를 들을 때마다 깜짝깜 짝 놀라는 시늉을 한다. 기침 소리를 들으면 사내에겐 불현듯 떠오르는 얼굴이 하나 있다. 감방장인 늙은 허 씨다. 고질인 해소병으로 맨날 골골거리던 허 씨는 그것이 감방에 들어와 얻은 병이라고 했다. 난리 후에 사상범으로 잡혀 무기형을 받 은 허 씨는 스물일곱 살부터 시작한 교도소 생활이 벌써 25년 에 이르고 있었지만, 언제나 갓 들어온 신참마냥 말도 없고 어 리숙해 뵈는 사람이었다.

자네 운이 좋은 걸세. 쿨룩쿨룩. 나가면 혹 우리 집에 한 번 들러봐줄라나. 이거 원, 소식 끊긴 지가 하도 오래돼놔 서…… 죽었는지, 살았는지……

사내가 출감하던 날, 허 씨는 고참 무기수답지 않게 눈물 까지 글썽이며 사내의 손을 오래오래 잡고 있었다.

사내는 저만치 유리창 밖으로 들이치는 눈발 속에서 희끗 희끗한 허 씨의 머리카락이며 움푹 패어 들어간 눈자위를 기 억해내고 있다.

아마 지금쯤 그곳은 잠자리에 들 시간일 것이다. 젓가락 을 꽂아놓은 듯한 을씨년스러운 창살 너머로 이 밤 거기에도 눈이 오고 있을까. 섬뜩한 탐조등의 불빛이 끊임없이 어둠을 면도질해대고 있을 교도소의 밤이 뇌리에 떠오른다. 사내의 눈빛은 불현듯 그윽하게 가라앉고 있다. 그곳엔 사내가 잃어버린 열두 해 동안의 세월이 남아 있었다. 이렇듯 멀리 떨어져서도 그 모든 것들을 눈앞에 훤히 그려낼 수 있을 만큼 어느덧 사내는 이미 그 생활의 일부가 되어 있었다.

출감한 지 며칠이 지났건만 사내는 감방 밖에서 보낸 그간의 시간이 오히려 꿈처럼 현실감이 없다. 푸른 옷과 잿빛의 벽, 구린내 같은 밥냄새, 땀냄새, 복도를 걷는 간수의 구둣발 소리, 쩔그렁대는 쇳소리…… 그런 모든 익숙한 색깔과 촉감, 냄새, 소리, 그리고 언제나 똑같이 반복되는 일과 같은 것들이 별안간 그에게서 떨어져나가버리고, 대신에 전혀 생소한 또 다른 사물들의 질서가 사내에게 일방적으로 떠맡겨진 거였다. 그 새로운 모든 것들은 다만 사내를 당혹감에 빠뜨리고 거북하게 만들 뿐이었다. 그 때문에 사내는 출감 후부터 자꾸만 무엇인가 대단히 커다란 것을 빼앗겼다는 느낌을 감출 수가 없었다. 감방 안에서 사내는 손바닥 안에 움켜쥔 모래알이 빠져나가듯 하릴없이 축소되어가고 있는 자기 몫의 삶의 부피를 안타깝게 저울질해보곤 했었다. 하지만 기이한 일이다. 낯선 시골 역에 홀로 앉아 있는 이 순간, 정작 자기가 빼앗긴 것은 흘려보내는지 모르게 보낸 지난 12년의 세월이 아니라, 오히려 그 푸른 옷과 잿빛 담벼락과 퀴퀴한 냄새들이 배어 있는 사각형의 좁은 공간일지도 모른다는 가당찮은 느낌이 문득문득 들곤 하는 거였다.

쿨룩쿨룩. 아, 저 기침 소리. 사내는 흠칫 몸을 돌려 소리가 나는 쪽을 찾는다. 그러나 그것은 감방장 허 씨가 아니다. 낯모르는 사람들뿐. 사내는 낮게 한숨을 토해내며 고개를 흔들어버리고 만다.

밖엔 간간이 바람이 불고 있다. 전깃줄이 윙윙 휘파람을 불었고, 무엇인가 바람에 휩쓸려 다니며 연신 딸그락 소리를 낸다.

대합실 안은 조용하다. 산골짜기를 돌아 달려온 바람이 역사 건물을 지나칠 때마다 유리창이 덜그럭거리고, 이따금 난로 속에서 톱밥이 톡톡 튀어 오를 뿐 사람들은 아무도 입을 열지 않는다. 저만치 혼자 쭈그려 앉은 청년은 줄곧 창밖의 바람 소리를 헤아리고 있던 참이다. 이윽고 청년은 의자에서 몸을 일으킨다. 딱딱한 나무 의자로부터 스며오는 한기로 엉덩이가 시리다. 창가로 다가가다 말고 그는 문득 누워 있는 미친 여자 쪽을 근심스레 살핀다. 여자는 새우등을 하고 모로 누웠는데 얼핏 시체가 아닌가 싶을 만큼 미동조차 없다.

세상에, 이렇게 추운 곳에서…… 그런 지경에도 사람이 잠들 수 있다는 사실이 청년은 도대체 믿기지 않는 모양이다. 여자에게서는 가느다란 숨소리만 이따금 새어 나오고 있다.

청년은 다시 유리창 밖을 내다본다. 밤새 오려는가. 송이눈이 쏟아져 내리고 있다. 대합실 안에서 새어 나간 불빛이 유리창 가까운 땅바닥 위에 수북하게 쌓인 눈을 비추고 있다. 하얗게 쏟아지는 눈발을 망연히 바라보며 청년은 그것이 무수한 나비 떼 같다고 생각한다.

그래, 나비 떼야. 활활 타오르는 불길 속으로 밤이 되면 미친 듯 날아들어와 비명조차 지르지 못하고 타 죽어가는, 수많은 흰 나비 떼들……

그는 대학생이다. 아니, 정확히 말하면 그건 보름 전까지의 이야기이다. 청년은 아직도 저고리 안주머니에 학생증을 지니고 있긴 하지만 앞으로 그것을 사용해볼 기회는 영영 없을지도 모른다. 이젠 누렇게 바랜 어린 날의 사진만큼의 의미도 없는 그것을 미련 없이 찢어버려야 하리라는 걸 잘 알고 있었음에도 불구하고, 여전히 간직하고 있는 자신을 스스로 감상적이라고 비난하고 있는 중이다.

청년은 유리창에 반사된 톱밥 난로의 불빛을 응시한다. 그 주홍의 불빛은 창유리 위에 놀랍도록 선명하게 재생되고 있었으므로, 청년은 그것이 정작 실물이 아닌가 하는 착각을 일으킬 뻔했다. 그것은 한 폭의 그림처럼 아름다웠다. 먹빛 어둠은 화폭으로 드리워지고, 네모진 창틀 너머 순백의 눈송이들이 화폭 위에 무수히 흩날리고 있다. 거기에 톱밥 난로의 불꽃이 선연한 주홍색으로 투영되자 한순간 그 모든 것들은 기막힌 아름다움을 이루어내는 것이었다. 아아, 저건 꿈일 것이다. 아름답지만 존재하는 않는 것, 존재하지 않으므로 아름다운 것. 청년은 불현듯 눈빛을 빛내며 한 발 창 쪽으로 다가서고 있다.

──아우슈비츠의 학살이 있었고, 그 후 아무도 아름다움을 노래하지 않았다. 더는 누구도 꿈꾸지 않았다.

──침묵, 잠, 그리고 죽음.

──가슴의 뜨거움에 대해서 우리는 얼마나 오래 생각해야 하는 것일까, 이 ×자식들아.

그날, 청년은 누군가가 어지럽게 볼펜으로 휘갈겨놓은 책상 위의 낙서들을 물끄러미 내려다보며 홀로 강의실에 앉아 있었다. 텅 빈 하오의 교정엔 차츰 땅거미가 깔리기 시작하고, 플라타너스 나무에 설치된 스피커로부터 나지막이 흘러나오고 있는 교내 방송의 고전음악을 들으며 학생들이 띄엄띄엄 집으로 돌아가고 있을 무렵이었다. 그는 바로 전날 밤, 제적 처분되었다는 사실을 학교로부터 통고받았었다. 주인도 없는 새에 주인도 아닌 사람들이 주인도 모르게 자신의 이름 석 자를 제멋대로 재판했다는 거였다. 이튿날 조간신문 귀퉁이에서 제 이름을 찾아냈을 때, 그는 한동안 자신과 기사 속의 그 이름과의 정확한 관계를 찾아내려 애를 썼다. 끝내 실감이 나지 않아서 여느 때 하듯 귀퉁이가 쭈그러진 책가방을 챙겨 들고 쭈뼛쭈뼛 강의실에 들어서자마자 친구들은 너도나도 그를 에워쌌다. 아침부터 학교 뒤 막걸리집으로 끌고 가 술을 퍼 먹이던 녀석들 중 몇은 저쪽에서 먼저 찔찔 짜기도 했다.

하는 데까진 해봤네만 나로서도 어쩔 수가 없었네. 자네 볼 면목이 없구먼.

지도 교수는 짐짓 눈물겨운 표정으로 그의 손을 덥석 잡아주었다.

괜찮습니다.

모두들 돌아가버린 텅 빈 강의실은 관 속처럼 고요했다. 창 틈으로 비껴 들어온 일몰의 잔광이 소리 없이 부유하는 무수한 먼지의 입자를 하나하나 허공으로 떠올리고 있었다. 미처 덜 지운 칠판의 글자들, 분필 가루 냄새, 휴식 중인 군대의 대오마냥 흐트러져 있는 책상들, 강의실 바닥의 얼룩…… 그런 오래 친숙해온 사물들 속에서, 그는 노교수의 나직한 음성과 친구들의 웅얼거림, 그들의 체온과 호흡과 웃음소리와 함성이 아무도 없는 그 순간에 또렷하게 되살아 나오고 있음을 놀라움으로 지켜보고 있었다. 그리고 3년 동안이나 자신을 그

한 부분으로 포함시켜왔던 친숙한 이름들로부터 대관절 무엇이 그를 억지로 떼어내려 하고 있는 것인가에 대해 오래오래 생각했다. 그러나 끝내 알 수가 없었다. 강의실 문을 잠그러 들어왔다가 그를 발견한 수위가 의심스런 눈초리로 당장 나가기를 명령했을 때까지도, 그는 해답을 찾지 못했다.

문학부 건물을 나설 즈음, 백마고지 전투에서 훈장까지 받은 역전의 상이용사인 수위 아저씨가 절뚝이며 뒤쫓아 나오더니 그의 가슴에 가방을 내던져주고 가버렸다. 그는 깜박 잊고 가방을 두고 온 거였다. 그러자 주체할 수 없이 웃음이 터져 나오기 시작했다. 무엇이 그토록 우스웠는지 모른다. 그는 혼자 미친 듯 웃어졌혔다. 한참이나 벤치에 엎디어 킬킬대다가 그는 배 속에 든 오물을 모조리 토해내고 말았다. 토하면서도 자꾸만 웃고 또 웃었다. 그러다가 끝내 울음이 터져 나와버렸던 거였다.

덜커덩.

대합실 출입문이 열리며 한 떼의 사람들이 나타난다. 우연인지 모르지만 네 사람 다 여자들이다. 그녀들의 등 뒤로 삼동의 시린 바깥바람이 바싹 달라붙어 함께 들어왔다. 바람 끝에 묻어온 싸늘한 냉기에 놀라서 대합실 안에 있던 사람들의 고개가 일제히 그쪽으로 꺾인다.

첫눈에도 그녀들이 모두 일행은 아니라는 걸 쉽게 알 수 있다. 몸집이 큰 중년 여자와 바바리코트를 입은 처녀, 그리고 나머지 둘은 큼지막한 보따리를 하나씩 이고 오는 품이 무슨 행상꾼 아낙네들이 분명하다. 그녀들은 무척 서둘러 온 눈치다. 머플러며 어깨 위에 눈이 수북하다. 추위에 바짝 얼은 뺨을 씰룩이며 가쁜 입김을 뿜어내고 있다.

"기차, 떠난 건 아니죠?"

맨 처음 들어섰던 중년 여자가 그 말부터 묻는다. 그녀는 아까 문을 여는 순간 난롯가에 서 있는 사람들을 보고 기차가 오지 않았다는 걸 짐작했었지만, 그래도 재차 확인하려는 속셈이다.

"아, 와야 뜨든지 말든지 하지요. 그 빌어묵을 놈의 기차가 한 시간이 넘었는데도 감감무소식이다니께요."

늙은이를 받쳐주고 있던 농부가 부아가 나서 대꾸한다.

그 말에 중년 여인은 대단히 만족한 표정을 역력히 떠올린다. 아예 기뻐 어쩌지 못하겠다는 양 헤벌쭉 웃기까지 한다. 웃고 있는 그녀의 빨갛게 칠한 입술을 손으로 쥐어뜯어주었으면 싶지만 농부는 참는다. 이 여편네는 기차가 연착하기를 오매불망하고 있었다는 투로구나, 젠장.

"후유. 다행이지 뭐야. 난 틀림없이 놓쳐버린 줄로만 여겼다구요. 고생한 보람이 있군요."

농부는 눈살을 찌푸리며 여자를 훑어본다. 그녀는 꽤 비싸게 틀림없는 밍크 목도리를 두르고 있지만 참 지독히도 뚱뚱하다. 기름 찬 아랫배가 개구리마냥 불룩하고, 코트 속에 감춘 살덩어리가 터져 나올 듯 코트 자락을 압박하고 있다. 농부는 여인의 무릎에 여기저기 짓이겨진 눈을 훔쳐보며, 저렇듯 둔하고 커다란 몸뚱이가 눈밭에 미끄러져 뒹굴었을 때 얼마나 거창한 소리가 났을까 하고 상상해보는 걸로 화풀이를 대신한다.

처녀는 머리에서 눈을 털어내고 있고, 행상꾼 아낙네들은 보따리를 내려놓은 다음 난로로 달려와 한 자리씩 차지했다. 그러다가 뚱뚱보 중년 여자가 표를 사기 위해 매표구 쪽으로 가는 눈치였으므로, 나머지 세 여자도 어정어정 그녀를 따라간다.

"여보세요. 기차 아직 안 왔대믄서요?"

뚱뚱보가 매표구 유리창을 두드리며 뻔한 질문을 안으로 쑤셔 박아 넣었을 때, 늙은 역장은 벌써 차표를 준비하고 있던 참이다.

"예예, 조금만 기다리십시오. 곧 올 겁니다."

역장은 표를 넉 장 팔았다. 처녀와 중년 여인은 서울행이고 아낙네들은 읍내까지 가는 모양이다.

그녀들이 다시 난로 쪽으로 달려가고 나자, 역장은 대합실을 넘겨다보며 오늘 막차는 뜻밖에 손님이 많은 편이라고 생각한다. 대합실에 있는 아홉 명 가운데서 표를 산 사람은 여덟이다. 의자 위에서 웅크린 채 잠들어 있는 그 미친 여자는 늘 공짜 승객이기 때문이다. 9시 5분 전이다. 역장은 암만해도 톱밥을 더 가져다주어야 하리라고 여기며 장갑을 찾아 끼고 일어선다.

난로를 에워싸고 있는 사람은 어느덧 일곱으로 불어났다. 늦게 나타난 것이 무슨 특권인 양, 여자들은 비좁은 틈을 비집고 들어와 각기 섭섭지 않게 공간을 확보했다. 그 통에 중년 사내는 연통 뒤켠으로 밀려나고 말았다.

청년은 아직도 저만치 창가에 서 있고, 미친 여자는 죽은 듯 움직이지 않는다.

한동안 여자들은 추위 속을 걸어온 끝에 마침내 불기를 쬘 수 있게 되었다는 사실에 감격해서 한마디씩 호들갑을 떨기 시작한다. 덕분에 푹 가라앉아 있던 대합실이 부쩍 활기를 띠는 것 같다.

"영락없이 난 얼어 죽는 줄 알았당께. 발톱이 다 빠질 것 같드라고, 글씨."

"그랑께 내 뭐라고 그랍디여. 눈 오는 날은 일찌감치 기차 탈 염을 해야 된다고라우. 싸래기만 조끔 쏟아져도 버스가 망월재를 못 넘어간당께요."

"글씨. 자네 말을 들을 거신디. 무담씨 그놈의 버스 기다리니라고 생고상만 했네, 그랴."

아낙네들은 목청도 크다. 그녀들의 목소리가 대합실 사방 벽을 쨍쨍 울리며 튕겨 다닌다. 그녀들은 눈에 길이 막혀 버스가 오지 못한다는 걸 늦게야 전해 듣고는, 으레 지각하기 일쑤인 완행열차를 혹시나 탈 수 있을까 하고 역까지 허겁지겁 달려 나온 참이었다.

"어머, 안심하긴 아직 일러요. 혹시 누가 알아요. 기차도 와봐야 오는가 부다 하지."

뚱뚱이 여자가 말했을 때 아낙네들은 문득 멀뚱한 얼굴로 그녀를 쳐다본다. 하지만 둘 중 누구도 그 말을 선뜻 받지 못한다. 눈부시게 흰 밍크 목도리와 값비싼 코트를 걸친 여자의 반질반질한 서울 말씨가 그녀들을 주저하게 했을 것이다. 무엇보다도 그녀가 난로 가까이 바로 그녀들의 코앞에 보란 듯이 펼쳐놓은 손, 비록 과도한 영양 섭취 탓으로 뭉뚝하게 살이 쪄서 예쁘지는 않지만 그래도 뽀얗게 살집이 고운 그 손가락에 훌륭한 보석 반지가, 그것도 두 개씩이나 둘러져 있는 것 때문에 아낙네들은 은근히 기가 질린다. 저 여자는 구정물 통에 손 한번 담가보지 않고 사는 모양인갑네. 아낙네들은 불어 터진 오징어 발마냥 볼품없이 아무렇게나 난로 위에 펼쳐놓은 자기들 손이 문득 죄 없이 부끄럽다.

뚱뚱이 서울 여자는 눈치도 빠르다. 주위의 그런 분위기를 이내 간파해내고 내심 우쭐한다. 그녀는 이제 얼었던 몸이 풀리고 나니 입이 심심해지기 시작한다. 하지만 시골 보따리 장수 여편네들 따위와 얘기한다는 것은 자신의 품위에도 관계가 있을 것이므로, 다른 마땅한 상대를 찾기 위해 고개를 휘둘러본다.

마침, 맞은편에 서 있는 바바리코트 아가씨에게 초점이 맞춰진다. 스물대여섯쯤. 화장이 짙은 편이고, 머리엔 노리끼리한 물을 들였다. 얼굴은 제법 반반한 편이지만 어딘지 불결함 같은 게 숨어 있는 듯하다. 도시의 뒷골목, 어둡고 침침한 실내, 야하게 쏟아지는 빨간 불빛, 청승맞은 유행가 가락…… 그런 짤막한 인상들이 티브이 광고처럼 서울 여자의 시야에 잠깐씩 머무르다 사라진다.

틀림없어. 그렇고 그런 계집애로군.

아무리 눈가림을 해도 내 눈은 속일 수가 없지, 하고 뚱뚱이 서울 여자는 바바리 아가씨에 대한 까닭 없는 악의를 준비하며 확신하듯 중얼거린다.

바바리코트 처녀는 고개를 갸웃 숙인다. 처녀는 맞은편 중년 여자의 시선이 제게 따갑게 부어지고 있음을 느끼면서도 부러 모른 척한다.

흥, 지까짓 게 쳐다보면 어때.

처녀의 이름은 춘심이다. 그래, 춘심이가 내 이름이다. 어쩔래. 그녀는 은근히 부아가 치민다. 도대체 사람들은 뻔뻔스럽게 왜 남을 찬찬히 훑어보는 개 같은 버르장머리를 갖고 있는지 모르겠다. 그녀는 다른 사람들이 자기를 쳐다보는 듯한 눈치가 뵈면 아주 딱 질색이다. 그것은 흡사 온몸을 하나하나 발가벗기는 것 같아서 불쾌하기 그지없다. 참 알 수 없는 일인 것이, 그녀는 어둠 속에서 혹은 빨간 살구알 전등이 유혹하듯 은근한 불빛을 쏟아내는 방구석에서, 또는 취한 사내들과 뚜덕뚜덕 젓가락 장단을 맞춰가며 뽕짝을 불러대는 술자리에서라면 누구 못지않은 용감한 여자인 것이다.

부끄러움? 흥, 그따위 잊은 지 왕년이다. 실오라기 같은 팬티 한 잎 걸치고 홀랑 벗어젖힌 몸뚱이 하나만으로도 사내들 얼을 빼놓기쯤이야 그녀에겐 식은 죽 먹기다. 춘심이. 적어도 신촌 바닥에서 민들레집 춘심이 하면 아직은 일류다. 하지만 그런 그녀가 대낮에 한길에 나서기만 하면 형편없는 겁쟁이 계집애가 되고 마는 거였다. 무슨 벌거지 떼처럼 무수히 거리를 오가는 행인들 중에 민들레집 춘심이의 얼굴을 기억할 사람이라곤 좀체 없을 터인데도, 그녀는 언제나 고개를 쳐들기가 어려웠다. 벌써 3년째 되어가는 이력에도 불구하고 그 버릇은 여전히 떨어지지 않고 있었다.

춘심이는 애써 고개를 빳빳이 세워 뚱뚱이 여자가 자기를 여전히 뻔뻔스레 훑고 있음을 확인한다. 이제 춘심이는 아까보다 훨씬 오만한 표정을 떠올리며 무심한 척 난로의 불빛만 들여다보기로 한다.

춘심이는 고향에 내려왔다가 서울로 다시 올라가는 길이다. 중학을 졸업하고 나서 몇 년 빈둥거리다가 어느 날 밤 무작정 상경한 후로——그때도 바로 이 기차였다——3년 만에 처음 찾아온 고향 집이었다. 그래도 편지는 가끔 띄웠었다. 물론 이쪽 주소는 한 번도 알려주지 않았다. 화장품 회사에 다닌다고 전해두긴 했지만, 식구들이 꼭 믿는 눈치는 아니었다.

어쨌든 그녀의 귀향은 비교적 환영을 받은 셈이었다. 때묻은 가방 하나만 꿰차고 줄행랑을 친 계집애가 완연한 멋쟁이 처녀로 변신해서, 얼마의 돈과 식구들은 물론 친척 어른들 몫까지 옷가지며 자질구레한 선물들을 꾸려갖고 나타났으니 그럴 법도 했다. 휴가를 틈타 내려온 걸로 된 그 닷새 동안, 오랜만에 그녀는 고향에서 어린 시절의 행복을 되찾은 기분이었다. 이름도 춘심이가 아니라, 예전의 옥자로 돌아왔다. 하지만 고무줄처럼 느즈러진 시골 생활이 조금씩 지겨워지기 시작했을 즈음, 알맞게도 닷새간의 옥자 역은 끝나주었으므로, 그녀는 다시 춘심이가 되기 위해 산골짜기 고향 집을 나선 거였다.

언니, 나도 언니 댕기는 회사에 취직 좀 시켜주소 잉.

그래, 염려 마. 내 서울 가서 연락해줄게.

더러는 콧물을 찍어내고 있는 식구들을 뒤로한 채 하이힐을 삐적거리며 고샅을 빠져나올 때, 동생 옥분이가 쭈르르 뒤쫓아 나와 신신당부하던 일이 떠올라 춘심이는 혼자 쓴웃음을 짓는다.

미친년. 그 짓이 뭔지도 모르구……

문득 가슴 한쪽이 싸아 아려와서 그녀는 손수건을 꺼내어 핑 코를 푼다.

이윽고 멀리서 기적 소리가 울려왔다.

기차다. 온다. 행상꾼 아낙네들과 서울 여자가 맨 먼저 짐꾸러미를 챙겨 들었고, 의자에 앉아 졸고 있는 노인을 황급히 흔들어 깨워 농부가 등에 업었다. 중년 사내와 창가에 혼자 서 있던 대학생도 천천히 몸을 돌려 세운다. 미친 여자마저 그 소란 통에 부스스 일어났다.

그들이 문을 열어젖히고 플랫폼 쪽으로 바삐 몰려가고 있을 때, 저편 어둠을 질러오는 불빛을 확실히 볼 수 있었다. 하지만 뜻밖에 기차는 속도를 조금도 늦추지 않은 채로 그들을 지나쳐 가고 말았다. 유난히 밝은 기차 내부의 불빛과 승객들의 거뭇거뭇한 머리통 정도조차 언뜻 분간하기 어려웠을 만큼 기차는 쏜살같이 반대쪽으로 내달려가버렸다.

기차가 사라지고 난 뒤 사위는 다시금 고요해졌다. 눈발이 하염없이 쏟아지고 있을 뿐 모두가 아까 그대로 남아 있다. 달려 나왔던 사람들은 한참이나 어안이 벙벙하다. 방금 그들의 눈앞을 스쳐지나간 것은 꿈속에서 본 휘황한 도깨비불이거나 난데없는 돌풍에 휩쓸려 날아가버린 무슨 발광체였는지도 모른다. 그만큼 그것은 순식간에 일어난 일이었다.

기차가 스쳐간 어둠 저편에서 손전등을 든 늙은 역장이 나타나 그것이 특급열차라고 알려주었을 때에야, 사람들은 풀죽은 모습으로 대합실로 어기적어기적 되돌아왔다.

"나 원 참, 좋다가 말았구마이."

누군가 투덜댔다. 난로를 차지하고 둘러서서 한동안은 모두들 입을 봉하고 있다. 저마다 실망한 기색이다. 대학생은 아까처럼 창을 내다보고 있고, 미친 여자는 의자에 멀뚱하게 앉아 있다.

조금 있으려니, 문이 열리며 역장이 바께쓰를 들고 나타난다. 바께쓰 속엔 톱밥이 가득 들어 있다.

"추위에 고생하십니다요."

농부가 얼른 인사를 차린다. 그에겐 제복을 입은 사람은 무조건 존경의 대상이 된다.

"뭘요. 그나저나 이거 죄송합니다. 기차가 자꾸 늦어지는군요."

눈이 오니까 그렇겠지라우, 하고 너그러운 소리를 농부가 또 덧붙인다.

역장은 난로 뚜껑을 열고 안을 살펴본다. 생각보다 톱밥이 꽤 남았다. 바께쓰를 기울여 톱밥을 반쯤 쏟아 넣은 다음, 바께쓰는 다시 바닥에 내려놓는다. 역장은 돌아가지 않고 함께 이야기를 주고받기 시작한다. 그도 역시 무료했으리라.

눈 얘기, 지난 농사와 물가에 관한 얘기, 얼마 전 새로 갈린 면장과 머지않아 읍내에 생기게 된다는 종합병원 이야기에 이르기까지 화제는 이어진다. 처음엔 역장과 농부가 주연이었지만 차츰 여자들도 끼어들게 된다. 그들 중 음울한 표정의 젊은 사내만이 끝내 입을 열지 않은 채로이다.

역장이 나타나는 바람에 자리가 더욱 좁아졌으므로, 중년 사내는 난로 가까이 놓아둔 자신의 작은 보퉁이를 한켠으로 치워놓는다. 그 보퉁이엔 한 두름의 굴비, 그리고 낡고 때 묻은 내복 따위 같은 사내의 옷가지가 들어 있을 뿐이다. 그것은 사내가 벽돌담 저쪽의 세상에서 가지고 나온 유일한 재산이다.

"선생은 향촌리에 사시우?"

늙은 역장이 곁의 중년 사내에게 묻는다.

"아, 아닙니다."

"그래요. 근데 무슨 일로……"

"누굴 찾아왔다가 그만 못 만나고 가는 길입지요."

"누굴 찾으시는데요. 어디 말씀해보구려. 이 근처 30리 안팎에 있는 동네라면 내가 얼추 다 아니까요. 허허."

"아, 아닙니다. 제가 주소를 잘못 알았었나봅니다."

오, 그래요. 역장은 사내가 뭔가 말하기를 꺼려 한다는 느낌을 받았으므로 더 캐묻지 않는다.

톱밥 난로의 열기가 점점 강하게 퍼져 오르고 있다. 역장은 난로의 뚜껑을 닫고 나서 한산도를 꺼내 사내와 농부에게 권한다. 그들은 담배를 피우기 시작한다.

사내는 기차를 타기 전, 서울역 앞에서 그 굴비 한 두름을 샀었다. 언젠가 감방에서 허 씨가 흰 쌀밥에 잘 구운 굴비를 먹고 싶다고 말한 적이 있었기 때문인지도 모른다. 비록 허 씨 자신은 먹을 수 없겠지만, 홀로 산다는 허 씨의 칠순 노모에게 빈손으로 찾아갈 수는 없을 것이라는 생각에 역 광장의 행상꾼에게서 한 두름을 샀다. 그리고 밤 내내 완행열차를 타고 이날 새벽 사평역에서 내려, 허 씨가 일러준 대로 그 조그마한 산골 마을을 찾아들었던 것이다.

하지만 허 씨의 노모는 이미 만날 수가 없었다. 죽어 묻힌 지가 5년도 넘었다고 했다. 노모가 죽은 이듬해, 허 씨의 형도 식솔들을 데리고 훌훌 마을을 떴고, 그 후 그들의 소식은 영영 끊어졌다는 거였다.

그 말을 전해 듣는 순간 사내는 사지의 힘이 일시에 빠져나가는 듯한 허탈감을 맛보았다. 어느덧 초로에 접어든 허 씨의 쓸쓸한 모습이 눈앞에 선히 떠올랐다. 노모의 죽음조차 모르고 비좁은 벽돌담 안에 갇힌 채 다만 다른 사람들의 것일 따름인 그 숱한 계절들을 맞고 보내다가, 어느 날인가는 푸른 옷에 싸여 죽음을 맞아야 할 한 늙고 병든 무기수의 얼굴이 사내의 발길을 차마 돌릴 수 없도록 만드는 거였다. 등 뒤에 두고 돌아서려니, 사내는 그 마을이 바로 자기의 고향인 듯한 느낌이 들었다. 그의 고향은 본디 이북이었지만 피난 통에 가족들과 헤어져 집도 부모도 없이 떠돌아다니며 커왔던 것이다.

하염없이 눈송이만 펑펑 쏟아지는 산길을 걸어 나오며 사내는 자꾸만 발을 헛디뎠다. 문득 되돌아보면, 멀리 산골 초가의 굴뚝에선 저녁 짓는 연기가 은은히 피어오르고 있었다. 눈 내리는 산자락에 고요히 묻혀가는 저녁 무렵의 산골 풍경은 눈물겹도록 평화스러워 보였다.

이보쇼, 허 씨. 당신이나 나는 이젠 매양 마찬가지구려. 피차 어디 찾아갈 곳 하나 없어졌으니 말이오. 하지만 그래도 당신은 나보다야 낫소. 그 속에 있으면 애써 고향을 찾아 나설 수도, 또 그래야 할 필요도 없을 테니까 말이외다. 허허허. 그나저나 난 도대체 이제부터 어디로 가야 한다는 말이오.

사내는 휘적휘적 눈길을 헤쳐 내려오며 몇 번이나 그렇게 넋두리를 했다.

역장은 시계를 본다. 9시 반. 이거 너무 늦는걸. 그러다가 역장은 저만치 창가에서 서성이고 있는 청년을 새삼 발견한다.

청년은 벽에 붙은 지명 수배자 포스터를 들여다보고 있는 참이다. 포스터엔 스무 명 남짓, 지극히 평범하게 생긴 한국 사람들의 얼굴이 적혀 있고 그 밑에 성명, 나이, 범행 내용, 인상착의 따위가 기록되어 있다. 그중 몇은 '검거'라고 씌어진 붉은 도장이 쿵쿵 박혀 있다. 수배자들의 사진 가운데엔 대학생이 아는 얼굴도 하나 끼여 있다. 그는 청년의 선배이다. 시위를 주동한 혐의로 선배는 몇 달 전부터 수배되어 있는 중이다. 청년은 지금 그 선배의 사진과 무슨 얘기라도 나누는 양 골똘히 마주 대하고 있다. 바로 그때 역장이 청년을 불렀으므로, 청년은 적이 놀란 모양이다.

"이봐요, 젊은이. 추운데 거기 있지 말고 이리 와서 불 좀 쬐구려."

청년은 우물쭈물하더니 이윽고 난로 쪽으로 걸어온다. 그리고 역장에게 꾸벅 고개를 숙인다.

"누구……더라."

역장은 의외라는 표정이다. 청년의 얼굴이 금방 기억나지 않는다.

"저, 역장님은 잘 모르실 거예요. 고등학교 때 통학하면서 줄곧 뵈었는데…… 재 너머 오동삼 씨가 제……"

"아아, 이제야 알겠네. 자네가 바로 오 씨 큰아들이구먼. 지금 대학에 다닌다면서, 그렇지?"

"예……"

"맞아. 작년 여름에 내려왔을 때도 봤었지. 그래, 방학이라서 집에 왔구먼."

"예……"

역장은 청년을 새삼 믿음직스러운 듯 바라본다. 역장은 그를 기억해낼 수 있다. 어릴 때부터 남달리 성실하고 착한 학생 같았다. 여느 애들과는 다르게 생각이 많아 뵀고 늘 손에 책이 들려 있는 것도 대견스러웠다. 그러길래 청년이 인근 마을에선 유일하게 도회지의 국립대학에 합격했다는 소문을 들었을 때, 그게 우연이 아니라고 여겼던 것이다.

"아믄, 공부 열심히 해서 성공해야지. 뒷바라지하시느라 촌구석에서 뼈 빠지게 고생하시는 부모님 호강도 시켜드리고, 고향에 좋은 일도 많이 해야 하네. 알겠는가."

"예……"

역장이 어깨를 툭툭 두드려주며 격려했고, 청년은 고개를 떨군 채 희미한 대답을 한다.

불현듯 청년의 뇌리엔 아버지의 얼굴이 떠오른다. 소나무 등걸처럼 투부룩한 아버지의 손. 그 손으로 아버지는 평생을 논밭만 일구며 살아왔다. 아버지의 꿈은 판사 아들을 두는 거였다. 그렇게만 된다면 내일 죽어도 한이 없노라고, 젊은 시절을 남의 집 머슴으로 전전했던 가난한 아버지는 대학생이 된 아들 앞에서 주먹을 불끈 쥐어 보이곤 하던 거였다.

청년에겐 동생이 다섯이나 있었다. 모두가 국민학교만 겨우 마쳤거나 아직 다니고 있는 중이었다. 청년은 그의 집의 유일한 희망이었고, 어김없이 찾아올 밝아오는 새벽이었다. 그런 부모와 형제들 앞에서 끝내 퇴학당했다는 말을 꺼낼 수가 없었다. 언젠가 여름에 자기도 그냥 집에 내려와 농사나 짓는 게 어떻겠느냐고 한마디 건넸다가 그만 노발대발한 아버지에게 용서를 비느라 혼쭐이 난 적도 있었다. 결국 아무런 얘기도 꺼내보지 못하고 이젠 누구 하나 찾아갈 사람도 없는 그 거대한 도시를 향해 집을 나섰을 때, 청년은 하마터면 울음을 터뜨릴 뻔하였다.

자, 이거 받으라이. 느그 아부지가 준 돈은 책값하고 하숙비 빼면 니 쓸 것도 부족하꺼이다. 괜찮다이. 내, 그동안 몰래 너 오면 줄라고 모아둔 돈이니께. 달걀도 모았다가 팔고 동네 밭일해주고 품삯 받은 거이다. 아무쪼록 애껴쓰면서, 공부도 좋재만 항상 몸을 살펴야 쓴다이.

동구 밖까지 따라 나온 어머니는 꾸깃꾸깃 때에 전 돈을 억지로 손에 쥐어주었다. 어머니와 동생들은 마른버짐이 허옇게 핀 얼굴로 그가 고개를 꼬박 넘어설 때까지 손을 흔들고 있었다.

흥, 대학생? 그까짓 대학생이 무슨 별거라구……

춘심이는 역장과 청년의 대화를 들으며 입을 비쭉인다.

춘심이가 벌써 3년간이나 몸 비비고 사는 민들레집 근방 일대엔 서너 개의 대학이 몰려 있었으므로, 허구한 날 보는 게 대학생이었다. 그 녀석들은 덜렁대며 책가방을 들고 다니긴 하지만 대체 언제 공부를 하는 줄 모르겠다고 그녀는 늘 의아해했다. 아침이면 교문으로 엄청난 수가 떼를 지어 몰려들어갔고, 어쩌다 교문 앞을 지나치다 보면 거의 날마다 무슨 운동회다 축제 행사다 해서 교정이 뻑적지근하도록 시끄러웠다. 게다가 삐끗하면 데모다 시위다 하여 죄 없는 부근 주민들까지 매운 냄새를 맡게 만들었기 때문에 번번이 장사에 지장도 많았다. 하필 학교 정문으로 통하는 네거리 길목에 자리 잡은 민들레집으로서는 데모가 터졌다 하면 그날 장사는 종을 쳤다. 그런 날은 일찌감치 문 닫고 그녀들은 옥상으로 올라가, 한여름에도 신라 시대 장군들처럼 투구에다 갑옷 차림으로 학교 문 앞을 겹겹이 막고 도열해 있는 경찰들을 재미나게 구경하는 거였다.

하교 시간이면 술집들이 빽빽하게 들어차기 시작했다. 무슨 뼈 빠지는 막노동이라도 종일 하고 온 사람처럼 열나게 술을 퍼마시는 녀석들, 알아듣지도 못할 골치 아픈 얘기 따위나 해대며 괜스레 진지한 척 애쓰는 배부른 녀석들. 그것이 춘심이네가 생각하는 대학생들이었다. 그러다가 그들은 자정이 넘어서야 곤드레가 되어 더러는 민들레집을 찾아 기어들어오기도 했는데 가끔 술값이 모자라 이튿날 아침이면 가방을 잡혀두고 허겁지겁 돈 구하러 뛰어나가는 얼빠진 녀석들도 있었다.

그러나 아무리 입을 비쭉여대긴 해도 대학생은 역시 부러운 존재였다. 그들은 모두 머지않아 도심지의 고층 빌딩을 넥타이 차림으로 오르락내리락할 것이고, 유식하고 잘난 상대를 만나 그럴싸한 신혼살림에 그럴싸하게 살아갈 것이라는 빤한 사실 때문인지도 모른다. 언젠가 춘심이는 민들레집 계집애들과 함께 일이 없는 오후에 근처 대학교로 놀러 갔었다. 그러나 그녀들은 교문에 들어서기도 전에 수위한테 내쫓김을 당했다. 씨발, 여대생은 얼굴에 무슨 금딱지라도 붙이고 다닌다던. 춘심이는 홧김에 씹고 있던 껌을 교문 돌기둥에 꾹꾹 눌러 붙여놓고 왔었다.

쿨룩쿨룩.

노인이 기침을 시작한다. 농부는 노인의 가슴을 크고 볼품없는 손으로 문질러준다. 난로가 달아오르고 있다. 훈훈한 열기가 주위에 서 있는 사람들의 몸을 기분 좋게 적신다.

남자들이 담배를 피우는 모습을 보고 있으려니 여자들은 문득 입안이 허전한가 보다. 아낙네 하나가 보따리에 손을 집어넣고 무엇인가를 찾고 있다. 이윽고 아낙의 손끝에 북어 두 마리가 따라 나온다. 그녀는 그걸 대뜸 난로 위에 얹어 굽더니, 북북 찢어내어 사람들에게 골고루 나누어 준다.

"벤벤찮으요만 잡숴들 보실라요. 입이 궁금할 때는 이것도 맛이 괜찮합디다."

"고맙긴 하오만, 이렇게 먹어버리면 뭐 남기나 하겠소?"

역장이 한 조각 받아 들며 말한다.

"밑질 때 밑지드라도 먹고 싶을 때는 먹어야지라우. 거시기, 금강산도 식후갱이라 안 합디여. 히히히."

아낙은 제법 유식한 말을 했다는 생각에 스스로 대견해서 익살맞게 이빨을 드러내고 웃는다.

농부와 대학생과 춘심이도 한 오라기씩 입에 넣고 우물거리고 있다. 뚱뚱이 서울 여자는 마지못한 시늉으로 그걸 받더니, 행여 더러운 것이라도 묻지 않았나 싶은 듯 손가락 끝에서 요모조모 뜯어보다가 입에 넣었다. 그녀는 여전히 마뜩찮은 표정을 짓고 있었지만, 속으로는 그게 생긴 것보다는 맛이 괜찮다고 생각한다. 그리고 보니 그녀는 저녁을 거른 채로였다.

"북어를 팔러 다니시는가 부죠?"

뚱뚱이 여자는 북어 얻어먹은 걸 반지르르한 서울말로 갚아야겠다는 속셈이다.

"북어뿐 아니라 김, 멸치, 미역 같은 해산물도 갖고 다녀라우. 산골이라 해산물이 귀해서 그런지, 사평에 오면 그런대로 사주는 편입디다."

"저쪽 아주머니두요? 보따리가 꽤 커 보이는데."

"아니라우. 나는 옷 장사요. 정초도 가까워오고 해서 애들 옷가지랑 노인네 솜바지 같은 걸 쪼까 많이 떼어와봤등만, 이번엔 영 재미를 못 봤소야. 3, 4일 전에 다른 옷 장사가 먼저 들러 갔다고 그럽디다. 오가는 차비 빠지기도 힘들게 돼부렀는갑소."

"아따, 성님도 엄살은. 그만큼 팔았으면 됐지, 손해는 무슨 손해요."

젊은 아낙은 북어 두 마리를 더 꺼내어 난로에 얹으며 호들갑을 떤다.

"근데 이거 기차도 다 틀린 건 아닌지 모르겠네. 어떡하믄 좋지. 이눔의 시골 바닥엔 여관 하나도 안 보이던데, 쯧."

서울 여자가 코를 찡그린다.

"누구, 아는 사람을 찾아오신 게 아닌갑네요?"

젊은 아낙이 퍽 호의를 보이며 묻는다.

"아는 사람이 누가 있겠수. 이런 두메산골은 눈 째지고 나서 첨 와봤다구요. 말만 들었지, 종이쪽지 하나 들구 찾아와보니깐 이거 원. 이게 모두가 다 그……"

모두가 다 그 몹쓸 년 때문이지 뭐야, 하려다가 서울 여자는 입을 오므리고 만다. 단무지같이 누렇게 뜬 사평댁의 낯빛이 눈에 선하게 떠오른 까닭이다.

뚱뚱이 여자는 이날 아침 버스로 사평에 도착했다. 하지만 사평댁이 사는 마을은 고개를 둘이나 넘어야 하는 산골짜기에 있었다. 커다란 몸집을 절구통 옮기듯 씩씩거리며 두어 시간이나 걸려 마을에 다다랐을 때는 점심나절이 한참 넘어서였다.

그녀는 사평댁을 만나면 머리채부터 휘어잡고 그동안 쌓인 분풀이를 톡톡히 할 참으로 벼르고 있었다. 그녀는 서울에서 음식점을 하나 갖고 있었는데, 몇 달 전만 해도 사평댁은 주방에서 일을 했었다. 갓 서른이 넘은 나이에 성깔도 고와 뵈고 믿을 수 있을 것 같아서 그녀는 남다른 신뢰와 애정을 베풀어주었노라고 지금도 자부하고 있는 터였다. 한데, 믿는 뭣에 뭐가 핀다더니, 바로 그 사평댁에게 가게를 맡기고 단풍놀이를 갔다가 돌아와보니, 사평댁은 돈을 챙겨 넣은 채 온다 간다 말도 없이 사라져버리고 없던 거였다. 이상한 건 금고에 돈이 더 있었는데도, 없어진 것은 다만 30여 만 원 정도였다. 하지만 그녀가 분해하는 것은 없어진 돈 때문만은 아니었다. 세상이 아무리 막되어간다지만, 친언니처럼 극진히 믿고 위해주었던 은혜를 사평댁이 감쪽같이 배신했다는 것이 더욱 분했다. 처음엔 그저 잊어버리고 말지, 했으나 생각하면 할수록 부아가 치밀어 올라 급기야는 어설픈 기억을 더듬어 사평댁의 고향으로 이날 쫓아 내려온 거였다.

사평댁이 살고 있는 마을은 지독한 빈촌이었다. 겨우 20여 호 남짓한 흙벽돌집들은 대부분이 초가였고, 한결같이 금방이라도 귀신이 나올 듯한 험상 맞은 꼬락서니를 하고 있었다. 산비탈 여기저기에 밭을 일구어 간신히 입에 풀칠이나 하고 살아가는 화전민촌이라는 사실을 첫눈에 쉽사리 알 수 있었다.

세상에, 이눔의 동네는 그 요란한 새마을운동인가 뭔가도 여태 구경 못 했담.

발 디딜 자리 없이 쇠똥이 지천으로 내갈겨진 고샅을 더듬어 올라가며 그녀는 내내 오만상을 구겨야 했다. 엄청나게 큰 아가리를 벌리고 있는 똥통이며 두엄 더미, 그리고 어쩌다 마주치는 시골 사람들의 몰골은 하나같이 수세미처럼 거칠고 쭈그러져 있었다.

금방 주저앉을 듯한 초가 사립을 들어섰을 때, 그녀는 이미 그때까지 등등하던 기세가 사그라져버리고 없었다. 기척을 들었는지 누구요, 하고 방문을 연 것은 바로 사평댁이었다. 순간 그녀를 보자마자 사평댁은 그 자리에서 풀썩 주저앉고 마는 거였다. 처음에 그녀는 송장같이 핼쑥한 그 여자가 바로 사평댁이라는 사실을 깨닫지 못했다. 그만큼 사평댁은 오랜 병석의 기색이 완연했다.

에그머니나. 이게 무슨 꼴이야. 곱던 얼굴이 세상에 이렇게 못쓰게 될 수가 있담. 아니, 정말 네가 사평댁이 틀림없니, 틀림없어?

머리채를 박박 쥐뜯어놓겠다고 벼르던 일은 까맣게 잊고, 뚱뚱이 여자는 사평댁의 허깨비 같은 몸뚱이를 부둥켜안고 안타까워 어쩔 줄을 몰랐다. 속사정이야 제쳐두고 우선 두 여자는 한참 동안 울음보를 풀었다. 서울 여자는 일찍이 젊어 과부가 된 제 팔자가 새삼 서러웠을 테고, 송장같이 말라빠진 사평댁 또한 기구한 제 설움에 겨워 눈물을 쭐쭐 쏟아내었다.

한바탕 소란이 끝나고 차츰 그간의 경위를 들어보니, 사평댁의 소행이 이해가 갈 만도 했다. 본디 사평댁은 결혼 후 그 마을에서 죽 살아왔노라고 했다. 주정뱅이에다가 노름꾼인 건달 남편과의 사이에 아이 둘을 낳았으나, 갈수록 심해지는 남편의 손찌검에 못 견뎌 집을 나온 거였다. 물론 그런 사실을 사평댁은 까맣게 숨기고 있었다. 그런 어느 날 식당에 우연히 들어온 고향 사람을 만났고, 그에게서 지난겨울 술 취한 남편 이 밤길 눈밭에서 얼어 죽었다는 소식을 들었다. 부모 없이 거 지 신세가 되어 이 집 저 집에 맡겨져 있다는 아이들을 생각하 니 한시도 머물러 있을 수가 없었노라고, 사평댁은 울먹이며 자초지종을 털어놓았다. 그러고 보니, 방 한쪽 구석에는 사평 댁의 아이들이 눈이 휘둥그레져서 그녀들을 쳐다보고 있었다. 머리통은 부스럼 딱지로 더껑이가 져 있고 영양실조로 낯빛이 눌눌한 아이들은 유난히 배만 불쑥 튀어나온 기이한 모습들이 었다. 다시 한바탕 설움에 겨운 넋두리를 퍼붓다가, 뚱뚱이 여 자는 몸에 지닌 몇 푼의 돈까지 쓸어 모아 한사코 마다하는 사 평댁의 손에 쥐여준 채 황황히 그 집을 나오고 말았다.

젠장 맞을. 하여간 나는 정이 많은 게 탈이라구. 그 꼴을 하고 있는 줄 알았으면 애당초 여기까지 찾아오지도 않았을 거 아냐. 쯔쯔쯔.

서울 여자는 분풀이라도 하듯 북어를 어금니로 쭉 찢어서 씹기 시작한다.

짧은 순간, 사람들은 모두 바깥의 어둠에 귀를 모은다. 분 명히 기적 소리다.

야아, 오는구나.

저마다 눈빛을 빛내며 그들은 서둘러 짐 꾸러미를 찾아 들고 플랫폼을 향해 종종걸음을 친다. 그러나 맨 앞장선 서울 여자가 유리문에 미처 다다르기도 전에 문이 드르륵 열리며 역장이 나타났다.

"그대로들 계십시오. 저건 특급열차입니다."

그렇게 말하고 역장은 문을 다시 닫더니 플랫폼으로 바삐 사라진다.

참, 그러고 보니 저건 하행선이구나. 대합실 안의 사람들은 일시에 맥이 빠진다. 이번에도 특급이야? 뚱뚱이는 짜증스레 내뱉었고, 아낙네들은 욕지거리를 섞어가며 툴툴대었으며, 노인은 더 심하게 기침을 콜록거렸고, 농부는 이번엔 늙은이의 가슴을 쓸어줄 생각을 하지 못했다. 중년 사내와 청년도 말없이 난롯가로 되돌아갔고, 맨 뒤로 몇 발짝 따라 나왔던 미친 여자는 쭈뼛쭈뼛 눈치를 살피며 도로 의자 위에 엉덩이를 주저앉힌다.

그사이, 열차는 쿵쾅거리며 플랫폼을 통과하고 있다. 차 내부의 불빛과 승객들의 미라 같은 형상들이 꿈속에서 보듯 현란한 흔적으로 반짝이다가 이내 사라져버리고 말았다. 사위는 아까처럼 다시금 고요해졌고, 창밖으로 칠흑의 어둠이 잽싸게 제자리를 찾아 들어온다. 열차가 사라진 어둠 저편에서 늙은 역장의 손전등 불빛이 휘적휘적 걸어오고 있는 게 보인다. 그 모든 것이 아까와 똑같이 반복되고 있는 것이다.

대학생은 방금 눈앞에 나타났다가 사라진 열차의 불빛이 아직 자신의 망막에 남아 있는 듯한 느낌이다. 그것은 어느 찰나에 피어올랐다가 소리 없이 스러져버린, 눈물겨운 아름다움

같은 거였다고 청년은 생각한다. 어디일까. 단풍잎 같은 차창들을 달고 밤 열차는 또 어디로 흘러가고 있는 것일까. 그것이 마지막 가 닿는 곳은 어디쯤일까. 그런 뜻 없는 질문을 홀로 던지며 청년은 깊숙이 가라앉은 시선을 창밖 어둠을 향해 던지고 있다.

사람들은 누구도 입을 열지 않는다. 대합실 벽에 붙은 시계가 도착 시간을 한 시간 반이나 넘긴 채 꾸준히 재깍거리고 있었지만, 누구 하나 눈여겨보는 사람은 없다. 창밖엔 싸륵싸륵 송이눈이 쌓여가고, 유리창마다 흰보랏빛 성에가 톱밥 난로의 불빛을 은은하게 되비추어내고 있을 뿐.

사람들은 약속이나 한 듯 말을 잊었다. 어쩌면 그들은 열차를 기다리고 있다는 사실조차 망각하고 있는 것인지도 모른다. 중년 사내는 담배를 입에 문 채 성냥불을 당기려다 말고 멍하니 난로의 불빛을 들여다보고 있다. 노인을 안고 있는 농부도, 대학생도, 쭈그려 앉은 아낙네들도, 서울 여자도, 머플러를 쓴 춘심이도 저마다 손바닥들을 불빛 속에 적셔두고, 망연한 시선을 난로 위에 모은 채 모두들 아무 말도 하지 않았다. 저만치 홀로 떨어져 앉아 있는 미친 여자도 지금은 석고상으로 고요히 정지해 있다. 이따금 노인의 기침 소리가 났고, 난로 속에서 톱밥이 톡톡 튀어 올랐다.

"흐유, 산다는 게 대체 뭣이간디……"

불현듯 누군가 나직이 내뱉었다.

그러자 사람들은 그 말꼬리를 붙잡고 저마다 곰곰이 생각해보기 시작한다. 정말이지 산다는 게 도대체 무엇일까……

중년 사내에겐 산다는 일이 그저 벽돌담 같은 것이라고

여겨진다. 햇볕도 바람도 흘러들지 않는 폐쇄된 공간. 그곳엔 시간마저도 아무런 흔적을 남기지 않는다. 마치 이 작은 산골 간이역을 빠른 속도로 무심히 지나쳐 가버리는 특급열차처럼…… 사내는 그 열차를 세울 수도, 탈 수도 없다는 것을 잘 알고 있다. 그러면서도 여전히 기다릴 도리밖에 없다는 것, 그것이 바로 앞으로 남겨진 자기 몫의 삶이라고 사내는 생각한다.

농부의 생각엔 삶이란 그저 누가 뭐래도 흙과 일뿐이다. 계절도 없이 쳇바퀴로 이어지는 노동. 농한기라는 겨울철마저도 융자금 상환과 농약값이며 비료값으로부터 시작하여 중학교에 보낸 큰아들놈의 학비에 이르기까지, 이런저런 걱정만 하다가 보내고 마는 한숨철이 되고 만 지도 오래였다. 삶이란 필시 등뼈가 휘도록 일하고 근심하다가, 끝내는 늙고 병들어 죽는 것이리라고 여겨졌으므로, 드디어 어려운 문제를 풀어냈다는 듯이 농부는 한숨을 길게 내쉰다.

서울 여자에겐 돈이다. 그녀가 경영하고 있는 음식점 출입문을 들어서는 사람들은 모조리 그녀에겐 돈으로 뵌다. 어서 오세요. 입에 붙은 인사도 알고 보면 손님에게가 아니라 돈에게 하는 말일 게다. 그래서 뚱뚱이 여자는 식사를 마치고 나가는 손님들에게 결코 안녕히 가세요,라는 말은 쓰지 않는다. 또 오세요다. 그녀는 가난을 안다. 미친 듯 돈을 벌어서, 가랑이를 찢어내던 어린 시절의 배고픈 기억을 보란 듯이 보상받고 싶은 게 그녀의 욕심이다. 물론 남자 없이 혼자 지새워야 하는 밤이 그녀의 부대 자루 같은 살덩이를 이따금 서럽게 만들기도 한다. 하지만 그녀는 두 아들을 끔찍이 사랑했다. 소중한 두 아들과 또 그들을 행복하게 만드는 데에 쓰일 돈, 그 두 가지만 있으면 과부인 그녀의 삶은 그런대로 만족할 것도 같다.

춘심이는 애당초 그런 골치 아픈 얘기는 생각하기도 싫어진다. 산다는 게 뭐 별것일까. 아무리 허덕이며 몸부림을 쳐본들, 까짓 것 혀 꼬부라진 소리로 불러대는 청승맞은 유행가 가락이나 술 취해 두들기는 젓가락 장단과 매양 한가지일걸 뭐. 그래서 춘심이는 술이 좋다. 아무것도 생각나지 않게 해주는 술님이 고맙다. 그래도 춘심이는 취하면 때로 울기도 하는데, 그 까닭이야말로 춘심이도 모를 일이다.

대학생에겐 삶은 이 세상과 구별할 수 없는 그 무엇이다. 스물셋의 나이인 그에게는 세상 돌아가는 내력을 모르고, 아니 모른 척하고 산다는 것은 절대로 용서할 수 없다. 그런 삶은 잠이다. 마취 상태에 빠져 흘려보내는 시간일 뿐이라고 청년은 믿고 있다. 하지만 그는 얼마 전부터 그런 확신이 조금씩 흔들리기 시작하는 걸 느끼고 있다. 유치장에서 보낸 한 달 남짓한 기억과 퇴학. 끓어오르는 그들의 신념과는 아랑곳없이 이루어지고 있는 강의실 밖의 질서…… 그런 것들이 자꾸만 청년의 시야를 어지럽히고 혼란을 일으키고 있는 중이다.

행상꾼 아낙네들은 산다는 일이 이를테면 허허한 길바닥만 같다. 아니면, 꼭두새벽부터 장사치들이 때로 엉켜 아우성치는 시장에서 허겁지겁 보따리를 꾸려 나와, 때로는 시골 장터로 혹은 인적 뜸한 산골 마을로 돌아다니며, 역시 자기네 처지보다 나을 것이라곤 눈곱만큼도 없는 시골 사람들 앞에서 거짓말 참말 다 발라가며 펼쳐놓는 그 싸구려 옷가지 같은 것인지도 모른다. 어쨌든 그녀들에겐 그따위 사치스런 문제를 따지고 말고 할 능력도 건덕지도 없다. 지금 아낙네들의 머릿

속엔 아이들에게 맡겨둔 채로 떠나온 집 생각으로 가득 차 있다. 어린것들이 밥이나 제때에 해 먹었을까. 연탄불은 꺼지지 않았을까. 며칠째 일거리가 없어 빈둥대고 있는 10년 노가다 경력의 남편이 또 술에 취해서 집구석에 법석을 피워놓진 않았을까……

그러는 사이에도, 밖에는 간간이 어둠 저편으로부터 바람이 불어왔고, 그때마다 창문이 딸그락거렸다. 전신주 끝을 물고 윙윙대는 바람 소리, 싸륵싸륵 눈발이 흩날리는 소리, 난로에서 톡톡 튀어 오르는 톱밥. 그런 크고 작은 소리들이 간헐적으로 토해내는 늙은이의 기침 소리와 함께 대합실 안을 채우고 있을 뿐, 사람들은 각기 골똘한 얼굴로 생각에 빠져 있다.

대학생은 문득 고개를 들어 말없이 모여 있는 그들의 얼굴을 하나하나 눈여겨본다. 모두의 뺨이 불빛에 발갛게 상기되어 있다. 청년은 처음으로 그 낯선 사람들의 얼굴에서 어떤 아늑함이랄까 평화스러움을 찾아내고는 새삼 놀라고 있다. 정말이지 산다는 것이란 때로는 저렇듯 한 두름의 굴비, 한 광주리의 사과를 만지작거리며 귀향하는 기분으로 침묵해야 하는 것인지도 모른다.

청년은 무릎을 굽혀 바께쓰 안에서 톱밥 한 줌을 집어 든다. 그리고 그것을 난로의 불빛 속에 가만히 뿌려 넣어본다. 호르르르. 삐비꽃이 피어나듯 주황색 불꽃이 타오르다가 이내 사그라들고 만다. 청년은 그 짧은 순간의 불빛 속에서 누군가의 얼굴을 본 것 같다. 어머니다. 어머니가 주름진 얼굴로 활짝 웃고 있었다.

다시 한 줌 집어넣는다. 이번엔 아버지와 동생들의 모습이 보였다. 또 한 줌을 조금 천천히 흩뿌려 넣는다. 친구들과 노교수의 얼굴, 그리고 강의실의 빈 의자들과 잔디밭과 교정의 풍경이 차례로 떠오르기 시작한다.

음울한 표정의 중년 사내는 대학생이 아까부터 톱밥을 뿌려대고 있는 모습을 곁에서 줄곧 지켜보고 있는 참이다. 대학생의 얼굴은 줄곧 상기되어 있다.

이 젊은 친구가 어쩌면 꿈을 꾸고 있는지도 모르겠군. 그러면서도 사내 역시 톱밥을 한 줌 집어낸다. 그러고는, 대학생이 하듯 달아오른 난로에 톱밥을 뿌려준다. 호르르르. 역시 삐비꽃 같은 불꽃이 환히 피어오른다. 사내는 불빛 속에서 누군가의 얼굴을 얼핏 본 듯하다. 허 씨 같기도 하고 전혀 낯모르는 다른 사람인 것도 같은, 확실치 않은 얼굴이었다. 사내의 음울한 눈동자가 간절한 그리움으로 반짝 빛나기 시작한다. 사내는 다시 한 줌의 톱밥을 집어 불빛 속에 던져 넣고 있다.

어느새 농부도, 아낙네들도, 서울 여자와 춘심이도 이젠 모두 그 두 사람의 치기 어린 장난을 지켜보고 있다. 누구도 입을 열지 않았다.

사평역을 경유하는 야간 완행열차는 두 시간이나 지난 후에야 도착했다.

막상 열차가 도착했을 때, 대합실에서 그때까지 기다리고 있던 승객들은 반가움보다는 차라리 피곤함과 허탈감에 젖은 모습으로 열차에 올라탔다. 늙은 역장은 하얗게 눈을 맞으며 깃발을 흔들어 출발 신호를 보냈고, 이어 열차는 천천히 미끄러져 가기 시작했다. 얼핏, 누군가가 아직 들어가지 않고 열차

난간에 기대어 서 있는 게 보였다. 역장은 그 사람이 재 너머 오 씨 큰아들임을 알았다. 고개를 반쯤 숙인 채 난간 손잡이에 위태로운 자세로 기대어 있는 청년의 모습이 역장은 왠지 마음에 걸렸다. 이내 열차는 어둠 속으로, 길게 기적을 남기며 사라져버렸다.

한동안 열차가 달려가버린 어둠 저편을 망연히 응시하고 서 있던 늙은 역장은 옷에 금방 수북이 쌓인 눈을 털어내며 대합실로 들어섰다. 난로를 꺼야 하기 때문이었다. 거기서 역장은 뜻밖에도 아직 기차를 타지 않고 남아 있는 한 사람을 발견했다. 미친 여자였다. 지금껏 난로 곁에 가지 않았던 유일한 사람이었던 그녀는 이제 난로를 독차지한 채, 아까 병든 늙은이가 앉았던 의자에 비스듬히 앉아 잠들어 있었다.

그녀의 집이 어디며, 또 어디서 왔는지 역장은 전혀 모른다. 다만 이따금 그녀가 이 마을을 찾아왔다가는 열차를 타고 떠나곤 했다는 정도만 기억할 뿐이었다. 오늘은 왜 이 여자가 다른 사람들을 따라 열차를 타지 않았을까 하고 역장은 의아하게 생각했다. 아마 그 여자에겐 갈 곳이 없었을지도 모른다. 그녀에게 있어서 출발이란 것은 이 하룻밤, 아니 단 몇 분 동안이나마 홀로 누릴 수 있는 난로의 따뜻한 불기만큼의 의미조차 없는 까닭이리라.

역장은 문득 그녀가 걱정스러웠다. 올겨울 같은 혹독한 추위에 아직 얼어 죽지 않고 여기까지 흘러들어 왔다는 사실이 신기했다. 꿈이라도 꾸는 중인지, 땟국물에 젖은 여자의 입술 한 귀퉁이엔 보일락말락 웃음이 한 조각 희미하게 남아 있었다.

"이거 참 난처한걸. 난로를 그대로 두고 갈 수도 없고……"

하지만 결국 역장은 김 씨를 깨우러 가기 전에 톱밥을 더 가져다가 난로에 부어줘야겠다고 생각하며 천천히 사무실로 돌아가고 있었다. 눈은 밤새 내내 내릴 모양이었다.

개
　도
　둑

창유리에 짙게 김이 서려 있었다. 나는 소매로 유리창을 닦았다. 먹빛 바깥의 어둠이 손바닥만 하게 돋아났다.

누구보다 네게 면목이 없구나. 이럴 줄 알았으면 미리 선산으로 이장(移葬)을 해두는 것인데…… 모든 게 내 불찰이다. 설마 물이 거기까지 차오를 줄 누가 생각이나 했겠느냐. 하기야 묘를 잃어버린 집이 다섯이나 되고……

창밖은 철 늦은 가을비가 구죽죽이 내리고 있었다. 이따금 바람에 날려 온 빗방울이 뙤록뙤록한 눈을 하고 유리에 달라붙었다가 이내 주르르 흘러내리곤 했다. 역사(驛舍) 오른쪽 수은등 아래서 두 가닥 레일이 선연하게 빛줄기를 반사하며 누워 있었다. 문이 닫힌 지가 오래되었는지 불이 모두 나가버린 맞은편 구내식당은 어슴푸레한 그림자를 드리운 채 음산하게 서 있었다.

상행선 플랫폼으로 통하는 지하도 입구에 제각기 짐 꾸러미를 든 승객들이 종종걸음으로 계단을 내려가는 모습이 보였다. 무슨 까닭인지 항상 개찰이 시작되기 전부터 빽빽이 밀려들어와 기다리고 있던 사람들은 이윽고 개찰구가 열리기 무섭게 저렇듯 하나같이 줄달음질을 쳤다. 발차 시각이 촉박해서도 아니었고, 특급열차라 좌석이 본디 정해져 있다는 것쯤은 번히 알고 있을 텐데도 서두르기는 매양 한가지였다. 어디론가 여행을 떠난다는 사실만으로도 그들의 마음은 쉽사리 조급해지는 것일까.

나는 담배를 피워 물었다.

아버지의 무덤이 흔적도 없이 사라져버렸다는 사실을 안 것은 몇 시간 전의 일이었다. 편지는 큰아버지의 글씨였다. 원래 아버지의 무덤은 마을 아래쪽 강기슭에 있었다. 물길이 거의 ㄱ자로 휘어지는 탓으로 센 물살이 곧장 부딪쳐서 돌아가는 지점이었다. 전에도 가끔 사태가 지기도 했던 그 골짜기가 이번엔 아예 허리 부분이 동강 떨어져 나간 모양이었다. 더구나 얼마 전부터 산 중턱으로 도로를 낸다고 산을 마구 깎아 내리는 바람에 때마침 쏟아진 큰비로 흙더미가 무너져 내리면서 물이 순식간에 들이쳤다는 거였다. 아버지의 무덤은 물론이고 거의 다 닦아나가던 길마저 모조리 내려앉았다고 했다.

혹시나 파묻힌 널쪽이라도 있을까 찾아보려 했다만, 묏자리 훨씬 위쪽까지 온통 거덜이 나 있어서 엄두도 내지 못하겠더구나.

큰아버지는 석 달이 지난 지금에야 그 소식을 전해온 거였다. 전에 있던 주소로 띄웠더니 두 차례나 되돌아왔노라고 씌어져 있었다.

나는 아버지의 얼굴을 본 적이 없었다. 내가 세 살 나던 해 죽었다는 아버지의 모습은 아버지의 무덤보다도 내 기억의 멀리에 묻혀 있었다. 소학교 졸업식 때 찍은 기념사진이라고 언젠가 큰아버지가 해묵은 사진첩에서 꺼내 보여준 사진이 있었지만 4, 50명이 한꺼번에 찍은 데다가 너무 낡고 누렇게 바래어 곁에 서 있는 사람하고조차 얼굴을 분간키가 어려웠다. 금방도 그 사진 속의 얼굴이나마 기억해내려 노력해봤으나 역시 부질없는 짓이었다.

유리창에 어느새 희뿌옇게 김이 새로 덮여 있었다. 나는 유리를 소매로 훔쳐내었다. 어둠이 또 판화처럼 유리면에 오려졌다. 어둠은 섬뜩한 한기를 속에 숨기고 있었다. 두꺼운 얼음장 밑을 흐르는 강물의 빛깔이었다. 거기 흩어진 아버지의 뼛조각들이 물 밑 바위틈을 툭툭 부딪치며 떠내려가고 있었다.

그때 문득 어둠 저편에 무언가 파랗게 빛나고 있는 두 개의 점을 나는 발견해냈다. 눈이었다. 산소 용접기의 푸른 불꽃처럼 이글이글 타오르는 두 눈으로 누군가가 창밖에서 나를 쏘아보고 있었다. 차츰 그 얼굴의 윤곽이 뚜렷해지기 시작했다. 이윽고 그건 한 마리 개의 얼굴이 되었다. 개의 흰자위 없는 안구는 너머로 보이는 수은등보다도 더 뚜렷하게 나의 시야를 채우며 다가왔다. 흠칫 나는 몸을 떨었다. 하필 왜 이 순간에 개가 불쑥 뛰쳐나오는지 모를 일이었다. 나는 급하게 담배를 빨았다. 손목이 턱없이 후드득거리고 있었다.

내가 개를 처음 만난 것은 지난여름이었다. 수십 년 만에 처음 당하는 대홍수라고 신문이 온통 떠들썩하던 무렵이었다. 그러고 보니 기이하게도 아버지의 무덤이 강물에 휩쓸려 떠내려가버린 것도 아마 그즈음이었을 게다.

며칠째 계속되는 장마였다. 그날 밤도 어김없이 역사 밖으로 비가 추적추적 내리고 있었다. 10시 반 서울행 야간 특급 열차의 매표를 마치고 혼자서 퇴근 준비를 하고 있을 때까지도 비는 여전히 그치지 않았다.

물먹은 솜처럼 전신에 피로가 몰려왔다. 시내버스에서 내려 언제나처럼 약방에 들러 드링크제와 안정제 두 알을 사 먹었다. 야간 근무가 있던 날이면 특히나 불면증에 시달려야 하는 탓이었다. 이불 속에서 밤새 잠을 부르며 뒤척이다가 겨우 새벽녘에야 깊은 잠에 빠져들곤 하는 거여서 이튿날은 점심때가 다 되어서야 일어나곤 했다.

하숙집은 시내버스 정류장에서 15분가량 걸어 들어가야 했다. 그날따라 나는 늘 다니던 큰길을 제쳐두고 후미진 골목 길로 접어들었다. 부근 일대가 신흥 주택가여서 제법 번듯한 양옥들이 골목 양쪽으로 주욱 늘어서 있었다. 가로등의 전구가 나갔는지 그다지 좁지 않은 골목은 꽤 어두웠다. 11시가 가까워오는 시각, 구멍가게가 문을 닫을 채비를 차리고 있었다.

나는 우산도 없이 성근 빗발을 맨몸으로 두들겨 맞으며 한참을 걸어 들어갔다. 골목이 다시 세 갈래로 나뉘는 지점까지 왔을 때였다. 나는 무심코 걸음을 멈추었다. 발 디딜 자리도 찾기 어려울 만큼 어두운 골목 한 모퉁이에 무엇인가가 조그맣게 웅크리고 있는 것 같았기 때문이었다. 처음엔 잘못 보았으려니 하고 그냥 지나치려던 것인데, 얼핏 걸음을 멈추게 만든 것은 어둠 속에서 이상스레 빛나고 있는 두 개의 동그란 발광체였다.

개였다. 삼층 양옥의 대문 앞 계단 위에서 개는 꼼짝없이 쪼그려 앉은 채 나를 찬찬히 노려보고 있었다. 온몸이 숯덩이같이 검은 털빛의 개였다. 놈과 배경의 어둠은 금방 분간해내기 어려웠다. 놀라울 만큼 개와 어둠은 한데 뒤섞여 있었다. 그 속에서 개의 두 눈만이 환하게 살아 있었다. 나는 한순간 얼어붙은 듯 개와 마주 서 있었을 뿐이었다. 날카롭게 뿜어져 나오는 놈의 눈빛이 순식간에 내 심장 한가운데를 뚫고 지나가는 듯한 충격으로 그만 전신이 빳빳해져버리는 것 같았다. 그만큼 놈의 안광은 섬뜩하면서도 애절해 보이기조차 하는 데가 있었다.

이상한 일이었다. 방금 물에서 건져내놓은 듯이 온통 추레한 몰골을 하고, 그것도 자정이 가까운 늦은 밤에 개는 혼자 덩그러니 밖에 앉아 있는 것이었다. 아마 놈은 그 이층집에서 키우는 개인 모양이었다. 어슴푸레 드러나 보이는 집의 창문들은 죄 불이 꺼져 있었다. 그제야 나는 대강 짐작이 갔다. 개는 오래전부터 대문이 열리기를 기다리며 거기에 지켜 서 있었을 게다. 개가 밖에 나간 줄을 모르고 식구들이 안에서 문을 걸어 잠근 게 틀림없었다. 추운지 개는 가느다랗게 몸을 떨고 있었다.

난 주인을 깨워줘야겠다고 생각했다. 내가 엉거주춤 다가가자 놈은 신통하게도 슬며시 한켠으로 몸을 비켜주었다. 영리한 놈이었다. 초인종을 더듬어 길게 눌러주고 재빨리 옆골목으로 숨었다. 어떻게 되나 지켜볼 셈이었다. 한참 후 웬 젊은 여자가 나와 이리저리 골목 안을 살피는 기색이더니 이내 개를 데리고 들어가버렸다. 맨 첫날의 일은 그뿐이었다.

며칠 후였다. 그날 밤도 우연히 그 골목을 지나는 길이었다. 한데 이번에도 개는 거기서 쪼그리고 앉아 있는 것이었다. 바로 첫날의 그 계단 위였다. 우연이라기엔 너무 기이했다. 초인종을 눌러 개를 들여보내주고 나서 돌아온 나는 그 다음부터는 일부러 골목길을 택해 하숙집으로 돌아오곤 했다.

과연 내 짐작은 틀리지 않았다. 대략 사흘 걸러 한 번씩이었다. 매일 퇴근 시간이 거의 일정해놔서 그 골목을 지나는 게 으레 비슷한 시각이었는데도, 그토록 늦게까지 놈은 항상 똑같은 모습으로 앉아 있는 것이었다. 나는 여전히 초인종을 눌러주는 짓을 반복했다. 그러기를 몇 차례 어느덧 개는 나를 알아보는 눈치였다. 제법 꼬리를 흔들며 반가워하기도 했다. 마침내는 큰길에서 골목을 미처 돌아서기도 전에 놈은 벌써 발소리를 알아채고 달려와 껑충껑충 뛰기도 하고 뒷발을 버텨서서 기어오르려 바둥거리기까지 할 지경이었다. 영락없이 나를 기다리고 있었다는 시늉이었다. 그러자 불현듯 두려운 느낌이 들기 시작했다.

이놈은 날 만나러 일부러 기다리고 있었던 게 아닐까.

어쩌면 첨부터 그랬었는지도 모를 일이다. 그렇다면 무엇 때문인가. 이 불길한 털빛의 짐승이 한없이 음산하기만 한 골목에서 밤늦도록 나를 기다리는 까닭이 무엇이란 말인가.

흡사 개가 누구에겐가 조종을 받고 그러기라도 한 것처럼 나는 오싹 무서움증마저 일었다. 무엇보다 놈의 눈빛이 꺼림칙했다. 온통 시커먼 털빛 가운데에 숨어 유난히 파랗게 빛을 발하는 눈알은 비수처럼 섬뜩섬뜩 날을 세워 내 심장을 겨누고 달려들었다.

나는 그 기분 나쁜 골목을 피해 다니기 시작했다. 자연 놈을 볼 수 없게 된 건 물론이었다. 그것이 바로 두 달 전쯤이었다. 그 후로는 지금껏 한 번도 하숙집으로 돌아오는 큰길을 벗어난 적이 없었다. 낮에 간혹 그곳을 지나쳐야 했을 경우에도 마찬가지였다. 그러는 사이 차츰 뇌리에서 묻혀져가던 그 개의 모습이 이 순간에 불쑥 떠오르는 건 또 모를 일이었다.

담뱃불을 비벼 껐다. 하행선 플랫폼으로 열차가 막 들어오고 있었다. 불빛으로 하얗게 표백된 객실 안에서 승객들이 유령처럼 하나둘 일어서는 모습이 보였다. 나는 매표구 쪽을 힐끔 바라보았다. 서울행 특급열차의 티켓을 사려는 사람들이 아직도 길게 열을 지어 차례를 기다리고 있었다. 벽시계는 22시 8분이었다. 발차 시각까지는 20여 분이 남아 있었다.

창구 앞에서 분주히 표를 팔고 있는 정의 단단한 몸집이 보였다. 그의 단정하게 빗어넘긴 머리가 산뜻한 느낌을 주었다. 지난봄에 고등학교를 나와 철도청 직원으로 근무한 지가 꼭 6개월이 되는 정에게는 아직 사회 초년생다운 풋풋함 같은 게 남아 있었다. 늘 생기에 넘치는 표정의 그에게는 저렇게 창구를 지키는 일조차도 꽤나 재미있으리라 여겨졌다.

내게도 그런 적이 있긴 있었다. 3년 전, 첫 발령을 받아 빳빳하게 줄 세운 유니폼을 차려입고 내 몫으로 비워져 있는 책상에 처음으로 앉아보던 날은 뭐라 표현키 어려운 기분에 퍽도 흐뭇했었다. 막연한 기대감이랄까 대견스러움이랄까, 하여튼 그런 애매한 설렘이 나를 사뭇 감동시키기조차 했었다. 사무를 막 배워가는 얼마간은 하루하루의 일과가 기름칠해놓은 듯 빠르고 바삐 지나가버리는 거여서 늦게까지 야근을 하고 난 다음 날이라도 아침이면 금방 어항처럼 새 기분으로 듬뿍듬뿍 채워지는 느낌이었다. 출퇴근길이 번거롭기 그지없는 버스 타기며 윗사람들의 쨍쨍한 잔소리마저 그다지 못 견디게 짜증스럽지만은 않았다.

그러나 불과 3년이 지난 지금의 나는 그때의 들뜬 기분을 상상하기도 어렵도록 변해 있었다. 성능 좋은 기계의 톱니바퀴마냥 째깍째깍 되풀이되는 일과는 날마다 숨통을 걸레 짜듯 콱콱 쥐어 눌렀다. 눈만 뜨면 뻥한 시선으로 마주 봐야 하는 사무실 동료 직원들의 그저 그런 얼굴들이며, 하는 일이라곤 고작 지성으로 콧구멍을 후벼 파는 짓 말고는 따로 없을 듯한 과장이며, 심심하면 어정어정 돌아다니며 이것저것 간섭하기 일쑤인 뚱뚱한 역장은 쳐다보기도 아예 진저리가 났다. 게다가 1년 열두 달 변치 않는 칙칙한 유니폼은 마치 수의(壽衣)를 걸친 기분이었다. 가장 참기 어려운 건 온종일 매표구를 지키고 앉아 있어야 하는 일이었다. 하루 10여 차례만 때맞추어 정해진 액수만큼 돈을 받고 표를 내주는 일쯤이 뭐 그리 힘들겠는가고 남들은 되려 내가 부럽다는 시늉을 짓기도 했지만 정작 내겐 그렇지가 않았다.

하루에도 몇 번씩 당장 때려치우고 싶은 충동이 벌컥벌컥 치밀어 올랐다. 그동안 보직을 바꿔주십사 두서너 번 귀띔을 했으나 위에선 소식이 없이 그새 여름을 넘겨버렸다. 이 겨울도 마찬가지일 거였다.

모두가 손가락 때문이었다. 눈 귀도 없이 덩실하니 코만 달려 있는 괴상한 얼굴처럼 손가락들은 언제고 나를 당황하게 했다. 내가 매표구 앞에서 허구한 날 지켜보며 앉아 있어야 하는 건 다만 그 숱한 손가락들뿐이었다. 엄지손톱만큼의 크기로 인색하게 나 있는 구멍으로 수천수만 개의 손가락들은 돈을 물고 쑥 들어왔다가 이내 차표를 물고서 스멀스멀 기어 나가는 것이었다. 낙지 발을 닮은 희고 가느다란 놈, 반지를 두르고 있는 놈, 짠 무마냥 누렇게 담뱃진이 박인 놈, 소나무 껍질같이 거칠고 투부룩한 놈. 손 손 손…… 그런 형형색색의 온갖 손가락들의 입에 날이면 날마다 정신없이 차표를 물려주어야 하는 게 내 직업이었다.

나는 창구 앞에 나가야 할 시간이면 언제나 쩔쩔맸다. 그것들은 사람의 손이 아니었다. 시커멓게 갯벌을 뒤덮고 있는 어마어마한 수의 게 떼들이었다. 들락날락 쉴 새 없이 구멍으로 먹이를 나르는 게의 집게발, 아니면 듬성듬성 털이 돋은 흉측한 거미의 촉수였다.

아니다. 저건 인간의 손일 뿐이야. 혈관으로 나처럼 따뜻한 피가 흐르는, 체온을 가진 손가락이라구.

눈을 부릅뜨고 아무리 그렇게 믿으려고 해도 소용없는 일이었다. 마침내는 그것들에게 하나하나 먹이를 나눠 주고 있는 내 자신의 손가락마저도 징그러운 절족동물(節足動物)처럼 여겨지는 거였다. 그 순간의 내 손가락은 이미 내 것이 아니었다. 손가락은 내게서 독립한 또 다른 생명체가 되어 제 할 일에 열중해 있었고, 나는 이만치 떨어져서 수족관을 들여다보고 있는 전혀 다른 구경꾼에 불과했다. 그러다가 어느 틈에 나는 지금 무슨 일을 하고 있는지조차 모르게 넋이 나가버리곤했다.

괴물들은 그때마다 무섭게 화를 터뜨렸다. 표를 물고 구멍 밖으로 나갔다가는 이내 다시 쑥 들어오면서 큰 소리로 쨍쨍거리기 십상이었다. 칸막이 유리를 툭툭 신경질적으로 두들기는 놈들도 있었다.

"뭡니까 이게, 차표가 바뀌었잖소."

"거스름돈이 모자라는데요, 거 똑똑히 좀 세어보구려."

"어떻게 일을 하는 건가, 대관절. 눈이 있으면 보슈, 그게 서울행이요, 어디?"

"여보세요, 여보세요, 아, 안 들려요?"

그러나 나는 절대로 고개를 세우지 않았다. 죄지은 것마냥 눈을 처박고 허둥거리기만 했다. 사람이 두려웠다. 사람의 얼굴이 무서웠다. 눈꼬리를 험악하게 치켜세우고 벌겋게 독기마저 품은 그들의 얼굴은 차마 마주 쳐다볼 수 없도록 끔찍하게 여겨졌다. 그들은 탈바가지였다. 흉측스런 촉수를 오므렸다 폈다 하는 괴물들이었다.

아까도 마찬가지였다. 오늘따라 나는 유난히 많은 실수를 저지르고 있었다. 거스름돈이 틀렸거나 엉뚱한 차표를 내주었거나 하여 번번이 무안을 당했다.

하지만 그런 다음이면 한층 더 당황해져버리고 마는 거여서 끊임없이 밀려드는 사람들을 맞으려 허둥지둥하다 보면 어처구니없게도 금방 같은 실수를 되풀이할 뿐이었다.

"피곤하셔서 그런 모양입니다. 제가 좀 도와드릴까요?"

보다 못하겠다는 듯 정이 거들겠다고 나섰을 때, 나는 못 이기는 체 자리를 물려주고 말았다. 흘끗 돌아다보니 과장은 콧구멍을 후비며 못마땅하다는 얼굴을 하고 있었다. 과장이 정에게 그리하라고 시켰으리라는 걸 번히 짐작할 수 있었다.

벌써 여러 차례 언성을 높여 따지고 드는 승객들을 과장은 줄곧 지켜보고 있던 참이었으니까.

'수일 이내로 꼭 집에 내려왔다 가도록 해라. 네 얼굴을 본 지도 그러고 보니 아주 오래되었구나. 네 큰어머니도 늘 네 이야기를 한다. 물론 직장에 매인 몸이니 일에 쫓겨 그리된 줄은 안다만…… 더구나 이런 불상사를 당하고 보면 우선 네가 있어야……'

그 편지 탓이었을까. 하지만 꼭 그렇다고 하기도 어려웠다.

편지를 받고 난 뒤에도 나는 얼른 별다른 느낌을 추려낼 수가 없었다. 해 질 녘 아스라히 멀어 뵈는 잿빛 산의 윤곽처럼 내겐 전혀 현실감 없는 얘기들만 같았다.

점심시간 바로 전이었다. 나는 11시 40분 완행열차표를 팔고 있었다. 그 노선은 도중의 10여 개 되는 시골 간이역에서 내릴 승객들이 거의 대부분을 이루고 있었다. 생선 궤짝을 머리에 인 아낙네며 농약 꾸러미를 들고 있는 촌로들 그리고 각양각색의 자지레한 짐들을 들고 이고 부둥켜안은 모습의 사람들로 해서 대합실은 갑자기 장터마냥 북적거리게 마련이어서 직원들에겐 하루 중에 가장 시끄럽고 골치 아픈 시간으로 불리고 있는 터였다. 언제나 그렇듯 고개를 꺾은 채 한창 차표를 물려주고 앉았을 때였다. 구멍으로 손 하나가 대뜸 들어왔다. 돈을 쥐지 않은 맨손이었다. 나는 흠칫 눈을 들었다.

"여보게, 자네 날 모르겠능가."

때에 절어 넝마 조각 같은 중절모를 쓴 노인이 히죽 웃으며 앞에 서 있었다. 헤프게 열린 입술 사이로 거무죽죽 썩어가는 앞니가 내다보였다. 전혀 처음 보는 노인이었다.

"누, 누구신데요."

"아, 나를 몰라? 머시냐, 내가 바로 울포리 우체국 뒤에 사는 김, 그려 김 멘장이란 말이시. 아따, 허성택이하구야 죽마고우고오."

옹색하게시리 매표구 틈으로 고개를 쑤셔 박으며 노인은 이쪽에다 대고 악을 박박 쓰는 것이었다.

"예에, 그러십니까. 한데 어떻게 제가 여깄는 줄은 아시고……"

나는 그가 고향 동네에 사는 노인인가 보다 짐작이 갔다. 얼굴은 여전히 기억나지 않지만 얘기 속에 울포리며 큰아버지의 이름을 들먹이는 걸 보면 내 추측이 틀림없을 터였다. 울포리는 내가 중학을 마칠 때까지 살았던 고향 마을이었다. 큰댁은 지금도 거기 살고 있었다.

"자네가 여기 있다는 소릴 오늘 아침에사 성택이헌테 들었네. 허 참, 맨날 여기를 드나들면서두 그걸 몰랐구만. 이 사람아, 고향에두 가끔 들르잖구. 원, 영 발을 끊어불라나, 허허."

노인의 뒷줄에 선 사람들이 비키잖고 뭣들 하느냐며 투정을 놓았다. 노인은 두툼한 오버 속을 뒤적거리더니 접힌 편지 봉투를 들이밀었다.

"이거, 성택이가 전하라구 그러더구만. 주소를 잘 몰라서 늦었다대야. 편지 보구설랑 잊지 말고 꼭 댕겨가라고 신신당부를 했어."

노인은 그 열차로 내려가야 할 몸이라고 했다. 나는 울포역까지의 차표 한 장을 꺼내 디밀었다. 한두 번 사양하다가 고맙다면서 노인은 차표를 들고 떠났다.

"큰댁에 안부 전하십쇼. 틈나면 가겠다구요."

물론 정말로 그럴 작정이어서 한 말은 아니었다. 10년이 넘도록 고작 두 차례밖에 들러보지 않은 고향에 지금에야 내려간다는 일이 새삼스럽기만 했다. 편지를 읽고 나자 더욱 그런 생각이 들었다. 아버지의 무덤이 떠내려가버렸다는 소식에 허겁지겁 달려 내려갈 만큼의 효성스러움이 도시 내겐 어울리지가 않을 것이기 때문이었다.

한데도 별일이었다. 노인을 보내고 나자마자 문득 가슴 한 귀퉁이가 움푹 꺼져 들어가버린 듯한 느낌이었다. 그리고 꺼져 들어간 가슴의 저 밑바닥으로부터 지금껏 까맣게 잊혀 있던 음울한 기억들이 장맛비 다음의 실배암처럼 하나둘 기어 나오기 시작하는 거였다.

가늠하지 못할 엄청난 무게로 시야를 꽉 압착시키며 맨 먼저 떠오르는 게 있었다. 그건 큰어머니의 크고 억센 손이었다. 가락지를 끼고 있는 듯 매듭 굵은 손가락 마디마디는 어느 틈에 나긋나긋하게 풀리어져서 천천히 내 머리카락을 쓰다듬어 내리고 있었다.

난 움찔 놀라며 머리를 피했다. 그 바람에 큰어머니의 손이 눈앞 허공에서 문득 정지했다. 젖은 손바닥에서 물방울이 뚝뚝 떨어지고 있었다.

"으마, 야가 어째서 또 이래? 행여 누가 보면 큰어매가 맨날 구박이나 주는 줄 알게스리. 어이구 자석도 참."

큰어머니는 눈망울을 커다랗게 홉뜨며 퍽이나 놀랍다는 시늉을 꾸며댔다. 그러고는 와락 내 허리를 껴안으며 귀엽다는 시늉으로 볼기짝을 툭툭 두들겨주었다. 문어발처럼 휘어

감은 큰어머니의 팔에서 몸을 빼내려 나는 두 손을 마구 허우
적거렸다.

"그러길래 남의 자식은 키워봐봤자 맨탕 헛거라고 안 그
럽디여. 두고 보시오. 다아 소용없습디다."

개울물에 첨버덩 빨래를 집어넣어 헹구면서 이웃집 여자
가 그렇게 말했다.

"글씨 말이오. 흐이휴. 내 새끼들은 새 옷 못 입혀도 저 자
석은 그래도 떨어진 옷 안 입힐랴 내 깐은 이 궁리 저 궁리 해
쌌는디, 그런 이내 심정을 누가 알아주기나 헐지 쯧."

나는 흘끔흘끔 뒷걸음질을 쳐 빨래터를 벗어 나왔다. 학
교 운동장까지 죽어라 달음질을 쳤다. 거기서는 빨래터도 큰
어머니도 안 보였다. 정말이지 알 수 없는 일이었다. 집에선
삐걱하면 야단을 쳐대던 큰어머니였다. 하찮은 일에도 머리통
을 쥐어박고 목덜미에 시퍼렇게 멍이 앉도록 꼬집기도 하고
회초리로 닥치는 대로 사정없이 두들겨 패기가 일쑤이던 큰어
머니가 어느 순간에는 그렇듯 전혀 딴판으로 둔갑을 하는 거
였다. 그건 대개 남들이 주위에 있을 때였다. 미친놈의 새끼
네, 화냥년인 제 어밀 닮아서 싹수가 노랗다느니 욕을 퍼붓다
가도 이웃 사람들이 보는 앞에서만은 세상에서 둘도 없이 상
냥하고 사근사근한 여자가 되었다. 큰어머니는 일부러 날 찾
아 불러내어 단추를 단속해주기도 하고 옷에 묻은 흙을 곰살
스레 털어주거나 머리를 쓰다듬으며 에그 불쌍한 자식, 가여
운 것, 하며 픽도 애달픈 소리를 하곤 했다. 그때마다 나는 공
연히 콧잔등이 시큰하도록 목이 메어왔다.

나는 이해할 수가 없었다. 둥글게 말아 쥐면 차돌마냥 단

단하고, 손가락을 갈퀴처럼 구부려 꼬집으면 살 속에 패랭이 꽃 같은 잉크물이 들곤 하는 큰어머니의 손이 어쩌면 순식간에 머리를 쓰다듬을 때의 그 나긋나긋한 손으로 변할 수 있는 것인지 마냥 의아하고 놀랍기만 했다. 그건 커다란 수수께끼였다. 철들기 시작할 무렵이나 고학으로 야간 고등학교를 졸업하고 나서 군대 생활을 할 때나, 나이 서른이 넘도록 5급 공무원 신세를 면치 못하는 지금이나 큰어머니의 손가락에 숨은 그 수수께끼를 나는 여태 풀지 못하고 있었다.

"아니 허 선생님, 아직두 퇴근 안 하셨습니까?"

정이 매표구 칸막이를 내려놓으며 일어서고 있었다.

그새 일을 끝낸 모양이었다. 10시 반, 사무실 안에 남은 건 나와 정까지 합해 넷 정도였다. 상행선에서 열차가 출발신호를 울리고 있었다.

"정 형이 수고가 많았습니다. 괜히 저 땜에."

"뭘요. 제대로 맞게 했는지나 모르겠는데요."

그는 가지런한 치아를 드러내고 웃었다. 건강해 뵈는 사내였다.

"함께 나가시죠."

"오늘 제가 숙직인 줄 잘 아시잖습니까, 하하."

"참, 그렇던가요."

나는 정과 악수를 나누고 사무실을 나왔다. 막차를 떠나보낸 뒤의 대합실은 썰렁했다. 즐비하게 늘어놓은 나무 의자 위에서 갈 곳 없는 사람들이 드문드문 앉아 졸고 있는 모습이 눈에 띄었다. 톱밥을 쓸어나가던 청소부가 한 사람을 빗자루로 툭툭 찌르며 퉁명스레 비켜주기를 요구하고 있었다. 그들은 거기서 추운 초겨울 밤을 이불도 없이 지새울 작정이었다. 대합실의 유리문 앞에서 나는 걸음을 멈추었다. 여전히 밖은 구죽죽이 비가 흩뿌리고 있었다. 역전 광장 로터리를 돌아가는 자동차의 행렬이 벌겋게 눈두덩을 달구고 무더기로 질주해 갔다. 헤드라이트 불빛이 허공으로 그네질을 할 때마다 무수한 빗방울이 뙤록뙤록 놀란 눈을 하고 나타났다가 다시 사라져버리곤 하였다.

난 잠시 망설였다. 그 많던 비닐우산 장수들도 죄 돌아가고 없는 광장은 을씨년스럽기만 했다. 아스팔트 위로 비스듬히 내리꽂히는 숱한 빗살을 바라보다가 나는 내게도 돌아갈 곳이 있었던가 의아스러워졌다.

손수건만 한 이불 한 장이 달랑 팽개쳐져 있을 초라한 하숙방이 떠올랐다. 비탈길을 추적이며 걸어 올라가 회색 철제 대문 앞에 멈춰 서서 젖꼭지 초인종을 뚜우 누르고 나면 한참만에야 총각이우, 소리가 들리고 하숙집 주인 여자는 오늘도 꾀적꾀적한 눈을 비비며 싫지도 좋지도 않아 뵈는 그저 그런 표정으로 문을 따줄 거였다. 네모난 성냥갑 같은 밋밋한 방 한 칸과, 월급날을 기다려 한 푼 틀림없이 또박또박 하숙비를 뽑아가는 주인 여자와, 1년이 넘어도 늘상 손님처럼 행동거지가 거북스러운 그 냉랭한 하숙집이 이제부터 내가 돌아가야 할 곳이었다.

뼛속까지 시려오는 싸아한 한기가 불현듯 온몸을 휩싸 안았다. 짙은 외로움이었다. 밤늦게 돌아가야 할 시간이면 어김없이 찾아오는 배앓이마냥 나는 이미 그것과 낯이 익었다.

아버지는 원래 실성기가 있었다 한다. 그래도 그처럼 심히 증세가 나타날 정도는 아니던 것이, 어느 해 갑자기 발작을 일으켰다. 눈에 파랗게 불을 쓰고 쇠스랑을 치켜든 채 어머니를 찍어 죽인다며 온 마을을 쫓아다니던 날 밤, 집을 나간 어머니는 영영 돌아오지 않았다. 내가 겨우 돌을 넘겼을 무렵이었다.

미친 아버지는 다음 해던가, 몹시 추운 겨울날 마을 앞 개울에서 꽁꽁 언 시체로 발견되었다. 술에 만취해 돌아오다가 발을 헛디뎌 물에 빠져서 죽은 것이었다. 나는 큰집에 맡겨졌다. 큰댁엔 아이들이 여덟이나 되었다. 당연히 나는 천덕꾸러기 신세였다.

그때부터 난 줄곧 혼자였다. 별나게 드센 큰댁 아이들 틈에서 홀로 빠져나와 허기진 손톱만 하릴없이 깨물어 뜯던 어릴 적에도 그랬고, 술자리에선 더없이 미덥고 가까워 보이던 친구들이 막상 술집을 나서면 제각기 등을 돌리고 뿔뿔이 헤어져 갈 때도 그랬고, 하다못해 하룻밤을 같이 보낸 길거리의 여자가 새벽녘 속옷을 찾아 입느라 윗목에서 부스럭거리는 뒷모습을 지켜볼 때도 그랬고, 여차하면 서슬이 퍼래져서 달려들 게 뻔한 사람들의 손에 열심히 차표를 물려주고 있을 때도 그랬다. 나는 언제나 혼자였고, 그럴 때마다 혼자인 나는 유령처럼 내 주위를 떠나지 않는 큰어머니의 그 불가사의한 손을 확인하게 되는 거였다. 어느 땐 주먹이 되었다가도 날카로운 갈퀴가 되고 다시 순식간에 나긋나긋하게 변할 수 있는 수수께끼의 손. 나는 세상 사람들의 얼굴에서 항상 큰어머니의 그 신비한 손바닥을 찾아내곤 하였다.

유리문을 밀고 밖으로 나왔다. 빗방울이 어지럽게 얼굴로 부딪쳐왔다. 그러나 난 뛰지 않았다. 광장을 지나왔을 때 머리는 벌써 엉망으로 젖어버렸다. 식당 근처에서 여자들이 서넛 서성거리고 있었다.

"손님요, 쉬었다 가세요, 존 색시 구해드릴게."

하나가 다가왔다. 늙은 여자였다. 살대가 부러져 지붕이 팍삭 내려앉은 비닐우산을 한 손에 들고 있었다.

식당에서 흘러나오는 불빛에 여자의 주름살이 깊게 파였다. 나는 말없이 그녀를 지나쳤다.

"음마, 너 미쳤어? 저 사람은 매표구 보는 어르신네잖어."

"그래애? 하지만 저 양반이라구 뭐 그 짓 싫어할까 봐."

여자들이 저희들끼리 쿡쿡 웃었다.

젖먹이를 떨구고 집을 나간 어머니를 나는 한 번도 만난 적이 없다.

꼭 한 번 흘러온 소문으로 들은 기억은 있었다. 강원도 탄광촌에서 대폿집을 하는 내외가 있는데, 그 집 여자가 영락없이 어머니를 닮았더라는 이야기였다.

탄광에서 일하다 돌아온 마을 사람 하나의 입에서 나온 말이었지만 정말 그 여자가 어머니였는지는 확실치가 않았다. 설사 정말이라 해도 내 발로 찾아가고 싶다는 생각은 꿈에도 없었다. 그게 중학 2학년 때였다.

"막차요, 막차아."

차장이 문을 열고 고개만 빼꼼 내놓은 채 소리치고 있었다. 막차라니까 그런지 빈자리가 많았다. 나는 맨 뒷좌석을 찾아 앉았다. 역에서부터 집 가까운 정류장까지는 20여 분 거리였다. 어룽이 진 차창으로 스쳐가는 거리의 풍경이 수채화 물

감처럼 줄줄 녹아내리고 있었다.

차 안 사람들의 표정도 한결같이 찌눌린 피곤으로 파리하니 표백되어 있었다. 미라의 얼굴들이었다.

문에 기대어 졸고 있는 차장을 깨워 동전을 쥐여주고 버스에서 내린 건 11시가 조금 넘은 시각이었다. 빗발이 다소 누그러져가는 듯싶었다. 약방은 열려 있었다. 드링크제와 안정제 두 알을 사서 호주머니에 담았다. 과용하시면 해롭습니다. 그동안 낮이 익어진 약국의 사내는 그렇게 말했다.

나는 큰길을 따라 걷기 시작했다. 길 양켠으로 상가는 대개 문을 닫았다. 나머지도 슬슬 문 닫을 채비를 하는 중이었다. 포장마차 옆을 지날 때 고기 굽는 냄새가 풍겨 나왔다. 안에서 우려 비치는 카바이드 등의 흐릿한 불빛이 등지고 선 사람의 그림자를 터무니없이 커다랗게 드러내주고 있었다.

저만치 골목 입구가 보였다. 축축하고 음산한 냉기가 끊임없이 새어 나오는 동굴의 입구처럼 그곳은 깜깜한 어둠이 아가리를 벌리고 있었다. 머리칼을 타고 흘러내리는 빗물을 손으로 훔쳐내며 나는 걸음을 빨리했다.

그놈은 오늘도 그 자리에 나와 앉아 있을까. 어쩌면 나를 무섭게 원망하고 있을지도 모른다. 벌써 오랫동안 난 저 골목을 피해오고 있지 않은가.

갑자기 가슴이 찌르르하도록 애처로운 놈의 눈빛이 시야를 괴롭혔다. 한없이 외로운 눈이었다. 나는 고개를 저었다. 부질없는 생각. 골목 어귀가 바싹 다가왔다. 난 걸음을 멈추지 않았다. 골목을 지나쳐 계속 큰길을 따라 올라갔다.

"이장이라니, 당치도 않은 소린 집어치우게. 곱게 죽은 것도 아니고, 그래 미쳐서 물에 빠져 죽은 귀신을 어찌 선산에 묻는다는 말인가. 선영께 누 끼치는 짓이고 남 부끄러울 일이야."

찾아온 친척 어른과 마루에 앉아 술잔을 나누며 큰아버지가 그렇게 말하고 있었다.

나는 더 걸음을 재촉했다. 까닭 없이 다리가 휘청거렸다. 쌀가게 주인 사내가 철제 셔터를 내리고 있었다. 타타타타타.

아득한 심연의 저 밑바닥으로 작고 희끗희끗한 물체가 너울거리며 흘러가고 있었다. 흩어진 아버지의 뼛조각들이 탁탁탁 돌 틈에 부딪칠 때마다 비명을 지르며 물살에 휩쓸려가고 있었다.

어느 결에 나는 발을 세우고 길 복판에 서 있었다. 등 뒤로부터 무엇인가가 엄청난 힘의 자력으로 나를 끌어당기는 것 같은 착각.

"와아앗. 저거 좀 봐라. 연기다. 연기가 나고 있다."

누군가 소리쳤다. 정말이었다. 산등성이 너머로 굉장한 연기가 솟구쳐 오르고 있었다. 뒷산 중머리 쪽이었다. 우리는 쇠고삐를 내팽개치고 산등성이로 치달았다. 거기서는 뒷산이 훤히 내려다보였다. 무섭게 큰 산불이었다.

새카만 연기가 꾸물럭꾸물럭 피어올라와 하늘 높이 실타래처럼 풀어지고 있었다. 강둑에서 시작한 불길은 벌써 중머리 재까지 번져 점차 옆으로 바직바직 타들어가기 시작했다. 아이들은 하나같이 파랗게 질렸다. 우리는 방금 그쪽에서 산토끼 굴 안으로 연기를 몰아넣으며 놀다가 이리로 올라온 거였다. 남은 불씨를 살피지 않았던 게 잘못이었다.

"너다. 허깨비 니가 성냥을 가져오지 않았더라믄 우리는 불장난 같은 거 안 했을 거다."

아이들이 겁먹은 얼굴로 내게 손가락질을 했다. 불길은 바람을 타고 더욱 번지기 시작했다. 거긴 아버지의 무덤 쪽이었다. 배암처럼 빨간 혓바닥을 널름거리며 불길은 무덤가의 소나무를 태우고 상수리나무를 태우고 다시 뗏장을 야금야금 핥으며 무덤 쪽으로 슬슬 기어갔다. 나는 손가락을 입안에 쑤셔 박았다. 그래도 울음이 터져 나올 것만 같았다.

불은 마침내 무덤에까지 옮겨붙었다. 아버지의 무덤 꼭대기에 더부룩 자란 마른 억새풀이 일순간 확하고 타는 광경을 나는 똑똑히 지켜보았다. 무덤 속에서 아버지의 머리칼이, 눈썹, 손톱이 지지직 타들어가기 시작했다. 군고구마같이 시커멓게 탄 아버지가 마구 신음하고 있었다. 검은 손, 검은 손가락으로 풀뿌리를 미친 듯 쥐어뜯으며 어헝어헝 울고 있었다. 냄새가 났다. 개구리를 그을리는 냄새, 누리끼한 냄새, 살 타는 냄새. 아악, 나는 울음을 터뜨렸다. 아이들이 산 아래로 뿔뿔이 도망치고 있었다.

나는 몸을 돌이켰다. 그리고 오던 길을 빠른 걸음으로 되밟아갔다.

골목을 접어들었다. 가로등이 꺼진 채 골목은 지척을 분간키 어려웠다. 빗물이 괴어 있는 데를 디딜 때마다 철버덕 소리가 났다. 아무도 없는 골목으로 비는 줄기차게 쏟아지고 있었다. 끈끈한 손으로 낚아채듯 허벅지가 옷에 척척 감겨왔다. 양옥 대문이 어슴푸레 시야에 드러났다.

순간 나는 뚝 호흡이 멎어버렸다. 옆구리에서 뭔가 뚝딱 부러지는 소리가 났다.

개였다. 놈은 역시 나를 기다리고 있었다. 처음과 똑같은 그 자리에서 개와 배경의 어둠은 하나였다.

이승과 저승의 모든 어둠을 발 아래 거느리고 있는 것처럼 놈은 당당했다. 칠흑 어둠 속에서 파아랗게 피는 두 개의 안구가 나를 소름 끼치게 쏘아보고 있었다. 분노한 눈이었다. 온몸을 통째로 빨아들이는 듯한 눈이었다. 난 그를 속인 것이다. 그를 배신했던 것이다. 저주처럼 전신이 빳빳하게 굳어버린 채 나는 그 무시무시한 눈빛을 알몸으로 쬐고 있을 따름이었다.

아아 저 눈, 저 눈을 나는 분명히 어디선가 본 적이 있었다. 숯덩이 같은 어둠 속에 숨어 이글이글 타고 있는 저 눈, 눈.

나는 허물어지듯 무릎을 꺾었다. 그랬다. 그건 바로 미친 내 아버지의 눈이었다. 와락 개를 껴안았다. 뜻밖에 따뜻한 체온이었다. 목줄기에서 또렷한 혈관의 박동이 손끝으로 전해왔다. 탁탁탁…… 희뿌연 강물 속을 뼛조각들이 흘러가고 있었다.

나는 개를 껴안고 달리기 시작했다.

저벅, 저벅, 저벅. 텅 빈 골목으로 내 발소리가 혼자 커다랗게 울리고 있었다. 소리는 담벼락에 부딪쳐서 피투성이가 되어 나를 쫓아왔다. 문득 골목의 집들이 하나둘 박쥐처럼 몸을 일으키고 있었다.

그 밤 호롱불을 밝히고

1.

밤이 이슥해지자 달이 떠올랐다.

부풀어 터질 듯 팽팽히 알을 밴 섣달 보름의 만월이었다. 달과 함께 산속이 밝아왔다. 아름드리 나무들이 들어차 있는 숲속이었지만 그 대부분이 잡목들이어서, 달빛은 잎새를 지운 앙상한 가지 새로 땅 위에 드문드문 얼룩을 그리며 키 작은 관목과 말라붙은 덤불들을 드러내주고 있었다.

엊그제 내린 눈 위에 하얗게 반사되어 달빛은 여기저기 자그맣고 신비스런 발광체를 흩뿌려놓기도 했다. 이따금 마른 갈나무 잎새가 바스락 소리를 낼 뿐, 이날따라 사위는 기이할 만큼 짙은 적막 속에 가라앉아 있었다.

산 아래쪽에선 아무런 소리도 없었다. 아들은 총을 눕혀두고 바위에 비스듬히 몸을 의지한 채 산 아래를 내려다보았다. 멀리 적벽(赤壁)으로 여겨지는 봉우리가 맞은편에 도톰하게 솟아 있고, 가까이로는 들판에 누운 전답들이 달빛 아래 희미하게 눈에 잡혔다. 그 들판이 산기슭과 만나는 지점, 산자락의 우묵한 끝머리에 청풍리(淸風里) 마을은 들어앉아 있었다.

지금 저만치 들판을 돌아 나간 희끗한 띠가 동복면(同福面)으로 통하는 길일 게다. 그 길을 따라 산을 향해 거슬러 오노라면 청풍리 동구 밖에 이르고, 이내 초가지붕이 하나둘 나타나기 시작하는 것이다. 아들은 달빛에 희부연하게 보이는 그 모든 것들을 눈을 감고서라도 훤히 그려낼 수가 있었다. 마을 초입의 4백 년 묵은 느티나무와 그 아래 돌을 깎아 세운 송덕비며 효자비. 길을 따라 흐르는 실개천과 대보름날 깡통에 불을 지펴 돌리며 놀던 중머리 밭둑. 그리고 당집 너머 저수지 언덕은 바람이 잔 날에도 하늘 높이 연을 띄워 올릴 수 있는 유일한 자리였다. 들일을 마치고 돌아오는 저녁 무렵, 느티나무를 지나 마을로 접어들면 초가집들은 도란도란 얼굴을 맞대고 있었고, 굴뚝마다엔 하얀 연기가 실타래처럼 피어오르는 모습을 언제나 볼 수 있었다.

아들은 그 낯익은 고향 마을에서 태어났고, 열아홉의 나이를 그곳에서 먹었다. 쇠똥이 질펀히 깔린 고샅이며 담장의 돌맹이 하나하나에까지 그의 눈길이 가닿지 않은 것이 없었다. 그 나이가 되도록 집을 멀리 떠나본 적이 별로 없어서, 간혹 장날이면 면 소재지에 들러 오곤 했을 뿐, 산길로 한나절 걸리는 읍내까지 나가본 기억이라곤 손으로 꼽을 정도였다. 그만치 아들은 고향 마을을 맴돌며 살아온 것이었다.

세상에, 저렇게 집을 코앞에 두고도 내려갈 수가 없다니……

생각할수록 아들은 기가 막혔다. 당장이라도 산길을 뛰어

내려가 눈에 선한 사립문을 들어서며 어무니, 하고 부를 수 있을 것만 같았다. 하지만 옆구리에 닿는 쇠붙이의 섬뜩한 촉감이 가슴을 무겁게 짓눌러버렸다. 아들은 낮게 한숨을 내쉬었다. 그러다가 흠칫 제풀에 놀라며 곁눈질을 했다. 저만치 나무 아래서 두 사람은 뭔가 수군거리고 있었다. 잔뜩 목소리를 낮추고 있었으므로 무슨 얘기를 하고 있는지 알아듣기가 어려웠다. 아들은 다시 산 아래로 시선을 던졌다.

마을은 죽은 듯 고요하기만 했다. 달빛 아래 초가지붕들이 무덤처럼 동그마니 모여 있을 뿐 살아 움직이는 것의 기척이라곤 아무것도 없었다.

무등산 사방 50리 안팎으로 소개령이 내려진 지도 벌써 석 달이 지났다. 마을마다 사람들이 비워두고 떠난 집들만 을씨년스레 옹송그리고 있었다. 그나마 불에 타서 온전한 꼴을 하고 있는 집은 드물었다. 그 흔한 개 짖는 소리도 끊겨버렸고, 아침이 와도 어디서고 닭은 울지 않았다. 청풍리뿐만 아니었다. 지금, 적벽 아래 면 소재지 쪽에서도 불빛은 찾아볼 수가 없었다. 거대한 파충류처럼 무등산에서 흘러내려온 산줄기가 짙게 주름을 드리운 채 누워 있을 뿐이었다.

바스락.

얼핏 등 뒤에 수상한 기척이 들렸다. 아들은 반사적으로 목을 꺾었다. 무엇인가가 마른 풀더미 새로 재빠르게 사라지고 있었다. 아마 다람쥐일 것이다.

씨부랄 눔의 짐승. 무담씨 놀랬잖은갑네이.

저쪽에서 최 서방이 툴툴거리며 엉덩이를 주저앉히고 있었다. 아들도 가슴을 쓸며 도로 제자리에 앉았다. 달은 아까보다 훨씬 높아져 있었다.

아들은 또 아래를 내려다본다. 그러다가 무심결에 그의 시선은 마을의 어느 한 점에 가 박혔다. 마을 북쪽엔 대밭이 있고, 그 대밭 조금 못 미쳐서 유난히도 낮은 초가지붕 하나가 외떨어져 있었다. 앞뒤로 그만그만한 전답이 흩어져 있는 그 외딴집은 마침 산자락의 그림자에 드리워져서 간신히 윤곽을 살필 수 있을 정도였다.

아아. 어무니.

저도 모르게 아들은 주먹을 쥐며 몸을 떨었다. 콧잔등이 금방 매캐해졌다.

그건 아들의 집이었다. 제 배꼽줄을 자른 곳도 그 집이었고, 머리통에 더껑이 진 부스럼 딱지마다 쉬파리를 불러 모으며 싯누런 코를 후룩후룩 들이마시던 어린 시절부터 코밑이 거뭇거뭇한 나이까지, 어머니와 단둘이서 살아온 곳도 바로 그 단칸 초가집이었다.

아들은 한동안 말없이 그쪽을 응시하고 있었다. 집 안의 낯익은 모습들이 선하게 떠오르기 시작했다. 담쟁이덩굴 무성한 돌담과 장독대, 가을이면 심심찮게 알이 달리곤 하는 감나무, 대추나무, 그리고 뒤안 텃밭에 있는 디딜방아와 재작년이던가, 아들이 제 손으로 짜 올린 돼지 막, 그리고 여전히 뒤안 흙벽엔 쟁기며 괭이, 낫, 조락 따위 같은, 아들의 손때와 땀에 전 연장들이 아직도 주인을 기다리며 걸려 있을 것이었다.

어무니는 어찌 되었을꼬. 행여나……

아들은 이내 고개를 털며 방정맞은 생각을 지우려 애를 썼다. 하지만 공동묘지마냥 을씨년스러운 마을이며 인적 끊긴 들녘을 내려다보고 있으려니, 자꾸만 불길한 생각이 뒤통수를 잡아 눌렀다.

아들은 산으로 들어온 지 얼마나 지났는가 속으로 헤아려 보았다. 나락이 일찍 팬 논들은 더러 누릿누릿한 빛깔을 띠기도 했을 때였으니까 그새 얼추 넉 달이 되어가나 싶다. 읍내에 경찰이 진입했다는 소식이 날아들어온 날 아침, 면사무소에서 뒤처져 있던 청년 자위대들 틈에 끼여 엉겁결에 산으로 숨어들어온 것이었다. 인민군들의 철수가 갑작스럽기도 했으려니와, 설마 그렇게 빨리 경찰이 들어오리라고는 짐작조차 못 했던 터라 그들은 퇴로마저 완전히 끊겨버린 후에야 허겁지겁 도망을 칠 수밖에 없었다.

그사이 가을이 왔고, 산등성이마다 허옇게 지천으로 갈꽃이 피더니, 다시금 그 위로 눈발이 쌓이며 벌써 섣달도 중순이었다.

산속에 토굴을 파고 두더쥐 생활을 해오는 동안 사정도 많이 바뀌었다. 처음 청풍리 뒷산을 통해 올라온 수효는 마흔다섯이었는데 며칠 후엔 70여 명으로 불었다. 인근 여러 부락과 멀리 담양 쪽에서 도망해 온 잔패거리들까지 합류한 탓이었다. 태반이 땅이나 파먹고 살아온 사람들이라 오합지졸이었다. 가지고 있는 총이라야 스물두 정뿐이었고 나머지는 죽창을 깎았다. 그 때문에 식량을 구하기 위해 산을 내려갈 때마다 대장은 총알 한 방과 제 목숨을 바꿀 각오로 싸워주기를 누누이 강조하곤 했다. 약탈이 시작되었고 면 소재지 혹은 읍내의 경찰서, 면사무소, 읍사무소 따위 건물들이 불에 탔다. 그리고 대원들의 수효는 다시 40여 명으로 줄어 있었다.

누군가 이쪽으로 다가오고 있었다. 최 서방이었다.

벨일 없지야?

예, 조용하구만요.

아들은 최 서방의 등 너머로 또 다른 사내를 찾았다. 사내는 아까 그 자리에서 오줌을 누고 있는 참이었다. 남면(南面)이 고향이라는 그 사내는 산에 와서 알게 된 사람으로 최 서방과 비슷한 또래였다.

엎드려 있는 그의 곁에 최 서방이 쭈그려앉았다.

자석, 배고프지야.

최 서방의 입에서 훅 끼쳐오는 역한 냄새를 피해 슬몃 얼굴을 돌리며 그는 어설프게 웃어 보였다. 그러고 보니 점심나절에 콩밥 한 덩이 받아 먹은 게 고작이었다.

어린 눔이 무신 죄가 있누. 너나 나나 다아 시상 잘못 만나 이 고생이제.

아따, 아저씨도 참, 누가 들으면 어쩔라고.

아들은 힐끔 등 너머로 눈치를 살피며 딱한 표정을 했다. 오줌을 누고 난 사내가 바지춤을 추스르며 그냥 제자리에 주저앉고 있었다.

니미럴, 지들이 쥑이기보다 더 할라디야.

그는 최 서방의 옆얼굴을 불안스레 훔쳐보았다. 달빛이 최 서방의 부스스한 얼굴을 납빛으로 드러내주고 있었다. 오래 깎지 못한 수염이 턱 주위로 더부룩했다.

그는 최 서방 역시 산 아래쪽을 내려다보고 있음을 깨달았다. 최 서방은 아마 자기 집을 눈으로 찾고 있는 것이리라. 어쩌면 쿵덕거리며 돌아가는 정미소 기계 소리를 헤아리고 있는지도 모를 일이었다. 최 서방에겐 유난히 수줍음을 타는 아내와 딸아이가 하나 있었다. 가을걷이를 하느라 머리에 허옇게 분가루를 뒤집어쓴 채 황부잣집 정미소 뜰에서 분주하던 최 서방 내외의 모습을 본 것이 바로 엊그제 일 같았다.

두 사람은 약속이나 한 듯 한동안 망연히 마을 쪽을 응시하고 있었다. 절벽 아래 비쭉비쭉 솟아 나온 잡목들의 앙상한 가지 사이로 청풍리가 보였다. 마을 초입의, 지금은 타다 남은 껑충한 지붕이 바로 최 서방이 일하던 정미소가 틀림없을 거였다. 맑은 달빛은 집채와 네모꼴의 앞마당을 구별하게 해주고 있었다.

쿵더덕쿵더덕.

얼핏, 아들은 귀에 익은 그런 소리가 산골짜기를 거슬러 오르고 있는 듯한 착각을 일으켰다. 해마다 봄가을이면 밤낮없이 쿵덕이는 정미소의 기계 소리가 골목마다 질펀하게 흘러 다니곤 했었다. 하지만 이제 마을은 폐허가 되어 있었다. 살아 숨 쉬는 것의 기척이라곤 아무것도 없는 죽은 마을이 되고 만 것이었다.

거, 참말로 오늘은 달이 밝구나야. 바람도 없고.

최 서방이 문득 혼잣말처럼 뇌까렸고,

그렁께라우, 맨날 이렇기만 하면 지내기도 쪼금 수월할 틴디, 하고 그가 대꾸했다.

봐라, 들녘이 빤히 다 뵈인다야. 저기 아랫배미 저수지 옆에 거뭇하게 뵈는 것이 중바우가 맞지야.

그 옆으로 살여울 넘어가는 샛길도 뵈네요.

두 사람은 오랫동안 그렇게 벼랑 위 바위에 구부정하니

엎딘 채 고개를 꺾고 있었다.

후우이 후우.

어디선가 부엉이가 울었고, 달은 아주 조금씩 자리를 옮겨앉았다. 둘은 여전히 고개를 한곳으로 모으고 말없이 엎디어 있었다. 저만치 홀로 떨어져 있는 사내는 졸고 있는지, 기척이 없었다.

산 아래, 잔설이 드문드문 깔린 들판은 달빛에 허연 등판을 드러내고 있었고, 거북이 등처럼 휘어져 나간 논둑 밭둑이 눈에 잡혔다. 봄 여름 가을 겨울, 해마다 그 들판은 어김없이 서로 다른 옷감을 두르고 사람들을 맞곤 했었다. 진초록빛 보리밭 이랑에 바람이 불 때마다 피어나던 은빛 출렁임이며, 물 댄 논에서 곶감을 꿰어놓은 듯 나란히 늘어서서 모내기를 하던 사람들의 모습이 꿈속인 양 두 사람의 눈에 선하게 떠오르고 있었다. 해가 중천으로 떠오르면 저만치 동구 밖엔 못밥을 머리에 인 아녀자들이 종종걸음을 치고, 들판엔 흥이 오른 농부들의 노랫가락이 가득히 출렁이기 시작하는 것이었다.

에이 에헤라 이두 상사뒤여

줄렁이 한 폭은 막둥이 몫이고

에이 에헤라 이두 상사뒤여

논둑에 한 폭은 영감님 몫이네……

산속은 바람마저 멎었다. 고요했다. 땅 위의 모든 것들은 일제히 숨을 죽이고, 하늘에선 달이 저 혼자 터질 듯 점점 배가 불러갔다.

어느 순간. 먼저 어억, 신음을 터뜨린 것은 최 서방이었다.

저, 저것이 무신 일이다냐!

아들은 번쩍 고개를 쳐들었다. 그러고는 똑같이 억, 소리를 내지르고 말았다. 눈앞에 놀라운 일이 벌어진 것이다.

불빛이었다.

저 아래, 산자락 그늘에 묻혀 있는 청풍리 마을 한 귀퉁이로 느닷없이 불빛 하나가 튀어나온 것이었다. 아무도 없는 빈 동네였다. 소개령이 내려진 후 주민들이 모두 버려두고 떠난 지 두 달이 넘었다. 누군가의 집에 불이 켜질 리가 없었다. 사람은커녕 가축들마저 모조리 끌고, 더러는 살던 집에 불까지 놓아 지르고 떠나버린 청풍리 마을에 애당초 그런 일이 일어날 까닭이 없는 거였다.

시상에…… 저것이 대관절 어쩐 일이디야.

최 서방은 넋 빠진 듯 중얼거렸고, 아들은 자꾸만 눈을 비볐다. 하지만 그것은 틀림없는 불빛이었다. 초가집들이 모여 앉은 마을의 한쪽 귀퉁이, 대밭 가까운 그 외딴집으로부터 한 가닥 실오라기 같은 불빛이 지금 분명히 흘러나오고 있었다.

가만, 그러고 보니께 저 집은……

최 서방이 그렇게 입술을 뗀 것과, 곁에 엎드려 있던 아들이 무섭게 턱을 떨기 시작한 것은 거의 동시에 일어난 일이었다.

아니, 저건…… 느그 집이 아니냐. 응?

최 서방이 그의 어깻죽지를 와락 움켜쥐며 낮게 부르짖었다.

아녀라우. 서, 설마.

맞어, 바로 느그 집이다. 틀림없당께.

그러다가 최 서방은 흠칫 고개를 추스르며 저만치 떨어져 있는 사내의 기척을 살폈다. 그제서야 사내도 그 불빛을 발견한 모양이었다.

최 동무요, 저게 뭣이오. 언제 저런 것이 나타났소.

저쪽에서 사내가 급히 다가오며 물었다.

인자 금방이라우.

경찰이 아닐까.

글씨…… 헌디, 경찰이 뭣 할라고 불을 킬까라우.

모르제. 무슨 신호를 보낼라고 그라는지도.

보고를 해야겠다며 사내는 황황히 토굴 쪽으로 사라지고 있었다. 이제 남은 건 그들 두 사람뿐이었다.

아들은 커다랗게 눈을 치켜뜬 채 아직도 믿기지 않는다는 듯 불빛을 바라보고 있는 중이었다. 설마…… 아들은 주먹을 꽉 움켜쥐었다. 그 주먹이 벌벌 떨리고 있었다. 그랬다. 틀림없었다. 그건 바로 아들의 집이었다. 때 묻은 창호지를 덕지덕지 바른 장지문 사이로 흐릿하게 새어 나오고 있는 그 연시빛 불빛은 암만 눈을 씻고 보아도 분명한 아들의 집이었다.

아아, 어무니, 어무니.

아들은 터져 나오는 울음을 참느라 피가 나도록 입술을 앙다물었다. 그래도 끝내 울음이 터지고 말았다. 아들은 안다. 어머니였다. 이 밤, 호롱불을 밝히고 어머니가 홀로 지켜 앉아 있는 것이다. 아들을 기다리고 있는 것이었다.

아들은 손바닥에 얼굴을 묻었다. 끅끅 기묘한 신음이 흘러나오기 시작했다. 문득 등 뒤로부터 어지러운 발소리가 몰려오고 있었다. 최 서방은 소스라쳐서 그를 붙잡아 일으켜 세웠다.

아야, 그쳐라이. 까딱하는 날엔 너 죽는단 말이다. 모른다고 해라. 그저, 절대로 느그 집이 아니라고 하란 말이여. 알았제.

겁에 질린 최 서방의 음성이 무섭게 떨렸다. 아들은 눈을 질끈 감고 있었다. 달빛이 그의 눈두덩 밑에서 반짝였다.

후우이 후우.

어디선가 또 부엉이가 울었다. 달이 중천에 와 있었다.

2.

어미는 문득 손을 멈추었다. 부엉이가 울고 있었다. 산 쪽에서였다. 그녀는 한동안 미동도 없이 엉거주춤한 자세로 장지문 밖에 귀를 기울였다. 찢어진 문풍지 한 가닥이 문턱에 실배암처럼 불길하게 걸쳐져 있고 장지문은 살대가 여럿 떨어져 나가고 없는 꼬락서니였다. 군데군데 숭숭 뚫린 때 묻은 창호지를 흐린 불빛이 적시고 있었다. 밖은 조용했다. 갈잎을 스치는 바람 소리 하나 귀에 잡히지 않았다.

흐이유. 긴 한숨이 어미의 입술로 흘러나왔다. 어미는 문에서 눈길을 떼고 돌아앉아 다시 하던 일을 계속했다. 오래 비워두었던 방이라 온통 먼지투성이였다. 남들과는 달리 방문에 못질을 해놓지 않은 채 떠났던 것은 행여 그사이에 집을 찾아 내려올지도 모를 아들을 생각한 탓이었다. 험한 산길을 걸어 집이라고 찾아와보니 어미는 뵈지 않고, 그나마 방문에 탕탕 못질까지 해두어서 뼈 시린 삼동 바람을 잠시나마 피하지도 못하고 되돌아가게 만들 수는 없다는 염려에서였다.

대충 걸레질을 해가며 어미는 그간에 혹시나 아들이 남기고 간 흔적이라도 있을까 하여 구석구석을 눈여겨 살펴보았다. 그러나 어디에도 그런 흔적은 없었다.

에이구, 불쌍한 자석. 이리 치운 날씨에 산속에서는 무얼 먹고 살며 입성은 또 어찌하고 지내는고.

한숨 반 탄식 반으로 어미는 중얼거리며 한 손으로는 눈물을, 다른 손으로는 걸레를 쥐고 꾹꾹 먼지를 찍어냈다.

펄럭. 바람도 없는데 호롱불이 절로 자지러졌다가 다시 일어섰다. 어미가 움찔 고개를 돌리며 문 쪽을 보았다. 문은 여전히 닫힌 채였다. 혀를 차며 그녀는 일어나 걸레를 치우고 나서, 구석에 놓여 있는 작은 보퉁이를 가져와 끄르기 시작했다.

보퉁이 속에서는 날고구마 여럿과 건어, 그리고 이런저런 나물 따위를 담은 낡은 목찬합이 들리어 나왔다. 그녀는 마지막으로 맨 밑에 넣어둔 조그만 헝겊 뭉텅이를 끄집어내었다. 그 속엔 며칠 전 읍내의 친정 쪽 일가에 가서 어렵사리 얻어온 좁쌀 반 되가 들어 있었다. 아무리 난리 통이라지만 쌀 한 줌 구하기가 3년 가뭄 끝보다도 더 힘든 세상이었다. 거두어가고 빼앗아가고, 이래저래 쌀독이 줄기도 했거니와 그나마 조금 남은 양식은 어느 집이고 깊숙한 곳을 찾아 숨겨두고 먹었다. 가진 게 없는 사람들 처지로서는 잡곡 한 줌은 상전 축에 들었고, 고구마 뿌리나 시래기죽으로 끼니를 때우는 것도 다행으로 여겨야 할 형편이었다.

어미는 부엌으로 나갔다. 더듬거리는 손으로 등잔을 찾아 불을 당긴 다음, 시렁에서 먼지 앉은 바가지를 꺼내어 들고 뒷문을 나섰다. 우물은 뒤안 담장 가까이에 있었다. 우물이라기보다는 두레박질을 할 필요도 없는 작은 둠벙새암이다. 물은 꽤 단단한 얼음으로 덮여 있었다. 어미는 장독대에서 돌멩이를 가져와 그걸로 얼음을 두드렸다. 쩡쩡. 돌과 얼음이 부딪칠 때마다 울려 나오는 소리가 어둠을 뚫고 공허하게 사위로 퍼져나갔다. 마침내 얼음장이 두 쪽으로 갈라졌고, 어미는 얼음 조각과 나뭇잎, 지푸라기 따위를 물에서 건져내었다.

쭈그리고 앉아 바가지로 물을 퍼내려던 그녀는 불현듯 손을 멈추었다. 달이었다. 터질 듯 팽팽하게 알을 밴 만월이 어느 틈에 우물 속에 둥싯 떠 있었다. 그녀는 물 위에 비치는 하얀 달을 물끄러미 들여다보았다. 그 너머로 감나무의 앙상한 가지가 비쳐 보였는데, 달은 흡사 그 가지에 걸려서 더 흘러가지 못하고 우물 속에 갇혀 있는 것 같았다. 얼핏 그 희고 탐스러운 달 위로 누군가의 얼굴이 겹쳐지려는 순간에 텀벙, 어미는 바가지를 담갔다. 그 바람에 달은 조각조각 깨어져버렸다.

오매애. 칠성님네 산신님네. 어쩌다가 내 신세가 이리도 기구허게 되야부렀는지 모르것소오.

노랫가락 같은 탄식을 읊조리며 어미는 좁쌀을 씻고, 그새 달은 다시 우물 속으로 찾아들고 있었다.

부엌으로 되돌아온 그녀는 솥에 쌀을 안쳤다. 한쪽 귀가 떨어져 나간 왜솥이었다. 그러고는 불을 지피기 시작했다. 아궁이에 장작을 집어넣으려다 말고 어미는 또 코를 훌쩍였다. 그 장작은 지난 초여름, 아들이 해다 준 것이었다.

그만하면 됐다. 무어 그리 한꺼번에 나무를 많이 할라고 애를 피우냐.

이왕 하는 김에 넉넉히 해놔야지라우. 안 그래도 장마가 지면 나다니기가 귀찮을 텐디.

어렵잖게 지게를 내려놓으며 실거운 대답을 하던 아들의 모습이 아궁이 속에서 선연한 불길이 되어 활활 피어올랐다. 아직 어린 줄로만 여겼더니, 어느새 키를 넘게 쌓아 올린 커다란 나뭇짐을 지고 성큼 사립을 들어서던 아들이 어미는 퍽이나 대견했던 것이다. 저놈이 벌써 어른이 다 됐구나 싶어지며, 아들이 내려놓는 지게 부피만큼의 대견스러움이 절로 그녀의 가슴으로 묵직하게 전해져왔었다. 그때는 정말이지, 난리가 어서 물러가면 어디서 참한 큰애기를 구해 장가를 보내야겠다는 생각에 내심 뿌듯하기도 했던 것을……

장작을 더 집어넣고 나서 어미는 방으로 들어왔다. 아랫목에 상을 펴놓은 다음 잠시 기억을 더듬었다. 가만있자. 내가 어디다 두었더라. 그녀는 윗목에 있는 반닫이를 열고 뒤적거리더니 이윽고 낡은 액자 한 개를 꺼냈다. 그건 죽은 남편의 사진이었다. 벌써 누렇게 빛바랜 그 사진은 본디 벽에 걸려 있던 것이었으나 소개령인가 뭔가가 반닫이 속옷가지들 틈에 파묻히도록 만든 터였다.

어미는 등잔 가까이 가져가 한동안 액자 속 사내의 얼굴을 들여다보았다. 눈곱 탓일까. 거미줄에 덮인 것처럼 시야가 침침했다. 이내 그녀의 뀌적뀌적한 눈에 물이 괴어오르고 말았다.

에이구, 이 무정한 인사야. 차라리 잘 가부렀소. 이놈의 시상, 더 무얼 바랄 것이 있다고 부득부득 살 꺼시요이. 요런저런 힘한 꼴 안 보고 참말로 잘 가셔부렀소.

거친 손바닥으로 사진을 쓸며 그녀는 넋두리를 했다.

남편 오 서방은 시신조차 남겨주지 않고 갔다. 까닭 없는 생목숨을 남의 땅에 갖다 바치고 만 것이었다. 반년만 있으면 돌아올 거라며 씨익 웃음 한번 지어 보이고 고갯길을 넘어가던 남편은 얼토당토않게 종이쪽지 한 장으로 날아들어왔다. 이름도 모르는 남양 군도 어디선가에서 죽었노라는 말만 적혀 있을 뿐, 하다못해 뼈 한 조각, 머리털 한 올조차 그녀에게 전해지지 않았다. 해방이 되었다고 돌아오는 장정들 틈에 행여 끼여 있을까 목을 늘이고 기다렸지만 죄다 허사였다. 그때부터 지금껏 어미는 하나뿐인 아들과 함께 단둘이서 살아온 것이었다.

액자를 조심스레 상 위에 세워놓고 나서 그녀는 목찬합 속의 준비해온 것들을 접시에 덜어 올려놓았다. 얼추 제사상이라고 차려놓고 보니 초라하기가 이를 데 없었다. 세상 좋은 시절의 일꾼들 밥상만도 못해 보였다. 말라비틀어진 북어 몇 꼬리와 호박 말린 것, 숙주나물 따위가 전부였다. 좁쌀이나마 얻을 수 있었던 덕택에 시래기죽으로 젯밥을 올리지 않은 것만으로도 다행이라는 생각이 들었다. 어미는 부엌에서 밥을 퍼내와 젯밥을 올렸다. 한 그릇을 떠내고도 밥은 솥 안에 반 정도가 남았다. 이럴 때 아들이 있었더라면…… 어미는 몇 번이나 그런 부질없는 생각에 젖은 눈으로 문 쪽을 돌아다보곤 했다.

자아. 먼 길 오시느라고 얼매나 허기가 지시겠소. 그놈의 남앵 군돈가 뭔가 하는 땅은 바다 건너 멀기도 멀다든디, 어서 이거라도 드시고 쉬었다가 또 떠나시구랴.

물 담은 대접에 밥을 한 술 듬뿍 덜어 말아드린 다음, 숟가락을 질러주며 그녀는 말했다. 곁에 누가 있을 때처럼 은근하고 정겨운 음성이었다. 그러고 나서 그녀는 조금 비켜 앉아 젯상을 망연히 바라보고 있었다. 수북하게 담긴 밥을 생시에 늘 그러던 대로 한입 가득 떠 넣고 있는 남편의 모습이 눈앞에 보이는 듯했다. 그러다가 그것은 이내 아들의 얼굴로 바뀌어 졌다.

후우이 후우.

산 쪽에서 또 부엉이가 울고 있었다.

펄럭. 새어 들어오는 바람도 없는데 호롱불이 꺼질 듯 자지러졌다가 간신히 일어섰다. 그 때문에 벽에 드리운 그녀의 그림자가 엄청난 길이로 늘어났다가 다시 오므라들었다.

가만. 어미는 몸을 사렸다. 무슨 소리가 들린 것 같았다. 황급히 일어나 장지문을 열어보았다. 뜨락 가득히 달빛이 넘치고 있을 뿐, 살아 움직이는 형체라곤 아무것도 없었다. 어미는 고개를 들어 멀리 무등산을 올려다보았다. 산의 뭉툭한 몸체가 시커멓게 웅크리고 있는 게 보였고, 산등성이 너머로 유난히 맑은 별들이 박혀 있었다. 산은 이날따라 짙은 먹빛이었다. 온 세상이 달빛을 받아 모습을 드러내고 있었지만, 그녀의 눈에는 오직 산만이 칠흑의 어둠으로 덮여 있는 느낌이었다.

어미는 문을 닫고 힘없이 돌아앉았다.

에그. 불효막심한 자석 같으니라고. 오늘이 즈그 애비 제삿날인 줄이나 알고 있는지 모르겠네이.

어미는 자꾸만 간밤의 꿈이 맘에 걸렸다. 꿈에서도 그녀는 지금처럼 방 안에 앉아 있었다. 그런데 그때 아들이 불쑥 나타났던 것이다. 어무니, 나요. 내가 돌아왔소. 아들은 소리치며 환하게 웃고 서 있었다. 아들은 흰 무명옷을 입고 있었는데, 자세히 보니 그건 바로 죽은 남편의 옷이 틀림없었다. 너무도 생생한 꿈이었으므로, 깨고 나서도 얼마 동안 어미는 아들이 정말로 곁에 누워 있는 것 같은 착각을 일으켰었다.

혹시나…… 그래, 맞어. 그놈이 올지도 모를 일이여. 오늘이 즈그 아부지 제사인 줄 저도 알것제. 이렇게 나 혼자 기다리고 있는 줄 빤히 알고서 곧장 찾아오것제. 암, 아믄.

불현듯 어미의 눈에 생기가 돌기 시작했다. 그녀는 호롱불의 심지를 바짝 돋우었다. 방 안이 한층 밝아졌다. 그래. 이 불빛이 산속까지 가 닿으리라. 이걸 보자마자 아들은 단숨에 달려 내려오리라. 골짜기를 타고 내려와 당집을 지나고 대밭을 돌아서 지금 논둑길을 달려오고 있으리라. 어무니. 나요. 내가 왔어라우. 그렇게 사립문을 활짝 밀어젖히며, 이제 마악 아들의 숨 가쁜 목소리가 달려 들어오리라.

아아. 아들아.

어미는 와르르 달려가 방문을 힘껏 열어젖혔다. 섬뜩한 밤공기가 칼날처럼 볼을 할퀴었다. 펄럭. 등잔불이 기우뚱 자지러들었다. 장지문에 의지해 망연히 서 있던 어미의 몸이 기어코 허물어지듯 주저앉았다. 마당은 텅 비어 있었다. 달빛. 달빛. 터질 듯 부풀어 오른 섣달 보름의 흰 달빛만 흐드러지게 눈앞에 쏟아져 내리고 있었다.

끝내 어미의 입에서 오열이 터져 나왔다. 그녀의 쪽 찐 머리로부터 비녀가 절로 스르르 흘러내려 방바닥에 떨어졌다. 하지만 그녀는 머리채를 고칠 생각조차 없는 듯했다. 흰머리가 반쯤 섞인 숱 적은 머리채가 치렁치렁 풀어 헤쳐진 채로 그녀가 울음을 삼킬 때마다 불길하게 흔들리곤 했다.

어떻게 키운 자식인디…… 그놈이 어떤 자식인디…… 흐흡…… 빨갱이고 누렁이고 나한테는 모두 시상 없다. 그까짓 거이 다 뭣이다냐. 필요 없다니께. 우리 자석만 내 집으로 돌아오게 해주랑께.

어미는 옷고름을 쥐어뜯으며 주름진 뺨 위로 줄줄 눈물을 쏟아내었다. 그러던 어미는 발딱 고개를 쳐들었다. 기묘한 웃음기가 입가에 떠오르고 있었다.

아니여. 내 지금 무신 방정을 떨고 있다냐. 아들은 온다. 하다못해 죽은 즈그 아부지 넋이 나서서라도 그놈을 이리로 데리고 올 거이다. 암.

이러고 있을 때가 아니다. 산사람은 바람같이 왔다가 바람같이 떠나버린다고 하잖던가. 우선 밥부터 든든히 먹이고 따뜻하게 솜옷이라도 입혀 보내야 할 것이 아닌가. 어미는 서둘러 반닫이를 열고 옷을 꺼냈다. 꿈속에서 아들이 입고 있던 바로 그 무명옷이다. 죽은 남편의 옷이라곤 그것밖에 남아 있지 않았다. 그렇잖아도 언젠가는 아들에게 입힐 생각이었던 것이다. 손으로 쓸어보니 어딘지 솜이 얄팍한 성싶었다. 그녀는 반닫이에서 자기의 솜바지를 꺼내어 솔기를 북북 뜯어낸 다음 솜을 뽑아냈다. 그리고 실꾸리와 바늘을 찾아 자리를 잡고 앉았다. 바늘귀에 실을 꽂으려고 했으나 좀처럼 되질 않았다. 흐린 눈을 불 쪽으로 향하고 아무리 가늠해봐도 바늘은 애당초 귀가 뚫려 있지 않은 놈인 것만 같았다. 실 끝에 침을 묻혀 대충 짐작으로 구멍에 밀어 넣고, 다시 침을 발라 밀어 넣어보고…… 그러기를 수십 차례, 요행히도 실이 걸렸다. 어미는 긴 한숨을 몰아쉬며 촘촘히 솜을 누벼가기 시작했다.

밤은 점점 깊어가고 있었다. 달이 중천으로 옮겨 앉았고 이따금 부엉이가 울었다. 온 세상이 고요히 잠들어 있는 그 시각에 산기슭 외딴 초가집의 장지문 사이로 희미하게 우러나오는 불빛은 밤이 이슥하도록 켜져 있었다.

솜을 누벼가던 손길을 멈추고 어미는 문득문득 바깥으로 귀를 모으곤 했다.

으으, 으웃.

움찔 그녀의 몸이 경직했다. 소리. 아까부터 어디선가 이상한 소리가 들려오는 것 같았다. 바늘을 쥔 채 그녀는 다시 귀를 세운다. 그러나 이번엔 아무 소리도 없다. 아무래도 내가 정신이 허해졌는갑다. 고개를 흔들며 다시 바느질을 계속했다. 바람이 일기 시작하려는가. 차츰 주위가 수선스러워지고 있었다. 대밭을 스치는 바람이 우수수 이파리를 흔들어대고 있었다.

으웃. 으으으.

순간, 바늘이 어미의 엄지손가락에 깊숙이 들어박혔다. 빨간 핏물이 흘러나와 흰 무명옷에 얼룩을 만들었다. 틀림없어. 누군가가 밖에 와 있는 거여. 그녀는 부스스 몸을 일으켰다. 잠시 망설이더니 가만히 문을 열었다. 역시 아무도 없다. 토방에서 신을 꿰어 신고 마당으로 나서서 두리번거렸다. 사립문이 반쯤 열려 있었다. 분명 그녀는 아까 문을 닫았음을 기억했다. 후드득 몸이 떨려왔다. 또 들린다. 집 안에 누군가가 와 있는 것이다. 그녀는 후들거리는 걸음을 헛간 쪽으로 옮겨

가기 시작했다.

누구요. 거기 안에 누, 누가 있소.

헛간 앞에 서서 어미는 겨우 그렇게 말했다. 턱이 와들와
들 떨려왔다.

으읏, 아퍼. 아퍼.

어미의 가슴이 철렁 무너졌다. 환각이 아니었다. 웬 여자
의 음성이 헛간 속에서 튀어나온 것이었다.

누구요. 웬 사람이 이 밤중에……

그 말을 채 끝마치기도 전에 그녀는 외마디 비명을 질렀
다. 시커먼 사람의 형상이 발밑으로 북북 기어 나오고 있었기
때문이었다. 그 시커먼 덩어리가 헛간 밖으로 몸을 끌어내었
을 때 달빛은 그것의 얼굴을 드러내주었다.

이게 누구다냐. 아니, 이 미친 것이 어떻게 여그까지 왔으
까이.

어미는 그 얼굴을 이내 알아보았다. 읍내 사람이면 누구나
알고 있는 바로 그 미친 여자였다. 스물두엇이 될까 말까 한
그 여자가 정확히 언제부터 읍내에 나타났는지 모를 일이었
다. 고향이 어디며 어쩌다가 그 지경이 되었는지 아는 사람은
없었다. 아마도 북쪽으로부터 피난길에 휩쓸려 흘러들어온 듯
여겨질 따름이었다. 미친 여자는 홀몸이 아니었다. 딱하게도
잔뜩 부풀어 오른 만삭의 배를 디밀고 다니며 아무에게나 히
죽히죽 헤픈 웃음을 흘려댈 뿐, 누가 물어도 별 신통한 대답조
차 하지 않았다. 하기야 난리 통에 각박해진 세상인심은 그런
미친 여자 하나에게까지 인정을 베풀 겨를이 없었다. 이러저
리 장바닥을 굴러다니다가 어느 엄동 추운 아침에 다리 밑에

서 얼어 죽는다 하더라도 애써 눈여겨볼 사람도 없을 터였다.

거참, 대관절 이 미친 것이 어떻게 여기로 들어왔을까.

어미는 어리둥절했다. 그러고 보니 아까 저녁 무렵에 어미는 그 미친 여자를 우연히 만난 적이 있었다.

며칠 전부터, 남편의 제사가 다가오기 시작하자 그녀는 내심 조바심이 났던 것이다. 넋이 나가 잊어먹었다면 또 몰라도 빤히 알면서도 그대로 넘길 수야 없는 노릇이었다. 그녀가 빌붙어 지내는 친정 일가붙이의 뒷방에서라도 제사를 지낼까 생각도 했으나 물 한 사발 놓고 올리는 제사를 남의 집에서 치를 수는 없다고 여겼다. 더구나 산사람이 된 아들을 두었다는 죄 때문에 어미는 온갖 수모를 마을 사람들로부터 겪고 있는 참이었다. 하루에도 수없이 혀 빼물고 죽기를 바랐으나, 그래도 여태까지 구차한 목숨을 부지하고 있는 건 행여 어느 날인가는 아들을 만날 수 있으리라는 간절한 바람 때문이었다.

그렇게 하여, 결국 어미는 이날 저녁 무렵에 청풍리로 몰래 스며들어 왔다. 제사도 제사거니와, 혹시 아들이 왔다 간 흔적이라도 있을까 하는, 참으로 막연한 충동이 그토록 위험한 모험을 하게 한 것인지도 몰랐다. 청풍리는 소개령 이후, 누구도 얼씬하지 못하도록 엄중한 경고가 내려져 있는 까닭이었다.

어미가 미친 여자를 발견한 곳은 마침 청풍리로 들어오는 샛길 조금 못 미쳐서였다. 여자는 잔뜩 부푼 배를 안고 길 옆 바위에 쪼그려 앉아 떨고 있는 참이었다. 그냥 지나치려다가 왠지 안쓰러운 생각에 어미는 발길을 세웠다. 만삭인 배가 낌새를 보아 하니 오늘내일할 듯싶었다. 이 추운 날, 저 지경으로 헤매다가 길바닥에서 덜컥 일을 만나면 어쩌랴 싶어 여간 속이 쓰린 게 아니었다. 고구마를 몇 개 쥐어주었더니, 성치 않은 정신에도 히죽 웃어 보이고는 아귀처럼 뜯어먹던 것이었다.

쯔쯧. 불쌍한 인생이 그래도 잠시 무신 정신이 돌아왔등가. 안 죽을라고 그래도 나를 뒤따라왔능갑네이.

어미는 쓰러져 있는 여자를 어렵사리 부축해서 방 안으로 옮겨놓았다. 따뜻한 곳으로 들어서자 여자는 눈을 크게 떠보더니 곧 피그르르 주저앉아버렸다. 그녀는 헌 이불을 꺼내어 여자를 덮어주었다. 이빨을 맞두드리며 눈을 감고 있는 모습을 내려다보며 그녀는 추위에 오죽했으랴 싶어, 진작 찾아 나가보지 못한 자신을 속으로 나무랐다. 그리고 부엌으로 나가 군불을 확확 지피기 시작했다.

잠시 후, 다시 방으로 들어온 어미는 기막힌 광경을 목격했다. 어느 틈에 일어났는지 여자가 제사상의 밥을 집어 들고 손가락으로 퍼먹고 있었다.

이 잡것 좀 봐라이. 그거이 누구 줄 밥인디!

하지만 이미 저질러진 일이었다. 밥알은 여자의 더러운 손가락에 덕지덕지 달라붙어 있었다. 어미는 기가 막혔다. 그 통에 놀란 여자는 손가락을 입속에 쑤셔 넣은 채 실실 곁눈질을 하며 뒤로 물러났다. 그러더니 느닷없이 악을 쓰기 시작했다.

아니에요. 몰라요. 난, 난 빨갱이가 아니라니까요.

여자는 잔뜩 겁에 질린 얼굴로 손바닥을 싹싹 비벼대고 있었다. 어미는 치켜들었던 주먹을 힘없이 내리고 말았다.

이 늙은 년아. 내봐, 너 밑구녕으로 싸질른 새끼가 우리 서방을 쥑였어.

아녀. 저년도 한패여. 쥑여. 쥑여뿌라니께. 죄 없는 생목숨 닭 잡드끼 해놓고 나니 얼마나 좋은 시상 찾아오등가 한번 물어보라니께.

여자들의 벌겋게 핏발 선 눈알이 어미를 향해 달려들고 있었다. 누군가 머리채를 그러잡았다. 투툭, 옷고름이 뜯어져 나갔다. 여자들의 손에 그녀는 땅바닥을 질질 끌려갔다. 그녀들은 엊그제까지만 해도 어미를 성님, 아주머님, 하고 불러주던 그 사람들이었다.

미쳤어. 시상이 발딱 뒤집어지고 미쳐분 것이여. 모두가 지정신이 아니여.

어미는 손을 비비며 연신 아니에요, 몰라요를 되풀이하고 있는 미친 여자를 내려다보며 혼잣말을 했다. 까닭 없이 설움이 치밀어 올라왔다.

아이구, 불쌍한 년아, 보아하니 너나 나나 시상 잘못 만난 처지가 비슷한갑다. 그래, 묵어라. 묵어야 힘도 나고 애기도 낳을 것잉께. 어서 그 밥이나 마저 묵어부러라. 괜찮다이.

어미는 밥그릇을 디밀며 먹으라는 시늉을 했다. 잠시 눈치를 살피던 여자가 빼앗듯이 밥을 받아 들고는 게걸스레 먹기 시작했다. 그러다가 갑자기 여자는 밥그릇을 내동댕이치며 허리를 그러안고 비명을 지르는 것이었다.

아퍼, 아퍼.

미친 여자는 방바닥을 두들기며 악을 쓰고 있었다. 어미는 여자의 부푼 배를 살펴보더니 급히 부엌으로 달려 나갔다.

오매, 이것이 산기가 있는 모양인디. 어쩌끄나. 해필이면 오늘 밤 이것이 다 무슨 일이끄나.

우선 더운물이 필요했다. 물독을 들고 우물을 향해 종종 걸음을 치면서 그녀는 얼핏 아들을 생각했다. 간밤엔 아들이 꿈에 보이더니만, 이런 일이 생기려고 그랬던 것일까. 어미는 달이 떠 있는 샘물에 덤벙, 바가지를 담갔다.

3.

이거, 괜히 또 헛물켜는 건 아닐까.

밭둑에 몸을 숨긴 채 강 경위는 투덜거렸다. 시계를 들여 다보았다. 유리가 달빛에 반사되지 않도록 손목을 굽히고 바 늘을 확인했다. 11시 40분. 빌어먹을. 벌써 그렇게 됐나. 그렇 다면 꼬박 네 시간 동안이나 잠복하고 있는 셈이구나. 하지만 이 정도쯤이야 아무것도 아니다. 야전에서 며칠씩 밤을 새운 적이 어디 한두 번이던가. 더구나 오늘은 믿어지지 않으리만 큼 푸근한 밤이다. 섣달이라지만 살가죽에 와 닿는 공기가 그 다지 맵찬 줄도 모르겠다.

강 경위는 철모를 약간 뒤로 젖혀 올리며 주위를 훑는다. 바로 곁에 양 순경이 역시 밭둑에 의지한 채 소총을 겨누고 있 고 저만치 10여 미터씩 간격을 두고 1분대가 잠복하고 있었다. 3분대는 그 반대쪽, 그러니까 외딴집을 중심으로 하여 우측 대 밭을 맡고 2분대는 후면에 배치시켜두었다. 조금 전에 연락병 이 왔었는데 아직까지는 수상한 점을 발견할 수 없었노라고 했다.

정신 바짝들 차리라구 해. 놈들은 대개 이 시각쯤에 출몰

하니까 말야. 지금부터가 가장 중요해. 그리고 분대장들에게 전해. 신호가 있기 전엔 절대루 사격하지 말라구 말야.

강 경위는 그렇게 일일이 지시하고 나서 연락병을 돌려보냈었다.

차츰 바람이 일기 시작하고 있었다. 바람은 산 쪽으로부터 불어왔다. 그 바람결에 무언가 불길한 짐승의 체취가 숨어 있기나 한 듯 그는 코를 벌름거렸다. 목덜미에 싸늘한 냉기를 흩뿌려놓고 바람이 잽싸게 달아났다. 그는 야전잠바의 지퍼를 채웠다. 젠장헐, 추워질 모양이군. 어깨를 웅크리며 그는 날카롭게 전방을 쏘아보았다. 달빛에 허옇게 드러난 밭둑과 그 위쪽으로 마악 경사를 이루기 시작하는 산기슭이 시야에 들어왔다. 좌측으로는 몇 개의 무덤이 드문드문 널려 있었다. 그곳까지는 대략 100여 미터. 달이 밝아 대낮처럼 관측이 용이한 밤이었다. 그러나 적 또한 마찬가지이리라. 아니 오히려 산을 등지고 있는 그놈들이 더 유리할 거야. 무엇보다도 아군이 먼저 노출되지 않도록 최대한의 주의가 필요해. 만일 아군이 잠복하고 있는 사실을 놈들이 눈치채는 경우에 작전은 깡그리 도로 아미타불이 되고 말 테니까. 그는 작전 개시 전에 대원들에게 재차 그 같은 사항을 숙지시켜둔 것은 잘한 일이었다고 여겼다.

강 경위의 시선이 이번엔 외딴집을 날카롭게 훑었다. 희미한 불빛이 여전히 새어 나오고 있었다. 그는 그 불빛을 바라보며 고개를 갸우뚱했다.

너무 대담한 짓인걸. 아무리 따져봐도 저렇듯 무모하게 불을 켜놓을 리는 없으리라는 생각에서였다. 접선 장소라기엔 지나치게 노출되어 있고, 신호를 보내고자 하는 것이라 하더라도 위험스럽다 못해 거의 자살 행위나 다름없지 않은가. 그렇다면…… 역시 헛짚은 게 틀림없으리라는 결론밖에 나오지 않았으므로 강 경위는 이마를 구겼다.

맨 처음 보고가 들어온 시각은 7시 반경. 보퉁이를 소지한 수상한 여자가 청풍리로 몰래 잠입했다는 것이었다. 무등산 기슭의 청풍리라면 공비의 출몰이 가장 빈번한 취약 지구였다. 신원은 곧 밝혀졌다. 아들이 공비로 입산한 사실이 있는 요시찰(要視察) 인물인 오십대의 아낙네였다. 즉시 비상이 걸렸고 강 경위는 명령을 받아 소대를 데리고 출동했다. 하지만 그는 처음부터 그다지 기대를 하지 않았던 게 사실이었다. 아마도 이번 것은 무지한 시골 아낙의 겁 없는 행동에 불과하리라는 추측이 앞섰던 까닭이었다.

그러나 속단은 금물이었다. 그동안 그는 숱한 이변과 의외의 사건들을 경험해온 터였다. 열다섯 살짜리 아이도 죽창을 찌를 수 있고, 육순 노인의 거짓말 한마디가 결정적인 순간에 대규모 작전을 한낱 웃음거리로 만들 수 있음을 강 경위는 몸소 보고 듣고 겪어왔다. 아무도 믿지 마라. 아무것도 믿어서는 안 된다. 가장 확실한 것처럼 보이는 상황일수록 끝까지 경계심을 풀지 말아라. 모든 사람은 단지 적 아니면 아군, 그 둘 중의 한쪽일 뿐이다. 언제부터인가 강 경위는 그렇게 스스로에게 약속을 해두고 있었다.

바람 끝이 좀더 강하게 느껴졌다. 대밭을 스치고 지나가는 스산한 바람 소리가 주위의 적막을 흐트러뜨리고 있었다. 강 경위는 총을 눕혀놓고 장갑을 벗었다. 손끝이 꽤 시렸다.

손가락에 입김을 불어 넣었다. 군화 속의 발은 이미 오래전부터 꽁꽁 얼어 있었으나 도리가 없었다.

다시 바람이 불어왔다. 강 경위는 무심코 하늘을 쳐다보았다. 구름 한 점 없는 하늘은 얼음장처럼 차고 맑았다. 그 하늘에 달이 떠 있었다. 희고 둥근 달은 금방 터질 듯 배가 불러 있었다. 문득 죽은 아내의 얼굴이 달과 겹쳐졌다. 그는 눈을 감았다. 아내는 다른 동료 경찰 가족들과 함께 총살을 당했다. 강 경위가 후퇴하는 부대를 따라 청산도(靑山島)까지 내려가 있을 무렵, 친정으로 몸을 피했다가 그녀는 그 지경이 된 것이다. 아내가 죽은 곳은 어릴 적 그녀가 다니던 고향의 국민학교 운동장이었다. 그때 아내가 이미 배 속에 첫아이를 담고 있었다는 사실을 그는 뒤늦게야 알았다.

불현듯 그는 몸을 떨었다. 아내를 향해 총을 겨누고 있는 살인자들의 얼굴이 보인다. 총구 앞에 서 있는 아내의 질린 눈빛. 아내가 쓰러진다. 만세. 만세애. 두 팔을 치켜들고 미쳐 날뛰는 놈들의 상기된 얼굴들이 보인다. 살인자들. 강 경위는 총을 쥔 손아귀에 으스러져라 힘을 주었다. 나타나라. 어느 놈이고 제발 나타나기만 해라. 전방의 검은 산의 몸체를 향해 총구를 겨눈 채 그는 이를 악물었다.

그는 총의 가늠자에 눈을 갖다대었다. 이내 거대한 무등산이 눈앞을 가로막았다. 산은 검다. 거대한 괴물 같았다. 놈들이 숨어 있는 곳이다. 석 달 동안 20여 차례나 마을은 약탈, 방화를 당했고 공공건물이 수차례 습격, 파괴당했다. 강 경위는 희생당한 동료들의 모습을 떠올리고 있었다. 쓰러지는 아내와, 아내의 배 속에 든 아이. 한번도 보지 못한 그 아이를 생각하며 입술을 물었다. 어느새 강 경위의 눈빛이 기묘하게 번들거리기 시작했다. 그건 눈자위에 배어 나온 눈물 탓만은 아닌, 어쩌면 섬뜩한 독기 같은 것이었다.

얼마쯤 지나서였을까.

강 경위의 머리끝이 쭈뼛 일어섰다.

강 경위님 저기 좀 보세요.

곁에서 양 순경이 다급하게 속삭였다. 그들은 거의 동시에 그 물체를 보았던 것이다. 무엇인가가 산기슭 수풀 속으로부터 나타났다. 사람이었다. 그 수상한 그림자는 당집을 지나 비탈진 언덕바지를 살금살금 기어 내려오는 참이었다.

가만. 신호 없이는 절대로 쏘지 마라.

그는 한껏 목소리를 낮추었다. 전신으로 식은땀이 돋아나고 있었다. 그림자는 이제 발둑을 접어들기 시작했다. 역시 그랬었군. 놈은 바로 그 외딴집 쪽을 향해 몸을 돌리고 있었다.

그런데 그 순간, 전혀 예기치 않은 상황이 벌어졌다. 그때까지 납작 엎드린 자세로 조심스레 기어가던 그림자가 돌연 튕기듯이 외딴집을 향해 내닫기 시작한 것이었다. 누군가에게 다급하게 쫓기는 듯한 자세로 놈은 발둑을 질러 있는 힘을 다해 달리고 있었다. 놈이 외딴집과 산기슭 사이의 중간쯤 되는 지점에 다다랐을 때였다.

타타타타―앙.

느닷없는 총성이 밤하늘을 찢어대었다. 숨을 죽이며 주시하고 있던 강 경위는 깜짝 놀랐다. 뜻밖에도 총성이 터진 것은 산 쪽에서였기 때문이었다. 사격 개시. 강 경위는 황급히 사격명령을 하달했다. 마침내 어마어마한 총성이 청풍리 벌판을 난

자하기 시작했고, 덩달아 산이 쩡쩡 울었다. 불 켜진 외딴집을 향해 달려가던 그림자가 쓰러진 것은 바로 그 순간이었다. 쓰러진 그림자는 한동안 움직이지 않는 것 같았다. 그러나 잠시 후 다시 몸을 일으켰다. 그러고는 심하게 절뚝거리며 몇 걸음을 떼어놓고 있었다. 또 한 차례 일제 사격이 있었다. 외딴집을 사이에 둔 채 들녘과 산기슭 쪽에서는 요란한 총성과 함께 총알이 비 오듯 양쪽을 왕래했다. 그 한가운데에서 마침내 그림자가 고꾸라지듯이 쓰러지는 게 보였다. 이번엔 두 번 다시 일어나지 않았다. 쓰러진 그림자의 머리 위로 들녘 쪽과 산기슭 쪽으로부터 어지러이 총탄이 날아오고 날아갔다. 그를 쓰러뜨린 탄환이 어느 쪽에서 날아왔는지는 분간키가 어려웠다.

밭고랑에 넘어진 그림자는 한동안 숨이 붙어 있었다.

어무니, 나요. 내가 와…… 왔어라우.

그림자는 외딴집을 향해 온몸으로 북북 기어가기 시작했다. 창호지 사이로 우러나오는 잘 익은 연시빛 불빛이 그림자의 흐려진 망막 속으로 따스하게 흘러들어왔다. 아아 어무니. 그림자가 손을 내저었지만, 그 소리는 입안에서 힘없이 스러져버리고 말았다. 바로 그 순간, 굳게 닫혀 있던 그 불 켜진 외딴 초가집의 장지문 틈으로 갓난아이의 가냘픈 울음소리가 마악 흘러나오기 시작했다.

잃어버린 집

깃발이 오르고 있었다.

마을 뒤켠 산등성이에 꽂혀 있는 깃대를 타고 붉은 깃발이 하나 오르고 있었다. 공터에서 놀던 아이들의 눈길이 일제히 그쪽으로 쏠렸다.

맨 처음 그것을 발견한 것은 자치기를 하고 있던 사내아이들 중의 하나였다. 녀석은 땅바닥에 손가락 두 개 넓이의 오목한 구덩이 위로 새끼자를 눕혀놓고 그 밑에 길쭉한 어미자를 집어넣은 다음 앞에 늘어선 상대편 아이들을 향해 마악 자를 치려던 참이었는데, 바로 그때 깃발이 오르는 걸 보았던 것이다.

어어, 저거 봐라.

녀석이 소리치며 손가락질을 했고 아이들은 무심결에 그쪽으로 고개를 돌렸다.

정말, 깃발이 오르고 있네. 조무래기들은 한순간 하던 짓을 멈추고 멍하니 산등성이를 바라보았다. 마을 회관 귀퉁이로 옹기종기 둘러앉은 지붕들과 그 지붕 너머로 저만큼 뒷산이 보였다. 깃대는 그리 높지 않은 그 야산 등성이에 언제부턴가 세워져 있었다. 깃대라곤 하지만 그것은 미루나무를 함부로 깎아 세워놓은 탓으로 얼핏 보면 엉성한 바지랑대 같았다. 그런데 지금 그 깃대 위로 한 마리 불길한 짐승처럼 혓바닥을 날름거리며 붉은 깃발이 슬금슬금 기어올라가고 있었다.

자치기 패들과는 조금 떨어진 곳에서 공기놀이를 하고 있던 계집아이들도 그것을 보았다. 치마를 무릎 새에 단단히 집어넣은 채 쪼그려 앉아서 계집아이들은 숨을 죽였다. 한동안 공터에서 놀던 아이들 모두의 고개가 나란히 한곳으로 모아졌다. 깃발은 기묘하게 꼬리를 꿈틀거리며 어느새 깃대 꼭대기까지 다다르고 있었다. 그 아래로 사람들의 모습은 숲에 가려 잘 뵈지 않았다. 헬멧으로 여겨지는 둥근 쇠붙이가 반짝하고 햇빛에 엷게 반사되는 듯한 기척이 눈에 잡혔을 뿐이었다.

야아, 오늘 남포 터뜨릴라능갑다.

사내아이 하나가 말했다. 꼭대기까지 오른 깃발은 이젠 제자리에서 바람결에 조금씩 흔들리고 있었다.

이윽고 아이들의 시선이 잠시 중지해두었던 놀이로 되돌아왔다. 하지만 그때부터 아이들은 어딘가 저마다 상기된 빛을 얼굴에 떠올리기 시작했다. 그들은 벌써 은밀한 기대감으로 눈을 빛내고 있는 것이었다.

채석장은 깃발이 흔들리고 있는 그 산등성이 너머 천황산 골짜기에 있었다. 어느 날 아침 느닷없이 불도저가 끌끌거리며 나타나 산 둔덕을 깎아내리기 시작했다. 그리고 거기서 나온 흙이며 돌멩이를 트럭이 쉴 새 없이 들락이며 등에 퍼 담아 실어내곤 하더니, 얼마 후 커다란 간판이 신작로 어귀에 성큼 들어섰다. 거기엔 "위험. 접근 금지"라고 붉은 페인트로 또렷하게 씌어져 있었다. 엊그제까지만 해도 아이들이 소를 먹이던 천황산은 그날 이후, 누구도 갈 수 없는 곳이 되어버렸다.

산등성이에 붉은 깃발이 오르는 날은 어김없이 폭음이 울려 나왔다.

쿠쿠쿠쿠—웅.

어마어마한 기세로 터져 나오는 발파음은 한낮의 고요함을 깨뜨리고 온 마을을 쩌렁쩌렁 흔들어댔다. 발파음이 끝나자마자 으레 집채 같은 바윗덩이들이 절벽 꼭대기에서 굴러떨어지곤 했는데, 그때마다 사람들은 그 바윗덩어리가 영락없이 제 집 지붕을 시커멓게 덮쳐 내리는 듯한 느낌으로 가슴이 주저앉곤 했다. 꽤 이른 아침부터 시작한 발파 작업이 오후 늦게까지 계속되는 날도 있었다. 그럴 때면 하늘 어디에고 뻥뻥 구멍을 뚫어놓는 것만 같은 으스스한 폭음에 귀가 먹먹할 지경이었다.

채석장 근처엔 절대로 가지 마. 대단히 위험하니까 말야. 다른 날은 물론이고 깃발이 걸려 있는 날은 더더욱 얼씬도 해선 안 돼.

학교에선 조회 때마다 선생님들로부터 다짐을 받았다. 하지만 아이들은 깃발이 오르면 너나없이 채석장 쪽을 흘금거리곤 했다. 용케도 눈을 피해 뒷산 나무숲 새에서 발파 광경을 구경하고 돌아온 아이들도 있었다. 노란 헬멧을 쓴 현장 감독이 사이렌을 울리면 인부들은 일제히 골짜기로 몸을 피한다고 했다. 번쩍, 불빛이 보이고 이내 엄청난 폭음과 함께 허옇게 가슴이 드러난 절벽 한쪽에서 자욱한 연기가 솟구쳐 오르면 집채 같은 바윗장들이 우르르 굴러떨어져 내린다는 거였다.

사내아이들은 차츰 자치기 놀이에 싫증이 나는 모양이었다. 자를 치는 쪽도 받는 쪽도 다 같이 심드렁해져버렸다.

느그들, 구경하러 안 갈래?

누군가가 말했을 때 아이들은 기다렸다는 듯 손을 털고 일어섰다. 한동안 쑥덕이며 모여 있던 자치기 패들은 이윽고 뒷산을 향해 떼거리로 몰려가버렸다.

공터엔 계집아이들만 남았다. 계집아이들은 모두 넷이었는데, 편을 갈라 저희들끼리 공깃돌을 따먹기에 열중해 있었다. 머리 위로 햇살이 부드럽게 내리쬐고 있었다. 늦가을로 접어드는 한나절이었다. 왁자하던 주위는 사내아이들이 떠나고 나자 갑자기 조용해진 느낌이었다. 그런 순간이었다.

봤어. 난 봤어.

어디선가 이상한 소리가 들려왔다. 공깃돌을 줍고 있던 넷은 그 소리가 난 곳을 찾아 두리번거렸다. 저만큼 계집아이 하나가 창고 블록벽에 등을 기댄 채 혼자 쪼그리고 앉아 있는 모습이 눈에 띄었다. 그 아이는 무릎을 두 팔로 감싸 안고 병든 닭마냥 추레하고 힘없는 꼬락서니를 하고 있었다. 핏기가 가신 얼굴에 눈자위가 퀭하게 들어간 그 아이의 머리카락은 유난히도 노란 색깔이었다. 아마도 계집애는 오래전부터 그 자리에 앉아 있었던 모양이었다. 하지만 공깃돌을 줍던 아이들은 잠시 저희들끼리 말없는 눈길을 주고받았을 뿐 다시 놀이를 계속했다.

봤어, 난 정말로 봤단 말이야.

노랑머리가 또 말했다. 아까보다 더 큰 목소리였다. 그건 참으로 이상한 소리였다. 마치 오랫동안 물에 불리어져서 끝내는 찢어져버린 낡은 북처럼 축축하게 쉬어버린, 아무런 의미도 느낌도 들어 있지 않은 기묘한 목소리였다. 차라리 누구에게랄 것도 없이 그저 혼자 뇌까리는 주문(呪文) 같은 것이라고 해야 좋을 거였다.

못 들었냐? 은분이가 뭐라고 그러는가 분디.

돌을 놓쳐버린 하나가 물었다.

놔둬. 본래 이상한 애갆어.

쌍갈래 머리를 한 아이가 건성으로 대답했고, 다시 공기받기가 계속되었다. 잠시 정적이 괴었다. 톡, 톡, 공깃돌이 튕겨 오르는 소리만 공터를 울리고 있었다.

느그들아, 정말이여. 난 봤어. 아부지가…… 우리 아부지가 어무니를 죽였다니께. 나는 그걸 봤어.

노랑머리는 아예 악을 썼다. 음산하고 소름 끼치는 그 기괴한 주문이 공터를 울리고 있었다. 아이들은 한결같이 이마를 찡그렸다. 그러더니 하나둘 치마를 털며 일어서버렸다.

춧, 새빨간 거짓말.

한 아이가 홱 몸을 돌리며 쏘아주었다. 그러자 그 노랑머리는 놀랄 만큼 커다랗게 외치는 거였다.

참말이여. 봤당께. 잠자고 있는 시늉을 하고 있었지만…… 이 눈으로 똑똑히 봤단 말이여. 아부지가 어무니를 손으로 이렇게…… 이렇게……

노랑머리는 엄지와 집게손가락을 쫙 벌린 채 한 손을 머리 위로 쳐들었다. 그건 목을 눌린 뱀의 아가리를 닮아 있었다.

아이구머. 무서라. 은분이 눈알 좀 봐라이.

그러지 말어. 즈그 어무니랑 아부지가 너 쫓아오면 어쩔
라고. 으흐흐흐.

갈퀴같이 손가락을 오그리며 한 아이가 도깨비 흉내를
냈으므로 모두들 꽥 비명을 지르며 호들갑을 떨었다. 오래지
않아 놀려대던 계집아이들도 뿔뿔이 헤어져 집으로 돌아가버
렸다.

공터엔 아이 혼자만 남았다. 사방은 고요했다. 늦가을의
부드러운 햇살이 가득하게 흘러내리는 한낮, 온 마을은 혼곤
한 잠에 깊이 빠져 있었다. 노랑머리는 퀭한 눈으로 아이들이
사라진 골목 어귀를 한참이나 응시하고 있었다.

참말이여. 봤당께……

아이는 넋 나간 듯 혼자 중얼거렸다. 문득 아이의 시선이
물빛으로 풀리며 허공으로 부옇게 흩어졌다. 아이는 힘없이
고개를 무릎 사이에 구겨 박았다.

아이는 알고 있었다. 이젠 아무도 제 이야기에 귀를 기울
여주지 않으리라는 걸. 어른들도 마찬가지였다. 처음엔 안쓰
럽다는 듯 등을 토닥거려주거나 적선하듯 한마디씩 쥐여주던
아낙네들조차, 이젠 고샅에서 마주쳐도 까맣게 잊어버린 얼굴
로 무심히 아이를 지나쳐 갔다. 어느덧 모두들 잊어가고 있었
다. 동네가 망할 징조라며 집집마다 추렴을 하여 굿을 치렀고,
아이들은 몇 달이 지날 때까지도 밤이 되면 밖에 나가 오줌 눌
일을 걱정했었다. 하기야 그사이 세 해가 지난 일이었다. 그
후로도 동네엔 다른 몇 차례의 죽음이 더 있었다. 영단이네 할

머니와 금자네 할아버지, 또 술 취해 농약을 들이마신 충북이네 삼촌, 그런 새로운 죽음들에게 사람들은 쉬이 눈을 돌리게 마련이었고, 그러는 새에 노랑머리의 집에서 일어났던 그날의 일은 차츰 모두의 뇌리에서 지워져가고 있는 것이었다.

무어야? 너, 지금 무슨 그런 흉한 소릴 하는 거이냐. 대체 그거이 무신 말인지나 알고 그러냐.

아이가 입을 열기가 무섭게 어른들은 질린 표정부터 만들었다. 더러는 눈을 휘둥그렇게 치뜨고 아이를 의심스레 내려다보았다. 진저리를 치면서 아이의 말을 아무도 들으려 하지 않았다. 이젠 아이 부모의 죽음은 송두리째 아이 혼자만의 몫으로 남겨진 셈이었다. 저 혼자에게만 맡겨놓고 사람들은 한결같이 잊어라, 잊어버려라 하고 강요하고 있었다.

아이는 구겨 박았던 머리를 쳐들었다. 공터엔 아무도 없었다. 동회당 양철 지붕 위로 하늘이 떠 있었다. 구름 한 점 없이 파란 하늘이었다. 아이는 가느다랗게 실눈을 만들었다. 잠자리 떼가 날아다니고 있었다. 고추잠자리. 빨갛게 물이 오른 고추잠자리들이 점차 또렷하게 눈에 잡혔다. 자그맣고 귀여운 핏방울들이 하늘을 동동 떠다니고 있다고 아이는 생각했다. 수많은 핏방울들은 하늘 속으로 스며들지 못하고 제멋대로 이리저리 달음질을 치고 있었다.

잠자리들은 어디서 날아오는 것일까. 어디서 저렇듯 빨간 핏물을 꼬리 끝에 곱게 들이고 오는 걸까.

반쯤 입술을 벌려두고 아이는 멍하니 잠자리를 눈으로 좇고 있었다. 피잉 어지러웠다. 눈을 감아보았다. 그래도 어지럼증은 가시지 않았다. 순간, 어마어마한 폭음이 터져 나오기 시작했다.

콰콰콰콰—앙.

얼결에 아이는 무릎을 와락 껴안았다. 땅바닥이 울렸다. 마을의 집과 나무와 높다란 흙담장까지도 우릉우릉 떨고 있었다. 창고 블록벽의 진동이 등으로 전해져왔다. 폭음은 채석장 쪽으로부터였다.

저 소리. 저 남포 소리. 빌어묵을 놈의 저 소리만 좀 안 들어도 내가 살겠는디이. 누워 있던 아버지가 악을 썼다. 튕기듯 몸을 일으켜 세우려다가 아버지는 허리를 싸안고 썩은 통나무처럼 방바닥으로 나동그라졌다. 쓰러진 아버지의 눈이 파아랗게 타오르고 있었다.

세왕세계루 가실 적에 파탄지옥 면하시구 세왕세계루 가옵소사 금수지옥 면하시구 세왕세계루 가옵소사 불지옥 가시지옥 피지옥 물지옥을 면하시구 세왕세계루 가옵소사.

덕석 위를 무당의 버선발이 훨훨 날아오르고 있었다. 호랑나비가 된 부채가 날개를 펼쳤다가 이내 오므리곤 했고 손에 든 방울이 자지러지게 갓난애 울음을 울었다. 세상에 끔찍한 일도 다 있지. 악아, 은분아이, 아무리 아그들이라고 해도 그라제, 한방에서 같이 잤으면서도 어찌 몰랐단 말이다냐, 응. 깨캥 깨캥 깨깨캥. 꽹과리 소리, 징 소리, 장구 소리가 한층 더 신명이 올라 어우러지고 있었다.

아이는 온몸을 떨고 있었다. 입을 앙다문 채 무릎을 더욱 힘껏 부둥켜안았다. 우르르르…… 집채 같은 바윗장이 굴러내리는 소리가 귓전에 전해져왔다.

언제나 어머니는 화장을 했다. 누워 있는 아버지 곁에

서…… 잘려 나간 발목마디를 하늘로 치켜올리고 붕붕 맴을 도는 풍뎅이마냥 말없이 누워 있는 아버지 곁에서……

어머니는 투덕투덕 지분을 찍어 바르고 있었다. 눈썹을 그렸고 입술도 칠했다. 어머니의 몸에선 꽃가루같이 달짝지근한 냄새가 났다. 아버지가 훌쩍 돌아눕고 있었다. 채석장에 나가기 위해 어머니가 거울을 꺼내 들 때면, 그는 늘 그렇듯 벽을 보고 누워 있었다. 그러면서도 그는 한 번도 어머니의 외출을 막아본 적이 없었다.

거, 오늘도 늦을라능가.

아버지가 벽에 대고 물었다. 힘없는 음성이었다.

어찌 알겠소. 인부들이 늦어지면 나도 늦어질 수밖에 없는 일이제.

무신 일을 하간디, 매일같이 밤늦게까장……

우물거리는 그의 말이 채 끝나기도 전에 어머니는 앙칼스레 쏘아버렸다.

아니, 그라먼. 내가 밤늦게 쏘다님스로 서방질이나 한다는 소리요, 시방?

아버지는 묵묵히 손톱으로 벽만 긁었다.

아이구 내 참, 그래도 사내라구 이젠 여편네 간수까장 할라고 들구먼.

그래도 아버지는 입을 열지 않았다. 눈 속에선 인광처럼 파아란 불꽃이 소리 없이 피어오르고 있었다. 분칠을 마친 어머니는 손등으로 양 볼을 두드려보고 있었다. 화장한 그녀의 뽀얗고 갸름한 얼굴은 놀랍도록 예뻤다. 아이는 그녀의 옆모습을 훔쳐보았다. 헌 옷을 걸쳐 입고 부엌일을 할 때나 뙤약볕 아래 밭을 매던 어머니라고는 믿어지지가 않았다. 하지만 그렇게 예뻐진 어머니가 아이는 왠지 자랑스럽지가 않았다. 도톰하게 살집이 오른 그녀의 목덜미를 볼 때마다 문득 현장 감독의 능글맞은 웃음이 떠오르곤 했기 때문이었다. 등받이 없는 긴 나무 의자에 어머니는 현장 감독과 바싹 붙어 앉아 있었다. 간이 사무실 천장의 흐린 백열등이 그녀의 허리를 감고 있는 털이 부숭부숭한 팔과 그 팔뚝의 번쩍거리는 시곗줄을 선명히 드러내주었다. 까르륵. 연신 콧소리 섞인 웃음을 어머니가 터뜨리고 있었다.

어때. 까짓 사내 구실도 못 하는 병신은 내던져버리구 나랑 아예 살림을 차리잔 말야, 응.

에구, 큰일 날 소리 좀 하지 마시우. 누가 들으면 참말인지 알겠네.

참말이 아니면, 그럼 무슨 말이야.

사내가 허리를 와락 낚아챘다. 그 바람에 의자가 기우뚱 흔들렸다. 사내의 팔 안에서 어머니는 가벼운 비명을 지르며 호들갑스레 몸을 떨고 있었다.

아이는 고개를 들었다. 마을은 아까처럼 그 자리에 고스란히 남아 있었다. 아이는 몸을 일으켰다. 그리고 휘청대는 걸음을 천천히 떼어놓기 시작했다. 작게 오므라든 그림자가 발꿈치에 바싹 달라붙어 아이와 함께 공터를 가로질러 갔다. 또다시 폭음이 들렸다.

콰콰콰콰—앙.

땅이 우릉우릉 울렸다. 입을 앙다물었다. 무섭게 다리가 후들거렸다. 쫓기듯이 아이는 골목을 접어들었다. 큰댁은 그 골목 끝에 있었다. 큰댁이 가까워올수록 걸음이 자꾸 더디어졌다. 언제나 그랬다. 큰어머니는 아이를 보면 눈살부터 찌푸렸다. 동네 사람들에게 그녀는 아이가 이상해졌다고 말하곤 했다.

저 가시나, 머리털이 서양년같이 누리끼한 것이 하는 짓마저 심상찮아라우. 엊그제 밤엔 글씨, 깜깜한 오밤중에 잠도 안 자고 마당가에 혼자 우두커니 앉아 있더라니까요. 얼마나 소름이 쭉 끼치던지, 원.

기어코 아이는 골목을 되돌아 나오고 말았다. 어디로 갈까. 아이는 잠시 망설였다. 맞은편 언덕배기에 고막 껍질 같은 집들이 보였다. 그 맨 위켠에서 아이는 눈에 익은 초가 하나를 찾아냈다. 불에 그을린 양 꺼멓게 보이는 지붕이 바로 아이의 집이었다. 예전에 그들 세 식구가 모여 살던 그 집 뒤안의 껑충한 감나무가 보였다. 한창 무르익은 감 알 때문에 나무는 불이 붙은 듯 발갛게 달아 있었다. 하지만 그것은 이젠 아무도 살지 않는 버려진 집이었다. 아버지도 어머니도 골짜기에 풀더미를 이고 드러누워 있을 뿐, 집은 금방이라도 주저앉을 것 같은 몰골로 추하게 퇴락해가고 있었다.

아이는 그 빈집을 향해 걷기 시작했다. 마을은 조용했다. 간간이 누구 집에선가 소가 울었다. 동회당 앞 정미소 마당에는 어른들이 여럿 모여 있었다. 이틀 전부터 줄곧 기계가 고장이라더니 아마도 그걸 수리하고 있는 모양이었다. 그중엔 큰아버지의 모습도 보였다. 잰걸음으로 아이는 그들을 지나쳤다. 기계에 눈을 모으고 있느라 어른들은 아무도 돌아보지 않았다.

한창 바쁠 땐디 하필 시방 고장이 날 게 뭣이람.

글씨, 탈이구마이. 또 작년 그 쪼다구나는 건 아닐까 몰라.

등 뒤에서 그런 말소리가 들려왔다. 아이는 동회당 돌담을 끼고 공동 우물터까지 왔다. 누가 빨래를 하고 있는가 보다. 휘적이는 물소리가 났다. 불현듯 핑 어지럼증이 일었다. 발을 옮겨 디딜 때마다 땅바닥이 불쑥불쑥 솟아올랐다.

아아. 아파. 배가 터질 것만 같다아.

어머니는 아랫배를 두 손으로 싸쥐고 낮은 신음을 질러댔다. 밤꽃 내음이 흐드러지게 풍겨오는 초여름 밤이면 그녀는 어김없이 배앓이를 했다. 뒤안 담장 너머 산기슭엔 밤나무 숲이 있었다. 아이의 팔로 한아름이 되는 키 큰 밤나무들은 해마다 오월이면 하얀 꽃을 가지마다 그득히 피워냈다. 희고 길쭉한 수술이 꽃받침 속을 뚫고 기어 나와 탐스러운 고깔을 아래로 드리운 채 바람이 스치면 머리채를 끄덕여대곤 했다. 그 무렵이면 집 안은 온통 밤꽃 냄새로 가득 차게 마련이었다. 비릿하고 끈적거리는 그 냄새는 마당과 툇마루를 뒤덮고 문틈을 통해 방 안에까지도 스며들어왔다. 잠자리에 누우면 이불에도 베갯잇에도 눅진하게 배어 있었다.

그렇듯 배를 움켜쥐고 다리를 꼬아가며 신음을 지르고 있는 어머니를 보고 있노라면, 아이는 어머니의 배가 풍선처럼 팽팽히 부풀어 오르고 있는 듯한 착각을 일으키곤 했다. 아마 밤꽃 냄새 탓인지도 몰라. 어머니의 배 속에 차오르고 있는 건 그 물큰한 꽃내음일 거라고 아이는 믿었다. 그때마다 아버지는 곁에서 말없이 누워 있었다. 잠이 든 것도 아닌데, 벽 쪽으로 얼굴을 돌리고 굳게 입을 닫고 있었다. 그런 그의 눈에선 어느 틈에 파아란 불꽃이 활활 타오르곤 했다. 가슴팍에 화살을 찔러 박은 채 쫓기는 짐승의 그것처럼 무섭게 이글거리고 있는 그 눈을 훔쳐볼 때마다, 아이는 까닭 없이 등골이 서늘해져오곤 했다.

아버지는 소문난 장사였다. 한창때엔 읍내 씨름판에 나가서 송아지를 타온 적도 있었는데 그것은 아버지와, 또 아버지를 알고 있는 사람들에겐 두고두고 들먹여지는 자랑거리 중의 하나였다. 탁주 몇 사발만 마시면 제아무리 궂은일이라도 선선히 팔뚝을 걷어붙이고 나서던 우직한 아버지. 웬만한 사람들 두 몫은 실히 되고도 남을 볏섬을 가뿐히 지게에 싣고 온종일 마을과 들녘을 오가면서도 끄떡없던 황소 같은 아버지……

그 아버지가 허리를 부러뜨린 곳은 채석장이었다. 들일이 뜸한 농한기에 아버지는 이따금 채석장에서 등짐을 져 날랐다. 어쩌면 이틀만 손을 놓아도 속에서 불뚝불뚝 치미는 힘을 주체할 수가 없어서 그렇게 힘을 퍼내고 다녔는지도 모른다. 어느 날, 폭파가 끝난 뒤 늦게야 바위가 굴러떨어졌다. 눈 깜짝할 새에 미처 피하지 못하고 그는 깔려버린 거라고 했다. 석 달이 넘게 입원해 있다가 돌아온 아버지는 이미 폐인이었다. 겨우 벽에 기대어 앉을 수 있을 뿐 혼자서는 일어서지도 못했다. 짓이겨지고 살점이 한 움큼 떨어져 나간 허벅다리엔 징그러운 흉터가 허리에까지 깊게 파여 있었다. 아이는 지푸라기마냥 가늘고 뒤틀린 그 흉한 다리가 바로 아버지의 다리라고는 믿을 수가 없었다.

언젠가 아버지를 따라 처음으로 읍내 장에 갔던 때를 아이는 기억한다. 눈에 비치는 모든 게 한없이 신기하고 놀라움투성이여서 지칠 줄 모르고 따라다녔었다. 그날 아버지는 군청 앞 탁주집에서 사람들과 함께 술을 마셨다. 얼근히 취기가 오른 그는 돌아오는 길에 줄곧 노래를 흥얼거렸다. 어두워진 산길을 걸어오면서 아버지는 우스운 목소리로 연신 노래를 불렀고, 딸은 덩달아 깔깔대었다. 아버지의 손은 참으로 크고 따뜻했다. 가끔 길섶에서 개구리가 튀어 오르거나 밤새가 울면 놀란 아버지의 다리에 달라붙곤 했다. 아, 그때 아버지의 우람한 다리는 얼마나 믿음직스럽고 자랑스러웠는지 모른다. 그 무쇠처럼 건장한 다리에 온몸을 기댄 채 아이는 자라났던 것이다.

아버지는 종일토록 방에 누워 있는 신세가 되어버렸다. 비교적 성한 한쪽 다리로 툇마루를 내려서서 거의 기다시피 하여 간신히 뒷간 출입이라도 하게 된 것은 1년이 지난 후의 일이었다. 그건 아버지가 아니었다. 아버지일 수가 없었다. 누렇게 뜬 얼굴로 기묘하게 흔들리는 흉물스런 다리를 매달고 풍뎅이마냥 방을 온몸으로 쓸고 다니는, 귀찮고 보기 흉한 한낱 앉은뱅이 사내일 뿐이었다. 그사이 얼마 안 되는 논밭은 거의 아버지 밑으로 없어졌다. 어머니는 한동안 이 집 저 집 돌아다니며 품을 팔아야 했다.

어느 날이었다. 현장 감독이란 사내가 아버지를 찾아왔다. 술병을 신문지에 싸 들고 나타난 사내는 어머니의 일자리를 주선하겠노라고 말했다.

내, 황 서방이 이리 된 데 대한 도의적인 책임도 있구 하니까 얘길 하는 거라구.

필요 없어라우. 목구멍에 거미를 키울망정 내가 아즉까장은 여편네 술심부름 시킬 수는 없응께.

누가 술심부름 시킨다구 했나? 그저 인부들 새참이나 차려주구, 가끔 술이라도 마실 적엔 안줏감이나 만들어달라는 얘기지, 뭘.

그래도 거, 안 된단 말이오.

엉거주춤 벽에 기대어 아버지는 팔을 내저었다. 마루 끝에 궁둥이를 붙이고 모로 앉아 있던 어머니가 발끈 나선 것은 바로 그때였다.

안 되긴 뭣이 안 되라우. 시방 집구석 꼴이 어쩐 판국인디, 그놈의 체면은 무신 썩어자빠질 체면이랑가이. 당신이 막드라도 나는 해야겠소. 이 어르신네가 부러 우리 생각하고 예까장 오셔서 하시는 말씀인디.

아버지는 한동안 멀거니 그녀를 바라다볼 뿐 입을 열지 못했다. 놀라운 일이었다. 아이는 그렇게 앙칼지게 대드는 어머니의 모습을 처음 보았다. 늘 다소곳하던 그녀였다. 이윽고 아버지가 푹 고개를 꺾었다. 술잔을 쥔 손가락이 부르르 떨리고 있었다. 그 잔에 사내가 잽싸게 술을 채워주었다. 순간 아버지의 눈 속에서 파아랗게 뻗쳐오르는 불빛을 아이는 보았다. 어둠 속에서 부싯돌을 쳤을 때마냥 그것은 지극히 짧은 순간에 나타났다가는 곧 사라졌다. 마침내 어머니는 채석장에 나가기 시작했다.

골목을 벗어나면 학교였다. 일요일이어서인지 운동장은 조용했다. 아이들 몇이 공을 차올리고 있었다. 화단엔 사루비아, 국화, 맨드라미, 과꽃 따위의 화초가 어우러져 피어 있었고, 껑충한 플라타너스들은 운동장가에서 바래어가는 가을을 지키고 서 있었다.

누가 타고 있는 것일까. 담 너머 빈 교실에서 풍금 소리가 울려 나오고 있었다. 담에 등을 기대고 아이는 가만히 귀를 모았다. 유리창으로 새어 나온 풍금 소리는 돌담을 넘어 아이의 가슴으로 흘러들어왔다. 귀에 익은 노래. 누구나 아는 쉬운 노래였다. 하지만 아이는 따라 부르지 않았다. 왠지 다시는 그런 노래를 예전같이 부를 수가 없으리라고 느껴졌다. 언제부터일까. 이름도 형체도 알 수 없는 소중한 것들이 제 손가락 사이로 소리 없이 빠져 달아나고 있음을 아이는 알고 있었다. 도화지 위에 크레용으로 예쁘게 그려 넣곤 했던 익숙한 사물들——배, 꽃, 나비, 해와 달, 그리고 기둥이며 기왓장까지도 모조리 과자로 만들어진 궁전에서 살고 있다는 왕자와 공주——은 어느덧 자취를 감추고 말았다.

미술 시간이면 아이는 으레 빨강과 검정색의 크레용을 집어 들고 그 두 가지 색깔로만 도화지를 가득히 채우곤 했다.

얘, 이건 뭐지?

여선생님은 고개를 갸우뚱하며 그림을 가리켰다.

연못이에요.

연못이라구? 어머나, 무슨 연못이 이렇게 온통 빨갛기만 할까.

기분 나쁜 것을 보았을 때처럼 이마를 찡그리며 선생님은 그림을 들여다보고 있었다.

이건 빨간 연못이에요. 이 연못엔 빨간 물이 가득 담겨져 있지요. 고추잠자리가 어디서 꼬리에 핏물을 곱게 들이는 줄 아세요, 선생님. 바로 이 연못이에요. 잠자리들은 밤마다 이리로 날아가는 거예요.

하지만 아이는 그 말을 입 밖에 내지는 않았다. 그냥 잠자코 손가락을 빨아대고 있었을 뿐이었다.

학교 담을 돌아 오르막길을 아이는 오르기 시작했다. 거기서 집까지는 멀지 않은 거리였다. 길 왼편으로 텃밭이 있었다. 어머니는 거기에 해마다 고추를 심었다. 가끔은 푸성귀며 감자를 심기도 했다. 은분아, 이거 봐라이. 참말로 알이 실하지야. 탐스럽게 익은 고추를 흔들어 보이며 어머니가 활짝 웃고 있었다. 아이는 애써 외면한 채 이제는 잡초가 허리를 덮을 만큼 자라고 있는 그 텃밭을 지나쳤다.

빈집, 아이는 그 버려져 있는 집 앞에 섰다. 아무도 탐내지 않는 빨간 열매들을 풍성히 달고 감나무가 홀로 그 집을 지키고 있었다. 금방 와르르 주저앉을 것 같은 초가지붕이 거무칙칙한 빛깔로 성큼 아이의 시야를 가로막았다. 지붕엔 한 무더기의 잡풀이 뿌리를 내린 채 자라고 있었다.

전에도 아이는 그 집을 찾아오곤 했다. 그때마다 집은 점점 더 퇴락해가고 있는 느낌이었다. 헛간은 벌써 허물어져 내리기 시작하는 중이었고, 그나마 아직 성한 몰골을 하고 있는 건 돌로 쌓아놓은 담장 정도였다. 그 돌담으로 무성한 담쟁이 넝쿨이 완강히 기어오르고 있었다.

사람들은 누구도 그 집에 발을 들여놓으려 하지 않았다. 얼기설기 싸릿대로 엮은 사립문은 3년째 밖으로부터 굳게 잠긴 채였다. 어쩌다 그 집 곁을 지나 산으로 가야 할 때면 사람들은 문득 어두운 얼굴을 한 채 지나갔다. 아이들에게 그 집은 재 너머 상엿집만큼이나 무서운 대상이었다. 도깨비집. 아이들은 그렇게 불렀다. 굿을 치른 날 밤에 기다란 꼬리가 달린 시퍼런 불덩이가 지붕을 몇 바퀴인가 맴돌다가 잿등으로 사라지는 걸 보았다고 우기는 여자들도 있었다. 큰아버지는 집을 팔려고 내놓았지만 여태껏 물어오는 사람은 없었다. 마을 언덕배기의 그 외딴집은 나날이 퇴락해갔고, 뒤안에선 감나무 혼자 가을이 다 가도록 감 알을 매달고 서 있을 뿐이었다. 누구도 따주지 않는 탐스러운 붉은 열매들은 더러 배고픈 까치 떼의 밥이 되거나, 혹은 제 무게에 겨워 땅으로 떨어져서는 하릴없이 부패해가는 것이었다.

아이는 사립문 가까이 다가섰다. 싸릿대가 부러져나간 틈으로 안마당이 보였다. 아이는 뚫린 구멍에 눈을 가져다 대었다. 마당은 얼핏 푸성귀밭이었다. 어디에고 잡초가 뒤엉켜 자라고 있었다. 아이는 꽃발을 딛고 고개를 뒤로 꺾었다. 감나무가 보였다. 치마폭처럼 늘어뜨린 가지마다 영근 감 알이 탐스러웠다. 기이한 일이다. 누가 거름을 해주는 사람도 없는데 올해도 여전히 풍성하게 열린 거였다. 그 나무는 알이 굵고 달기로 소문이 나 있었지만, 여느 집의 감나무들처럼 해 갈이를 했다. 아버지가 밑동을 파고 거름을 줘보기도 했지만 허사였다. 감을 따내고 난 다음 해 봄이면 꽃이 피었다가도 그냥 부스스 져버리고 마는 거여서, 그해엔 영영 열매를 맺지 않았다. 그런데 참 알 수 없는 일이었다. 빈집이 된 후로 그 나무는 해 갈이를 그치고 해마다 그득히 열매를 맺어내고 있는 거였다.

당골 말이 맞긴 맞는갑제. 감나무에 원귀가 들었다고 하지 않던갑네.

어른들은 수군거렸다.

아이는 사립 앞에 힘없이 주저앉았다. 저만큼 마을이 내려다보였다. 부드럽게 내리쬐는 햇살 속에서 마을은 혼곤한 잠에 빠져 있었다. 깊고 오랜 잠에 취하여 아무리 흔들어도 깨어나지 않을 것같이 마을은 한없이 고즈넉했다.

콰콰콰콰—앙.

또다시 폭음이 내달려왔다. 잠잠하던 마을이 별안간 부숴질 듯 흔들리기 시작했다. 바위가 굴러 내리는 둔탁하고 묵직한 굉음이 뒤를 따랐다.

나무나무나무로다 나무아미타불이오 극락세계루 가옵소사 시왕길루 가옵소사 걸린 고두 푸루시구 맺힘 고두 푸루시구 극락세계 법화소리에 상소리루 편히 가옵소사……

무당은 날듯 뛰어오르며 방울을 흔들고 있었다. 깨캥 깨캥 깨캐캥. 장구 소리, 징 소리, 꽹과리 소리가 흐드러지게 퍼져나가기 시작했다. 사람들은 마당 가득히 모여 구경하고 있었고, 아이는 굿판이 벌어지고 있는 덕석으로 혼자 끌려와 억지로 앉혀졌다. 무당이 뛰어오를 때마다 그녀의 치맛자락이 아이의 콧잔등을 스쳐가곤 했다. 촛불이 꺼질 듯 자지러졌다가 다시 일어서곤 했고 제사상 위에선 목 잘린 돼지가 눈을 질끈 감고 있었다.

아침마다 어머니는 정성스레 화장을 했다. 아버지 곁에서. 벽을 향하고 누워 있는 아버지 곁에서…… 그러고는 술냄새 같기도 하고 밤꽃 냄새 같기도 한 비릿한 내음을 옷자락에 눅진하게 묻힌 채 저녁 늦게야 어머니는 상기된 얼굴로 돌아왔다. 마을에 흉한 소문이 나돌기 시작한 건 이미 오래전이었다. 그래도 아버지는 여전히 입을 다물고 있었다. 벽 쪽으로 얼굴을 돌린 채 파아랗게 불꽃만 피우고 있을 뿐이었다.

그날, 엉망으로 취한 어머니는 한 인부의 등에 업혀서 집으로 돌아왔다. 머리는 헝클어지고 온몸이 진흙투성이인 데다가 군데군데 옷섶이 터지고 찢겨나간 몰골이었다. 쫓아온 현장 감독의 아내에게 머리채를 잡혀 질질 끌려다녔노라는 소문이 마을에 쫙 퍼져 있었다. 아버지는 말이 없었다. 호기심에 찬 이웃들의 머리통이 담장 위로 비쭉비쭉 돋아났다가 사라지곤 했지만, 아랫목마저 취해 쓰러진 어머니에게 내어주고는 끝내 입을 열지 않는 거였다.

빙신, 그래도 사내라고…… 춧.

그가 엉거주춤 부축해주었을 때 혀 꼬부라진 소리로 어머니가 중얼거렸다.

그리고 밤이 왔다.

반쯤 베어 먹힌 달이 하늘에 떠 있었고 문밖으로 간간이 바람이 불었다. 아이는 자려 했지만 자꾸만 눈이 뜨이곤 했다. 술 취한 어머니의 거친 숨소리가 들려왔다. 누운 채 고개만 들어 아이는 아버지를 살폈다. 벌써 꽤 오랫동안 그는 윗목에서 혼자 술을 기울이고 있는 참이었다. 비스듬히 등을 돌리고 앉아 있는 그의 얼굴이 그림자 때문에 새까맣게 보였다. 바람이 불었다. 사립과 부엌문이 삐걱거리는 소리를 냈고, 뒤안 감나무가 어수선하게 이파리를 비벼대고 있었다. 아버지는 오래도록 술을 마셨다. 살포시 선잠이 들었다가 아이가 문득 눈을 떠 보면, 그는 여전히 술잔을 앞에 놓고 앉아 있었다. 그러다가 아이는 깜박 깊은 잠에 빠져들었다.

새벽녘이었을 게다. 끄으윽. 기묘한 신음 소리가 들렸다. 아이는 얼핏 잠을 깼다. 한순간, 딸각 호흡이 멎었다. 어둠 속에서 두 사람이 한 덩이가 되어 있었다. 위에서 온몸으로 어머니를 짓누르고 있는 건 아버지였다. 어머니는 몸부림을 치고 있었다. 기괴한 신음과 함께 바둥대는 그녀를 아버지는 완강하게 옭아매고 있었다. 어머니의 목 위에 겹쳐져 있는 손. 크고 억센 아버지의 두 손이 어둠 속에서 어렴풋이 드러났다. 어머니의 입이 점점 크게 벌어지기 시작했다. 아이는 움직일 수가 없었다. 온몸이 빳빳하게 굳어버린 채 그 광경을 지켜보고 있을 뿐이었다. 몇 번이나 아이는 깜박 정신을 놓아버릴 것 같은 순간을 용케도 견디어내고 있었다. 점점 크게 벌어져가는 어머니의 입. 아아, 그것은 꽃이었다. 꽃이 피어나고 있었다. 먹물보다도 더욱 진한 검은 꽃 이파리. 그 꽃송이가 어머니의 입속에서 지금 벙긋이 피어나고 있었다. 아이는 전율했다. 어느 순간 기어코 어머니의 다리가 후드득 무너져버리고 말았다. 그리고 더는 아무런 소리도 새어 나오지 않았다. 아버지의 가쁜 숨소리만 밤꽃 내음 가득한 방 안으로 후끈하게 퍼지고 있었다.

킬킬킬킬킬. 아버지가 웃기 시작했다. 꽃냄새. 아이는 숨이 막혀왔다. 그때였다. 아버지가 벌떡 몸을 일으켰다. 조금도 비틀거림 없이 예전처럼 그는 당당하게 두 다리로 일어선 것이었다. 아이는 제 눈을 의심했다. 킬킬킬. 웃음소리는 방문을 열고 마루로 나서더니 이내 뒤안으로 멀어져가고 있었다.

그리고 얼마 후, 무엇인가 묵직한 물체가 감나무 가지를 잡고 훌쩍 뛰어내리는 기척이 났다. 순간, 아이는 팽팽히 당겨져 있던 의식의 한 끄트머리를 놓아버렸다. 그리고 저도 몰래 이불 위에 질펀한 오줌을 쏟아내고 말았다. 참으로 혼곤한 잠이었다.

아이는 일어섰다. 한참을 망연히 서 있다가 아이는 문으로 다가갔다. 사립문을 밀었다. 문은 거의 움직이지 않는다. 다시 한번 이번엔 힘을 잔뜩 모았다. 기우뚱 문짝이 앞으로 쓰러질 듯 밀려나면서 아이의 몸이 문에 부딪혔다. 썩은 싸릿대가 후드득 부러져나갔다. 문이 열린 것이다.

아이는 마당으로 걸어 들어섰다. 풀은 무릎을 덮을 만큼 무성했다. 마당 한켠으로 돼지우리와 닭장이 보였다. 빈 닭장 안엔 아직도 희끗한 깃털이 흩어져 있었다. 부엌을 지나서 아이는 집 모퉁이를 돌았다.

거기 감나무가 아이를 기다리고 있었다. 아무도 따주지 않는 붉은 열매들이 무수한 눈알을 뙤록이며 아이를 노려보았다. 햇볕이 들지 않아 뒤안은 음습했다.

우수수, 감나무잎이 지고 있었다. 가지를 흔드는 한줌 소슬한 바람에도 붉고 넓적한 이파리들이 촛농처럼 뚝뚝 내려앉았다. 그렇듯 문득문득 잎을 떨구어내며 그 늙은 감나무는 뱀처럼 스스로 허물을 벗고 있었다. 아이는 한 걸음 감나무 그늘로 들어섰다. 두텁게 쌓인 낙엽 더미가 물큰한 살덩이로 밟혔다. 흠칫 아이는 몸을 사렸다. 어디선가 바람이 불어왔고, 이내 어지러이 머리 위로 잎이 지고 있었다.

아아, 난 그때 소리치지 않았어. 내가 어머니를 죽게 한 거야. 내가…… 숨소리를 죽이고 가슴에서 쿵쿵 뛰어오르는 소리를 들으면서도, 행여 그 소리가 아버지 귀에 들릴까 봐 두렵기만 했어. 침만 삼켰어. 침만. 잠든 시늉을 하면서…… 봤어. 모두 다. 처음부터 끝까지…… 왜 그랬을까. 왜 어머니의 비명을 들으면서도 난 꼼짝하지 않고 있었을까……

숱한 감 알이 떨어져서 낙엽 위에 뒹굴고 있었다. 아이는 그중 하나를 집어 들었다. 잘 익은 홍시였다. 아이는 손으로 쪼갰다. 붉은 속살이 벌컥 튀어나왔다. 한입 가득히 빨아 물었다. 달큰한 홍시가 혓바닥을 적시며 목줄기를 꿀걱 넘어갔다. 혀로 입술을 꼼꼼히 핥아대며 감나무를 올려다보는 아이의 눈에 야릇한 빛이 떠올랐다. 바람이 불었고, 또 잎이 지고 있었다.

그때 아이는 보았다. 가지 끝에 매달려 있는 아버지의 얼굴을…… 아버지가 빙글 맴을 돌았다. 깨캥 깨캥 깨캐캥. 징 소리, 장구 소리, 꽹과리 소리. 아아, 아버지. 아이가 탐욕스럽게 입술을 빨며 천천히 감나무를 돌기 시작했다. 목을 뒤로 젖히고 나무를 올려다보며 맴을 돌고 있는 아이의 귓전으로 아련하게 채석장의 폭음이 들려오고 있었다.

어둠

화장을 하기 위해 거울을 마주하고 앉는다. 세 개의 서랍이 서로 제각기 끝을 물고 물린 채 옆으로 나란히 달려 있는 화장대는 유난히 커다란 거울 때문에 늘 무너져 내릴 듯 불안하다. 거울 속엔 흘러내리지 않도록 머릿단을 수건으로 꼼꼼히 받쳐 맨 여자가 나를 쏘아보고 있다. 막 세수를 끝낸 여자의 눈가엔 군데군데 엷은 잔주름이 드러나 있고, 귓불 언저리엔 버섯처럼 각질의 마른버짐도 몇 돋아 있다.

난 거울 속의 여자와 결코 눈을 맞추지는 않는다. 그건 버릇이다. 어느 때부터인가 나는 거울에 비친 내 눈을 똑바로 쳐다보지 않기로 했던 것이다. 맞닿을 듯 가까이서 똑바로 나를 노려보고 있는 거울 속 여자의 눈은 언제나 소름 끼치도록 싸늘한 적의와 간절한 파괴에의 욕구로 비수처럼 불길하게 번들거리고 있었다. 그 때문에 나는 그것이 다만 나의 투영된 허상일 뿐이라는 사실을 조금도 인정할 수가 없었고, 그것과 마주하고 앉기만 하면 이내 알 수 없는 두려움에 질려버리곤 했다.

화장대 위에서 로션병을 집어낸다. 매끄러운 병의 감촉. 기다랗고 투명한 그 유리병을 만질 때마다 나는 가끔 흠칫흠칫 놀라곤 한다. 그것이 분명 교묘하리만큼 남근의 형상을 닮아 있다는 느낌 때문이다.

조그맣고 둥근 뚜껑을 비틀어 떼어내고 병을 비스듬히 눕혀 로션을 짜낸다. 그리고 손바닥에 끈적하게 묻어난 희멀건 액체를 손가락 끝에 묻혀서 빰에 천천히 문질러 바르기 시작한다. 나는 무심히 곁눈질로 거울 속에서 당신의 모습을 찾아본다. 당신은 등 뒤쪽에서 턱을 괴고 모로 드러누운 채 아까부터 티브이를 보고 있다. 어색한 균형을 유지하며 한데 포개어져 있는 두 발바닥이 이따금 무료하게 꼼지락거리고 있는 걸로 보아, 당신은 무엇엔가 짜증을 느끼고 있는 게 틀림없다.

그래. 당신은 지금 짐짓 티브이에 정신을 쏟고 있는 척하고 있을 뿐, 사실은 나의 움직임 하나하나에 신경을 곤두세우고 있는 것이다. 난 그걸 알고 있다. 마치 내가 등을 돌린 채 앉아 화장을 하고 있으면서도 거울을 통해 당신의 꿈틀거리는 발가락을 훤히 들여다보고 있는 것처럼, 당신은 저녁 외출을 준비하고 있는 내 뒷모습을 끊임없이 몰래 훔쳐보고 있는 것이다.

쇼 프로그램이 끝났다. 웃통을 벗어젖힌 사내가 우람한 근육을 시위라도 하듯 팔뚝으로 연신 이마의 땀을 닦아내며 손에 든 것을 꿀꺽꿀꺽 마셔대는 드링크제 선전이 있었고, 곧이어 뉴스가 시작된다. 거울 속의 티브이 화면엔 글자가 거꾸로 적힌 자막이 잠깐 나타났다가 사라진다.

시계를 본다. 7시. 좀 서둘러야 할까 싶다. 눈썹을 그리기 시작한다. 당신은 한번 이쪽에 힐끗 시선을 던져보더니, 다시 잠자코 고개를 돌려버린다.

왜, 또 어딜 나가려구?

시선을 티브이에 향한 채 당신은 이미 빤히 알고 있을 질문을 던진다.

토요일엔 저녁 미사가 있어요.

나 역시 당신에겐 무의미하게만 들릴 게 뻔한 대답을 거울 쪽에 내뱉어준다. 하지만 그건 거짓말이다. 이미 오래전에 나는 성당에 나가기를 그만두었다. 그러고 나면 우리들 사이엔 더 이상 할 얘기가 없어져버리고 만다. 뉴스를 전하는 아나운서의 기계적인 음성이 어색하기만 한 침묵의 틈바구니로 턱없이 활기에 넘쳐 제멋대로 끼어들고 있을 뿐, 우리는 매번 난데없이 뛰어든 무뢰한을 대하듯 그 침묵의 순간을 어떻게 처치해야 할지 몰라 형편없이 당황해버리곤 한다.

그렇다. 당신과의 대화는 항상 이런 식이다. 우리는 서로의 모습을 낱낱이 들여다보고 있긴 하지만 사실상 등은 늘 돌려진 채이고, 우리가 나누는 말은 지금처럼 단지 거울을 향해, 켜진 티브이 화면을 향해 제각기 묵은 가래침처럼 무책임하게 내뱉어질 따름이다. 그렇듯 헛되이 내버려진 우리 둘의 연결되지 못한 이야기들은 집 안 어디에고 함부로 떨어져 수북하게 쌓여 있게 마련이어서, 당신이 출근하고 없는 한낮에 홀로 남아 있을 때면 나는 손이며 발, 몸뚱이 할 것 없이 어디나 가 닿는 곳마다 진득거리며 엉겨 붙는 그것들의 징그러운 촉감 때문에 온종일 진저리를 쳐야 하는 것이다. 입술을 그린다. 선

지피보다 더 진한 붉은빛으로 짙게, 더 짙게……

이제 얼마 후면 나는 이 선연하리만큼 싱싱한 핏자국을 어느 사내의 입술에 옮겨주게 될 것이다.

아아, 당신은 아는가, 이 엄청난 음모를……

당신이 등을 돌리고 비스듬히 누워 있는 바로 이 순간에 거울 앞에서 태연스레 준비하고 있는 나의 이 은밀한 배반을 도대체 당신은 짐작이나 하고 있는가.

티브이의 목소리는 마침 화재 사고에 대해 얘기하고 있다.

서커스단에 불. 단원 한 명 사망. 아까처럼 글자가 거꾸로 박힌 자막이 거울에 나타났다.

어라. 저건 바로 우리 동네잖아.

당신은 별안간 놀란 시늉으로 소리친다. 간밤, 산수동 오거리 공터에 임시 가설된 서커스단의 천막에서 일어난 화재로 단원 한 사람이 불에 타 숨졌다는 거였다. 김 누군가 하는 이름 석 자와 24라는 숫자가 뚜렷하게 씌어진다. 아마도 죽은 자의 나이를 뜻하는 듯한 그 숫자가 무슨 벌레처럼 꿈틀거리며 화면에 나타나는 순간, 나는 들고 있던 립스틱을 딸깍 화장대 위에 내려놓는다. 한동안 뒷머리의 근육이 팽팽히 당겨오는 듯하다.

바로 어제 오후에 나는 그 서커스를 구경했었다. 언제나처럼 빈집을 혼자 지키고 있다가, 아파트 골목을 돌아다니며 요란스런 유행가 가락과 함께 와자하니 떠들어대는 확성기 소리에 별 생각도 없이 끌려 나갔던 거였다. 멀지 않은 오거리의 공터에 그 엉성하기 그지없는 천막은 가설되어 있었다. 손님이라야 철없는 조무래기들과 나이 지긋한 중노인들이 고작인 그 서커스단의 천막 속에서 나는 한없이 을씨년스런 공연을 지켜보았다. 두꺼운 하늘색 스타킹을 신은 두 여자가 좀처럼 올라가지 않는 다리를 낑낑 들어 올리며 둔한 율동으로 조잡한 드럼 소리에 맞춰 춤을 추었고, 그 외에 난쟁이의 묘기, 마술, 줄타기, 공중제비 따위의 진부한 프로그램이 전부였다. 모르긴 해도 다 합해야 열이 될까 말까 한 단원들은 부지런히 옷만 바꿔 입고서 번갈아가며 무대에 나오곤 했다.

그들 중 누구일까. 죽은 사람은 남자라고 했다. 앙상하게 야윈 두 다리가 훤히 비치도록 엷은 바지를 입고 부채를 폈다 접었다 하며 경중경중 줄타기를 하던 청년, 원숭이를 부리던 남자, 그리고 비닐을 씌운 간이 의자를 손님들에게 2백 원씩 받고 빌려주고 있던 또 다른 청년의 모습이 뇌리에 선히 떠오른다. 그러나 그들의 얼굴은 한결같이 윤곽이 또렷하지 않다. 그 희미한 얼굴들 위에 좀더 확실한 선을 그려 넣으려고 애를 써보았지만 끝내 허사일 뿐이다. 그들 셋은 저마다 요란한 원색의 의상을 차려입은 채 한동안 내 시야를 가득 채우며 어제와 똑같은 모습으로 줄을 타거나, 원숭이를 향해 박수를 치거나 혹은 의자를 들고 쭈뼛쭈뼛 다가오거나 하더니 이윽고 그마저도 지워져버린다. 어젯밤 그들 가운데 누구 하나가 죽었고, 그리고 바로 그 누군가가 불길에 휩싸여 숯덩이처럼 지글지글 살을 태우고 있을 순간에, 나는 잠결에 취해서 더듬거리는 남편의 손길에 몸을 맡긴 채 곤히 잠들어 있었을 것이다.

화장은 끝났다. 머리에 두른 수건을 풀어 내리면서 탈바가지처럼 무표정한 여자의 얼굴이 거울 속에서 조용히 웃고 있다. 보일락 말락 숨은 그 웃음은 뜻 모를 잔인성마저 띠고 있다. 장롱 서랍에서 하얀 블라우스를 꺼낸다. 형광등 불빛을 받아서 블라우스는 눈부시게 희다. 아침에 그것을 세탁하여 정성스레 다림질까지 해두었던 것이다. 표백제를 정량보다 더 진하게 풀어 넣고 몇 번씩 확인하며 썻어내었지만 풀물은 쉽사리 지워지지 않았다. 지금도 자세히 살펴보면 희미한 얼룩을 몇 군데에서 찾아낼 수 있을지도 모른다. 당신은 턱을 괴고 엎드려 멀거니 내 움직임을 지켜보고 있다. 옷을 다 갈아입은 나는 한동안 당신 앞에 등을 드러내놓은 채 서 있어본다. 나는 차라리 기다리는 것이다. 당신의 시선이 내 등에 탄환처럼 무수히 날아와 박혀주기를…… 정말이다. 당신은 기억해야 한다. 저주받은 자의 낙인처럼 내가 흙덩이의 얼룩과 풀물을 묻혀 돌아오기 전에, 지금 돌려세우고 있는 나의 등을, 눈부시도록 환한 순백의 블라우스 빛깔을. 이 순간 당신의 뇌리에 뚜렷하게 남겨두어야 한다. 그리고 부릅뜬 눈으로 늦은 귀가를 지켜 기다리다가, 내가 꾸며온 이 배반의 흔적을 오늘만은 기어코 확인해주어야 한다.

그건 내심으로 혼자 오랫동안 바라왔던 파국이었다. 언제나 당신 앞에서 밤 외출을 준비할 때마다, 나는 차라리 이 위태위태하고도 끈질긴 곡예가 그렇게 당신의 손에 의해 무참하리만큼 깨어져버리기를 바라왔던 것이다. 하지만 역시 당신의 눈빛은 오늘도 청맹과니의 그것처럼 시종 흐릿하다. 마치 멀리 떨어진 풍경을 가늠해볼 때처럼 멍하고 무심한 당신의 시선에서 나는 다시 한번 아득한 절망감을 확인한다.

하느님두 좋지만 오늘은 좀 빨리 들어왔으면 좋겠어. 방구석에서 혼자 마누라 기다리는 남자 기분도 생각해주라구, 쯧.

누운 채 턱을 잡아당겨 쩌억 하품을 뽑아내며 당신은 말한다. 그 얼굴은 벌써 따분함을 역력히 준비하고 있다.

아니, 저 목걸인 놔두구 빈손으로 갈 거야?

그제서야 나는 깜박 잊고 있었다는 시늉으로 돌아서서 화장대 위에 놓인 것들을 집어 든다. 그러나 성경과 성가집은 그대로 놓아두고 묵주만을 가지고 가기로 한다. 당신이 장난스레 목걸이라고 부르는 이 묵주는 독실한 신자인 친구에게서 받은 선물이다. 괴롭고 견디기 어려울 땐 기도를 해. 그 사고만 해도 그렇지, 너로서도 어쩔 수 없었잖니. 그녀는 내게 자못 근엄한 표정으로 마치 판결을 내리듯 그렇게 말했다. 로사리오. 말갛고 투명하게 반짝이는 쉰몇 개인가의 유리알은 영락없이 갓 피어난 붉은 장미꽃 이파리처럼 아름다웠다.

연속극이 마악 시작되려 하고 있다. 당신이 신경질적인 손놀림으로 담배를 찾아 머리맡을 더듬거릴 즈음 나는 방을 빠져나온다. 거실엔 불이 켜진 채 텅 비어 있다. 거리를 달려 지나가는 자동차의 소음이 나직이 귀에 잡힌다.

현관문 앞에서 나는 잠시 거실을 둘러본다. 아무도 없는 실내의 풍경이 섬뜩한 한기마저 품고 강렬하게 내리쬐는 천장의 불빛으로 해서 어찔한 현기증을 일으키게 한다. 지금 이 순간 당신이 누워 티브이를 보고 있을 안방과, 내가 문을 나서기 위해 서 있는 이 현관 사이의 결코 넓지 않은 공간이 불현듯 엄청난 거리감으로 확대되어 다가온다. 어쩌면 이 아득한 공간은 당신과 내가 4년 6개월의 결혼 생활 동안에 끊임없이 만들어온 거리인지도 모른다. 우린 저마다 어딘가를 향해 함께 부지런히 질주하고 있노라고 믿고 있었지만, 사실은 처음부터 당신과 내가 등을 맞대고 출발한 달리기였음을 이제야 나는 확연히 깨닫기 시작하고 있는 것이다.

얼핏 당신의 기침 소리가 들린 듯하여 황급히 문을 열고 나온다. 그리고 천천히 되닫는다. 거실 안의 불빛이 완강하게 달라붙었다가 차츰 뒷걸음질로 밀려들어가 이윽고 딸깍 잠겨버린다.

복도는 어둡다. 전구가 나간 걸까. 스위치를 올렸지만 불은 켜지지 않는다. 한순간 나는 흠칫 몸을 떨었다. 무엇인가 바로 곁에 서 있는 듯한 불길한 느낌에 등골이 서늘하다. 주저주저 고개를 돌려 살펴보지만 역시 아무것도 눈에 띄지 않는다. 아래층 복도에 켜놓은 불빛이 흐릿하게 발 아래쪽으로 기어들어와 있을 뿐이다. 그러나 좁은 엘리베이터 속에 여럿이서 함께 서 있을 때처럼 야릇한 거북스러움과 긴장감이 묵직하게 가슴을 누른다. 천천히 계단을 밟아 내려간다. 여전히 무언가 바짝 붙어서 뒤따라오고 있는 듯한 불길한 느낌…… 아아, 소리. 그건 숨결 소리이다. 혼자 방 안에 앉았을 때나 한밤중 잠결에 문득 눈을 뜨고 일어났을 때나, 아무도 없는 대낮의 후미진 골목길을 돌아 나갈 때에나, 때때로 나는 바로 곁에서 들려오는 누군가의 숨소리를 확연히 가려낼 수가 있었다. 바람결처럼 은밀하고 나직하게, 그러나 분명히 그 불길한 숨소리는 들려왔다. 처음엔 혼자의 것처럼 들리다가도 어느새 그것은 점점 불어나서 이윽고는 수많은 숨소리로 변해버리곤 했다.

누굴까 누군가가 항상 내 곁을 보이지 않게 따라다니고 있어.

눈같이 흰 송이송이를 엮어 만든 이 화관을 겸손되이 당신 발 아래 바칩니다.

손가락으로 묵주 알을 세어 돌리며 한 걸음씩 내딛는다. 불과 오층인데도 통로는 한없이 이어질 듯 길기만 하다. 일층 어느 집인가 철문이 닫히는 소리가 났고, 그 쿠웅 소리는 통로를 타고 공허하게 울리며 기어올라와서는 귓가에 잔 파동으로 머물다가 금세 지워져버린다. 흡사 어느 지하 감옥의 맨 밑바닥에 붙은 단 하나의 육중한 출입문이 내려 닫히는 것 같은 아뜩한 절망감조차 그 음향은 숨기고 있다.

통로는 다시 조용해져버리고, 내려 딛는 내 발소리만 음산하게 울리기 시작한다. 자꾸만 이대로 몸뚱이가 한 발 한 발 깊숙이 가라앉아버리고 마는 건 아닌가 싶게 불안하다. 그리고 불안감은 이내 목줄기를 빳빳하게 만들고, 잊어버리고만 싶은 어느 날의 어두운 기억을 애써 잠재워둔 의식 속에서 부옇게 불러일으켜 세우기 시작한다.

아이는 길가에 서 있었다.

나는 멀리서부터 분명히 그 아이를 보았었다. 유치원 건물을 지나 주택가가 끝나는 지점에 이르면 왼쪽으로 언덕을 낀 채 나선형의 도로가 꼬이듯 이어졌다. 언덕엔 어느 농업 학교의 실습림이 있었고 거기에는 빽빽하게 들어찬 벽오동나무들이 이제 한참 피어나기 시작하는 연보라 꽃송이를 가득 달고 도로를 따라 기다랗게 늘어서 있었다.

오른쪽으로는 시가지가 한눈에 내려다보였고, 그 지점에서부터 약 백여 미터까지의 아스팔트 도로는 거의 일직선으로 뻗어 있으므로 시야를 가릴 만한 것은 없었다. 더구나 근처엔

인가가 별로 없는 변두리 야산의 고갯길이라 인적도 드물었다. 꼬불꼬불한 커브 길을 다 돌아 나와 거기서부터는 일직선으로 뻗은 도로였기 때문에 당신은 방심했었는지 모른다. 하지만 나는 차가 커브를 돌아서자마자 첫눈에 그 아이를 발견했었다.

우연이었을 것이다. 꽤 먼 거리였는데도 아이의 하얀 옷빛깔이 눈에 들어왔다. 처음엔 아스팔트의 검은 바탕 위에 잘못 떨어진 자그맣고 희끗희끗한 무슨 옷 보퉁이라고나 해야 좋을 만큼 무심히 여기며 나는 그것에 눈길을 주고 있었다. 당신은 곁에서 그때 무엇 때문인지 큰 소리로 웃어대고 있었다. 산부인과 의사의 그다지 우스울 것도 없는 농담을 벌써 여러 번씩 되풀이하며 혼자서 턱없이 헤프게 웃음을 터뜨리곤 했으므로, 오히려 나는 심드렁해져서 말없이 앞쪽에 시선을 던져 둔 채 앉아 있었을 것이다.

어쨌든 당신은 속도를 내기 시작했고, 나는 당신의 들떠 있는 웃음소리를 헤아리며 눈앞으로 급하게 다가오는 아스팔트 한쪽 가장자리의 작고 희끗희끗한 물체를 무심히 바라보던 한순간이었다. 그 물체가 어떤 자그마한 어린아이의 윤곽으로 얼핏 드러났고, 아이는 마침 손을 저으며 맞은편을 향해 걸어 나올 듯 몸을 흔들고 있었으며, 아이가 바라보고 있는 길 건너편엔 리어카가 한 대 서 있었고, 그 리어카 곁에서 부부인 듯한 남녀가 무엇인가 가득 담긴 상자를 리어카에 옮겨 싣고 있다는 정도의, 그저 평범하기만 한 그 풍경이 별안간 어떤 엄청난 위기감으로 내 머릿속에 퍼뜩 튀어 올랐을 때, 나는 다급하게 당신을 부르려 했다.

하지만 일은 이미 늦어 있었다. 그보다 조금 앞서 아이는 도로 한가운데를 향해 돌연 기묘한 달음박질로 뛰어들어왔고, 당신과 나는 동시에 어억 비명을 질렀다. 뭔가 감지되기조차 어려울 만큼 미약한 충격이 차체의 앞부분으로부터 전해져왔다. 당신은 뒤늦게야 핸들을 깊숙이 꺾으며 브레이크를 밟았다. 차는 소름 끼치도록 요란하게 이빨을 갈며 기우뚱 멈추었다. 한동안 세상의 모든 것이, 시간조차 완전히 정지해버린 듯 고요했다.

당신은 핸들 위에 얼굴을 처박고 엎드려 있었고, 나는 가린 손바닥이 엉겨 붙은 듯 얼굴에서 떨어지지 않았다. 그 눈 깜짝할 순간에 모든 것은 시작되었고 또 끝이 난 거였다. 결혼한 지 3년 만에 그토록 바라던 아이를 머지않아 갖게 되리라는 기쁨을 확인받은 지 불과 한 시간도 채 못 되어서였다.

정말 다행입니다. 이제야 솔직히 드리는 말씀입니다만, 부인께선 잘못하면 불임이 될 소지가 많은 편이어서 은근히 걱정을 하고 있었거든요. 기적 같은 일입니다. 허허헛, 아마 주인 양반께서 솜씨가 보통이 아니신 모양인데요.

의사의 약간 과장된 말에 당신은 머리를 긁적이며 요란하게 너털웃음을 터뜨렸고 난 얼굴을 붉혔다. 그리고 병원 문을 나서자마자, 어린애처럼 기뻐하는 당신의 제안대로 우린 곧장 산장까지 드라이브를 다녀오기로 하고 마악 시가지를 빠져나오던 참이었다.

화투를 치는지 경비실 안에서 두 사내가 고개를 모으고 마주 앉아 있다. 계단을 내려섰을 때까지 그들 중 누구도 고개를 들지 않았다. 밖은 어둡다. 도시의 크고 작은 골목을 휘돌아 내불어오는 바람은 메마른 먼지 내음을 짙게 풍기고 있다.

화단을 둘러친 쇠사슬 모양의 낮은 방책 위에 사람들이 서넛 모여 앉아 잡담을 나누고 있다. 파자마 차림의 뚱뚱한 남자가 슬리퍼를 끌며 지나간다.

나는 가로등 불빛에 시계를 비춰본다. 좀더 걸음을 재게 옮긴다. 놀이터엔 아무도 없다. 온종일 떠들썩하게 붐비던 그곳이 아이들이 떠나간 밤엔 폐허처럼 을씨년스럽다. 혼자 있는 낮이면 거실의 유리창에 이마를 기댄 채 나는 종종 아이들이 노는 모습을 내려다보곤 했다. 아이들은 특히 그네 쪽으로 모여들었다. 고작 세 개뿐인 그네는 으레 몸집이 큰 아이들의 차지였다. 언젠가는 다섯 살가량 되어 보이는 계집애가 거의 두 시간 동안이나 기다리다가 끝내 몫을 차지하지 못하고 풀이 죽어 돌아서는 모양을 본 적이 있었다. 그때 나는 그 단발머리 계집애를 밀어내고 저 혼자 그것을 독차지한 채 그네 타기에 열중해 있는 키 큰 사내아이를, 당장에 쫓아나가 땅바닥에 내동댕이쳐버리고 싶은 잔인한 적의로 몸을 떨었다.

하지만 지금은 그네터도 비어 있다.

우린 한동안 멍하니 앉아 있었다. 그 짧은 정적을 깨뜨린 것은 처절한 여자의 비명 소리였다.

아이의 어머니는 들고 있던 상자를 내던지고 양팔을 벌린 채 미친 듯 길을 가로질러 달려왔다. 상자 속에서 새빨간 핏방울 같은 것들이 와르르 쏟아져 사방으로 가득히 흩어졌다. 딸기 알이었다. 아이는 대여섯 걸음이나 멀리 튕겨져 나와 아스팔트 바닥에 나가떨어져 있었다. 그녀의 뒤를 따라 아이의 아버지가 달려왔다. 당신은 그제서야 문을 열고 황급히 뛰어나갔다.

아이는 밀짚 인형 같았다. 아무렇게나 사지를 벌린 채 미동도 없이 누워 있었다. 여자가 그 밀짚 인형을 허겁지겁 안아들었다. 지푸라기처럼 가느다란 아이의 두 다리가 여자의 무릎 아래서 디룽거렸다.

아이는 그때 이미 숨이 끊어져 있더라고 당신은 후에 말했다. 이상하게도 아이의 작은 몸뚱이 어디에서도 피는 흘러나오지 않았다. 여자가 아이의 머리를 세차게 흔들었다. 힘없이 감긴 눈자위로 때 묻은 눈물이 아직 남아 있었다. 이번엔 여자가 손바닥으로 아이의 뺨을 후려쳤다. 그래도 밀짚 인형은 움직이지 않았다.

아이는 반쯤 입을 벌린 채였다. 여자의 입도 따라 커다랗게 벌어지기 시작했다. 한동안 여자의 벌린 입속으로부터 아무런 울음도 터져 나오지 않았다. 꺽 꺼윽, 숨넘어가는 소리를 몇 번 계속하다가 그녀는 기어코 까무라치고 말았다. 남자는 당신의 멱살을 쥘 생각도 미처 못 하고 있는 듯했다. 사지를 디룽거리고 있는 밀짚 인형을 껴안아 당신이 급히 차에 실었고, 역시 거의 실신 상태에 있는 여자마저 질질 끌듯이 옮겨 실었을 때까지도 남자는 얼이 나가 있었다. 마침내 당신이 몇 번이나 핸들을 잘못 꺾는 실수를 저지른 다음에야 차는 오던 길을 향해 방향을 바꾸었다. 나는 아무것도 생각할 수가 없었다. 다만 아스팔트 바닥 위에 어지럽게 널려 있는 무수한 딸기 알들이, 그 핏빛 동그라미들이 온통 시야 가득히 굴러다니고 있을 뿐이었다.

아파트 정문을 나와 오른쪽으로 후미진 골목길을 접어든
다. 골목은 얼마쯤 계속되다가 성당 앞에서 두 갈래로 나뉜다.
거기서 신작로를 따라 걸어 올라가면 주택가가 끝나고, 산장
으로 통하는 언덕길이 시작된다. 사고가 났던 곳은 바로 그 언
덕길 너머였다.

성당 입구의 아치형 기둥엔 외등이 환하게 켜 있다. 고개
를 들면 어두운 하늘을 배경으로 성당의 뾰족지붕과 그 끝에
솟아 있는 거대한 십자가가 괴물처럼 어렴풋이 드러나 보인
다. 성당 입구는 텅 비어 있다. 토요일 밤엔 미사가 없다. 졸린
눈으로 티브이 채널을 이리저리 돌려보고 있을 당신을 애써
생각하지 않기로 하며 바삐 걸음을 옮긴다. 손안에 든 묵주의
감촉이 차갑다.

성당의 담을 마주하고 꽤 많은 술집이 즐비하게 늘어서
있다. 반쯤 열어놓은 어느 집 유리창 사이로 남자들의 취한 웃
음소리가 들려 나온다.

후미진 골목 귀퉁이에서 대학생 차림의 젊은 애들 셋이
모여 있다. 하나는 쪼그려 앉아 욱욱거리며 연신 구역질을 해
대고 있고 하나는 등을 두드려주며 뭐라고 중얼거린다. 또 다
른 하나는 책가방을 부둥켜안은 채 성당의 담벼락에 등을 기
대고 서서 노래를 부르고 있다.

꽃밭에는 꽃들이 한 송이도 없네
오늘이 그날인가 그날이 언제일까
해가 지는 날 별이 지는 날

지고 다시 오르지 않는 날이······

골목을 빠져나올 때까지 노랫소리는 들려왔다.

빌어먹을. 재수가 없으려니까 원.

이틀간의 구치소 생활에서 돌아온 당신은 대뜸 그 말부터
내뱉었다. 그래도 다행이지 뭐. 피해자 측이 순진한 사람들이
기에 망정이지, 까딱했더라면 돈은 들 만큼 들고도 속깨나 썩
였을 건데 말야. 당신은 그 아이의 가난한 부모로부터 합의서
를 쉽게 받아냈다는 것에 만족해하고 있었다.

불쌍하긴 하지만 차라리 부모들한테는 잘된 일인지도 몰
라. 소아마비에다가 다섯 살인데도 말조차 제대로 못하는 병
신이었다고 하잖아. 가만 눈치를 보니깐, 아비란 작자도 그 보
상금 받아서 앞으로는 행상 집어치우고 다른 걸 시작해볼 생
각이라지 뭐야.

순간 나는 들고 있던 찻잔을 부엌 바닥에 떨어뜨리고 말
았다. 깨어진 찻잔의 파편이 하얗게 타일 바닥에 깔렸다. 맞았
다. 그때 난 분명히 보았던 것이다. 사고가 나던 그 짧은 순간
기묘하게 절뚝이며 차 앞으로 뛰어들던 아이의 모습을, 그리
고 여자의 품에서 힘없이 디룽거리던 가냘프고 비틀린 두 다
리를······

그 후, 나는 가끔 뜬눈으로 밤을 새워야 했다. 꿈속으로
아이는 언제나 절뚝거리며 달려들어왔다. 어느 때 어디를 가
나 내 귓전에 바싹 붙어 따라다니는 숨결을 아무리 해도 떨쳐
낼 수가 없었다. 물이 끊겨 쉿쉿 소리를 내는 수도꼭지를 틀다

가도, 화원의 꽃 무더기에서도, 정육점 윈도의 시뻘건 불빛에서도, 거리에서 우연히 마주친 낯선 여인의 현란한 물방울무늬 원피스에서도, 나는 그 피 한 방울 흘리지 않고 죽은 다섯 살짜리 병신 아이의 영상을 찾아내고는 몸서리를 쳐야 했다.

그 때문이었을까. 얼마 후, 처음이자 영영 마지막일지도 모르는 내 배 속의 또 다른 아이는 뚜렷한 원인도 없이 유산되고 말았다. 임신 넉 달째 되던 무렵이었다.

산장으로 통하는 언덕길을 오른다. 여기서부터는 가로등이 설치되어 있지 않다. 하지만 그다지 어둡게 느껴지지 않는 것은 저만큼 펼쳐진 시가지의 야경이 반사되어 이곳까지 어슴푸레한 빛을 던져주고 있는 탓이리라. 몇 쌍의 연인들이 나직한 음성으로 이야기하며 언덕길을 걸어 내려오거나 올라가고 있다. 그러고 보니 머지않은 곳에 딸기밭이 있다는 말을 들은 것도 같다.

바로 앞에 두 남녀가 걸어간다. 어깨를 바싹 붙이고 한 덩어리진 채로다. 조금 있으면 그들은 딸기밭 군데군데에 독버섯처럼 돋아난 파라솔 밑에 앉아 색깔도 알아볼 수 없는 까만 딸기 알을 아작아작 씹어델 것이고, 그러고는 밤이 늦기 전에 근처의 어느 싸구려 여관을 찾아 기어들어갈 것이다. 끼르륵 앞쪽에서 여자가 웃는다. 불현듯 행복에 겨워 끼드득대고 있는 그 풋내 나는 계집아이의 머리채를 낚아채어 미친 듯 흔들어주고 싶은 까닭 모를 증오가 치솟는다. 이를 악물고 힘껏 잡아채면 손에 한 움큼 머리칼이 뽑혀 나올 것이고, 그 끝엔 팥죽처럼 진득이는 피 묻은 살점도 엉겨 있을 게다.

길가 언덕바지에 벽오동이 빽빽이 늘어서 있다. 벽오동은 밑둥이 밋밋하다. 사람의 키 다섯 배나 될 듯한 높이에 이르러서야 비로소 가지는 무성하게 퍼져나가기 시작하고, 그 가지 끝에 넓적한 연보랏빛 꽃이 달리는 것이다. 5월. 1년 전의 그날도 벽오동꽃은 흐드러지게 피어 있었다. 나는 고개를 들어 나무들을 살핀다. 꽃은 좀체 분간하기가 어렵다. 어둠이 먹빛으로 나무들을 감싸 안고 있을 뿐이다.

사내는 벌써 나와서 기다리고 있다.

등을 이쪽으로 비스듬히 돌린 채 시가지를 바라보고 있다. 나는 다가서려던 걸음을 멈춘다. 바로 이 자리다. 그날, 아이는 밀짚 인형처럼 이 새까만 아스팔트 바닥 위에 누워 있었다. 빨갛게 무르익은 딸기 알들이 어지럽게 흩어져 있던 그 자리에서 오늘은 저 사내가 나를 기다리며 서 있다.

잠바를 걸친 사내의 등이 오늘따라 더 허전해 보인다. 사내가 바람을 피해 돌아서서 손바닥으로 둥지를 만들어 담배에 불을 붙이려다가 나를 발견한다.

늦었군.

뚜걱뚜걱 다가와 내미는 그의 손에 내 것을 쥐여준다. 불현듯 내 육신의 깊숙한 어디에선가 잠자고 있던 욕정이 그 부드러운 불덩이를 불러 깨워 온몸을 아릿아릿 핥아대기 시작한다. 언제나처럼 사내는 내 손을 이끌고 묵묵히 풀섶을 헤쳐 들어가고 있다. 허리 높이까지 차오르는 풀잎들이 걸음을 옮길 때마다 나직이 비명을 지르며 옆으로 흔들려 넘어진다. 간간이 질주해가는 자동차의 엔진음이 등 너머로 어지럽다.

내가 사내를 처음 만난 것도 아까 그 자리였다. 그날은 산

마루로 떠오르기 시작하는 달이 유난히도 밝았다. 그즈음 난 늘 지쳐 있었다. 그 은밀한 숨소리의 환영은 귓전을 떠나지 않았고, 어수선한 꿈으로 조각조각 이어지는 잠자리는 견딜 수 없이 피곤하게 만들 뿐이었다. 그날도 홀로 아무 생각도 없이 아파트를 빠져나와 얼마쯤 걷다 보니 어느 결에 벽오동이 늘어서 있는 그 언덕길까지 와 있었고, 그 길에서 사내를 처음으로 만났던 것이다.

아무도 없으리라 여겼던 길가 풀섶에 누군가 웅크리고 앉아 있음을 깨달았을 때 나는 기절할 듯 놀랐었다. 처음엔 술에 취한 사내가 거기서 토하고 있는 줄로 여겼다. 끅 끄윽, 기묘한 신음을 짜내며 쭈그려 앉아 있는 사내 곁을 몇 걸음 지나쳤을 때였다.

졌어. 내 인생은 패배한 거야!

분명히 사내는 그렇게 소리를 질렀다. 울음 섞인 음성. 나는 걸음을 멈추고 돌아다보았다. 멀리 커브 길을 돌아 나온 자동차의 헤드라이트 불빛이 무서운 속력으로 질주해오고 있었다. 탄환처럼 섬뜩하고 강렬한 불빛이었다. 불빛 속에 둥그렇게 등을 말고 있는 사내의 야윈 몸뚱이가 환하게 드러났다. 순간 나는 사내에게 뛸 듯한 걸음으로 다가갔다. 사내는 울고 있었다. 두꺼운 안경 너머로 줄줄 흐르고 있는 눈물을 나는 얼핏 보았다. 차는 재빠르게 스쳐 지나갔고 우리 둘은 다시 어둠 속에 함께 내던져졌다.

흔들리고 있는 좁은 어깨에 내가 말없이 두 손을 얹었을 때, 사내는 한동안 고개를 숙인 채 그대로 앉아 있었다. 그러더니 와락 울음을 터뜨렸다.

난 빼앗겼소. 7년의 세월을. 아니, 내 젊은 시절은 결국 이 꼴로 송두리째 도둑질당하고 만 거요. 아아. 사내의 넋두리엔 응어리진 분노와 슬픔의 냄새가 눅진하게 묻어 있었다. 그건 어둠의 냄새였다. 핏빛 죽음의 냄새였다. 활자, 감옥, 신문, 실업자, 7년, 아내, 아내가 번 돈 따위의 뜻 모를 낱말들이 무질서하게 튀어나오는 그의 울음 섞인 넋두리를 듣다가 나는 왈칵 사내를 부둥켜안았고, 그 중년의 사내는 어린아이처럼 내 품에서 엉엉 울음을 터뜨렸던 것이다.

풀 더미를 고른 다음 나는 몸을 눕힌다. 등에 와 닿는 젖은 풀잎의 감촉이 차갑다. 오늘 밤 사내는 조금 서두르고 있다. 가슴을 더듬는 손가락 끝에 팽팽하게 힘이 들어가 있다. 눈을 떠본다. 하늘엔 별이 가득하다. 별들은 물기를 머금은 채 저마다 조금씩 흔들리고 있다. 언뜻 손바닥에 무엇인지 딱딱한 것이 잡힌다. 묵주다. 여태껏 그걸 손에 쥐고 있었다는 사실을 깨닫는다.

사내의 가쁜 입김이 귓전에 뜨겁게 부어지기 시작한다. 별이 흔들린다. 어두운 하늘 저편으로 누군가 줄을 타고 있다. 앙상한 하체가 죄 드러나 비치는 얇은 옷을 입고 경중경중 줄을 타고 있다.

피같이 붉은 송이송이를 엮어 만든 이 화관을…… 아이가 뛰어나온다…… 겸손되이 당신 발 아래 바치나이다. 지푸라기처럼 가느다란 다리로 꼬일 듯 비틀릴 듯 엇갈리며 아이가 뛴다. 당신이 커다랗게 웃고 있다. 두 팔을 벌리고 여자가 달려온다. 상자에서 빨간 핏방울들이 와르르 쏟아져 나와 아스팔트 바닥에 널린다. 별들이, 무수한 딸기 알들이 하늘 가득히 흩어지고 있다.

　사내가 움찔 몸을 사린다. 그리고 한순간 허리를 꼿꼿하게 세운다.

　아아, 갖고 싶어. 아이를 갖고 싶어. 하늘을 향해 나는 두 무릎을 세운다. 어둠 저편으로 하늘이 떨고 있다. 이윽고 나는 후드득 무너져 내려오는 사내를 온몸으로 받아 안는다.

그
물

콧잔등에 송송 깨알 같은 여드름이 돋은 급사 아이가 어딘가 묘한 얼굴을 하고 다가와 상무실에서 나를 부른다는 말을 전해주었을 때, 나는 이미 그 생각을 하고 있었다.

그때까지 저마다 책상을 부둥켜안고 열심히 제 할 일을 하고 있는 척하면서도, 짐짓 사무실과 통한 상무실의 출입문이 한 번씩 열릴 적마다 덜커덩 놀라며 가슴을 죄고 있던 무역과 동료들의 시선이 일제히 내 쪽으로 쏠려왔다.

문을 열고 들어서자, 기다렸다는 듯 상무는 제법 심각한 표정을 지어 보이며 소파에 앉아 있었다. 언제나처럼 혈색 좋은 양 볼따구니가 팽팽하게 기름져 있는 얼굴이었다.

순간, 나는 드디어 그놈을 죽이기로 결심을 굳혀먹고 있었다.

그렇다, 내 대신 다른 누군가가 그 일을 해주기를 기대해선 안 된다.

바로 내 손으로 해치워버리자.

거룩한 소명을 받은 어느 몰락한 왕가의 후예처럼 나는 문득 엄숙해지고 진지해져서, 별안간에 심장이 급작스레 툭탁거리며 튀어 오르기 시작함을 느끼면서 한동안 잠자코 상무 앞에 서 있었다.

"미안하네, 미스터 김. 어쩔 수가 없었어. 내 누구보다도 미스터 김의 역량을 믿고 있고, 또 그동안 얼마나 회사를 위해 성심성의껏 일해왔는가 하는 것도 잘 알고 있네만……"

차마 하기 어려운 말을 해야겠다는 식으로 상무는 힘들여 이맛살을 짜부라뜨리고 나더니 잠시 뜸을 들였다.

"변명같이 들릴지 모르겠네만, 위에서 그렇게 결정을 내렸다니 나로서도 도리가 없구먼. 거참, 내가 너무 큰 죄를 짓는 것 같아. 정말 미안하이."

항상 그렇게 도도하기만 하던 상무였다. 비위가 틀리면 아무에게나 면상을 겨누고 재떨이를 씽씽 날리기도 하고, 입에 허연 게거품을 문 채로 아름드리 목통에서부터 얼굴 전체를 온통 시뻘겋게 달구며 악을 빽빽 질러대기도 하던, 그 위세 당당한 상무가 놀랍게도 오늘은 내게 궁색한 제사상 앞에 꿇어앉은 얼굴을 하고 있는 것이었다.

"그렇다고 너무 상심 말게, 당분간 어디 적당한 데서 좀 쉬고 있으면 머지않아 좋은 소식이 갈 걸세. 경기만 회복되면 사장님께 말씀 올려서 맨 먼저 미스터 김에게 연락을 줌세. 아암, 틀림없구말구. 눈 따악 감고 몇 달만 기다려보게나."

상무가 자못 안되었다는 듯 매캐한 음성으로 다가와 내 어깨를 툭툭 두드려주었고, 때맞추어서 여비서가 끼죽거리며 퇴직금이 들었을 누런 봉투를 꺼내 왔을 때에도 나는 당치도 않게 그놈을 죽여야겠다는 생각만을 다져먹고 있었다.

그건 나로서도 전혀 예기치 않았던 순간에 불쑥 불거져 나온 결심이었으므로 잠깐 동안은 마치 벼락을 만난 사람처럼 전율을 느끼게 하였다. 나는 내심 잔뜩 흥분해 있어서 상무가 내미는 봉투를 받을 때는 나도 몰래 부르르 손끝을 떨었을 정도였다. 꽤 두툼한 봉투였다.

아마 그만한 봉급을 받아보기는 그게 처음이자 마지막이 되리라. 문득 나는 그 돈이 내가 앞으로 저지를 범행의 대가로 사전에 지불되는 계약금이 아닌가 하는 착각을 일으켰고 그 때문에 더욱 숨이 막힐 만큼 긴장했다.

"다시 만나게 되길 빌겠네. 잘 가게. 정말로 미안허이."

털이 부스스한 손등으로 상무가 악수를 하고 돌아서며 마지못한 적선인 양 한마디 던져주는 말까지도, 내게는 일이 다 끝난 후에 약속한 잔금을 마저 지불해주겠다는 이야기 조로만 들렸다. 나는 결국 변변한 대꾸조차 못 해보고 상무실을 쫓겨 나오고 말았다. 사무실에 들어서자마자 기다리고 있었다는 듯 우르르 몰려왔다.

"여보게, 그게 정말야? 원, 세상에 이런……"

"개자식들, 미스터 김이 뭘 어쨌다고."

"상무 짓이라구. 그 능구렁이가 명단을 올린 게 틀림없어."

"어머머. 김 선생님 어쩌죠?"

그들은 필요 이상으로 떠들어대고 있었다. 제각기 동정 어린 표정을 지으면서도 속으로는 펄쩍 만세라도 부르고 싶은 충동을 꾹 참느라, 하나같이 울퉁불퉁한 거울 속의 어긋나 보이는 얼굴들을 하고 있었다.

그러니까, 감원이 있을 거라는 소문이 떠돌기 시작한 것은 불과 두 달도 채 되기 전이었다. 바야흐로 오일쇼크로 인한 불경기가 전국, 아니 전 세계를 전염병처럼 휩쓸고 있었다. 신문들은 연재물이나 싣듯, 날마다 크고 작은 기업들의 도산, 감원, 폐업 등의 소식을 대문짝만 하게 달고 나왔다. 어느어느 공장이 또 문을 닫는 바람에 하루아침에 목구멍으로 거미줄을 치게 되었다는 노동자들의 누렇게 허기진 얼굴이 사진으로 찍혀 나오기도 했다.

이 회사도 예외는 아니었다. 보너스는 고사하고 월급만이라도 제때에 나눠 주는 걸 고맙게 여기라며 사장은 사원들을 모아놓고 연신 침방울을 튀겼다. 우리는 뒤꽁무니에서 서로 입을 비죽이면서도 그걸 시인해야만 했다. 지난달에는 제법 이름 있다는 아무개 재벌에서도 어음으로 사원들에게 봉급을 지급해주었다고들 하잖던가. 아니나 다를까, 부산의 공장 하나가 기계를 껐노라는 얘기가 있었고, 이어 회사 자체에도 뭔가가 조만간 닥쳐오리라는 추측이 불길한 점괘처럼 스산하게 깔리기 시작했다. 어망을 생산하는 이 회사는 부산에 본사와 부속 공장이 세 개가 있었고, 서울에는 지사랍시고 겨우 35층 빌딩의 방 몇 개를 빌려 쓰고 있을 뿐이었다.

이윽고 감원설은 틀림없는 사실로 굳어져가는 모양이었고, 그 예상 폭은 대략 25프로 정도가 되리라는 거여서, 적어도 우리 무역과 직원 일곱 중 둘은 별수 없이 당하게 되지 않겠느냐는 게 최종적으로 맞아떨어진 계산이었다. 한데 마침 수출계의 최가 얼마 전 지방 출장 중의 버스 추락 사고로 병원에 입원 중이었다. 그 부상이란 게 아무래도 불구 되기가 십상인 형편인지라, 자연히 그 최를 빼놓고 나면 나머지 한 명은 과연 누가 될 것인가 하여 우리 여섯은 아침마다 공연히 옆자리의 얼굴들을 도둑질하듯 훔쳐보곤 하던 참이었다.

"미스터 김이 뭘 잘못 보였다기보담은 처자 있는 치들보단 그래두 총각이니까 젊어 고생 좀 하라는 셈치고 그런 걸 거야."

"너무 낙심 말라구. 까놓구 얘기지만 이까짓 짠돌이 같은 회사보다 못한 데가 어딨을라구?"

"아믄. 차라리 잘된 건지도 몰라. 아예 이 기회에 더 전망좋은 회사로 옮겨버리지 뭘. 보란 듯이 말야."

"어이구. 나도 일찌감치 보따리 쌀 궁리나 해야겠구먼."

악수를 하고, 등을 두드려주고, 동정에 찬 시선들을 아낌없이 내 얼굴에 더덕더덕 발라주면서 그들은 와자하니 떼거리로 달려붙어서 나를 출입구 쪽으로 밀쳐내었다. 문이 닫히고, 복도로 떠밀려와 혼자 남게 되었을 때, 나는 등 뒤에서 다섯 개의 막혔던 숨통들이 한꺼번에 와르르 터져 나오는 소리를 들은 것만 같았다.

엘리베이터를 타고 내려와 빌딩의 정문을 나설 때까지도 나는 아직 흥분해 있었다. 이상하리만큼 미련이나 후회 따위는 손톱 끝의 때만큼도 없었고, 어찌 보면 되려 승리자나 된 것처럼 당당하게 걸어 나오고 있었다. 오히려 지금껏 조마조마 지내왔던 자신의 꼬락서니가 우스워지기까지 할 지경이었다. 막상 당하고 난 뒤의 기분으로는 후련하다는 느낌마저 들었다. 그러면서도, 기어이 놈의 숨통을 내 손으로 끊어놓고 말겠다는 생각만은 몇 번이나 되씹어 새기고 있었다.

횡단보도에서 파란불을 기다리며 나는 오늘까지 꼭 2년 6개월 동안 일해왔던 회사의 빌딩을 잠시 쳐다보았다. 매연으로 부옇게 흐려진 하늘을 가로막고 우뚝 버티어 서 있는 빌딩의 거무튀튀한 몸체엔 무수한 정사각형의 유리창들이 가지런하게 들어박혀 있었다. 나는 늘 그게 그물 같다는 생각을 하곤 했었다. 촘촘히 박혀 한데 얼크러져 있는 그 숱한 그물코 속에는 어디에고 사람들이 그득그득 갇혀 있었다. 하늘로부터 펴져 내려온 거대한 그물은 아침마다 지상의 창백한 물고기들을 빨아들였고, 우둔한 고기들은 충실하게도 제 발로 스멀스멀 기어들어갔다.

모두가 고기였다. 물지게 모양으로 어깻죽지가 축 늘어처진 남편들과 그들이 벌어 오는 먹이를 집에 죽치고 앉아 게걸스레 기다리고 있을 입이 큰 여자들과 아들딸과, 그 애들이 다니는 학교의 선생들과, 친구와, 이웃들이 모조리 하나같이 그물에 걸린 고기 떼였다. 저마다 살겠다고 허연 뱃가죽을 비벼대며 퍼덕거리는 비린 물고기들이었다. 그렇다면 나는 이제야 다행히도 저 그물로부터 빠져나오게 되었다는 것인가. 하나 그렇게 자위하기엔 어딘가 마음 한구석이 찜찜하니 무겁기만 했다. 나는 분명히 내쫓김을 당한 거였다. 그들은 다만 병들고 쓸모없어진 고기 한 마리를 그물 밖으로 내팽개쳤을 뿐이었다. 골목길을 구부러져 늘 다니던 술집으로 들어섰다.

"웬일이시우. 오늘은 대낮부터."

문 앞에 내놓은 양은솥에서 순댓국을 뚝배기에 퍼 담고 있던 아줌마가 먼저 알은체를 했다. 그녀와는 낯이 익었다. 베

트콩의 총에 육군 상사인 남편을 잃어버리고 홀몸으로 술장사를 차렸다는 신판 전쟁 과부였다. 소주를 시켰다. 시각이 시각인지라 늘 붐비던 좌석이 거의 비어 있었다.

"참, 회산 어때요? 듣자니 부산 공장 하나가 문을 닫았대문서요."

대답 대신 그녀가 날라온 멀건 순대 국물을 들여다보며 나는 히죽이 웃었을 뿐이었다. 그녀는 곁눈질로 그런 내 표정을 부지런히 해부하고 있었다.

"아이유, 이러단 못살겠어요. 어디 남는 게 있어야지 뭘 해먹든가 지랄을 하든가 헐 텐데 말유."

그러면서 그녀는 뭔가 심상찮은 낌새를 짚어냈는지 이내 맨송맨송한 얼굴로 돌아서버렸다.

"미스터 김이 그동안 주욱 숨기고 있었더구만. 거 뭐야, 지난번 사원 신체 검사했던 거 말야. 결과가 넘어왔다구. 폐가 조금 안 좋은 편이라던데. 으응, 그래. 자신이 물론 더 잘 알고 있겠지. 그걸 문제로 삼았었나 봐, 위에선…… 꼭 감원이래서가 아니라 잠시 요양을 하는 게 본인한테도 좋을 거고. 에, 하여튼 좀 쉬라구 쉬어. 젊은 사람이 몸 걱정을 해야지."

상무의 개기름이 번지레 흐르는 살찐 볼따구니가 문득 떠올랐다. 유난히 누런 금니가 입술 새에서 환하게 웃고 있었다. 나는 단숨에 술잔을 비웠다.

가만있자. 무엇보다도 먼저 사전 계획을 빈틈없이 짜두어야 하는 게 급선무겠지. 치밀하고도 용의주도한 계획하에 놈을 보기 좋게 해치워버려야 하는 거다. 우선 약을 구하자. 쥐약이 좋겠지. 그거라면 아무 약방에서나 손쉽게 구할 수 있고,

또 먹었다 하면 직통이니깐. 약방은 현장에서부터 멀수록 좋다. 설마 그럴 리야 없겠지만 일이 예상외로 커진다면 배불뚝이 주인 녀석이 근처의 약방을 샅샅이 뒤져볼는지도 모르지 않는가. 만일을 대비해서라도 내 얼굴이 알려지지 않은 곳을 택해야 한다. 언제나처럼 놈에게 주곤 하는 카스텔라에 약물을 묻혀서 슬며시 던져주면 영락없이 제격 끝나버릴걸? 그 모든 일은 적어도 오늘 밤 안으로는 치러져야 해. 시간이 없다. 그러고 나서 나는 내일 그 집을 뜨는 거다. 직장도 쫓겨난 마당에 시골로 내려가는 수밖에 도리가 없잖은가. 괜스레 머뭇거리다간 꼬리를 잡히게 될지도 모르고. 하지만 정작 어려운 문제는 놈을 과연 틀림없이 죽일 수가 있을 것인가 하는 점이다. 아무리 준비가 완벽하더라도 결국 일의 성패는 최후의 칼놀림이 결정하는 거니까 말이다.

나는 조금씩 초조해지기 시작했다. 두려움을 비워내려는 듯 거침없이 술을 입안에 털어 넣었다. 목구멍이 화끈 달아올랐다.

놈은 항상 제자리를 지키고 있었다. 옆집 담과 이웃한 좁은 통로를 따라 아래층 모퉁이를 막 돌아서면 녀석은 벌써 이쪽을 향해 떠억 버티고 서 있었다. 그리고 최초로 내 시선과 마주치는 순간, 놈은 털끝만큼의 동요도 없이 그 크고 검게 찢어진 눈으로 나를 노려보는 거였다. 녀석의 당당한 그 눈빛에 나는 언제나 미리서부터 형편없이 패배해 있곤 하였다.

마당을 돌아서면서 나는 익숙한 솜씨로 녀석을 향해 손에 든 빵 조각을 흔들어 보여야 했다. 까닥까닥, 소풍 가는 아이들마냥 예쁘디예쁘게 손을 까불러야 했다. 그리고 마침내 놈의 앞에 다다랐을 때, 재빨리 빵 조각을 던져줘야 하는 것이었다. 빵은 되도록 정확한 지점에 낙하시켜야 했다. 놈의 몸에 감긴 쇠줄이 최대한 허용하는 만큼의 애매한 거리여야만, 그걸 잡으려 놈이 앞발을 비비적댈 동안의 시간이라도 벌 수가 있었으니까. 그래서 지극히 짧은 그 순간에 나는 번개같이 사정거리를 벗어나 변소 문 앞까지 무사히 도달할 수가 있었다.

놈은 엄청나게 사나운 도사견이었다. 3년생이라는데 몸집이 어마어마해서 엔간한 어른 덩치보다 커 보였고, 힘은 또 어찌나 센지 제가 사는 집을 목에 쇠줄이 묶인 채로 아예 질질 끌고 다닐 정도였다. 어쩌다가 잘못 허벅지라도 물렸다 하면 한입에 서너 근쯤 뜯겨 나오기는 문제가 아닐 듯싶었다. 그래도 다행히 녀석은 언제나 쇠줄로 묶여 있었다. 그 때문에 놈의 성깔이 더욱 사납고 표독스러워졌는지도 모른다.

그 집에는 모두 세 가구가 살았다. 아래층은 주인 가족들이 차지하고 있었고, 방이 넷 달린 이층엔 자취하는 여고생이 둘, 그리고 젊은 부부가 어린애들을 데리고 살았다. 말하자면 나는 그들 젊은 부부의 하숙생이었다. 방을 혼자 쓰기로 하고 내가 이사를 온 건 꼭 반년 전이었다. 변두리긴 했으나 신흥 주택가의 비교적 깨끗하고 조용한 양옥집 독방을 따로 웃돈을 얹지 않고 차지할 수 있기란 그리 쉬운 일이 아니었으므로, 나는 첫눈에 방을 정해 들었었다. 한데, 이층 사람들은 용변을 봐야 할 때마다 모두들 골치를 앓고 있었다. 하필 변소가 아래층 현관 쪽에 있는 탓으로, 길목을 지키고 있는 도사견을 어쩔 수 없이 만나야 하기 때문이었다. 이상하게도 놈은 1년이 넘도록 같은 집에 살아온 이층 식구들에게만 언제고 한 푼 에누리

없이 살기등등하게 달려드는 것이었다.

"말도 못 해요. 우리 애들은 아예 뒤를 따로 봐두었다가 내가 한꺼번에 갖다 버린다니까요."

이사를 온 첫날, 거의 넋이 빠져나갈 만큼 경을 치고 쫓겨 들어온 내게 이층의 젊은 여자는 아래층에 대고 허옇게 눈을 흘기며 푸념을 했다. 그녀의 남편은 세일즈맨이어서 지방 출장이 잦은 편인, 금테 안경에 빈약한 허우대를 한 친구였다. 옆방의 나이 어린 여고생들도 허구한 날 개가 무섭다면서 울상이었다.

나는 처음 얼마간은 비스킷이며 빵 부스러기 같은 걸 사 들고 와서, 녀석과 협상을 해볼 셈으로 깐에는 별의별 치사한 짓을 다 시도해보았지만 놈은 도대체가 막무가내였다. 먹을 걸 주면 한입에 낼름 받아 삼키는 잠시 그때뿐이고, 조금 후면 언제 봤느냐는 식으로 앙다문 이빨을 드러내며 앞발을 시퍼렇게 치켜세우는 거였다.

놈은 이층 식구들에겐 폭군과 같은 존재였다. 굶어 죽어가는 백성들더러 금은보화를 진상하라며 칼로 창으로 윽박질러대는 천하의 무례한 폭군이었다. 어쩔 수 없이 나는 매일 조공을 바쳐야 했다. 저녁에 두 번 아침에 한 번, 대궐로 알현을 가려면 진상할 물건은 보통 하루 세 번이 필요했다. 결국 녀석과 나는 반반씩 나눠 먹고 있는 셈이었다. 빵이든 비스킷이든 간에 일터에서 밤늦게 돌아오는 아들을 위해 늙은 어미가 아랫목에 밥 묻어두듯 언제나 놈의 몫을 꼭꼭 남겨두어야만 했다.

무엇보다도 기분 나쁜 건, 놈이 주인집 식구들에겐 끽소리도 못 하는 것은 물론이거니와, 그 덩치에 꼴답잖은 애교를 떠느라 궁상맞게 사지를 배배 꼬는 시늉을 하면서도 이층 사람들만 봤다 하면 당장에 물어 죽일 듯 길길이 날뛰는 거여서, 그게 어찌 보면 꼭 제집에 세 들어 사는 사람만 하시하고 그러는 것 같아 뵌다는 사실이었다. 가끔 허연 쌀밥이며, 국물에 고깃점이 둥둥 떠도는 밥그릇을 곁에 늘어놓고서는 그걸 시위나 하듯 거만스레 이쪽을 째려보고 있는 녀석 앞에서, 언제나처럼 초라하게 빵 조각을 흔들어야 했을 때는 더더욱 그런 느낌이 들곤 했다.

부동산 중개업인가를 해서 떼돈을 긁어 모았다는 주인집 여자에게 하루는 참다못해 이렇게 얘길 꺼낸 적이 있었다.

"저어, 개가 무서워서 안 되겠어요. 어디 다른 곳으로 개집을 옮겼으면 좋을 성싶은데요…… 사모님."

순간 주인 여자의 눈꼬리가 비 맞은 엉겅퀴 이파리마냥 짜르르 치켜 올라갔고, 아차, 괜한 소릴 했나 싶어 나는 얼른 사모님 소리까지 보태주고 말았다. 졸지에 벼락부자가 된 덕으로 턱없이 귀부인 행세를 하려 드는 이런 부류의 여자들이란 사모님 소리를 꽤나 좋아한다는 말을 언젠가 들은 기억이 있었기 때문이었다. 과연 그녀는 입술을 흐물거리며 웃음을 흘리기 시작했다.

"호호, 대문에서 가까운 여기가 젤 낫잖아요? 그렇다고 방문 앞이나 부엌에 둘 수도 없는 노릇이구. 얘가 또 무에 그리 무섭다고 그러죠. 총각이 돼가지구. 호호홋."

여자는 놈을 얘, 쟤 하고 부르면서 새빨갛게 피칠한 손톱을 오리발마냥 펴 입을 가리며 커다랗게 웃음을 터뜨렸다. 셋방 식구들이 당하고 있는 행패 따위는 도통 아랑곳도 않는다는 투였다.

　우리는 밤낮으로 놈의 협박에 시달렸다. 까맣게 잊고 있
다가도 느닷없이 집 전체를 쩌렁쩌렁 울리며 터져 나오는 놈
의 포효에 우리는 그때마다 옴싹옴싹 소금에 절인 푸성귀 꼴
이 되었다. 그 소리는 배가 장구통같이 부어오른 주인 남자나,
틈만 나면 줄칼로 손톱을 갈며 앉아 있는 여편네나 중학교 졸
업반인 여드름투성이의 외아들과 식모에게는 그들 왕국의 안
전과 위엄을 새삼 확인시켜주는 미덥고 미더운 나팔소리였겠
지만, 이층 식구들의 얇다란 귀에는 그것이 마치 끌끌거리며
굴러가는 점령군의 육중한 전차 바퀴 소리 아니면 야간 무차
별 사격의 으스스한 총소리로만 여겨지는 거였다. 폭군이 마
당 한가운데서 내지르는 소리는 이층 창문을 깨뜨리고 방 안
으로 쳐들어와 젊은 여자와, 잠든 갓난애와, 네 살짜리 계집애
와 여고생들과 그리고 신열로 드러누운 나의 배 위에 올라타
서는 뛰고 구르고, 목을 조르고, 놀란 가슴을 낚싯바늘 모양으
로 옥죄어 오그라뜨리곤 했다. 놈이 짖어대는 걸 듣고 있노라
면 단지 한 마리의 개가 그러고 있다고는 도저히 믿어지지 않
을 만큼 목소리 이상으로 사람을 위압하는 어떤 알 수 없는 힘
이 들어 있었다. 어쩌면 우리들이 두려워하고 있는 건 바로 그
소리뿐일는지도 몰랐다.

　그러던 어느 일요일 아침, 모처럼의 늦잠을 혼자 아릿아
릿 갉아먹어보리라던 느긋한 행복감이 또다시 놈의 살벌한 포
효에 의해 산산조각이 나고 말았을 때였다. 잠자리에서 후닥
닥 눈두덩을 째고 일어났던 나는 갑자기 견딜 수 없도록 화가
치밀었던 것이다.

도대체 이게 무슨 빌어먹을 짓인가. 비록 고기 뼈다귀는 아니라도 빵이다 비스킷이다 하고 우리가 먹을 걸 나눠 먹여 가면서 우리 손으로 키우고 있는 개한테서 되려 끊임없는 협박과 공포밖에 돌려받지 못한다면 이건 정말이지 분통이 터질 노릇이 아닌가 말이다.

그러나 정작 놀라운 사실은, 그런 부당한 처사에 응당 쌍심지를 켜들고 분연히 일어서야 마땅할 이층 식구들의 무기력하고도 김빠진 태도였다. 그들은 여전히 놈의 앞에서 맵시 있게 먹을 것을 흔들어대면서도 그걸 아주 당연하고도 옳은 일인 양 여기고 있었다. 셋방 사람들은 주인집이 갖는 어떤 권위와 충돌하기를 은근히 두려워하고 있었다. 그건 묵묵한 패배라고 해야 옳았다. 조수에 밀린 갯바닥의 뻘 주름처럼 저마다 가슴속에 소리 없이 패배의 상흔을 새기고만 있는 거였다. 좀 불편하기는 해도 개가 없는 것보다는 낫지 않겠느냐고, 도둑이 설치는 요즘에야 더더구나 그렇노라고, 개도 개 나름이지 쓰레기통에 콧구멍을 처박기나 하는 발바리나 어물쩡한 잡종은 어림도 없어서, 혈통 있는 저런 도사견쯤은 되어야 맘을 놓을 수가 있으리라고, 이러면서 기실 도둑이 들었댔자 별 신통하게 들고 갈 세간살이 하나도 없는 처지의 셋방 사람들은 고마워하는 눈치마저 보이는 거였다.

나는 한심하리만큼 착해빠진 그들에게 분노를 느꼈다. 그건 내 스스로에 대한 혐오감이기도 했다. 누군가 해야 한다. 이 얼토당토않게 뒤집어진 질서를 더는 참고 견딜 수가 없지 않는가. 그 순간 나는 마침내 결단을 내린 것이었다.

놈을 살해하라!

나는 벅차오르는 가슴을 주먹으로 쾅쾅 두들겼다. 그건 내가 생각해도 놀라운 착상이었다. 대담한 음모였고 가공할 모반이라고 나는 무섭게 흥분했었다.

죽이기는 쉬울 게다. 늘 하듯이 빵에 쥐약을 발라 던져주면 되겠지. 결과는 언젠가 신문에서 봤던 식으로 도둑에 의한 독살 정도로 판명이 날 거고.

그랬던 때가 한 달 전의 일이었다. 지금껏 나는 운명의 날짜를 막연히 미루어오기만 하던 참이었다. 이제나저제나 하면서도 어쩐지 잊어버리고 싶은 약속처럼 슬슬 뒷걸음질을 쳐왔던 셈이다. 그런데 왜 하필이면 바로 오늘 아침에 그 생각을 다시 하게 된 것일까, 도시 모를 일이었다. 마치 해고를 당하고 회사를 쫓겨난 것이 죄다 놈의 탓이기라도 한 듯이 말이다.

소주 한 병을 마저 비우고 술집을 나섰다. 정오가 가까워오는 시각이었다. 따가운 초여름의 햇살이 유리알처럼 조각조각 깨어져 흩어져서 아스팔트 위로 내리박히고 있었다. 나는 인도를 따라 허청허청 걷기 시작했다. 술기운 때문인지 시야가 자꾸만 움찔거렸다. 열이 오르는 느낌이었다. 오후가 되면 항상 그랬다. 퇴근 시간, 엘리베이터 안에 들어서면 온몸은 물먹은 솜같이 녹초가 되었고 이마로 등으로 노오랗게 신열이 뻗치곤 했다.

이봐요, 젊은 양반. 무슨 배짱으로 그렇게 치료를 받다 말다 하는 건지는 모르겠소만, 이러단 정말 큰일 날 줄 아쇼. 당신 병은 함부로 투약을 중단하면 끝장이라구 끝자앙.

얼마 전, 병원에 찾아갔을 때 의사는 그렇게 겁을 주었다. 그렇지만 나는 여전히 약을 먹는다는 걸 깜박 잊어버린 채 집

을 나서기 일쑤였다. 크고 작은 흰색과 붉은색의 알약이 소화
제까지 합쳐서 한 차례에 자그마치 여섯 알씩이나 되었다. 그
걸 하루 세 끼 식사 후에 꼬박꼬박 먹으라는 지시였다. 그래선
지는 모르지만 요즘 들어 더욱 몸이 좋지가 않았다. 입맛은 달
아난 지가 이미 오래였고 술을 마신 것도 아닌데 퇴근하자마
자 자리에 고꾸라져도 아침이면 제시간에 일어나기조차 힘이
들었다. 회사에 나가 종일 책상을 지키고 앉아 있기도 갈수록
견디기 어려워져가는 느낌이었다. 어쩌면 오늘 상무가 회사를
그만두라고 말하지 않았더라도 오래 못 가서 내 쪽에서 먼저
사표를 내던지고 말았을지도 모를 일이었다. 그만큼 나는 몸
이 극도로 쇠약해져 있었다.

　터미널로 가는 시내버스를 집어탔다. 우선 버스표를 사둘
셈이었다. 내일이 주말이라 미리 구해놓지 않으면 안 되리라
는 생각이 들었다.

　먼지가 켜를 이루며 내려앉은 차창 밖으로 서울의 거리가
어지럽게 지나쳐갔다. 날이면 날마다 이른 아침부터 통금 시
각이 될 때까지 변함없이 거리를 빽빽하게 채우며 오가는 사
람들. 어디서 쏟아져 나와 무얼 하러 가는지도 모를 그들의 머
리 위로는 여름날 시골집 천장에 갈겨놓은 파리똥만치나 무수
한 점포의 간판들이 새까맣게 뒤덮여 있었다. 그것이 서울이
었다. 파리똥만치나 많은 사람들이 각양각색의 모습들을 하고
서, 하찮은 목숨을 꾸려나가느라 밤낮으로 아우성을 쳐야 하
는 곳. 그건 하나의 거대한 그물 속 풍경이었다. 미친 듯 몸뚱
이와 몸뚱이를 맞부딪치다가 때로는 깨어지고, 포개어지고,
짓밟히기도 하면서 저마다 살아보겠다고 하릴없이 바둥거리

는 그물 속의 고기 떼들이었다.

어린 시절, 나는 얼마나 이 서울을 동경했었던가. 아니 서울을 동경했었다기보다는 내가 살던 시골이, 그 가랑이가 찢어져버릴 것 같은 가난이 진저리치게 싫었기 때문이었을 게다. 소 볼기짝에 더덕더덕 엉겨 붙은 때 딱지처럼 손등에 투부룩하게 농사일로 못이 박인 내 아버지. 그 아버지의 아버지와 또 그 아버지의 아버지 때부터 살아왔다는 산골 마을을 나는 어지간히도 증오하고 저주했었다. 그러길래 중학교를 졸업하자마자 서울로 올라와, 야간 고등학교에다가 야간 대학까지 고학으로 바득바득 끝마칠 수 있었던 나였다. 그로부터 13년이 지난 오늘 나는 다시 맨 처음 혼자 삼등 열차에 실려 끄덕거리며 집을 떠나오던 그때, 그 자리로 되돌아가야만 하는 것이었다. 도대체 그동안 내가 얻은 건 무엇이었을까. 그날의 때묻은 헌 옷 보퉁이 대신 지금 내 손에 남겨진 것은 과연 어떤 것인가. 나는 길게 한숨을 뿜어내었다. 괜스레 목구멍이 울컥잠겨왔다.

터미널은 붐비고 있었다. 호남선 매표구 쪽은 벌써 사람들이 주르르 한 두름으로 꿰어져 있었다. 나는 열의 맨 꽁무니에 따라붙어 섰다.

'인자 내가 헐 일은 모다 했능갑다. 남은 가이나 동생 둘은 네 손으로 시집을 보내줘야 안 쓰겄냐 와. 흐으.'

작년 여름. 김을 매다가 멀리서 대뜸 날 알아보고서 맨발로 징검징검 콩밭을 가로질러 오던 어머니의 모습이 문득 떠올랐다. 어머니의 등은 어느덧 호미마냥 굽어 있었다. 말쑥하게 정장을 하고 오랜만에 집에 온 아들이 대견스러웠던지 앞니가 다 빠진 입을 벌리고 그녀는 연신 웃음을 흘리기만 했었다.

아, 안 돼. 이대로 그냥 쫓겨갈 수는 없다, 정말.

매표구에서 승차권을 받아 드는 순간, 나는 발악하듯 이를 악물었다. 그러자 기이하게도 나의 뇌리에는 불현듯, 놈의 검게 찢어진 두 개의 눈알이 회중전등만치나 커다랗게 확대되어오는 거였다.

돌아오는 길에 도중에서 일부러 버스를 내렸다. 계획대로 약방에 들러야 했기 때문이었다.

꽤 오래 그렇게 방바닥에 배를 깔고 엎디어 있었나 보다. 덧문 사이로 오후에 따가운 햇살이 비껴들어와 있었다. 옆방에서는 아까부터 갓난애의 울음소리가 들려왔고, 여자가 아이를 업어 어르고 있었다. 조금 전, 그녀의 남편은 또 출장을 간다며 가방을 챙겨 나가는 기색이었다. 그는 내가 웬일로 일찍 돌아왔는가고 아내더러 물었고, 그녀는 아마 몸이 불편한 기색이더라고 대답했다. 그들의 대화를 모조리 듣고 있었으면서도 나는 꼼짝도 안 하고 엎드려 있었다. 아랫배가 여전히 늘쩍지근했다. 아까부터 오줌이 마려웠지만 나는 어쩐지 일어서기를 망설이고 있는 참이었다.

오늘따라 녀석은 별로 짖지 않고 있었다. 그 흔하던 월부 책장수나 수도 검침원도 뜸했다. 꼭 한 번, 옆방의 사내가 계단을 내려가는 기척에 짖었을 뿐이다. 오늘은 놈의 목소리에 어딘가 맥이 빠져 있는 듯한 느낌마저 들었다. 이상한 일이었다. 놈도 뭔가 예감을 가진 걸까?

옆방에서 아이가 또 울었다. 이번엔 좀 오래 울었고, 한층 신경질이 섞인 울음이었다.

'돌아가신 느그 아부지가 지금 너를 보셨드라믄 얼매나 좋아하셨을꺼나. 에이그…… 운도 더럽게 없는 양반이여.'

삐비꽃처럼 희끗희끗하게 센 숱 없는 머리칼을 주억이며 어머니는 금방 눈물을 찍어내고 있었다. 나는 배를 뒤채어 벌렁 돌아누웠다. 아까보다 더 아랫배가 당겨왔다.

'미안허이. 윗사람들이 결정한 거라 나로서도 어쩔 도리가 없었다구.'

상무가 고개를 젖혀 안타깝다는 듯 쳐다보았다. 곁에서 무역과 동료들은 웃는 건지 우는 건지 모를 애매한 얼굴로 서 있었다. 오줌이 점점 더 마려웠다.

"에그머니, 이, 이걸 어쩌나, 이마가 불덩이 같네. 아까 애 아빠가 왔을 때 병원엘 갔어야 하는 건데. 아이 참."

아이가 훨씬 크게 악을 쓰며 울었다. 이윽고 그녀가 병원에 가는지, 방문이 열리는 기척이 있었고, 뒤이어 계단을 내려가는 발소리가 들렸다. 놈이 어김없이 짖기 시작했다. 제집의 지붕을 발톱으로 긁어대며 살기등등하게 짖어대는 소리가 온 집안을 쩌렁쩌렁 흔들고 있었다.

잠시 후 놈이 잠잠해졌다. 사방은 이상하리만큼 깊은 고요 속으로 잠겨들어갔다. 옆방에서 벽시계의 째깍이는 소리만 규칙적으로 울리고 있을 뿐, 아래층에서도 별다른 인기척이 없었다. 주인 여자는 외출을 했을 테고, 혼자 남은 식모는 지금쯤 방구석에 처박혀 낮잠을 자고 있는 거겠지. 그렇다면……? 나는 눈을 번쩍 떴다.

그래, 지금이야말로 절호의 기회다. 어쩌면 이런 환한 대낮이 더 나을는지도 몰라. 아무도 예상치 못한 그런 시각이라는 점을 노리자는 거다. 게다가 곰곰이 따져보니 밤중에 해치운다는 것도 무리가 있겠어. 깜깜한 속에서 빵을 정확히 던져주기가 그리 쉬운 일도 아니고 만약 놈의 발이 미치지 않는 곳에 엉뚱하게 떨어져버리는 날엔 모든 게 수포로 돌아가고 말 테니까. 맞다, 지금 해치우자. 아무도 몰래.

나는 몸을 벌떡 일으켰다. 미리 준비해두었던 약 묻힌 빵봉지를 움켜쥐고 조심스레 방문을 밀었다. 빵은 칼로 반을 자른 다음, 안쪽에다가 약을 적당히 발라놓고 다시 교묘하게 맞붙여놓았으므로 겉으로는 전혀 표시가 나지 않았다. 모든 건 완벽했다. 문밖으로 나섰다. 갑자기 심장이 다급하게 쿵쿵쿵쿵 튀어 오르기 시작했다. 침착하자. 침착하자. 주문을 외듯 이말을 나는 속으로 몇 번이나 되풀이했다. 문 손잡이며 벽에 걸린 액자, 천장, 마루…… 그런 주위의 모든 사물들이 문득 생명을 지니고 제각기의 시선으로 나를 뚫어져라 지켜보고 있는 듯한 착각이 들었다.

슬리퍼를 꿰어 신었다. 다리가 후드득거렸다. 현관문을 나와 아래층으로 통한 계단을 하나둘 조심스레 밟아 내려왔다. 여름 오후의 하늘은 쨍 소리가 나도록 맑게 개어 있었다. 이윽고 이웃집의 담벼락과 접한 좁은 통로의 끝까지 다다랐을 때, 나는 잠시 걸음을 멈췄다. 그리고 긴 숨을 들이마셨다가 다시 토해내었다. 바로 그 모퉁이를 돌아서면 놈이 버티고 서있는 것이었다. 지금쯤 놈은 이쪽의 인기척을 알아내고 누군가 나타나기를 벼르고 있을 게 분명했다.

천천히 봉지 속에서 빵을 꺼냈다. 증거가 될 만한 것을 남겨선 안 된다. 빈 봉지를 바지 호주머니에 꼭꼭 쑤셔 박았다. 손가락이 가늘게 떨리는 것 같아 나는 까닭 없이 화가 났다. 이봐, 넌 결코 비겁하지가 않다. 잠든 왕의 귓구멍에 독약을 붓는 것도, 커튼 뒤에 숨었다가 등을 내려치자는 것도 아니잖아. 폭군은 제 스스로 사약을 집어 먹는 거니까.

마침내 모퉁이를 돌아섰다. 역시 놈은 벌써 대기하고 있었다. 그렇게 꼼짝없이 버티고 서서 노려보다가 사정거리까지 오면 와락 덤벼들겠다는 속셈이겠지. 나는 놈을 향해 천천히 걸음을 떼어놓기 시작했다. 한 발짝. 두 발짝. 놈의 검게 찢어진 두 눈이 위압하듯 쏘아보고 있었다. 나는 이번만은 놈의 그 시선을 피하지 않을 결심이었다. 네놈은 이제 내 손에 죽는 거다. 자, 짖어라! 이윽고 나는 빵을 든 손을 서서히 들어 올리기 시작했다.

그런데 바로 그 찰나였다. 하마터면 나는 억 소리를 지르며 주저앉아버릴 뻔했다. 누군가가 시야를 턱 가로막아 섰기 때문이었다. 외출한 줄만 알았던 주인집 여자였다. 그녀는 그릇에 무언가 가득 담아 들고 막 부엌에서 나오는 참이었다.

"어유. 그게 웬 빵예요. 고맙게시리, 총각이나 먹잖구서."

"예에? 아, 저저……"

여자는 눈꼬리 가득히 웃음을 흘리며 나를 쳐다보았다.

"그렇잖아두 얘가 어제부터 어디가 아픈가 봐요. 밥도 안 먹구, 카스텔라를 줘도 아예 입조차 대보려 들지 않더라구요. 가축병원에 데려갔더니 글쎄, 독감이라지 뭐예요. 쯔쯔쯔."

그녀는 안쓰러운 표정으로 다가가더니 놈의 밥그릇 안에

무엇을 수북하게 부어 주는 거였다. 커다란 소뼈다귀였다. 그 것도 아직 살점이 실하게 붙어 있는.

나는 비칠비칠 뒷걸음질을 쳤다. 이층으로 허둥지둥 내달렸다. 계단에서 두 번이나 넘어졌다. 이층 현관의 유리문을 붙잡고 휘청이는 몸을 간신히 가누었다. 피잉 현기증이 일었다. 금방 터져버릴 듯이 아랫배가 세게 당겨왔다. 개새끼. 넌 내 손에 죽는 거야. 꼭, 꼭…… 꼬옥.

난 입술을 피가 나게 짓씹었다. 문득 팽팽히 당기던 느낌이 금세 허전해져갔다. 바지 속으로 뜨뜻한 촉감이 있었다. 오줌이었다. 어느 틈에 바지통을 다 적시고 발을 적시고 다시 현관의 시멘트 바닥을 질펀하게 적시며 천천히 흘러 고이고 있는 오줌을 나는 엉거주춤 서서 바라보고만 있었다.

뒤안에는 바람 소리

삼동. 시퍼렇게 날 세운 바람이 불어오고 있었다. 조금 전까지 말갛게 개어 있던 밤하늘 어디에 숨어 있다가 그 바람이 불어오기 시작했는지 모를 일이었다. 그토록 바람은 맵차고 옹골스러운 냉기를 품고 있었다.

맨 처음 마을 뒷산 너머 섬의 북쪽에서부터 일어난 바람은 삽시에 뒷산 잔등을 타고 넘어 내달려오더니, 이내 황지리(黃地里) 집집의 지붕을 새카맣게 덮쳐누르며 온 동리를 움찔움찔 흔들어대기 시작했다. 몇 안 남은 이파리를 떨구며 뒤안 감나무를 뒤흔들다가 낡은 기와지붕 추녀 끝 험상궂은 귀면에 무턱대고 부딪쳐보기도 하고, 배암 감기듯 칭칭 뻗어 나간 마른 담쟁이덩굴을 휘저어놓은 다음, 쇠똥이 여기저기 내갈겨진 좁은 고샅을 잽싸게 핥고 다니기도 하면서 바람은 난데없이 나타나 한바탕 소란을 피우고 있었다.

일찌감치 저녁상을 물리고 나서 흐리끼한 석유 등잔불 아

래 엎디어 이런저런 별스럽잖은 얘기 몇 마디씩 나누다가 선
잠이 들었던 마을 사람들은 그 소란한 바람 소리에 깨어 일어
나 방문을 빠끔 열고 내다보았다. 그러다가 사람들은 소름 끼
치게 싸늘한 바깥공기에 놀라 냉큼 문고리를 잡아채기도 하
는 거였다. 논이 부족한 섬이라 볏짚을 구하기가 힘들어 올해
도 지붕을 이지 못한 채 겨울을 넘기게 된 집의 남자들은 가뜩
이나 허름한 초가지붕을 새삼스레 걱정했고, 여자들은 내리
감기는 눈두덩을 억지로 치켜올리며 마당으로 나가, 장독대며
부엌 바깥쪽에서 바람에 쓸려 달그락거리고 있는 자질구레한
세간 따위를 건성 단속해두고는 진저리를 치며 도로 방으로
들어와버렸다.

　"아따, 오늘 밤엔 된통으로 큰 바람이 불랑갑네."

　"하늘 꼴새가 심상찮구먼, 눈이 쏟아질지도 모르겠는디."

　"젠장 맞을, 내일 식전 아침에 건장 보러 갈라먼 에지간히
춥겄다, 끄응."

　사람들은 저마다 한마디씩 내뱉으며 두터운 솜이불 속으
로 파고들었다. 문밖에 나갔다 들어온 사람은 이빨을 다다닥
맞두드리며 황급히 제자리를 찾아갔다. 더러는 아랫목을 더듬
어 발바닥을 쭈욱 뻗어보다가, 거기서 방금 얼음 통에서 건져
낸 듯한 누군가의 발과 맞닿기라도 했는지 깨액 비명을 지르
며 발을 옴츠리기도 하였다.

　"지랄하고, 먼 놈의 발모가지가 그리고 차다이. 아, 발모
가지 좀 저만큼 치워."

　"으마마. 치운 디 나갔다 들어온 사람 심정은 모르고, 속
펜한 소리 하고 있네이."

그렇게 한차례 어수선하게 동네를 뒤흔들어놓고 난 바람은 마을을 비잉 돌아서 이번엔 바다를 향해 냅다 달려가버렸다. 바다 쪽에서는 끊임없이 씨근덕대는 파도 소리가 세찬 바람의 틈을 헤집고 한층 더 숨 가쁘게 들려왔다.

차츰 하늘 한쪽부터 시커멓게 썩어들어가기 시작했다. 구름이었다. 바람이 먹장 떼 같은 구름을 와자자하니 더불고 내려오고 있었다. 스무이렛날. 구름이 손톱달 뾰족한 귀퉁이를 덥석 깨물어 뜯더니, 눈 깜짝할 새에 통째 삼켜버리고 말았다. 그 틈에 겨울 하늘 가득히 흩어져 있던 별들이 물기를 머금고 오르르 몸을 떨었다. 이윽고 그 무수한 별들의 무리마저 구름이 달려들어 마저 해치우고 나자, 하늘은 온통 먹통을 뒤집어쓴 듯 깜깜해져버렸다.

바람은 끊임없이 불어대고, 이따금 그 바람을 거슬러 뚫고 우우웅, 차르르르, 섬 기슭을 핥는 물소리만 숨이 가빴다. 얼핏 마을, 아니 섬 전체가 형체도 크기도 알 수 없는 어떤 거대한 괴물의 가슴팍에 잔뜩 짓눌려 있는 느낌이었다.

밤이 꽤 깊은 시각. 60여 호가 채 차지 못하는 황지리 마을에 아직 불을 끄지 않고 있는 집이라곤 고작 서너 채뿐이었다. 예전 같으면야 긴긴 겨울밤, 새끼도 꼬고 더러는 묵 내기 화투다 윷놀이다 해서 간간이 떠들썩한 웃음이 터져 나올 법도 했지만, 어느덧 그런 풍경을 마지막 본 지도 여러 해 지난 성싶다. 어수선한 세상은 이렇게 작고 보잘것없는 섬마을까지도 몰라보게 바꿔놓은 거였다.

마을 동쪽으로는 이웃 마을과 이어지는 작은 신작로가 서투른 솜씨로 갈라놓은 가르마처럼 멀리 고갯마루까지 뻗어 있

고, 그 신작로가 시작되는 동구 밖 어귀에 허름한 초가집 하나
가 납작 엎디어 있었다. 돌담에 감싸인 유난히도 추레하게 낡
은 집이었다. 지붕 여기저기서 삐죽삐죽 내밀고 있는 말라빠
진 잡초 때문에 어찌 보면 엉성한 까치 둥지같이도 뵈고, 되는
대로 풀어 헤친 미친년 머리채 같기도 했다. 근처의 가장 가
까운 집과는 어느 정도 간격을 둔 외딴집인 데다가, 하고 있는
외양까지 그 모양이니 누구라도 대뜸 첫눈에 폐가나 빈집이
아닌가 여길 지경이었다.

그런데 지금 바로 그 집에서 명주실 같은 몇 가닥 흐린 불
빛이 호르르 새어 나오고 있는 거였다. 문고리가 손가락을 쩍
쩍 빨아대는 이 추운 겨울밤, 쉴 새 없이 윙윙거리는 독기 품
은 칼바람을 막아내기엔 그 집의 때 묻은 창호지가 너무 허술
하고 얇아 뵀다. 그래서인지 그을음이 켜를 이룬 문틈으로 우
러 나오고 있는 불빛은 임종하는 노인네의 사위어들어가는 숨
결처럼 가냘프기만 했다.

바람이 아까보다 더욱 세차게 불어왔다. 삘릴리리, 헤어
져 너덜거리는 문풍지가 피리 소리를 내다가 멈췄다. 불빛이
까마득 자지러졌다가 되살아났다.

방 안엔 두 사람이 이불을 덮고 누워 있었다. 문 쪽으로
등을 대고 누운 노모는 잠이 들었는지 흠뻑 뒤집어쓴 이불깃
새로 머리끝만 기웃 내밀고 있는데, 그 머리카락이 반이나 허
옇게 세어 있었다. 그 너머 모로 누운 아들은 잠이 오지 않는
모양이었다. 눈을 굴리며 골똘히 생각에 빠져 있는 표정을 하
고 있었다. 광대뼈 위로 움푹 패어 들어간 눈알이 불길한 꿈을
꾸는 사람의 그것처럼 매앵했다.

밖은 끊임없이 들이치는 바람 소리, 그리고 이따금씩 섞여 날아오는 파도 소리가 미묘한 화음을 이루고 있었다. 삘릴리리, 또 문풍지가 울었다. 바람이 방문을 제법 거칠게 흔들었고, 잠긴 문고리가 두어 번 달그락거렸다. 등잔불이 기우뚱 잦아졌다가 간신히 몸을 일으켜 세웠다. 순간 아들은 천장이 한꺼번에 펄럭 무너져 내리는 듯한 환각을 일으켰다. 움찔 몸을 사리며 그는 겁에 질린 시선으로 천장의 구석진 네 귀퉁이를 주저주저 훔쳐보기 시작했다.

"어, 어무니."

아들의 입에서 겨우 한마디가 튀어나왔다. 다급하면서도 팽팽히 당겨져 있는 음성이었다. 어머니는 듣지 못한 모양이었다.

"어무니, 어, 어무니."

그제서야 이불 속에서 노파가 머리를 들었다. 잠이 설 들었던 참이었는지 눈자위가 눈곱으로 뀌적뀌적했다.

"왜 그러냐, 으응?"

못 박힌 듯 뻣뻣이 굳어 있는 아들을 보자마자 그녀는 휑한 눈을 치뜨며 후두둑 몸을 일으켰다. 이번엔 또 무슨 일인가. 그녀는 놀라 아들의 팔을 잡아 흔들었다.

"을석아. 어디가 아프냐. 아파서 그러는 거여?"

노모의 음성이 떨려 나왔다. 한참 후에야 말없이 아들은 고개를 저었다. 천장에 붙박였던 시선이 차츰 아래로 내려왔다. 그녀에게서 한숨이 새어 나왔다.

"어서 자거라, 아그야. 밤이 솔찬히 오래됐는디 시방까장 그러고 있었구나 원. 그러니 너 몸이 무장무장 못쓰게 되는 거이니라. 씽씽한 사람도 잠을 못 자면 쌩빙이 나는 법인디……
어서 자거라이, 어서.”

이불을 다독거려주며 노모가 안쓰러운 낯빛을 지었다. 오
늘따라 아들의 깡마른 턱이 그녀의 눈에 시리게 다가왔다. 그
래도 아들은 꼼짝없이 누워 있었다. 천장 아래 허공의 어디쯤
을 맥없이 풀린 시선만 허우적거리며 떠다니고 있을 뿐이었다.

“흐이휴. 무신 놈의 시상을 만나 요 모양 요 꼴인고오.”

그녀는 홀로 뇌까린다. 장대 같은 키에 적잖은 허우대가
영락없이 젊어 죽은 제 아비를 빼다 박은 외아들이 한없이 가
엾어진다. 나이 열아홉이니 이젠 다 큰 어른이 아닌가. 그런
생각을 하니 더 서러운 맘이 북받치는 어머니다. 그녀는 뻑뻑
해오는 가슴을 눙쳐버리기라도 하듯 훌쩍 이불을 뒤집어쓰며
돌아누웠다. 그때 아들의 목소리가 흘러나왔다.

“어무니. 저 소리…… 저 소리가 들리지 않으요?”

“……”

흠칫 그녀는 몸을 사렸다. 착 가라앉은 아들의 음성이 오
히려 불안했다. 그녀는 대답 대신 아들의 입에서 뛰쳐나올 다
음 말을 조마조마 기다렸다.

“소리, 소리가 들려라우. 누군가 오고 있어요. 저 밖에서
지금 누군가 우리 집 쪽으로 오고 있당께요.”

들릴 듯 말 듯 아들은 중얼거리고 있었다. 그녀는 한참 동
안 귀를 기울여보았다. 역시 아무런 소리도 잡히지 않는다. 아
니, 애초부터 들릴 리가 없는 것이다. 다만 바람 소리뿐. 그리
고 바람에 섞여 간간이 뭍을 핥아대는 숨 가쁜 파도 소리가 창
호지 문살에 어지럽게 부딪쳐 바스러지곤 했다.

푸우, 그녀는 긴 한숨을 토해냈다. 체념하듯 제 두 손을 꽈악 모아 쥐었다.

"들리기는 무어이 들린다고 그러냐. 내 귀엔 당최 바람 부는 소리 뿐인디."

"아녀라우. 또 있어요. 저, 저 소리가 안 들린단 말이요, 어무니한테는?"

노모는 지그시 눈을 감는다. 목구멍 저 아래서 불쑥 치밀어 오르는 물큰한 덩어리를 애써 되삼켰다. 아아, 이 일을 어찌해야 할 것인가. 암만해도 점점 더 심해가는 성싶다. 3년 전 그 일이 있고 난 후부터 저렇듯 헛소리를 해대는 아들 생각만 하면 억장이 무너져 내리고 숨통이 툭 끊어질 것 같았다. 이러다 영영 하나 남은 아들자식마저 미쳐버리는 건 아닐까. 그녀는 기어코 소리 죽여 어깨를 들먹이기 시작한다. 등 뒤에서 아들은 여전히 미동도 없이 누워 있다.

우수수, 떨어진 감나무 이파리가 바람에 쓸려 뒤안을 굴러다니고 있었다. 빈 외양간에선 털썩털썩 가마니 날리는 소리가 났다. 뒷산 대밭에선가. 수많은 사람들이 휘파람을 불어대는 것처럼 기묘한 소리가 이따금 바람 끝에 묻어와 툇마루에 흩어졌다.

지금 그 바람 속에서 아들은 어지러운 발소리를 듣고 있었다. 한 무리의 사람들이 이쪽으로 내달려오고 있었다. 하나같이 눈부시게 흰 옷을 입고 있었다. 어둠 저편에서 그들은 옷자락을 하얗게 너울거리며 흐르듯 춤추듯 가볍게 떠오고 있었다. 문득 어디선가 자지러지는 웃음소리. 발소리. 확성기 소리. 소리.

아악, 별안간 비명이 아들의 입에서 터져 나왔다. 순간 아들과 어머니가 동시에 벼락 치듯 튕겨 일어났다. 아들은 벌써 몸을 문 쪽으로 향하고 있었다. 마악 뛰쳐 나가려는 아들의 다리를 그녀의 두 팔이 억세게 그러안았다.

"놔요, 어무니. 형술이가 왔어라우. 형술이가 지금 우리 집 사립문을 흔들고 있단 말이라우."

"안 된다. 이 밤중에 어디를 갈라고 그래애. 너가 미쳤구나. 인자는 정말 미쳐부렀구나."

"놓아요. 내가 안 가면 형술이가 죽어요."

"몹쓸 놈아. 정신 좀 차려라. 이 오밤중에 대체 오긴 누가 온단 말이냐. 차라리…… 흡…… 차라리 날 쥑이고 가거라아."

신들린 듯 재차 아들이 벌떡 몸을 일으켜 세웠고, 그 두 다리를 그녀가 세차게 휘어잡았다.

아들은 기우뚱하다가 썩은 통나무처럼 철버덕, 앞으로 쓰러졌다.

"어, 어무니……"

"이놈의 자석아. 잊어부러라. 지발지발 잊어부러라. 벌써 3년도 넘은 일인디 너가 왜 이러는 거이냐. 죽은 사람들이 어떻게 찾아온다고 그러는 거여. 이 자석아!"

주먹만 한 눈덩이라도 펑펑 쏟아져 내리려는지, 컴컴하게 흐린 하늘로 칼바람이 미친 듯 몰려다니고 있었다. 윙윙 굴뚝이 따라 울었고 뒤안 감나무가 부러질 듯 허리를 비틀었다. 빗장 질러놓은 부엌문 틈을 비집고 들어가 바람은 아궁이에 마지막 남은 온기까지 송두리째 울궈내어 훔쳐 갔다. 이 밤 내내 온 마을은 어디에고 싸늘한 냉기, 냉기뿐이었다.

그는 주위를 살핀다. 집엔 아무도 없다. 쇠죽을 끓이다 말고 어머니가 인순이네 집에라도 다녀오려는지 좀 전에 밖으로 나간 걸 그는 알고 있었다. 한길에선 인기척이 들리지 않았다. 이웃 마을로 넘어가는 고갯길도 비어 있었다.

을석은 헛간 외벽에 걸어두었던 망태기를 손에 들고 부엌으로 들어가 찐 고구마를 양푼째 쏟아부었다. 고구마는 친구들과 낚시질을 가기로 했다며 쪄놓으라 미리 부탁해두었던 거였다. 함바가지에 풋내 나는 쪽김치도 떠 담아서 마저 망태기에 넣고 황급히 부엌을 빠져나왔다.

저만치 바람결에 대나무들이 비스듬히 쓰러져 누웠다가 일어서곤 하는 모습이 보였다. 집 뒤안에서 대밭까지는 거의 백여 미터 거리였다. 훤히 트인 세 개의 밭이 그 사이에 중첩으로 끼여 있어서 대밭까지 다다르려면 어차피 남의 눈에 띄기 십상이었다. 마침 초저녁이라 근처에 사람이 없는 게 천만다행이었다.

을석은 뒤에서 뵈지 않도록 망태기를 사타구니 앞으로 해서 들고 민첩하게 밭둔덕을 올라섰다. 참깨, 콩 따위를 섞어 심은 밭과 발목쯤 높이로 자란 무밭을 가로질렀다. 거기서부터는 조밭이었다. 그는 어느새 이마로 땀방울이 돋아나는 걸 의식했다. 마음이 다급할수록 서둘러선 안 된다. 설사 누군가의 눈에 띄게 되더라도 의심스럽지 않도록 천연스러운 걸음으로 움직여야 했다.

대밭 속은 언제나처럼 습기로 축축하게 가라앉아 있었다. 그는 햇빛이 거의 들지 않는 곳까지 와서야 비로소 안도의 숨을 내쉬었다. 생각보다 숲은 아늑했다. 머리 위로 껑충한 대나무들이 이파리를 뒤척여대는 소리가 스산했지만 바람은 거기까지 들어오진 않았다. 그는 이마의 땀을 손등으로 문질러 닦으며 방금 자기가 걸어왔던 쪽을 돌아보았다. 매듭 굵은 대나무 줄기 새로 차츰 어두워가기 시작하는 남빛 하늘이 기다랗게 쪼개져서 내다보였다. 문득 알 수 없는 두려움으로 온몸이 죄어오기 시작했다. 땅 위에 두껍게 퇴적된 채 누렇게 부패해가고 있는 대 이파리. 그리고 대나무밭 어디에서고 뿜어 나오고 있는 눅눅하고 끈적한 습기, 냄새…… 그것들은 모두가 비릿한 핏빛 죽음의 체취였다. 그는 어쩔한 현기증을 느꼈다.

도망치고 싶다. 도망치고 싶다. 그는 불현듯 그런 충동에 전율했다. 어제도 그제도 마찬가지였다. 이리로 몰래 스며들어올 때마다 어김없이 엄습해오는 공포 속에서 그는 미치도록 뛰쳐나가고 싶었다. 탈출하고 싶었다. 하지만 어디에고 출구는 없었다.

대숲 깊숙한 안쪽을 향해 그는 천천히 나아가기 시작했다. 하나같이 죽죽 뻗어 오른 대나무 줄기와 짙은 정적이 그를 겹겹이 포위하고 있었다. 그는 불현듯 자신이 지금 깊은 바다 밑을 헤엄쳐 가고 있는 듯한 느낌이 들었다. 가도 가도 끝없이 이어지는 그물. 그 엄청난 적의와 음모로 앞을 가로막고 있는 그물에 걸려 하릴없이 몸부림치는 그는 분명 한 마리 작은 물고기였다.

얼마쯤 갔을까. 별안간 시야 한 모서리가 우수수 허물어지며 바위 끝에서 유령처럼 한 사내가 나타났다. 일순, 딸각하고 그의 호흡이 멎었다.

"동무였구만. 까딱했으면 골통을 까버릴 뻔했잖아."

사내가 총부리를 내려뜨리며 말했다. 어딘가 못마땅해하는 눈치. 그리고 상대를 뜯어보는 당돌한 시선을 을석은 재빨리 읽었다. 그렇다. 이자는 여전히 나를 의심하고 있는 것이다. 그는 일부러 웃음을 지어 보이려 했으나 끝내 잘되지 않고 말았다.

"난 또 누구라고, 너 때문에 간이 콩알만 해져부렀다야. 돌멩이를 던져서 신호를 하라고 한께, 또 잊어부렀냐."

형술이와 구만이의 머리통이 대나무 새에서 빠져나왔다. 전에 없던 죽창을 하나씩 손에 들고 있었는데, 아마 새로 깎아 만든 모양이었다. 긴장이 풀린 뒤의 안도감으로 그들의 목소리가 약간 들떠 있었다.

"나는 을석이가 오는 줄 다 알고 있었제. 히히."

누런 이빨을 드러내며 삼식이가 키득키득 웃었다. 그러면서도 녀석은 아까 사내가 총을 들고 서 있던 바위 뒤에서 기어나오고 있었다.

"쉬이, 조용조용. 목소리가 너무 커. 겁도 없게시리 큰 소리로 떠들고 그래?"

사내가 자칫 어수선해질지도 모를 분위기를 잘랐다. 그들 모두의 표정이 순식간에 굳었다. 사내의 말이 옳았다. 언제 어디서 총알이 등짝에 날아와 박힐지 모를 일이다.

"좀더 어두워지면 오잖고."

"어무니 몰래 올라고 보니 할 수 없었어라우."

"혹시 본 사람은 없겠지."

"아무도 없었어라우. 몇 번이나 확인하고 왔응께 안심해도 좋을 것이오."

"하기야 어련히 알아서 할라구. 만약 발각되면 우릴 숨겨 준 동무도 무사하진 못할 것이니 말이야. 잘 알겠지만 이제 우리 다섯은 죽어도 함께 죽어야 할 처지니까……"

사내의 말투는 퍽 애매했다. 그러나 을석은 그것이 자신들의 운명에 그를 함께 끌어들여 튼튼한 올가미를 씌워두려고 하는 은근한 협박임을 알고 있었다.

을석은 사내의 옆얼굴을 슬쩍 훔쳐봤다. 사내는 날카로운 눈매와 도끼날처럼 곧고 단단한 턱을 갖고 있었다. 사내는 본디 낙일도(落日島) 사람이 아니었다. 인민군이 섬에 처음 들어왔을 때 붉은 완장을 차고 마을마다 돌아다니며 사람들을 불러 모으던 작자였다. 듣기엔 읍내 사람이라고 했으나 말투로 보아 타지방 사람인 듯싶었다. 인민군들이 그에게 대하던 태도라든가 군인이 아니면서도 총을 지닐 수 있다는 사실로 보아 그들 사이에선 제법 알려진 신분 같은데 어떻게 하여 사흘 전 인민군들과 함께 도망치지 못하고 이렇게 숨어 있게 된 건지 알 수 없었다. 하기야 그날 인민군들의 철수는 너무 급작스럽고 다급했던 탓에, 미처 내빼지 못한 상당수가 곧바로 청산도(靑山島)로부터 들이닥친 경찰들에 의해 잡히거나 사살되거나 했던 것도 사실이었다.

"워메. 또 고구마냐."

삼식이가 쪼그려 앉아 그가 가져온 망태기를 들여다보고 있었다.

"창시 빠진 새끼. 고구마가 어째서."

"밥이 묵고 싶어 죽겠는디, 히히."

삼식은 벌써 손을 망태기 속으로 가져가며 말했다.

"지랄허네. 호강에 초 치는 소리 좀 작작해라이. 요 판국에 안 굶어 죽고 사는 것만도 모다 을석이 덕택인 줄이나 알어라. 가져온 사람 성의도 모르고 눈치도 없이, 쯧. 봐. 여기 김치도 있다이."

구만이가 고개를 돌려 을석에게 비굴한 웃음을 흘려주었다. 그런 구만의 표정이 을석은 생소하기만 했다. 여덟 살이나 손아래인 을석에게 구만은 늘 함부로 대했던 거였다. 동리에서도 내제쳐놓은 건달꾼으로, 아무에게나 욕지거리와 이유 없는 손찌검까지 툭툭 해대던 구만이었다.

구만은 비교적 살찐 놈을 골라 사내에게 먼저 쥐여주는 예의를 보인 담에야 제 몫을 골라 들고 있었다. 그들은 한결같이 허겁지겁 삼켜댔다. 몹시 허기가 졌던 모양이었다. 김치가 금방 동이 났고 국물까지도 삼식의 혓바닥에 의해 말끔히 씻겨졌다. 대밭 웅덩이에 괸 물을 형술이 떠 왔다.

"에 참, 담배도 오늘 이거이 마지막인 것 같은디……"

구만이가 호주머니에서 담배 봉을 꺼내었다. 그들이 침을 묻혀가며 종이에 담배를 말기 시작했다. 불조심하라구. 연기나 불빛이 새 나가면 끝장나는 거야. 사내가 주의를 주었다. 삼식이가 성냥을 쳐 손바닥으로 둥지를 만들어 불빛을 가렸고, 사내부터 차례로 붙였다. 한동안 그들은 담배만 뻑뻑 빨아댔다. 그런 그들의 얼굴마다 숲의 짙은 그림자가 내려앉아 있었다. 하나같이 초췌하고 피곤에 지친 기색이었다. 옷은 형편없이 더러웠고 담배를 쥔 손가락이 가늘게 떨리고 있음을 그는 보았다.

문득 누군가의 손이 을석의 어깨 위에 가만히 얹혔다. 형술이었다.

"을석이 너가 고생이 많다야. 무담씨 나 때문에……"

"인마, 무신 소리냐, 시방."

"아니다이. 참말이여."

을석은 피식 웃고 말았다. 가라앉은 형술의 음성이 아프게 가슴에 닿아왔다. 그래 맞다. 모두가 너 때문이다. 그저께 밤. 네가 몰래 날 찾아와 불러내지만 않았더라면, 이틀만 어디에 숨어 있게 해달라고 애걸하지만 않았더라면, 나는 지금 이렇듯 숨 막히는 두려움으로 떨고 있지 않아도 되었으리라. 한밤중, 잠결에 목이 말라 밖에 나왔다가 느닷없이 불쑥 뛰쳐나온 형술을 만난 거였다. 한데 뜻밖에도 형술은 혼자가 아니었다. 구만이나 삼식은 나이도 많으려니와 전혀 친근한 사이도 아니었다. 더구나 총 든 사내까지 함께 있으리라곤 상상조차 못 한 일이었다.

차츰 주위에 어둠이 내려앉기 시작했다. 그는 고개를 젖혀 하늘을 찾았다. 빽빽이 찬 이파리들에 가려 하늘은 보이지 않았다. 어둠. 온 세상이 칠흑의 어둠으로 덮여 있을 뿐이었다.

그와 형술은 둘도 없는 단짝이었다. 을석이 두 살이나 손아래였지만 학교에서도 줄곧 한 반이었고 형제 없는 외아들이란 점까지 같았다. 형술의 집은 면사무소가 있는 화성리였는데, 산에 나무를 하러 갈 때도 낚시질을 갈 때도 한쪽이 부러고개를 넘어오면서까지 둘은 항상 붙어 다녔다. 어젯밤에 너가 나오는 꿈을 꿨어. 그래애? 나도 그랬는디, 나도. 가끔은 그렇게 잠자리에서는 도리 없이 서로 떨어져 있어야 한다는 사실조차 그 나이 또래 특유의 애정으로 서운해했을 지경이었다.

그런 형술이가 인민군들 세상이 되자 전혀 딴판이 되었다.

"상관 마라이. 나는 우리 아부지 원수를 갚을 텐께."

형술은 그에게 화를 벌컥 내던 거였다. 전쟁이 터진 바로
그해에 형술의 아버지는 좌익운동을 한다는 혐의로 지서에 잡
혀 들어갔다. 거기서 또 난동을 부렸다고 해서 읍내 경찰서로
다른 몇 사람과 함께 넘겨졌는데, 사흘 후에 어찌 된 영문인지
송장이 되어 돌아오고 말았다. 탈출하려다가 총에 맞았다고도
하고, 심한 고문 끝에 그리 되었으리라는 소문이 낙일도 안에
파다히 퍼졌었다. 그 원수를 갚는다고 형술은 세상이 바뀌자
마자 덩달아 다른 사람들 틈에 끼여 날뛰기 시작한 거였다.

그즈음엔 어디나 피비린내 나는 소문들뿐이었다.

밤이 새고 나면 이 마을 저 마을에서 사람 죽어나가는 게
구경거리였다. 반동으로 찍히는 날이면 쥐도 새도 모르게 귀
신이 되는 판국이었다. 계옥리에선 일가족 아홉이 떼죽음을
당했는데 그 집 큰아들이 부산에서 순경을 하고 있다는 죄목
때문이었다. 온 식구를 마당에 모아놓고 제 손으로 구덩이를
파게 한 뒤 그 안에 몰아넣고는, 곡괭이·삽·쇠스랑·몽둥이
할 것 없이 닥치는 대로 휘둘러서 죽인 일이 있었다. 교회당이
있는 화성리에선 인민군들이 목사와 장로를 총살시켜 시체를
돌에 매달아 바다에 던졌다고 했고, 교회 건물엔 불을 질렀다.

이 마을 황지리도 마찬가지였다. 어업 조합 총대를 지낸
적이 있는 학봉이 아버지가 안방 잠자리에서 개죽음을 당하
고 말았다. 대여섯 명이 우르르 달려들어 몽둥이찜을 해 죽인
거였다. 그런데 바로 그날 밤의 패거리 중에 열여덟 살밖에 안

된 형술이가 끼여 있었다는 소문이었다.

"그 새끼가 우리 아부질 지서에다 꼬아바친 놈이여. 언젠 가 저수지 아래 문중 답 두 마지기 때문에 우리 아부지하고 대판 쌈 붙은 적이 있었어야. 그담부터 억한 감정을 묵고는, 아무것도 모르는 아부지를 빨갱이로 몰아분 것이여. 그래 진즉부터 그 새긴 꼭 내 손으로 없애불라고 벼르고 있었어야."

차마 믿기지 않는 소문에 입술이 하얗게 타서 쫓아간 그에게 형술이가 안겨준 대답이었다.

"바깥은 어떻던가. 소식 들어본 건 없어?"

문득 어둠 속에서 사내의 목소리가 튀쳐나왔다.

"글씨요. 머, 벨다른 일은 없는 것 같습니다. 불탄 화성리 지서하고 면소 건물을 고친다고 내일부터는 울력을 나오라고 해쌉디다."

"육지 소식은?"

"모르겠는디요. 그란디 읍내 쪽이 조금 시끌시끌한 모양이지라우. 어젯밤에 그쪽에서 나는 총소리를 들은 사람도 있는갑디다만."

"맞았어! 바로 그거였구만. 우리도 들었어."

사내가 반색을 했다.

"읍내라니. 인민군이 다시 밀고 내려왔다요?"

"그게 아니고, 이 일대에 있는 우리 잔류 병력이 죄 그쪽으로 집결하게끔 돼 있어. 그러니까 우리도 바로 그리 가야 한다는 얘기야."

"그래라우? 거그만 가면 우리도 인자 안전하게 되겠네요, 동무."

구만이와 삼식이가 사내와 한참 들뜬 기색으로 주고받았다. 형술은 을석의 곁에 잠자코 앉아 있었다.

"너, 혹시 우리 집에 가봤냐?"

오래 망설였을 얘기를 그제서야 형술이 속삭이듯 했다.

"아니. 아직까장 못 가봤다야. 미안하다. 내일 아침 울력 나감스로 들려보께."

거짓말이었다. 오늘 그는 형술의 집에 갔었다. 하지만 형술의 늙은 어머니가 빨갱이 아들을 내놓으라고 쫓아온 마을 여자들에게 머리채를 잡힌 채 질질 끌려다닌 뒤 만신창이가 되어 방 안에 누워 있던 꼴을 차마 전할 수가 없었다.

을석은 낙일도 사람들이 깡그리 미쳐가는 것 같았다. 정말이었다. 사람들은 너나없이 모두 피에 맛들인 짐승들처럼 길길이 미쳐 날뛰고 있었다. 어제는 저쪽에서, 오늘은 또 이쪽에서, 원수 갚음을 하겠다고 번갈아가며 입에 게거품을 물었다.

"느그 어무니는 잘 계시지야?"

"우리 엄니사 걱정 말고. 그나저나 느그 어무니는 인자 어쩔래?"

을석의 말에 형술은 한숨을 내쉬었다. 이 순간 형술은 원수를 갚는다며 세상 모르고 날뛰던 그 형술이가 아니었다. 언젠가 하굣길에서 횟배가 끓어올라 길바닥에 퍼질근하게 주저앉은 을석에게 어른스레 대뜸 업히라고 등을 돌려주던 순하디순한 아이로 형술은 돌아와 있었다.

"선창 부근은 살펴봤어?"

사내가 물었다.

"예, 낮엔 순경 둘이 선창가 술집에 앉아 있다가 아마 밤이 되면 지서로 돌아가는가 봅디다."

"그게 확실해?"

"예에, 어제 일부러 나가봤응께요."

흐음. 사내는 한참 골똘히 생각하는 눈치였다. 그러더니 을석의 앞으로 바싹 다가앉았다.

"그럼, 모두 이러기로 하자구. 우린 내일 밤 이 섬을 빠져나가는 거야. 마침 그믐날이 하루 뒤니까 때가 좋아. 위험하긴 해도 어차피 이판사판이니 까짓 것 한번 해보는 거야. 무엇보다 을석 동무가 문젠데…… 어때, 믿을 수 있을까?"

어, 어떻게요. 을석은 불현듯 온몸으로 한기가 뻗쳐오르는 느낌이었다.

사내는 을석에게 내일 밤 전마선 한 척을 몰래 타고 나와 뒷산 갯바위 밑에 대놓으라고 하였다. 거기서 자정에 만나자는 얘기였다.

"들키는 날엔 끝장나는 거야. 우리 모두 다. 어때, 할 수 있겠지?"

사내는 우리 모두라는 대목에 특별히 힘을 주었다.

"암요. 그, 그리고 말고라우, 해봐야지라우."

다그치듯 똑같은 질문을 되풀이하는 바람에 을석은 제풀에 그 자리에서 스르르 주저앉아버릴 뻔했다.

이윽고 을석은 일어섰다. 내려가야 할 때가 된 거였다. 짧은 순간, 그들 다섯 사람은 팽팽히 고개를 들고 일어서는 불길한 긴장감을 저마다 의식했다. 숨이 컥컥 막혀왔다. 을석은 깨달았다. 그들은 각기 을석을 저울질해보고 있었으며 그리고 무언가를 망설이고 있는 중이었다. 세상에서 비밀을 알고 있는 건 오직 그 혼자뿐. 까마득한 벼랑 꼭대기에서 그들은 지금 한 가닥의 밧줄을 을석의 손바닥 안에 건네주려는 거였고, 그 밧줄 끝엔 다름 아닌 그들 넷의 목숨이 매달려 있는 셈이었다. 어쩌면 그들은 벼랑 아래로 내려가기 전, 늦기 전에 자신들의 생명을 지키기 위해서라면 밧줄을 쥔 배신자의 손목을 가차 없이 잘라내버릴 수도 있을 거였다.

벗어나고 싶다. 어서 도망치고 싶다. 거의 질식할 것 같은 순간이었다. 을석의 두 무릎이 무섭게 떨려왔다. 한치 앞을 분간키 어려운 암흑의 정적에 갇힌 채 그들 모두는 다만 다섯 개의 벌떡이는 심장의 고동과 거친 숨소리를 서로 헤아리고 있었다.

"어서 내려가보게. 내일 밤 자정 갯바위 밑. 절대 잊지 말고…… 자넬 믿어."

사내가 냉정하게 또박또박 발음했다. 팽팽히 죄어 있던 정적은 그걸로 산산조각으로 흩어져버렸다. 휘이잉. 머리 위로 꿈결처럼 바람 소리가 되살아나고 있었다. 을석아, 너만 믿는다이. 그래, 우린 인자 너 아니면 죽은 목숨이나 마찬가진께 잘해야 한다이. 구만과 삼식이가 어깨를 토닥여주며 말했다.

망태기를 들지 않은 다른 쪽 손으로 앞을 헤치며 을석은 걸음을 옮겨놓기 시작했다. 형술은 대밭 가장자리까지 따라왔다. 마을의 흐릿한 불빛이 저만치 내려다보였다.

둘은 걸음을 멈추었다.

을석아이. 형술이 나직이 입을 열었다. 나한테는 인자 고향도 없어져부렀다. 여그서는 영영 발붙이고 못 살어. 너도 알다시피 내 손으로 쥑인 죄 없는 사람만 해도 몇 명이간디……

어차피 이리 된 거, 때가 오면 죽어야 할 목숨인지는 나도 잘 알고 있응께…… 흐흐. 형술은 웃었고, 을석은 아무 말도 할 수가 없었다. 어둠 속에서 형술이 을석의 손을 찾아 꼬옥 쥐어 주었다.

"너만 믿는다이."

"으응."

둘은 잠시 그대로 서 있었다. 어느 결엔가 바다로부터 더운 바람이 불어왔다. 끈적끈적하고 짭조름한 갯내가 코끝에 훅 끼쳐왔다. 을석은 부르르 몸을 떨었다. 그건 분명 후끈한 죽음의 감촉이었다. 검붉은 핏빛 배신의 냄새였다.

그들은 헤어졌다. 을석은 혼자 조밭을 걸어 내려오기 시작했다. 저도 모르게 걸음이 자꾸 빨라졌다. 누가 뒤에서 쫓아오기라도 하듯 허둥거렸다. 그런 제 모습을 어쩌면 형술이 지켜보고 있을지도 모른다는 생각이 들었지만 을석은 한 번도 뒤를 돌아보지 않았다.

하늘엔 별이 총총 박혀 있었다. 맞은편으로 북두칠성이 길게 걸려 있었다. 오늘따라 그 일곱 개의 별들 중 맨 가운데에 있는 네번째 별이 유난히도 흐려 보였다. 이윽고 콩밭을 지나 집 뒤안의 장독대 부근까지 왔을 때, 을석은 낮게 비명을 삼켰다. 누군가가 마당가에서 그를 기다리고 있었다. 어머니였다.

이날 밤. 그들 모자는 늦도록 잠을 이루지 못했다. 깜깜한 그 집 안방에선 불안스런 속삭임이, 때로는 격렬하게 맞부딪치는 숨소리와 간곡한 애원에 섞여 끊임없이 새어 나왔다. 누군가의 허탈한 흐느낌이 낮게 터져 나오기도 했다. 그러다가 끝내는 무거운 침묵이 오래오래 계속되었다.

새벽녘.

날이 새려는가. 창호지 문의 문살이 차츰 거무스름하게 갈비뼈를 드러내 보이기 시작했다. 누구 집에선지 부지런한 장닭이 길게 목청을 터뜨려 울었고, 그걸 신호 삼아 여기저기서 미처 잠이 덜 깬 닭들의 걸걸한 울음이 어수선하게 뒤따랐다. 그렇지만 마을을 짙게 뒤덮은 이른 새벽의 정적은 아직 혼곤한 잠에 빠져 있을 때였다.

한순간, 죽은 듯 방바닥에 엎디어 있던 을석의 몸이 움찔했다. 잠결에 멀리서 수상한 소음이 전해져온 것도 같았다. 그는 바짝 귀를 모았다.

척척척척. 척척척. 고갯길 쪽이었다. 마치 누가 톱질을 하고 있는 것처럼 그 소리는 무서운 속도로 벌써 고개를 다 내려와 마을에 이르는 한길로 접어들고 있었다. 척척척척. 발소리. 어지러운 발소리였다. 아마 수십 명은 넘으리라. 휘리리릭. 삐이. 삐이익. 숨넘어가듯 뭐라 외쳐대는 확성기 소리. 소리.

을석이 퍼뜩 몸을 일으켰다. 그의 허리를 으스러져라 휘감는 팔이 있었다.

"안 된다! 어딜 나갈라고 그러냐!"

"놔요. 이거 놓으랑께요."

"뭣이야? 못 간다. 못 가!"

그녀의 앙상한 팔뚝이 엄청난 힘으로 아들의 허리를 그러잡았다.

발소리는 어느새 집 옆으로 난 밭둑길을 어지럽게 오르고 있었다. 바로 대나무밭으로 오르는 길이었다.

"안 되라우. 형술이가 죽어요."

아들이 몸을 뒤틀었다. 그 바람에 둘의 몸이 한데 엉켜 방 바닥에 나뒹굴었다. 그래도 그녀는 손을 놓지 않았다.

"늦었다. 이미 늦었어…… 이놈아."

"어, 어무니……"

아들이 무릎을 꺾으며 쓰러졌다. 끈적한 울음이 흘러나 왔다. 그녀의 몸뚱이가 떨고 있는 아들의 작은 어깨 위로 겹쳐 졌다.

"이놈아, 내가 했다. 죄다 내가 한 일이여. 내, 처음부터 눈 치는 챘었니라. 그래도 설마설마 했드니, 아이고 끔찍스러운 거. 아무리 철없는 아그들이라고…… 아까 너 잠든 틈에 몰래 지서에 갔다 왔었니라. 그저 무턱대고 빌었다야. 너야 무신 죄 가 있겠느냐고, 인자 열여섯 살짜리 어린 것이 빨갱이가 뭔지 나 알기나 하겠냐고, 그저 몹쓸 친구 하나 잘못 둔 죄밖에는 없잖으냐고, 그렁께 이렇게 내가 대신 와서 빨갱이 숨은 자리 를 신고해드리는 거라고, 그렇게 싹싹 빌고 애원을 했다야."

어머니는 아들의 등을 껴안고 넋두리처럼 되뇌고 있었다.

삐익. 확성기 소리가 들려왔다.

"삐이익. 너희들은 완전 포위…… 삐이이 총을 버리고 순 순히……"

을석아 미안하다야. 무담씨 나 때문에. 비시시 형술이 웃 고 있었다. 을석은 손바닥으로 두 귀를 틀어막았다.

아니었다. 을석은 처음부터 모두 알고 있었다. 어두운 방 한쪽에서 그의 숨소리를 헤아리고 있던 어머니가 조심조심 방 문을 열고 나간 것도, 마당을 가로질러 대문을 나선 그 발소리가 깜깜한 고갯길을 급히 넘어가는 것도 그는 모두 알고 있었다. 얼마 후 어머니는 아까처럼 한껏 소리 죽여 방문을 열고 들어왔었다. 그렇지만 그는 움직이지 않았다. 아무것도 모르고 곤히 잠들어 있는 양, 조용히 드러누운 채 어머니의 옷자락에 배어 있는 풀냄새와 눅눅한 습기를 코끝으로 가려내고 있었던 거였다. 무엇이었을까. 무엇이 그를 그렇듯 누워 있게 했던 것일까.

"다시 한번 경고한다. 삐이……"

'나한테는 인자 고향도 없어져부렸다. 내 손으로 죽인 죄 없는 사람만 해도 몇 명이간다.'

그때였다. 대밭 쪽에서부터 몇 발의 날카로운 총성이 들려왔고, 기다렸다는 듯 길 아래쪽에서 수십 개의 총구가 일제히 토해내는 발사음이 새벽 하늘을 갈가리 찢어대기 시작했다. 그것은 낙일도 땅덩어리가 한꺼번에 바다 밑으로 가라앉는 듯한 어마어마한 총성이었다.

바람은 좀체 멈추지 않을 기색이었다. 가랑잎이 얼어붙은 땅바닥에서 비명을 지르며 굴러가고, 담장 아래 시누대가 음산하게 울어댔다. 그러더니 깜깜한 하늘 어느 귀퉁이에선가부터 희끗희끗 눈발이 날리기 시작했다. 그것들은 어둠 저편에서 날개를 펄럭이며 날아들어오는 무수한 흰나비 떼였다. 멀리서 개가 콩콩 짖었다. 아들은 여전히 물처럼 풀린 눈동자를 하고 문밖 스산한 바람 소리를 헤아리고 있다. 눈발이 들이치며 서그럭 소리를 낼 때마다 아들은 누군가 문밖에 서 있는 듯한 착각에 몸을 떨곤 했다. 문득 이불 위에 힘없이 늘어뜨린 아들의 손을 소나무 껍데기처럼 투부룩하고 쪼글쪼글한 손 하나가 다가와 가만히 그러쥐었다.

"아야 말다. 그건 벌써 지나가분 일들이다. 그새 3년이 지나지 않았냐. 잊어부러라. 잊어부랑께. 온 세상 사람들은 모다들 다아 잊어불고 언제 그랬든가 싶게 무심히 살고 있는디, 어짠 일로 유독 너 혼자만 아직까장 이러고 있는단 말이냐. 지발 지발 잊어부러라."

"……"

"그보다 더한 사람들도 잘만 살지 않디야? 봐라. 학봉이네도 서방 하나 그 지경으로 잃어불고 맨날 눈물 바람 한숨 바람으로 보내기는 하제만, 그래도 산 목숨이라 그런대로 살아 있지야. 옥서만 해도 그라제. 즈그 아부지 살았을 적보담도 더 악착으로 애를 쓰더니, 내년에는 배를 진짜 동력선으로 살란다고 안 하디야. 우리 황지리만 해도 하루 걸러 제삿밥 지어 올리는 집이 열두 집도 넘을 꺼인디, 그래도 누구 하나 숟가락 놓고 죽었다는 소문 내 아직 못 들었다…… 잊어부러라. 그저 잊어야 속 편하니께. 그래야사 쓰제 어쩌겠냐. 암, 아믄. 하나 남김없이 잊어부러야 쓴다. 아야, 불쌍한 자석아."

그녀는 다짐하듯 혼잣말을 하고 있었다. 그래도 아들은 움직이지 않았다.

"흐이유. 빌어묵을 놈의…… 아야 말다. 내 말 좀 들어봐라이. 시상에 이놈의 땅덩어리 생긴 뒤로, 언제 어느 때 한 번이라도 난리 없이 지난 세월이 있다디야. 나 클 적에도 동학 난리가 있었고, 우리 아부님 때도 그랬고, 또 그 아부님 때도 그랬고, 또 그 아부님의 아부님 때에도 난리는 언제나 있었다더니라. 그래도 살아남은 사람은 또 그 사람대로 안 죽고 이렇듯 자손 퍼뜨리고 사는 거란다. 사람 목숨이 별스런 성싶어도, 난리를 당하면 개 목숨 파리 목숨이나 매한가진 벱이여. 지아무리 귀한 목숨들 원통하게 죽어 없어져도, 무심한 세월 지나면 다들 잊어불고 살게 되는 거이 이놈의 세상인심이고 법도여. 하기사 그거이 옳은 소치인지도 모르제. 안 그러겄냐. 우선은 산 사람이나 살고 봐야제. 죽은 목숨 저만 서럽제, 누가 돌아봐주기나 한다디야. 그랑께 잊어부러야 쓴다. 어디 그거이 꼭 너나 내 탓이냐. 너가 아니더라도 어차피 죽을 사람들인께 그 꼴을 당하고 만 거여. 어서어서 정신 채리고 힘 좀 내거라. 느그 홀에미 불쌍한 맘이라도 들먼 말이다. 으응?"

아들은 그녀의 말을 듣고 있는 건지, 아니면 문밖 바람 소리며 눈 쌓이는 소리를 헤아리고 있는 건지 대답이 없다. 노모는 끝내 제풀에 꺾여 긴 한숨을 토해내며 이불을 뒤집어쓰고 돌아누워버렸다.

또 바람이 방문을 때렸다. 그러자 정말 누군가가 문밖에 있는 양 문고리가 두어 번 달그락거렸다. 얼핏, 아들의 눈알이 부싯돌을 치듯 파아랗게 빛났다. 벌떡 이불을 걷어차며 일어나자마자 문고리를 땄다. 그녀가 소스라쳐 팔을 뻗었지만 이미 아들은 방문을 열고 있었다. 쉬이잇. 바람이 방 안으로 몰켜들어왔다. 펄럭, 호롱불이 꺼졌다.

아무도 없었다. 허옇게 눈 덮인 마당이 드러났다.

"을석아이. 아그야!"

노모가 문턱으로 기어 나오려 애를 썼다.

아들은 맨발로 토방에 내려섰다. 눈이었다. 눈이 내려쌓이고 있었다. 마당에도 담 너머 밭에도 재 너머 앞산 마루에도 하얗게 덮이고 있었다. 온 낙일도가 눈부시게 흰 수의(壽衣)에 싸여 어둠 속에 싸늘하게 누워 있고, 그 위를 칼날 세운 광포한 바람이 눈송이를 더불고 제멋대로 치달리고 있었다. 아들은 눈 깔린 마당을 맨발로 달려나갔다. 그리고 사립문을 활짝 열어젖혔다. 아무도 없었다. 허허한 밤 저편으로 살아 움직이는 것들의 형체 하나 찾을 수가 없었다.

"아니여! 내가 죽인 것이 아니여어."

느닷없이 아들은 미친 듯 고함을 질러댔다. 그때 그는 똑똑히 보았다. 바람 속에서 수없이 많은 사람들이 이쪽으로 내달려 오고 있는 모습을. 한결같이 흰옷을 입은 사람들은 밤하늘 저편으로부터 하얗게 옷자락을 너울거리며 흐르듯, 가볍게 가볍게 떠오고 있었다.

아들은 머리 위로 두 팔을 활짝 펴 들었다. 흡사 그들을 맞아들이기라도 하려는 듯이, 그렇게 팔을 펼친 채 아들은 골목을 돌아서더니, 이윽고 대나무 숲을 향해 눈 덮인 밭둑을 휘적휘적 걸어 오르기 시작하고 있었다.

그들의 새벽

약 기운이 차츰 소진해가는 마취 상태에서처럼 몽롱한 의식을 후드득 털어내며 그녀는 눈을 떴다.

희고 검은 빛깔의 물고기 형상을 하고 균일한 분포로 판박이 된 천장의 사방 연속 무늬가 어슴푸레 공중에 걸려 있는 게 맨 먼저 시야에 들어왔다. 현관 바깥에 매달린 외등에서 가느다란 불빛이 유리창으로 새어들어와 맞은편 벽면으로 날이 잘 다듬어진 비수처럼 음험한 그림자를 드리우고 있었다. 그녀는 메말라 껄끄러운 눈꺼풀을 몇 번인가 깜박거리며 눈의 초점을 맞추려 애를 썼다.

뚜걱, 뚜걱, 뚜거덕.

불현듯 온몸의 털구멍이 한꺼번에 바짝 아가리를 닫고 수축되는 듯한 긴장감. 그녀는 전신이 풀 먹인 무명베처럼 빳빳하게 굳어가는 느낌이 들었다. 발소리는 역시 이층에서 들려오고 있었다. 두 뼘도 채 못 되는 천장의 콘크리트 두께를 뚫고 발소리는 분명히 그녀의 귀에까지 전달되고 있었다.

뚜걱, 뚜거덕, 뚜걱.

구두 밑창의 두꺼운 뒤축이 시멘트 바닥에 맞부딪쳐서 내는 둔중한 마찰음. 군화를 신고 있거나 굽 높은 투박한 등산화를 신었는지도 모른다. 발소리는 이날따라 유난히 크고 대담하게 울리는 것 같았다.

아니, 그건 언제나 그랬다. 침입자는 굳이 자신의 잠입을 은폐하려 들지는 않으려는 듯 행동해왔었다. 거침없이 이층 방의 이쪽저쪽 구석을 성큼성큼 걸어 다니고 크악크악 가래침 울궈내는 소리까지 내기도 했다. 은밀한 잠입이 아니라 분명 공개적인 침범을 대담하고도 뻔뻔스럽게 시위하는 행동들이었다.

뚜거덕 뚜걱 뚜거덕.

잠시 멈췄던 발소리는 다시 쇠사슬처럼 연결되기 시작했다. 돌아가신 시부모의 사진이 걸린 왼쪽 벽에서부터 장롱이 있는 윗목으로, 그러다가 다시 아래쪽으로 내려온 발소리는 곁에 누운 다섯 살짜리 아들의 배를 북북 밟으며 건너오더니, 이윽고 그녀의 목과 머리를 지나치려다가 문득 정지했다. 지금 강도인지 살인범인지 모를 그 발소리의 주인은 그녀의 가슴팍 어느쯤에서 두 다리를 벌린 채 당당하게 버티고 서 있는 참이었다. 그녀는 나무토막처럼 빳빳이 굳어 누운 채로 천장에서 울려오는 발소리의 방향을 끈질기게 눈길로 좇고 있었다.

발소리가 멎은 그 순간, 그녀의 모든 세포는 또 한 차례 바짝 결빙했다. 까슬한 소름이 꽃가루 번지듯 돋아났다. 전신의 땀구멍마다 털이 부우우 허리를 곧추세워 일어나기 시작하고, 그녀의 모든 촉각은 소리가 정지한 천장의 한 점에 레이더 망처럼 집결하고 있었다.

그것은 물고기 형상을 한 검은 유선형 무늬의 머리 부분이었다. 그녀는 거기에서 가늘고 날카로운 금속성의 선이 불쑥 뛰쳐나오는 듯한 환각을 일으켰다. 바늘같이 예리한 침. 분명히 압정(押釘)의 끝이었다. 밑창에 압정이 달린 구두를 신고 다니는 괴한. 그녀는 비명을 지르려 했다. 그러나 목소리는 이내 깊이 잠겨버렸다.

침묵은 차츰 고드름마냥 길어나며 영락없이 그녀의 심장을 겨냥해 내려오고 있다. 둘둘둘둘. 굴착해오는 착암기의 섬뜩한 소음. 퍼뜩 잠자리의 표본이 뇌리에 떠올랐다. 아아, 가슴에 예리한 핀을 찌르고 그녀는 이대로 방바닥에 누운 채로 한 마리 표본이 되어버리고 말 것이었다. 파르르, 잠자리의 날갯짓처럼 그녀는 진저리를 쳤다.

뚜거덕 뚜걱 뚜걱.

다행히 발소리가 다시 움직임을 시작한다. 그녀는 나지막이 푸우 한숨을 내쉬었다. 어느새 핀은 사라지고 없었다. 등허리로 식은땀이 질펀했다.

"엄마 엄마. 또, 또 왔나 봐."

마비된 그녀의 팔꿈치를 흔들어대는 조그만 손. 아들이었다. 다섯 살짜리 아들은 벌써부터 깨어 있었나 보다. 한껏 죽인 목소리로 속삭이는 아이를 그녀는 왈칵 부둥켜안았다. 눈물이 쿨쿨 쏟아져 내릴 것만 같은 안쓰러움. 핏덩이를 삼키듯 그녀는 가까스로 울음을 삼키려 애를 썼다. 밀착한 아이의 심장이 무섭게 뛰고 있었다. 그러나 그것이 자신의 가슴에서 나는 고동임을 그녀는 한참 후에야 깨달았다. 아이가 꿀꺽 침을 삼켰다.

이번엔 발소리가 좀더 오래 침묵하고 있었다. 그녀는 언제나 그 정적이 두려웠다. 차라리 발소리가 들리고 있는 동안에 더 맘이 놓였다. 갑자기 삽입되어지는 침묵의 불확실한 공간. 그것은 오래 밀폐된 지하실의 육중한 철문을 열고 한 발 한 발 걸어 들어가고 있을 때, 음습한 냄새와 더불어 한 치 앞을 분간키 어려운 암흑이 함께 공모해내는 예정된 범죄의 거리와도 같은 거였다.

발소리가 들리는 한 침입자는 이층에 아직 남아 있음을 증명해주는 것이었고, 그동안만큼은 아래층의 그녀들도 안전할 수 있었다. 그러나 이층으로부터 아무런 기척도 들리지 않게 되면 그 순간 까마득한 공포의 나락으로 추락해버리고 말았다.

느닷없이 그녀의 방문이 벌컥 열리고 시커멓게 복면을 했거나 스타킹을 뒤집어쓴 흉측한 몰골의 강도가 칼을 겨누고 당장이라도 달려들 것 같은 아찔한 공포에 그녀는 거의 질식해버리곤 했다. 때문에 늘상 그녀들은 차라리 천장을 울리는 발소리가 영원히 계속되어지길 바랄 지경이었다.

차르르르, 콸콸콸.

오줌을 눈 모양이다. 변기를 세차게 씻어 내려가는 수돗물 소리가 꽤 먼 데서처럼 그러나 분명히 들려왔다. 화장실에서 사용한 물은 현관 한쪽 구석에 설치된 관을 통해 마당의 하수구로 내려가게끔 되어 있어서 밤이면 물소리가 퍽 소란스럽게 났다.

지금 그녀의 귀에 그건 웃음소리로만 여겨졌다.

이 바보 같은 새끼들아. 비겁하고도 못난 겁쟁이들아. 이불을 뒤집어쓰고 벌벌 떨고 있는 꼬락서닐 내가 모를 줄 알구? 어디 용기가 있으면 올라와보렴. 강도야 하고 소리쳐보라구. 낄낄낄낄.

그녀는 눈을 질끈 감았다. 손바닥으로 귓구멍을 꽈악 틀어막았다. 까닭 모를 수치심과 치욕감이 그녀를 쥐어짰다. 퀴퀴한 걸레 냄새 비슷한 악취가 코에서도 입안에서도 물큰물큰 피어나는 듯한 혐오감.

아아 경찰은 왜 이럴 때 안 온담. 남편이라도 곁에 있어주었으면.

그녀는 절박하게 구원을 외쳐 부르고 있었다. 하지만 그 어느 쪽에서도 구원은 뻗쳐오지 않을 것임을 그녀는 빤히 알고 있었다. 지금쯤 파출소에선 숙직 경관 두엇이 졸린 눈으로 책상을 지켜 앉아 있을 것이고, 방범대원은 50여 미터나 떨어진 주택가 골목에나 가야 겨우 찾아볼 수 있을 테고, 토요일에만 나타나는 남편은 내일 오후가 되어야 집에 돌아올 거였다.

그새 아이는 그녀의 목에 팔을 두르고 실없이 잠들어 있었다. 무서움을 미처 지우지 못해 잔뜩 찌푸려진 얼굴이었다.

그녀는 잠든 아이를 껴안고 한참을 소리 죽여 흐느끼고 있었다.

"아니, 요즘에도 계속 그렇단 말씀입니까?"

"어젯밤에도 들어왔었는걸요. 정말이지 불안해서 어째야 좋을지 모르겠어요. 애들이랑 여자들만 사는 집이라 더더구나 그래요."

그녀는 거의 울상이 되다시피 말했다. 방금까지만 해도 생각 같아선 도대체 뭣들 하는 거냐고, 세 번씩이나 와서 신고를 해도 맨날 모르는 척하겠느냐고, 누구 하나가 정말로 강도한테 칼을 맞고 죽었노라는 소릴 듣고 나서야 겨우 손을 쓰려는 거냐고, 그렇게 한바탕 퍼부어줄 작정이던 것이 막상 파출소 안에 들어서고 보니 고작 하소연이 되고 말았다.

"호오, 그래요. 그 새끼 어떤 놈인지 겁대가리 하나 되게 없는데?"

순경은 자못 신기하다는 표정을 지으며 손가락을 툭툭 꺾었다. 사내의 곤색 잠바 어깨 언저리에 허옇게 슨 비듬을 바라보며, 그녀는 잔뜩 짜증이 북받쳐 오르는 걸 꾹 참고 있었다. 전번에 집을 찾아왔던 땅땅한 체구의 순경은 자리에 보이지 않았다. 사내는 서랍에서 종이를 몇 장 꺼냈다.

"댁 주소가……"

"12통 7반, 공터 외딴집이라서 금방 아실 거예요."

그녀는 찜찜한 낯빛으로 순경의 말을 뎅겅 잘라 대답했다.

"그놈이 나타나기 시작한 게 언제부터라고 그러셨더라."

"전번에도 말씀드렸을 텐데요."

새삼스레 또 그런 걸 적어야 할 필요가 있습니까, 하고 쏘아주고 싶었으나 그 말도 역시 그녀는 삼켜버렸다. 그래야 하는 자신에게 그녀는 더욱 화가 치밀었다.

"그래도 수사상 필요하니까요. 대충 얘길 해보십쇼."

사내는 약간 심드렁해진 말투였다. 손가락 사이에서 볼펜이 따분하다는 몸짓으로 목을 휘휘 내젓고 있었다.

그녀는 짧게 한숨을 뱉어내었다. 그들은 으레 그랬다. 수사상 필요해서요, 협조해주십시오, 댁에서 기다리고 계십시오였다. 몸에 큰 흉터가 있구먼, 그래애? 아직 없으믄 나중에라도 생길 거여. 그게 액막이를 허는 게라구, 꿰적꿰적 짓무른 눈두덩을 하고 점을 치는 소경 할미처럼 그들은 그렇게 물었고, 지난달보담은 적게 나왔군요, 3킬롭니다, 식의 무덤덤한 대답만 내던지고 등을 돌리는 수도 검침원이나 전기 계량기 검사원처럼 사무적으로 종이쪽에 뭔가를 쓱쓱 적어 넣고는 할 뿐이었다.

실내는 칠한 지 얼마 지나지 않은 페인트 냄새가 엷게 배어 있었다. 한 달 전에 세워진 파출소 건물 전체가 어딘지 신장개업한 가게에서와 같은 생경함과 아직 틀이 잡혀 있지 못한 듯한 느낌을 갖게 했다. 하긴 이 정도의 사소한 사건에까지 미처 눈 돌릴 겨를이 없는지도 몰라. 한쪽에서는 분주히 철제 캐비닛 속에 서류 다발을 챙겨 넣고 빼고 하는 모양을 보며 그녀는 생각했다.

"무슨 도난당한 물건은 없습니까. 그놈을 목격한 적이 있다든가."

"아뇨. 잃어버린 건 없어요. 본 적도 없구요. 얼굴은커녕 키가 큰지 몸집이 어떻게 생겼는지조차 전혀 몰라요."

그랬다. 식구들 중의 누구 하나 괴한을 본 적은 아직 없었다. 방문을 걸어 잠그고 이불 속에서 오들거리며 침입자의 존재를 확인할 수 있는 유일한 증거라고는 다만 청각을 통해서일 뿐이었다.

뚜걱거리며 이층 마루와 방을 왔다 갔다 하는 발소리와 크악크악 가래 울궈내는 소리, 그리고 오줌을 눈 후 변기를 씻어 내려가는 화장실의 물소리뿐이었다. 참 또 있다. 언젠가 그 정체불명의 사내가 남기고 갔을 게 분명한 반쯤 피우다 만 담배꽁초. 다음 날 아침 이층 방에서 그녀는 그 꽁초 둘을 발견해내자 살아 꿈틀거리는 지네의 꼬리를 쥐듯 벌벌거리며 그것들을 손수건에 싸 들고 부리나케 파출소로 달려왔다. 무슨 대단한 단서라도 되는 양 긴장한 표정으로 펴놓았을 때 순경은 어이가 없는 듯 비시시 웃던 거였다.

"됐습니다. 댁에 돌아가셔서 기다리십시오. 내일 저희들이 직접 찾아가서 좀더 조살 해보겠습니다."

순경은 명쾌하게 말을 맺었다. 염려 말라는 식이었다. 그러고는 마치 자신의 단호한 결의를 나타내기라도 하려는 듯 기록한 서류철을 탁 소리 나게 덮었다. 하지만 그녀는 서류철의 그 까만 커버에서 또 다른 단절을 의식했을 뿐이었다.

그녀는 파출소의 유리문을 나섰다.

콧등으로 부딪쳐오는 초겨울의 맵살스러운 바람이 짙은 허탈감을 날라왔다. 그것은 꼭 실망감이나 배신감이라 부를 수만은 없는 느낌이었다. 애당초 어떤 확실한 해결책을 기대했던 건 아니었으니까. 불과 세 차례의 드나듦이었지만 밀고 들어서면 등 뒤에서 저절로 닫히는 파출소의 출입문처럼 그녀는 그곳을 찾아올 때마다 자신이 그려내야 하는 단조로운 궤도에 어느덧 익숙해져 있었고, 또 거기에서 오는 막연한 무의미함을 매번 떨쳐내기 어려웠다.

그녀는 이미 알고 있었다. 그 무례한 침입자는 결코 경찰이나 방범대원 혹은 용기와 의협심에 찬 소수의 이웃들에게만 일방적으로 떠맡겨야 할 책임은 아니라는 사실을. 오히려 그것은 다른 누구, 정확히는 남편과 그녀, 아니 건넌방 여고생들을 포함해서 그 집에 살고 있는 다섯 식구 모두가 해결해야 할 문제였고 그들 식구들이 함께 나누어 져야 하는 당연한 책임의 영역이었다. 왜냐면 그들은 침입자를 막아야 할 일차적인 의무를 지녔으며, 다른 무엇보다도 그 괴한은 그들을 제멋대로 무시하고 조롱하며 농락하고 있기 때문이었다.

그러나 식구들은 한결같이 무력했고 비겁했다. 그 사실이 그녀를 끝없이 부끄럽게 만들었다.

그녀는 느릿느릿 집 쪽을 향해 걷기 시작했다. 등에 흙을 가득 채운 트럭이 아스팔트 위를 쏜살같이 달려 지나갔다. 신설될 학교 건물을 짓는다고 야산 기슭으로 난 도로엔 얼마 전부터 작업 차량들이 분주히 드나들고 있던 참이었다.

"무슨 일이 있었수? 아까 파출소에서 나오시던데."

쌀가게 주인 여자였다. 정해두고 쌀을 팔아주곤 하는 까닭에 제법 낯이 익은 처지였다. 시장에서 오는 길인지 바구니가 무거워 보였다.

그녀는 속 시원하게 이런저런 내력을 그 맘 좋아 보이는 여자에게 죄 털어놓고 싶은 유혹이 불쑥 치올랐으나 억지로 눌러버렸다.

그랬다간 영영 방이 나가지 않을지도 모른다. 벌써 석 달째 세 들 사람을 찾지 못해서 휑하니 비워둔 채로, 빠져나간 전세금 몫을 이자까지 꼬박꼬박 물어주고 있는 터에, 집에 도둑이 든다는 소문이라도 퍼지는 날이면 누구 하나 얼씬하지 않을 게 뻔한 이치였다. 그것도 어디 슬쩍 지나쳐가는 예사 도둑도 아니고, 이건 아예 밤중에 내놓고 여기 왔소 하는 듯 쳐들어와 몇 시간씩 머물렀다 가곤 하는 정체불명의 괴한이 아닌가. 어쨌든 우선 이층 방이 나가야 한다. 그게 가장 시급한 일이다.

"머, 그저 알아볼 게 좀 있어서요."

그녀는 애써 웃으며 대답했다.

"혹, 도둑을 맞아서가 아니구요?"

"아녜요. 도둑은 무슨."

부러 눈을 동그랗게 치뜨고 그녀는 여자를 바라보았다. 쌀집 여자는 지나치는 얘기처럼 멀뚱한 표정이다. 무언가 알고 있는 듯한 시늉은 아니었다.

"이놈의 동네는 큰일이라구요. 눈만 뜨면 맨날 여기저기서 강도 사건이 터졌다는 통에 하루라도 맘 편히 잘 날이 없으니 원, 쯔쯧."

"또 누구 집에 도둑이 들었대요?"

그녀는 내심 움찔 놀랐다. 여자가 땅바닥에 툇 침을 뱉었고 덕택에 그녀의 얼굴로 침방울이 날아왔다.

간밤에 쌀가게 맞은편의 양옥집에 강도가 들어와 현금이며 보석을 몽땅 털어갔다는 거였다. 그 부근은 부촌으로 시내까지 널리 알려진 호화 주택가였다. 칼을 들이대며 꼼짝을 못하게 하는 통에 주인 남자도 미처 어쩔 도리가 없었다고 한다.

"오죽허면 집집마다 돈다발을 꾸려놓고 강도가 찾아오길 기다리고 있겠수."

"어머나, 세상에."

그녀도 신문에서 읽은 적이 있다. 도둑이 돈을 요구했다가 만일 내놓지 못하면 사람을 찌르고 도망칠지도 모르는 일. 그러니 귀한 몸이라도 다치지 않으려면 할 수 없이 선뜻 집어줄 3, 40만 원 정도의 현금을 미리미리 준비해둔다는 기막힌 얘기였다. 이른바 인명 피해 방지금이라나.

파출소가 멀지 않고 골목엔 방범 초소가 세워졌지만 좀체 도둑은 줄지 않은 모양이었다. 하긴 외양에 써 붙이고 다니는 도둑은 없다. 경찰과 방범대원이 집집의 마당이며 현관마다에 한 명씩 보초를 서지 않는 바에야 완전한 도난 방지책이란 거의 불가능한 일일지도 모른다. 요즘의 도둑은 그만큼 대담하고도 교활하다고들 했다.

싸전 앞에서 두 여자는 헤어졌다.

그녀는 죄지은 사람마냥 쌀가게 맞은편의 우람한 양옥을 흘낏 곁눈질하며 천천히 발을 떼어놓았다. 붉은 벽돌로 쌓아 올린 담장 너머 정원의 사철나무가 무성한 가지를 길 쪽으로 뻗고 있었다. 육중한 철 대문이 지나치게 화려함을 과시하는 듯한 그런 부류의 집들을 볼 때마다 으레 느끼곤 하던 질투심이랄까, 아니꼬움 대신에 오늘 그녀는 왠지 은밀한 죄책감마저 느껴야 했다. 마치 자신이 어젯밤 그 붉은 벽돌담을 기어 올라가는 강도를 직접 목격하고서도 모르는 척 외면해버리기나 했던 것 같은 알 수 없는 죄책감이 들었다. 부끄러움, 부끄러움.

문득 그녀는 자기도 모르는 사이 어떤 어마어마한 범죄에 가담해 있는 게 아닌가 하는 불길한 생각으로 움찔 몸을 떨었다. 어젯밤 붉은 벽돌담 집을 털었다는 강도가 어쩌면 진작부터 그녀의 이층에 스며들어와 잠시 머물렀다 가곤 하는 그 정체불명의 괴한일지도 모른다는 직감 때문이었다.

그러고 보니, 놈은 그녀의 이층에서 늘 적당한 시간이 되기까지 느긋하게 기다리곤 하는 것일 게다. 방범대원의 순찰이 뜸해지고 사람들이 대부분 깊은 잠에 떨어져 있을 때가 되어야 비로소 서서히 행동 개시를 할 속셈으로 그 밤에 털 집을 선택하고, 범행의 세부 사항을 신중히 구상하거나 사람을 위협할 흉기며 범행에 사용될 장비를 최종적으로 점검하는지도 모를 일이다.

놀라운 건, 그런 모든 준비는 바로 그녀의 집 이층에서 행해졌을 것이라는 사실이었다. 간밤의 사건뿐 아니라 훨씬 이전의 사건들, 그러니까 그녀가 발소리를 처음 확인했던 날부터 발생한 근처 주택가의 강도 사건은 그 상당수가 어쩌면 모두 그녀의 집에서 고안되고 짜인 계획이었을 수도 있었다.

그렇다면…… 그녀는 갑자기 현기증이 일었다. 잠시 걸음을 멈추고 해바라기를 하듯 하늘로 고개를 젖혔다.

그렇다면 그녀는 공범(共犯)이었다. 남편도, 다섯 살 난 아들도, 자취하는 계집애들도, 한결같이 공범자들이었다. 그들이 자신에게 닥칠지도 모를 위험을 회피하기 위해 스스로 방임해두고 있는 완충지대(緩衝地帶)에서 그 끔찍한 범죄는 독버섯처럼 자라나고 있었고, 그 독버섯을 키우고 있는 사람들은 다름 아닌 바로 그들 자신이었다. 분명히 그녀들은 어떤 음모를 묵인하고 있었고 그 범죄에 결과적으로 협력하고 있는 셈이었다.

하마터면 그녀는 선 자리에서 주저앉아버릴 뻔했다. 가슴

한 귀퉁이로 예리한 통증이 쿡쿡 깊숙한 바퀴 자국을 남기며 지나갔다.

결혼 8년 만에 부부는 그 집을 샀다. 시어머니가 돌아가신 후 시골에 남은 집과 전답을 처분하고 어렵사리 은행 융자도 받아 꿈같이 마련한 집이었다. 변두리 산비탈을 배경으로 하고 공터에 휑하니 지어져 있는 외딴집이었다. 거기서 제일 가까운 집이래야 50여 미터는 족히 떨어져 있었고 게다가 모두 번듯번듯한 고급 주택들뿐이어서 주위와의 고립감을 한층 조장해주는 구도 속에, 그 낡은 이층 건물은 잘못 돋아난 혹부리마냥 들어서 있었다. 이전엔 미나리밭이었다던 황량한 공지 가운데에 추레하게 서 있는 집을 볼 때마다, 그녀는 가끔 책에서 본 어느 최전방 전초 기지의 을씨년스러운 참호를 떠올리곤 하였다.

침입자의 출현은 두 달 전, 세 들어 살던 늙은 내외가 이사를 간 후부터였다. 이층으로 오르는 계단이 집 뒤편에 따로나 있었으므로 도둑은 그리로 쉽사리 넘어 들어올 수가 있었을 것이다.

중학교 역사 선생인 남편은 직장 때문에 시골에서 따로 하숙을 하는 터라 항상 토요일에야 집으로 돌아왔다. 응당 집에 남은 사람은 대부분 여자들이었는데, 놈은 영락없이 그 사실을 처음부터 환하게 알고 있는 듯한 눈치였다. 쿵쿵 천장을 울리며 이리저리 돌아다니는 발소리와 기침 소리, 또 화장실의 물소리가 너무도 대담하고 거리낌이 없었다.

한데 기이한 일이었다.

그 정체불명의 괴한은 텅 빈 이층에서 한두 시간 정도 머물렀다가 언제고 얌전히 돌아가버리는 거였다. 무엇 하나 없어지는 일도, 그렇다고 그녀들이 있는 아래층으로 내려오는 기적도 없었다. 아침이면 방바닥에 찍힌 엄청나게 큰 신발 자국과 피우다 만 담배꽁초만이 놈이 남긴 흔적이었을 뿐 그것들의 임자는 그림자도 볼 수 없었다.

놈이 나타나는 것 역시 퍽 불규칙적이어서 2, 3일 잇달아 계속하기도 하고 때로는 5일, 일주일 간격으로 뜸해지기도 했다. 대략 밤 1시경에 들어왔다가 어느 틈엔지 슬며시 사라지는 것이었다. 마치 추위를 피해 잠깐 쉬었다가는 휴식처로나 여기고 있는 듯했다.

설마설마 하다가 세번째 밤을 뜬눈으로 새운 후, 날이 밝자마자 파출소로 달려가 신고를 한 그녀는 그길로 철물점에 들러 튼튼한 자물통을 사다가 이층 미닫이문에 쇠를 채우고 그래도 못 미더워 못까지 꽝꽝 박아버렸다. 하지만 하루도 채 못 되어 그녀는 도로 자물통을 열고 못을 뽑아내고야 말았다. 이층의 문이 잠겨진 걸 보면 괴한은 이번에야말로 아래층으로 쳐들어올지도 모른다는 생각에 철렁 겁이 나서였다.

어차피 그녀들로서는 이불을 둘러쓰고 누군가의 도움을 막연히 기다릴 도리밖에 없을 모양이었다. 그러나 어디에서고 미더운 도움은 없었다. 본디 왜소한 몸집에다 겁이 많은 남편은 애당초 바람막이로 쓰기조차 어려웠다.

"왜 일어서세요?"

"올라가봐야지. 맨날 이러구만 살 순 없잖아. 대관절 어떤 녀석인지나 알아얄 거 아냐. 강돈지 귀신인지 말야."

어설픈 기색으로 자리에서 일어서려는 남편의 비쩍 여윈 팔에 그녀는 퍼렇게 질려 매달렸다.

"미쳤어요? 틀림없이 칼을 품고 있을 텐데, 당신이 혼자 어쩌시겠다구 그러세요. 네?"

"서, 설마…… 그럴까?"

그러면서 남편은 못 이기는 척 후들후들 주저앉고 말았다.

"오늘 밤부턴 순찰을 철저히 하라구 이르겠습니다만, 행여 무슨 일이 또 생기면 즉시 신고해주십쇼."

언젠가 한번 찾아온 순경은 그런 하나 마나 한 다짐을 안겨주고 갔을 따름이었다. 설사 온 식구가 죽기를 작정하고 목이 터져라 합창을 한다 해도 멀리 주택가까지는 들릴 리가 만무하고, 문고리만 틀어잡은 채 달싹 못 하는 형편에 신고한답시고 대문을 뛰쳐나오라는 얘기는 가당찮은 만용이었다.

그러는 동안 그녀들에겐 눈에 띄지 않게 조금씩 변화가 일어나기 시작했다. 한 장소에서만 동일한 프로그램으로 장기간 연장 공연되는 서커스단의 공중 곡예를 보는 것처럼 식구들은 빈번히 반복되어지는 위기감에 어느덧 차츰 익숙해져가고 있었다.

밤 12시를 괘종시계가 땡 울리기 전까지는 방마다 약속이나 한 듯 불이 꺼졌고, 방 윗목엔 일찌감치 스테인리스 요강이 들여놓아졌다. 그러고는 불 꺼진 방 안에 누워 그들은 이층의 발소리가 들릴 때까지 조바심을 치며 잠을 이루지 못하는 거였다. 기이하게도 그런 조바심은 정작 천장을 거침없이 울리는 발소리를 확인하고 나면 왠지 모르게 훨씬 누그러지는 거여서 그제서야 비로소 선잠이나마 청할 수가 있었다.

자취하는 계집애들도 여전히 자고 일어나면 찜찜한 표정들이긴 했으나, 요즘은 저희들끼리 가끔 히히덕대며 장난질을 치기도 하는 모양이었다.

"대체 뭘 하는 사람일까?"

"어쩌면 그 남잔지도 몰라 얘. 아침에 학교 갈 때 봤는데 가죽 잠발 입구 공터로 개를 데리고 나왔었어."

"아냐, 내가 봤던 사람은 마스크를 썼구 키가 크던데."

"몇 살이나 먹었을까, 한 서른 살쯤?"

"설마 그렇게 많을라구. 얘얘, 요즘은 십대 강도가 많다드라."

무슨 신화 속의 인물인 양 계집애들은 대단한 호기심까지 보이며 떠들어대기도 했다.

"거, 그래도 예의는 있는 놈이구먼. 함부로 방바닥에 오줌을 내갈기지는 않는 걸 보면 말야."

쏴아. 변기로 훑어 내려가는 물소리에 남편은 그런 터무니없는 농담으로 여유를 가장할 정도였다.

방바닥에 바싹 엎딘 채 숨소리, 몸 뒤척이는 소리 하나에까지 신경을 곤두세우고, 입안에 괴는 마른침을 삼키기조차 두려워하던 처음 얼마간의 식구들 태도와 비교하면 실로 놀라운 변화였다.

그런 몇 가지 변화는 식구들과 침입자 간에 일종의 타협이 이루어진 후에야 비로소 가능한 결과라고 할 수 있었다. 그것은 둘 사이의 묵계(默契)였다.

너희들에겐 손가락 하나도 까딱 안 댈 테니 꼼짝 말구 잠이나 자라구. 낄낄.

당신이 강도든 무엇이든, 또 다른 집에 들어가 무얼 하든 우린 별 관심이 없소. 우린 그저 아무 일도 일어나지 않기를 바랄 뿐이오. 제발 아래층으로 내려올 생각일랑 말고 때 되면 조용히 나가기만 해주쇼.

이를테면 이런 식의 말없는 대화가 오고 간 거나 마찬가지였다.

식구들에게서 그런 변화를 의식하게 될 때마다 그녀는 가끔 목구멍으로 꺼끌꺼끌한 저항감을 느끼곤 했다. 가닥이 엉망으로 헝클어져버린 실꾸리를 손에 들고 있는 듯한 당혹감과 메스꺼움. 그건 마치 언젠가 번잡한 네거리의 횡단보도를 중간쯤 건너왔을 때 불시에 신호등이 빨강으로 바뀌어버린 통에 나아갈 수도 돌아갈 수도 없어 쩔쩔매던 느낌과도 흡사했다.

집에 돌아오니 건넌방 여학생들이 그녀를 기다리고 있었다. 대문을 들어서자마자 배가 불룩 튀어나온 가방을 양손에 들고 비척비척 마당으로 걸어 나오는 폼이 아마 시골집에 내려갈 행색이었다.

"웬일들야, 어딜 가려구?"

빤히 속으로 짚이는 게 있으면서도 그녀는 짐짓 물었다.

"방학이니깐 집에 내려가야죠 머. 여기 있어봐야 따분하구 또……"

계집아이 하나가 말끝을 감추며 빙긋 웃고 만다.

둘은 그녀가 이사 오기 전부터 그 집에서 자취를 하고 있었다. 같은 중학 동창이고 서로 이웃한 마을에서 올라온 처지로 내리 3년 동안 함께 자취를 해오고 있다고들 했다.

"아니 왜? 타자도 배우고 무슨 고시 학원인가에도 다닐 작정이래드니."

졸업반이니까 공무원 시험 준비를 하며 그동안 학원에라도 다녀야겠다고 말한 적이 있었다. 그러던 애들이 부랴부랴 짐을 꾸려 떠나려는 까닭이야 물어보나마나 한 거였다. 꾸벅 인사를 하고 돌아서서 바삐 공터를 빠져나가는 둘의 뒷모습을 바라보며 그녀는 꼭 제 손으로 등을 떼밀어 내쫓고 있는 듯한 죄스러움에 입술을 꼭꼭 깨물었다.

남편은 이날따라 유난히 늦었다.

줄곧 기다리다 9시가 넘어서야 아들과 둘이서 김빠진 밥상을 마주하고 앉았는데 남편은 돌아왔다.

대문을 열어주다가 그녀는 진한 술냄새를 맡았다. 확실히 남편은 술기가 얼근히 올라 있었다. 포도주 한 잔에도 벌겋게 달아오르는 체질이라 아예 술은 입에 대지도 않으려는 남편이었다. 결혼 후 8년이 되도록 입에서 술내를 풍기며 들어오는 일은 열 손가락으로 꼽을 정도인 그가 이때처럼 다리가 후줄근히 풀리고, 마치 관록 있는 주정꾼마냥 대문을 주먹으로 쾅쾅 두들기며 문 열어 문, 하고 고래고래 소리를 지르는 일은 분명 놀라운 사건이라 할 수 있었다.

생활 지도 주임 교사답게 늘 단정히 차려입고, 옷에 뚫린 단춧구멍 하나라도 그럴 만한 이유 없이는 결코 비워둔 적이 없던 꼼꼼한 사람이 바바리 앞을 확 풀어 헤치고 넥타이를 반뼘이나 늘어뜨린 꼴로 휘적휘적 앞서서 마당을 질러 갔다.

"별일 없었지?"

남편은 마루에 가방을 쿵 소리 나게 내려놓으며 말했다.

턱없이 힘이 들어가 있는 음성이 그녀에겐 서투른 삼류 배우의 대사처럼 어색하게 들렸다.

"어제도 들어왔었어요. 다른 일은 없었구요, 물론."

"뭐라구?"

"아아니, 신고는 했어? 그랬더니 뭐래? 도대체 그 작자들은 뭘 하는 게야. 안 되겠어. 이번엔 단단히 따져야겠어. 전번에도 내가 좀 어쨌드니 뭐, 그래도 도난당한 물건이 있는 것도 아니잖소, 이러드라구. 한두 번도 아니고 정말 이럴 수가 없는 거야. 허, 참 기가 맥혀서 원."

남편은 무섭게 흥분한 사람마냥 쨍쨍 악을 썼다. 서슬에 놀라 아들은 숟가락을 빨며 구석으로 밀려나 울먹울먹 서 있었다.

하지만 그녀는 잘 안다. 오늘 그녀가 그랬듯 남편은 큰소리 한번 치지 못하고 되돌아올 거라는걸. 그가 아무리 대문을 발로 차고, 옷을 풀어 헤치고, 넥타이를 헝클어뜨린 채 언성을 높이며 갖가지 호기를 부리려 한다 해도, 결코 그 서투른 연기를 숨길 수 없으리라는 걸.

남편은 속이 거북해 견디기 힘든 모양이었다. 주량을 넘긴 탓에 가슴이 답답한지 거칠게 숨을 몰아쉬며 주먹으로 가슴팍을 두들기기도 했다.

그녀는 고통으로 일그러진 남편의 얼굴을 우두커니 내려다보며 서 있었다. 문득 까닭 모를 혐오가 지그시 고개를 쳐들기 시작했다. 그리고 그의 고통을 끝까지 지켜보고 싶다는 잔인한 유혹이 가슴속에서 음험한 적의를 불러일으킬 때까지 끈질기게 기다렸다. 그렇지만 결국 그녀는 코끝이 찡해오고 말

앗다.

남편은 괴로웠으리라. 그 오만한 침입자의 발소리가 우리
의 허약한 용기를 시험하려고 멸시하듯 조롱하듯 아무 거리낌
없이 뚜걱뚜걱 천장을 울릴 때마다, 그것을 용납해야 하는 스
스로의 비굴함으로 부끄러워하고, 망가져버린 가장(家長)의 한
가닥 자부심 때문에 고통스러웠으리라.

불현듯 그녀는 그를 꼬옥 안아주고픈 애처로운 충동을 느
꼈다. 그러나 그녀는 활처럼 둥글게 휜 남편의 빈약한 등을 멍
하니 바라보고 있기만 했다. 한참 만에 그가 목이 탄다는 소리
를 신음하듯 토해냈을 때에야 그녀는 부엌으로 나갔다.

남편은 전등을 끄지 못하게 했다.

대접 가득한 꿀물을 단숨에 비우고 아무렇게나 모로 쓰러
져서 코를 골던 그를 무엇이 그렇듯 미친 사람마냥 벌떡 자리
에서 일어나게 만든 것인지 모를 일이었다. 이부자리를 펴고
윗목에 요강을 들여다 놓은 다음, 주전자에 숭늉을 담아 머리
맡으로 밀어놓았을 때까지도 그는 한사코 스위치 내리기를 만
류했다.

"안 돼. 오늘은 그대로 놔둬!"

눈을 부릅뜨며 명령 조로 또박또박 말했다. 엄숙하기조차
한 표정이었다. 벽시계는 12시 10분을 가리키고 있었다.

그녀는 무릎을 세우고 앉아 잠시 남편의 기우뚱대는 얼굴
을 멍청히 바라보았다. 샅바를 그러쥐고 안간힘을 쓰려는 씨
름꾼처럼 그는 자꾸 내리감기는 눈꺼풀을 치뜨며 필사적으로
앞을 노려보고 앉아 있었다.

"도대체 왜 그러세요?"

그녀는 위태위태 다리를 틀고 앉아 있는 그의 상체가 안락의자마냥 앞뒤로 끄덕거리고 있는 것을 불안스레 지켜보았다.

"안 돼. 끄지 마. 오늘은 내 가만있질 않는다. 쫓아 올라가 볼 테야. 웬 놈인지, 과연 어떤 놈이 그러는지 이 눈으로 똑똑히 좀 봐야겠다구."

아까같이 터무니없게 힘이 들어간 목소리로 남편은 감히 대결을 선언했다. 그러나 그건 허약함을 은폐하려는 또 하나의 자기기만일 뿐임을 남편은 물론 잘 알고 있을 터였다.

그러지 말고 주무세요 하고 말하려다가 그녀는 입을 다물었다. 패배는 너무 쉽사리 다가오고 있었다. 위태롭게 끄덕이면서 간신히 지탱해 있던 남편의 몸뚱이가 기어코 빙그르르 허물어지고 말았다.

잠든 남편의 얼굴은 놀랄 만큼 평온해 보였다. 잘게 땀방울이 돋아난 양쪽 관자놀이로 주름살이 얕은 골을 이루고 있었다. 그녀는 남편의 파리한 얼굴을 내려다보았다. 그러자 얼핏 자신이 지금 전혀 낯모르는 남자를 대하고 있는 듯한 느낌이 들었다.

그건 그녀가 알고 있는 남편의 얼굴이 아니었다. 어쩌면 아직 그의 혈관 어디쯤엔가 살아 숨 쉬고 있을지도 모르는 저 까마득한 옛날, 그의 위대한 조상들 가운데 한 사람의 얼굴을 그녀는 보고 있었다. 쇳물보다 뜨거운 용암이 불기둥을 토해 내는 활화산 기슭의 동굴에서 공룡의 넓적다리 살을 구워 먹고 표범처럼 고원을 질주하던 석기시대, 그 당당하기만 한 어느 자유인의 얼굴이었다.

불현듯 그녀는 그 낯선 남자를 흔들어 깨우고 싶은 간절한 욕망으로 눈을 빛내었다. 그토록 오래고 깊은 수면의 늪에서부터 남자가 깨어나면 그녀는 물어보고 싶었다. 간밤 쌀가게 맞은편 양옥의 강도 사건을 들었느냐고, 그리고 주인과 강도가 한 패거리로 변했다는 그 괴이한 논리를 혹시 당신은 아느냐고.

메인 스타디움의 한가운데에 그녀는 서 있었다. 달팽이집을 닮은 거대한 원형 경기장의 스탠드에선 카드섹션이 한창 펼쳐지는 중이다. 수천수만의 정사각형 카드 판들이 지휘자의 신호에 따라 일순간 어느 지정된 색깔의 카드로 바뀌어질 때마다 스탠드 위엔 온갖 형상의 그림이 현란하게 그려졌다가 또 지워지곤 했다. 그야말로 장관이었다. 그런데 바로 그때 작은 변화가 나타났다. 그중 한 사람이 무심코 엉뚱한 카드를 집어 드는 실수를 저지른 것이다.

순간 전혀 예기치도 않았던 엄청난 현상이 일어났다. 카드 집단의 조밀한 세포들이 일제히 분열을 일으키기 시작한 거였다. 그런 혼란은 맨 처음 틀린 카드를 집어 든 사람의 주위에서부터 하나둘 생겨났다. 곁의 하나가 아까의 그와 자기의 카드가 서로 다름을 깨닫자 얼른 제 것을 바꿔버린 까닭이었다. 그것은 이내 뒷사람에게로 다시 앞으로 옆으로 물결처럼 파급되어갔고 마침내 눈 깜짝할 새에 카드군 내에는 일대 혼란이 일어나고 말았다. 그들은 저마다 제 스스로를 의심하고 있었다. 한결같이 판단력을 상실한 채 어떤 카드를 들어야 하는지 몰라 갈팡질팡할 뿐이었다.

저만치서 메가폰을 든 지휘자가 미친 듯 악을 썼지만 무슨 말인지 알아들을 수가 없었다. 놀랍게도 지휘자는 바로 남편이었다. 그녀는 그에게서 난폭하게 메가폰을 뺏어 들고 소리쳤다.

아냐. 그게 아니라니까!

그러나 벌써 엉망으로 뒤죽박죽된 카드들은 수천수만의 소리가 되어 그녀의 외침을 삼켜버렸다. 그녀는 쓰러졌다. 쓰러진 그녀의 눈앞에서 무수한 카드들이 벌 떼처럼 웅웅거리고 있었다.

꿈이었다.

누군가 팔을 자꾸 흔들어대는 기척에 그녀는 눈을 떴다. 흰색과 검은색의 물고기 무늬가 균일하게 판박이 된 천장. 현관의 흐릿한 불빛이 비수처럼 섬뜩한 그림자를 드리우고 있는 벽이며 남편의 코 고는 소리가 그녀의 몽롱한 의식을 일깨웠다.

그녀를 흔들어 깨운 것은 아들이었다. 아이는 손가락으로 천장을 가리키며 속삭였다.

"엄마 엄마. 저기 봐. 또 왔어."

"뭐, 뭐라……?"

그녀의 가슴이 딸각 무너졌다.

뚜걱, 뚜거덕, 뚜거덕.

순간 그녀는 어둠 속에서 초롱초롱 눈을 굴리고 있는 다섯 살 난 아들의 작은 몸뚱이를 세차게 끌어안았다. 그들이 잠에 곯아떨어져버린 시각에 아이는 혼자 깨어 발소리를 지키고 있었으리라.

아아, 용서해라. 용서해라 아들아.

절규하듯 그녀는 아이를 껴안은 팔에 으스러져라 힘을 주었다.

그녀는 어서 날이 밝기를 바랐다. 아무 일도 없었다는 듯이, 아무런 일도 일어나지 않을 것이라는 듯이, 몽유병자처럼 희뿌연 낯빛을 하고 그들을 찾아올 새벽을 그녀는 기다리고 있었다.

수박촌 사람들

도시는 온종일 안개에 덮여 있었다. 언제 어디서부터 그 안개가 피어오르기 시작했는지 모를 일이었다. 마치도 기민한 점령군의 병사들처럼 그것은 소리 없이 스며들어와 집집의 지붕들을 내리덮고, 벽보가 어지러이 붙어 있는 골목골목을 돌아다니며 대문마다의 문패를 훑어보기도 하고, 더러는 담을 넘어와 열린 창문을 통해 함부로 남의 집 침실까지 훔쳐보기도 하면서 어느 틈에 도시를 완전히 장악해버리고 말았다. 어디를 보아도 모두 안개뿐이었다. 안개. 안개.

　고자룡 씨는 한 손으로 손잡이를 움켜쥔 채 무릎을 조금 굽히고 차창 밖을 내다보았다. 아아, 참 지독한 안개구나. 고자룡 씨는 문득 이 도시가 어떤 알 수 없는 거대한 힘에 의해 철저히 결박되어 있는 건 아닐까 하는 의아심에 흠칫 몸을 도사렸다. 포로 호송 차량같이 정원을 훨씬 초과한 시내버스 속에서 엉망으로 쑤셔 박힌 채 흔들리며 서 있는 사람들의 틈을 통해 얼핏얼핏 내다보이는 차창 밖 거리의 풍경은 확실히 그런 느낌을 강요하고 있었다. 먼지와 매연으로 찌든 도시의 잿빛 건물들은 안개 속에서 어슴푸레하게 지워져가고 있었고, 무수한 휴지 쪽과 가래침 따위가 널려 있는 검은 보도 위를 행인들은 하나같이 어깨를 잔뜩 웅크린 채 유령처럼 걷고 있었다.

퇴근 무렵이라 차 안은 고개를 돌리기도 어려울 만치 빼곡히 차 있었다. 버스는 신호등에 걸려 번번이 브레이크를 밟았다. 그때마다 승객들은 기우뚱대며 타인의 중량을 고통스레 확인하곤 했다. 차 안은 후텁지근한 열기로 가득했다. 부끄러움도 없이 사람들은 서로의 얼굴에 콧김과 입안의 구린내를 확확 뿜어대었고, 그럴듯하게 차려입은 남녀들은 10년 넘게 함께 살아온 부부끼리처럼 아무렇게나 살덩이와 살덩이를 맞비벼대며 지극히 천연스런 낯빛으로 손잡이에 매달려 있었다. 게다가 차 안은 지독히도 시끄러웠다. 무엇 때문인지 운전사는 라디오의 볼륨을 잔뜩 높여 틀어놓고 있었으므로 하필 스피커 바로 아래로 머리통을 디밀고 서 있는 고자룡 씨는 귀청이 떨어질 듯했다.

저한테 맡겨주세요. 깨끗이 없애드립니다. 한 방에 없애드려요. 바퀴 가라가라. 나아는 행복하압니다아. 나아는 행복하압니다아……

잠시 광고 방송이 끼여들더니 이내 다시 유행가가 흘러나오기 시작하고 있었다. 라디오뿐만 아니었다. 승객들의 쉬지 않고 지껄이는 소리, 껌 씹는 소리, 크고 작은 접촉을 불평해대는 소리…… 등등으로 하여, 두 발을 지탱하기에도 힘겨운 만원 버스 속에서 고자룡 씨의 가슴은 답답해져왔다. 그런데도 버스는 안개 속을 엉금엉금 기다시피 하고 있을 뿐, 그가 내려야 할 행복동까지는 한참이나 더 남아 있었다.

"헤이 안내양. 이 버스, 수박촌까지 가는 거 맞지?"

바글대는 차 안에서 누군가 문득 그렇게 큰 소리로 외쳤다. 사람들이 와르르 웃음을 터뜨렸고, 그 바람에 신이 났는지 아까의 그 되바라진 목소리가 다시 튀어나왔다.

"어이, 내 말이 안 들리나? 수박촌까지 가느냐구 물었잖아."

"그런 동네가 어딨어요? 아저씨가 거기서 사는 모양이죠?"

안내양이 냉큼 그렇게 받아넘기자 한결 불어난 웃음소리가 차 안을 흔들었다. 고자룡 씨는 마침 승강구 가까이에 서 있었으므로 안내양이 덩달아 입을 손으로 가리고 쿡쿡 웃는 모습을 볼 수 있었다. 솜털이 보송보송한 안내양의 옆얼굴을 훔쳐보며 고자룡 씨는 문득 얼굴이 붉어져옴을 느꼈다.

"뭐라고? 허 참, 이 아가씨가 누구네 집 대를 끊어놓을라구 이러나. 이래 봬도 난 삼대 독자란 말씀야. 장가도 가기 전에 멀쩡한 총각을 씨 없는 수박으로 만들고 싶어서 그래?"

녀석은 유난히 쨍쨍 울리는 목청으로 아예 시위를 하고 있었는데, 그것은 익살이라기보다는 까닭 없는 적의마저 차 있는 것같이 고자룡 씨에겐 들렸다. 이번에도 역시 왁자한 웃음이 터져나왔다.

저런, 개 같은 자식 같으니라구.

고자룡 씨는 잔뜩 부아가 치미는 걸 참아냈다. 그리고 대관절 어떤 녀석이 그런 허튼소리를 하나 싶어 콩나물 시루 같은 사람들 틈에서 꼿발을 딛고 서서 앞쪽을 살폈지만 범인은 쉽사리 알아볼 수가 없었다. 하기야 누군지 알아본들 무엇하랴. 이 자식아, 그게 왜 수박촌이냐. 엄연히 행복동이란 이름을 놔두고 왜 그따위 허튼소리나 지껄이고 다니는 거야, 하고 늠름하게 따질 위인도 자신은 도저히 못 되거니와, 설혹 그랬다 하더라도 엉뚱하게 저까지 씨 없는 수박으로 몰려 봉변을 당할 것이 뻔한 일이었다. 때문에 고자룡 씨는 빙글빙글 웃음을 흘리고 있는 애꿎은 옆 사람들에게만 속으로 욕지거리를 퍼부어대면서 혼자 벌겋게 얼굴을 달군 채 서 있을 수밖에 없었다.

긴긴 밤. 잠을 잃어버린 당신께 여기 언제나 다정한 친구가 있습니다. 해피정. 사랑하세요. 새로 나온 신경안정제 해피정. 스피커 속에서 여자가 수면제 광고 선전을 하고 있었다.

참말이지 사람들의 귀처럼 얇고 천박스런 것은 없을 거야. 넋 빠진 작자들의 헛소리 때문에 울상을 할 필요까지야 뭐 있을까, 싶어져서 애써 창밖으로 시선을 보내며 고자룡 씨는 생각했다. 그 빌어먹을 수박촌 얘기 탓에 수모를 당하는 게 한두 번이 아니었다. 그것은 이미 이 도시 전체에 퍼져 있는 공공연한 소문이었다. 돼먹지 못한 소문은 또 소문을 낳고, 그것은 다시 또 다른 억측과 간통을 저지르며 눈덩이처럼 부풀어올라 사람들의 입과 혀끝을 옮겨 다니면서 어느새 온 시내에 파다하게 번져버리고 만 것이었다. 마치 오랫동안 얘깃거리가 궁하던 차에 웬 떡인가 싶어 반색을 하듯 남자, 여자, 늙은이, 꼬마를 가릴 것 없이 사람들은 밑도 끝도 헤아려보지도 않고 무책임하게시리 그 헛된 소문의 매개체 역할을 열심히 수행하고 있었다.

문제의 그 행복동은 비교적 시의 외곽에 위치해 있었다.

5, 6년 전부터 개발되기 시작한 신흥 주택가로서 번듯한 호화 양옥들이 대부분을 차지하고 있는 부유한 동네였다. 골목 깊숙한 곳까지마다 아스팔트 포장이 되어 있고, 양쪽으로 우람한 대문들을 구경해가며 걷다가 보면 궁궐 같은 으리으리한 집들이 날아갈 듯 서로 키 재기를 하며 서 있었으며, 성벽처럼 쌓아 올린 높다란 담장 너머로는 이름도 모를 진귀한 정원수들이 정성스레 다듬어진 가지를 빼죽이 내밀고 있었다. 대부분 백여 평이 훨씬 넘는다는 호화로운 그 저택에서 사는 사람들은 언제나 자가용을 타고 나다니는 까닭인지, 정작 대문을 여닫고 들락거리는 모습을 보기가 어려울 정도였다. 그런 호화 주택들 외에도 근처엔 시에서 세운 연립 주택이 몇 군데가 있었는데, 사실상 사건은 바로 그 연립 주택들로부터 맨 처음 발단이 된 셈이었다. 말이 연립 주택이지, 하나같이 5, 60평이 넘는 면적에다가 겉모양도 눈이 돌아가게 번지르르 꾸며놓았으므로 주위의 독립 주택들과 견주어도 그리 손색이 없을 만치 요란하고 사치스러워 보였다. 때문에 응당 서민들은 엄두도 못 낼 만큼 값이 비쌀 수밖에 없었는데, 그래도 세상엔 그런 집의 임자들은 따로 있는 법이어서, 건물이 채 완공되기 전부터 일찌감치 투기꾼들의 치열한 경합이 벌어지기 시작했다. 때마침 시에서는 주택 청약자들을 선별하는 데에 있어서 특혜를 부여받을 대상자들의 내력을 신문에 발표했는데, 문제는 바로 그 특혜 조건의 내용에, 그것도 첫째나 둘째 항목도 아닌 세번째의 항목에 있었다. 즉 가족계획 장려 시책에 부응하여 정관수술을 받은 삼십대 남성들에게 주택 청약의 우선권을 준다는 대목이 바로 그것이었다. 워낙 비좁은 땅에 밥숟갈 임

자는 많은 나라이니 가족계획이야 백번 당연한 사업일 테고, 또 그것이 하루 이틀에 생긴 생소한 얘기도 아닌 바에야, 정관 수술을 받은 사람에게 우선권을 준다는 계획이라고 해서 굳이 그렇게 새삼스럽도록 충격적인 사건으로 받아들여져야 할 이유도 없을 터였다. 그리고 사실 조금은 쑥스럽기도 한 그 불임수술은 계몽 선전용 책자의 내용대로라면 이미 이 나라에도 꽤 일반화되어 있는 듯싶기도 했다. 하기야 수술을 받았노라고 일부러 찾아다니며 자랑하고 떠벌릴 것까지는 없다 하더라도, 그렇다고 조금이라도 부끄럽거나 쑥스러워해야 할 일은 아닐 터였다. 아니, 얼마나 많은 문화 영화나 티브이 프로그램들, 그리고 거리마다 사무실마다, 심지어는 국민학교 게시판에까지 극성스레 붙어 있는 크고 작은 포스터들이 우리로 하여금 그러한 결단을 실로 자랑스럽고 떳떳하며, 더 나아가 애국심의 실천적 행위로서 칭찬하고 박수를 보내줘야 마땅할 것임을 가르쳐주고 있지 않은가 말이다. 더더구나 요즘은 둘만 낳아 잘 기르자가 아니라 둘도 많다로 바뀌어가는 추세가 아니던가. 그런데도 소문이란 참 허무맹랑한 것이었다.

"야아. 이것 좀 봐. 씨주머니 터는 일도 우습게 볼 게 아닌걸. 이거 보라구. 글쎄, 연립 주택 분양 시에 우선권을 준다잖어?"

모르긴 해도, 우스갯소리 좋아하는 한두 사람의 입으로부터 아마도 그런 식으로 맨 처음 시작했을 그 소문은 놀라운 속도로 사람들 사이에 번져나가기 시작했을 테고, 마침내는 맨 처음 발설했던 사람의 의도와는 당치도 않게 전혀 엉뚱한 방향으로 새끼를 쳐나갔을 것임에 틀림없었다. 황당하기 그지없는 그 소문이란 게 입에서 입으로 건너다니며 떡고물 묻히듯 불어난 내력은 대강 이랬다. 즉 "행복동에 새로 생긴 무슨 무슨 고급 연립 주택은 정관수술 받은 사람에게도 우선권을 준다더라"에서 시작했던 것이 "수술 받은 사람만 입주권을 준다더라"로 바뀌었고, 그것은 다시 "연립 주택 분양이 끝났는데 알고 보니 입주한 사내들은 깡그리 씨 없는 수박이라더라"로 발전되어 급기야는 "연립 주택뿐만 아니라 행복동에 사는 사내들은 몽땅 그렇다더라"에서부터 "행복동이 애초에 생긴 이유도 당국에서 가족계획 시범 지구로 만들 계획에 의해서였다더라" "내가 아는 누가 최근 행복동에 산부인과 병원을 개업했는데 글쎄, 몇 달째 찾아오는 손님이 없어서 당장 굶어 죽게 되었다더라" 등등, 훨씬 더 구체적인 내용에 이르기까지 온갖 해괴한 얘기들이 밑도 끝도 없이 횡행하게 된 것이었다.

지금의 행복동이 들어선 일대는 본디 무허가 판잣집들이 난립해 있던 지독히도 가난한 동네였다. 시에서 지역 일대에 대한 재개발을 시작하면서 부스럼 딱지같이 더덕더덕 붙어 늘어서 있던 꼴사나운 판자촌을 강제 철거했기 때문에 한동안 철거민들과 시청 사이의 충돌로 인한 크고 작은 소란으로 그 동네 이름이 시민들의 입에 오르내렸던 적이 있긴 했다. 하기야 아직도 행복동 북쪽 산기슭엔 그 당시 쫓겨난 철거민들 중의 2백여 가구가 그쪽으로 옮겨 가서 역시 또 다른 판잣집을 짓고 끈질기게 버티고 있음도 사실이었다. 하지만 그것도 벌써 5, 6년 전이므로, 제 목구멍 풀칠하기도 바쁜 사람들의 뇌리에서 그새 까맣게 잊혀져가고 있는 터였고, 행복동은 이 도시에서도 손꼽는 부자촌으로 어느덧 부상해 있었다. 그런데 느닷없이 요즘 그 난데없는 소문에 휘말려 행복동 주민들은 구설수에 올라 있는 것이었다. 시민들은 마치도 자기들이 예전에 그곳으로부터 쫓겨난 철거민이라도 되는 양 까닭 없는 악의까지 지닌 채 그 해괴하고 망측한 소문을 자진해서 열심히 퍼뜨리고 다니는 형편이었다.

이제 행복동이란 이름은 할 일 없는 사람들의 화제 속에 양념으로 끼여드는 웃음거리가 되어 있었다. 대부분의 시민들 사이에서는 행복동이란 명칭은 씨 없는 수박들만 모여 사는 '수박촌'이니 '내시촌'이니 하는 짓궂은 이름으로 통용되고 있었다. 덕분에 행복동 주민들, 그중에서도 특히 삼십대의 한창 활력 넘치는 사내들이 엉뚱한 피해를 입게 된 것은 두말할 나위가 없었다. 7백여 세대가량 되는 7백여 행복동의 가장들은 모르긴 해도 직장에서나 친지들로부터 놀림거리가 된 경험을 숱하게 겪어야 했을 것이다. 물론 그 가운데엔 정말로 수술을 받은 진짜 수박도 얼마쯤은 끼여 있었겠지만, 어쨌든 문제는 이 도시 사람들이 행복동에 집을 갖고 있는 사내들이라면 깡그리 싸잡아서 무조건 무슨 희한한 동물이라도 쳐다보듯 한다는 사실이었다. 어찌 보면 행복동 주민들뿐만 아니라, 아예 행복동이란 행정 구역 전체가 어떤 기묘하고 야릇한 빛깔로 채색되고 말아서 다른 사람들에겐 어느 멀고 먼 이교도의 땅으로나 여겨지고 있는 것 같기도 했다. 그러다가 보면 어느 땐가엔, 행복동에 한 번도 와본 적이 없는 사람들로서는 어쩌면 그곳엔 아주 별난 인종들, 이를테면 머리털이 하나도 없는 민대머리들이거나 혹은 궁둥이에 수박꼭지 모양의 꼬리가 돋았거나, 아니면 배가 수박통만큼이나 불거진 우스꽝스러운 인간들만 모여 살고 있는 것으로 여기게 될지도 모를 일이었다.

하여튼 그런저런 연유로 하여 행복동 사내들이 겪는 고충은 결코 가볍게 웃어넘길 수만도 없는 거였다. 그건 고자룡 씨도 마찬가지였다. 그는 올해 서른다섯. 그다지 큰 규모랄 수는 없는 무역 회사의 말단 사원이었다. 병역을 마친 후, 몇 년 놀다가 입사를 했으므로 올해로 6년째 되는 셈이지만 아직 말단 신세를 면치 못하고 있었다. 시골 부모가 정해준 지금의 아내와의 사이에 그는 아들 하나가 있었다. 그새 몇 해가 흘렀는데도 그들 부부의 살림은 여전히 겨우 가랑이가 째지기를 면할 정도였다. 셋방을 전전하는 신세를 아무래도 영영 벗어나지 못하리라는 절망감이 어릴 적 그의 부스럼투성이 머리통에 붙은 고약 딱지처럼 언제나 그를 붙어 다녔다. 그런 고자룡 씨에게 행복동 같은 부자촌은 감히 엄두도 낼 수 없는 꿈속 저편의 요술 나라였다. 옛날이야기에 나오는 혹 달린 도깨비가 요술 방망이를 가져다준다면 혹 몰라도, 제 팔자에 그런 으리으리한 집에서 단 하루만이라도 살아볼 날이 있으리라고는 꿈도 꿔보지 않은 터였다. 그런데 어느 날 갑자기 고자룡 씨에게 바로 그 요술 방망이를 든 도깨비가 나타난 것이었다.

고자룡 씨의 먼 친척 중에 형님뻘이 되는 사람이 있었다. 젊은 나이에 고시를 통과하고 모 관청의 국장으로 있는 사람이었다. 일제 때 군수 하나를 낸 뒤로 처음으로 인물이 났노라고 고향 문중에서는 자자한 칭찬을 한 몸에 받아오던 장본인이었다. 평소 그다지 안면도 없는 처지였고, 더더구나 그렇듯 자기와는 비교도 안 될 만큼 출세한 사람이었으므로 고자룡 씨는 전부터 찾아다니기를 꺼려 하던 참이었다. 그런데 어떻

게 알았는지 하루는 당숙모 되는 양반이 회사로 전화를 걸어
왔다. 퇴근 후에 곧장 그 고향 문중의 영웅이 살고 있는 행복
동 집으로 찾아오라는 부탁이었다. 죄도 없이 잔뜩 주눅이 든
채 얼떨떨한 기분으로 찾아간 고자룡 씨에게 형님 되는 그 저
택의 주인은 천만 뜻밖의 제안을 해온 것이었다. 내용인즉 자
기는 마침 외국으로 발령이 난 참이어서 한 달 후엔 온 가족이
미국으로 떠나야 한다는 것인데, 문제는 그들이 살고 있는 행
복동의 집이라고 했다. 어차피 돌아올 텐데 그사이에 남에게
팔기는 뭣하고, 그렇다고 아끼는 비싼 집을 생판 낯모르는 사
람에게 세를 내주자니 제대로 돌보지 않아 엉망으로 만들어놓
을지도 모를 일이고, 그래서 궁리 끝에 고자룡 씨를 부른 거라
고 했다. 그래도 친척이니 믿을 수 있겠고, 또 셋방살이 처지
인 고자룡 씨로서도 더불어 좋은 일이 아니겠느냐면서, 고자
룡 씨에게 3년 동안만 자기 집에 들어와 살아달라는 얘기였다.
물론 전세금은 필요 없으며 대신에 정성껏 제집 여기듯 손을
보아주면서 지켜달라는 거였다.

　그 순간 고자룡 씨는 머릿속에서 뭔가 우지끈 부러지는
듯한 황홀한 충격을 받았다. 이 집, 이 거대한 궁궐을 3년간,
그것도 공짜로 들어와 살아달라는 얘기였다. 꿈도 못 꾸어보
던 그 으리으리한 저택이 문득 가당찮게도 제 것이 된 듯한 느
낌마저 들었다. 주인은 집에 돌아가서 부부가 의논을 해본 뒤
에 연락을 해달라는 거였지만, 고자룡 씨는 타협이고 뭐고 문
제될 게 없다면서 그 자리에서 당장 오케이를 해버리고 말았
다. 오히려 저쪽에서 그때까지 했던 얘기가 죄다 농담이었노
라고 변덕을 부리지나 않을까 겁이 났다.

기막힌 횡재라도 만난 듯 집으로 달려갔더니 그의 아내는 한편으로는 반신반의하면서도 전세금 5백만 원을 고스란히 건지게 되었으니 그 이자만 해도 얼마냐며 좋아라 했다.

　"어이구, 이런 지지리도 못난 여자 같으니라구. 그래, 고작 전세금 이자 몇 푼이 문제야? 우리 팔자에 언제 행복동 150평짜리 저택을 문틈으로나마 구경이라도 할 수 있을 것 같애? 이것 봐. 우리가 그 집 주인이 된단 말야. 비록 3년뿐이지만 그동안만큼은 누가 뭐래도 우리 집이 되는 거라구, 이히히힛."

　그렇게 하여 고자룡 씨는 한 달 후 행복동으로 달랑달랑 이사를 갔다. 짐이라고 해야 고작 용달차 하나를 다 채우기도 힘들었다. 셋방에선 그다지 초라해 뵈는 줄 모르겠던 그들 부부의 짐은 막상 그 저택 안에 풀어놓고 보니 어느 것 하나 촌스럽고 추레해 보이지 않는 게 없었다. 그들 부부의 가장 자랑스러운 세간 중의 하나였던 그 자개농만 하더라도, 번쩍이는 응접실 벽과 천장을 배경으로 하여 벽 구석에 세워놓고 보니, 영락없이 꾸어 온 쌀뒤주 같은 형상이었다. 주인은 미국으로 떠나면서 세간 일체를 대부분 그대로 남겨두고 갔는데, 그들은 그것들을 방마다 차곡차곡 집어넣고는 문마다 커다란 미제 자물통을 달아놓았다. 고자룡 씨가 쓸 수 있는 것이라곤 고작 마당 쪽에 붙은 방 하나와 응접실뿐이었다. 하지만 그것만으로도 그들 세 식구에겐 넓고도 화려한 공간이었다.

　결국 그렇게 해서 고자룡 씨의 행복동 생활은 1년이 거의 지나가고 있었다. 그러나 그것은 처음 생각했던 대로 기쁘고 뿌듯한 생활만은 결코 아니었다. 하기야, 한동안은 고자룡 씨도 이른 아침 일어나기가 무섭게 마당으로 나와 휘파람을 불며 잔디를 손수 깎거나 이름도 모르는 온갖 진귀한 화초들의 머리 위에 물도 뿌려주면서 마치 임금님처럼 느긋한 행복감을 짐짓 가장해보기도 했었다. 비록 다른 사람들처럼 자가용을 가지고 있지는 못했지만, 깨끗하게 포장된 골목길을 걸어 출퇴근을 하노라면, 나도 행복동 주민이거니 싶은 턱없는 긍지와 자부심이 뿌듯하게 가슴을 치받고 오르는 것이어서 괜히 빈약한 어깻죽지에 힘이 들어가기도 했다. 그러나 차츰 그런 허세는 풍선에서 바람 빠지듯 사라져버리고 말았다. 비록 으리으리한 저택에서 살고 있기는 하지만, 그들 부부는 여전히 얄팍한 월급 봉투 덕분에 밑구멍이 째지기를 아슬아슬하게 면할 만큼의 가난으로 배고프고 힘겨웠으며 하루하루가 고달프고 꾀죄죄하기는 매양 마찬가지였다.

그들은 1년이 넘은 지금까지도 그 집 생활에 적응하지 못하고 있었다. 아내는 두 살 난 아들보다도 그 빌어먹을 정원의 꽃나무에 행여 죽을세라 지성으로 매달려 있었고, 턱없이 많은 집 둘레의 외등 때문에 전기 요금이 전에 살던 집보다도 몇 배나 더 나오는 걸 안타까워했으며 수도 요금, 오물세, 방범비 등등에서부터 구멍가게가 없어서 시내까지 시장을 보러 나갈 때마다 드는 버스 요금에 이르기까지 그녀의 빠듯한 가계부를 위협하는 것들에 대해 거의 공포에 가까운 낯빛으로 하소연을 해오곤 했다. 역시 번데기는 고치 속에서 살아야 한다는 당연한 진리를 고자룡 씨는 차츰 깨닫고 있었다. 유난히도 추웠던 지난겨울만 하더라도 그들 가족은 고드름이 되다시피 처절한 몰골로 지내야 했다. 그 집은 본디 기름 보일러식 난방 구조를 갖추고 있었으나 그 엄청난 연료비를 감당할 자신이 없었으므로 궁여지책 끝에 안방에 연탄 난로를 설치할 수밖에 없었다. 하지만 두 달 만에 한 번씩 꼬박꼬박 보고서 내듯 써 보내는 미국행 편지 속에 고자룡 씨는 그 난로 이야기를 한 번도 적어 넣지 않았다. 수입 원목으로 짠 값비싼 마룻바닥에 흠집이라도 생길까 봐, 바다 건너 남의 땅에서 이 나라의 국위 선양을 위해 애쓰고 있는 주인께서 걱정할 것 같아서였다. 그리하여 어느덧 고자룡 씨는 멋모르고 얼씨구나 싶게 응낙해버린 그 저택의 집지기 노릇을 진심으로 후회하기 시작했고, 자신이 신데렐라 아니면 콩쥐라도 된 기분이라던 그의 아내마저도 이제는 어서 빨리 그 가당찮은 요술에서 풀려나는 날이 오기를 손꼽아 기다리는 예전의 그 가난뱅이 여자로 되돌아가 있었다.

하여튼, 그런 내력으로 하여 고자룡 씨는 비록 시한부이나마 행복동 주민이 된 거였다. 고자룡 씨의 행복동 진출은 회사에서도 한때 화젯거리가 되었는데, 속사정을 알 턱이 없는 다른 부서의 사람들 간에는 고자룡 씨가 어마어마한 배경을 지닌 인물로 알려지기도 했다.

그런 어느 날, 그러니까 행복동이 그 소문 덕택에 온 도시에 수박촌이란 이름으로 불리기 시작했을 무렵이었다. 여느 때처럼 만원 버스에 시달린 끝에 아침부터 파김치가 되어 출근해보니 그를 대하는 동료 직원들의 눈치가 전에 없이 이상했다. 더러는 그를 흘금거리며 웃음을 숨기느라 애를 쓰는 꼴이었다.

"여봐, 미스터 고. 그런 줄 몰랐더니 이제 보니깐 대단한 친구야. 아직도 창창한 나이에 아들 하나로 끝인가?"

풍채 좋은 과장이 밑도 끝도 없이 그를 보고 빙글거리며
말했다.

"예? 무슨 말씀이신지……?"

"어허, 시침 떼지 말게. 다 알구 있어. 그러잖아도 나두 한
번 수술을 받아볼까 하던 참이었거든. 아, 마누라가 하두 극성
을 떨어서 말이지. 허허헛."

딸기코 끝에 주름을 그리며, 제 깐엔 대단히 멋진 유머를
풀어놓았다는 듯이 과장이 넉살 좋게 껄껄대고 웃자, 마침내
사무실은 한바탕 홍소에 묻혔다. 사내들은 손바닥을 두들기며
웃어젖혔고 여사무원들마저도 고개를 책상에 숙인 채 쿡쿡 웃
음을 참느라 애쓰고 있었다. 고자룡 씨 혼자만 정작 영문을 몰
라 멀뚱한 표정으로 서 있었다.

"도대체 무슨 말씀을 하시는지 전 모르겠습니다, 과장님.
수술은 뭐고 아들 얘긴 또 뭡니까."

"원 참, 사람이 능청은…… 아니, 수박촌에 사는 사람이
그걸 모른다니 말이 되나."

"예에? 수박촌이라구요!"

그제서야 고자룡 씨는 사태를 짐작했다. 사실은 그도 항
간에 떠도는 소문을 알고 있었다. 뭔가 고자룡 씨가 알아듣는
눈치가 보이자 사무실 안의 웃음은 노골적으로 배가했다. 한
동안 그들의 짓궂은 놀림을 덥석덥석 받아주다가 고자룡 씨
는 기어코 열이 오르기 시작했다. 물론 그들도 아마 그 소문이
엉터리라는 것쯤은 알고 있으리라. 하지만 그들 역시 까닭 없
는 악의를 숨긴 채 고자룡 씨를 난처하게 만들고 있었다. 고자

룡 씨는 입에 게거품을 물며 길길이 뛰기 시작했다. 아무리 해괴한 일들이 횡행하는 세상이라지만 도대체 어디에 그런 괴상망측한 동네가 있겠느냐. 아니 무슨 침팬지도 아니고, 불깐 수퇘지들처럼 씨 없는 사내들만 한데 모여 산다는 것이 있을 법한 얘기이냐. 얼토당토않은 모략일 뿐이다. 그렇듯 고자룡 씨가 열이 올라 변명을 했지만 오히려 역효과를 가져왔을 뿐이었다. 동료들은 저거 보란 듯 더욱 재미있어하였다.

"자네 참 이상허이. 그깟 걸 갖고 뭘 그리 화를 내나. 난 농담으로 해본 것인데 말이야. 그러고 보니 그게 사실은 사실인 모양이구먼, 허허헛."

과장마저도 이런 식이었다. 그 후 동료들은 다시는 그 말을 고자룡 씨에게 꺼낸 적이 없었다. 의외의 완강한 반응에 그들도 당황했던 모양이었다. 하지만 고자룡 씨는 그 일이 찜찜하기 이를 데 없었다. 비록 농담이라고는 하나 그들 중 몇은 철창 안에 넣어진 기이한 짐승이라도 대하듯 등 뒤에서 자기를 보고 있을지도 모른다는 느낌이 무엇보다 그를 불쾌하게 만드는 것이었다.

깨끗이 없애드릴게요. 단 한 번이면 없애드립니다. 바퀴이 가라가라. 사랑하세요. 해피정. 사랑하세요.

스피커가 달콤한 여자 목소리로 속삭이며 사람들을 세뇌시키고 있었다. 고자룡 씨는 울컥 치밀어 오르는 까닭 모를 부아를 억지로 눌렀다. 여보세요 기사 양반. 거, 볼륨 좀 줄여줄 수 없소. 목구멍 끝까지 기어오르는 소리를 가까스로 누르며 그는 질식할 듯한 고통으로 전율했다. 죽여줘요. 죽여주세요. 없애드릴게요. 단 한 번에 깨끗이 없애드려요. 죽여주세요. 죽여줘요. 머리가 잘려 나간 그런 엽기적이고 을씨년스러운 말꼬리들이 한동안 고자룡 씨의 머릿속을 토막 난 파충류처럼 앵앵거리며 어지러이 헤엄쳐 다니고 있었다.

아아, 세상엔 얼마나 많은 허위의 말들로 가득 차 있는 것일까. 아무도 진실을 말하지 않고 또 믿으려 하지 않는다. 모두가 비눗방울 놀이를 하는 아이들처럼 죽어버린 언어들만 입술로 퐁퐁 불어 올릴 뿐이야. 떠도는 말들. 뿌리도 형체도 없이 부유하는 저 유령의 언어들……

고자룡 씨는 희뿌연 안개숲을 창밖으로 내다보며 온 도시가 저 안개처럼 말들의 시체로 온통 뒤덮여 있는지도 모르겠다고 생각했다. 그 온갖 형태의 유령의 언어들은 사람들의 눈과 입과 귀를 철저하게 틀어막고 혀와 손과 가슴의 고동까지도 온통 보이지 않는 안개의 쇠사슬로 꽁꽁 결박하고 만 것이었다. 사람들은 모두 그 엄청난 말의 안개 속에서 체포되어 있었다. 하지만 그들을 체포한 것은 정작 그 정체불명의 떠도는 말들이 아니라, 바로 그 말의 안개 저편에 숨어 있는 어떤 거대한 힘이었다. 마치 수갑 채워진 포로를 자유로이 움직일 수 없게 하는 것은 팔찌 모양의 작고 둥근 쇠붙이 자체가 아니라 바로 그 수갑을 손에 채운 자의 폭력이듯이.

고자룡 씨는 문득 시야를 차단하는 창밖의 그 안개 저편 어디선가에서 불길하게 찰그락대는 금속성의 육중한 음향을 들었다. 어쩌면 그것은 굵은 쇠사슬이 부딪히며 내는 소리이거나 단단한 쇠창살 문을 완강하게 폐쇄시키는 소리이거나, 아니면 그 안에 갇힌 누군가가 시멘트 바닥을 피가 나도록 긁어대는 소리인지도 모를 일이었다.

마침내 고자룡 씨는 버스에서 내렸다. 행복동까지는 아직 한 구간을 더 가야 했지만, 그는 언젠가부터 거기서 미리 차를 내려 집까지 걸어가곤 하는 일이 습관처럼 되어 있었다. 저거 봐. 수박 하나 내리는군. 행복동에서 내리는 자신의 등 뒤에서 그렇게 킬킬대는 얼빠진 녀석들이 두려워서인지도 모르지만, 그는 웬일인지 늘 그 지독히 붐비는 만원 버스 속에서 그때까지 겨우겨우 견뎌오던 답답함을 꼭 그 경찰서 건물이 내다뵈는 정류장에 다다를 때쯤이면 더 이상 참을 수가 없었다. 후끈한 땀냄새와 열기로 바글대는 찜통 버스는 고자룡 씨를 길바닥에 난폭하게 내던지고는 부릉부릉 달려가버렸다.

고자룡 씨는 코트 깃을 바짝 세우고 집을 향해 허청허청 걷기 시작했다. 눅진한 습기를 머금은 안개가 그의 온몸을 깊게 싸안았다. 저만치 튼튼한 철망으로 외곽을 빙 둘러친 경찰서 건물이 안개 속에서 괴물 같은 거대한 몸집을 어슴푸레 드러내놓고 있었다. 벌써 건물의 무수한 창문들을 환히 밝혀놓고 있는 금속성의 하얀 불빛을 힐끔 쳐다보며 고자룡 씨는 부스스 목덜미를 움츠렸다. 활짝 열어젖힌 정문으로는 때마침 병력 수송용 버스 몇 대가 둔중한 몸을 뒤틀며 안으로 들어가고 있었다.

고자룡 씨는 그것들이 지나가기를 기다리며 길 한쪽에 비켜서 있었다. 유리창마다 튼튼하게 보호망을 씌워놓은 차내에는 중세의 기사들을 연상케 하는 둔중한 복장을 한 앳된 얼굴들이 피곤한 기색을 언뜻언뜻 내비치며 안으로 실려들어가고 있었다.

이윽고 맨 꽁무니의 버스가 길을 터주며 마지막으로 들

어갔고, 고자룡 씨는 정문 앞을 가로질러 건넜다. 타아앙, 등 뒤에서 육중한 철문이 닫히는 소리가 났다. 고자룡 씨는 이따금 출퇴근길에서 그 버스들과 마주치곤 했다. 그것은 그가 아직 더벅머리 대학생이었던 시절부터 학교 정문 앞이나 부근의 후미진 골목길에서 보아왔던 바로 그 낯익은 차량들이었다. 그 이상스런 중세 기사의 복장도 마찬가지였다. 눈살을 잔뜩 찌푸리며 공연히 갈지자걸음으로 그들 앞을 지나쳐가곤 했던 그 시절의 고자룡 군은 지금은 어느덧 넥타이를 질끈 동여맨 건전한 사회인이 되었고, 떡두꺼비 같은 아들놈까지 하나둔 어엿한 가장으로 바뀌어 있었다. 그러나 변한 쪽이야 어디 고자룡 씨뿐이랴. 덜그럭거리는 투구와 갑옷 차림으로 로봇처럼 도열해 있던 그날의 앳된 얼굴들도 지금은 거의 모두가 고자룡 씨와 비슷한 처지가 되어 있을 것이었다. 마치도 누가 만들었는지도 모르는 연극에 누가 정해주었는지조차 알 수 없는 배역을 저마다 하나씩 맡아 나선 단역 배우들처럼, 그들은 제각기 밀고 밀리고, 쫓고 달아나곤 하다가 때가 되면 저마다의 무대 의상을 훌훌 벗어던지고 흔적 없이 무대에서 사라져버리곤 해왔던 것이다.

그것은 참으로 지루하고 끈질긴 연극이었다. 고자룡 씨도, 또 그의 상대역을 맡았던 기사들도 벌써 오래전에 저마다의 배역을 충실히 마치고 퇴각했지만, 아직까지도 그 연극은 계속되고 있었다. 여전히 막은 내려지지 않았고, 전혀 새로운 얼굴들이 나타나서 물려받은 무대 의상을 갈아입고는 앞사람들과 똑같은 몸짓, 손짓, 발짓 들을 되풀이하면서 똑같은 대사로 똑같은 장면을 재현해 보이고 있었다. 그리고 바로 금방까지 무대에서 그와 똑같은 배역을 맡았던, 고자룡 씨를 비롯한 수많은 사람들은 어느덧 비단 넥타이로 손수 자신들의 목을 질끈 동여맨 채 이제는 한없이 양순하고 착한 시민의 신분으로 돌아와 객석에 얌전히 앉아 있었다. 그러고는 그 지루하기 그지없는 연극을 지극히 무관심한 표정으로 멍하니 지켜보고 있을 따름이었다. 아무도 그 연극이 언제 어떻게 끝나게 될 것인지 알 수 없었다. 무대 위에서는 무대 위에서대로 숨이 가빴고, 객석은 객석대로 또 한없이 몽롱한 시선으로 구경하고 있을 뿐이었다.

자욱하게 깔린 안개 속을 걸으며 고자룡 씨는 문득 가슴이 답답해져오는 것 같아 길게 심호흡을 해보았다. 먼지와 매연으로 뒤범벅이 된 도시의 공기가 목구멍으로 기어들어왔다. 고자룡 씨는 고개를 꺾은 채 구두 끝만 내려다보며 걷기 시작했다.

"아니, 이거 고 선생 아니십니까."

누군가가 뒤에서 그를 불렀다. 돌아보니 웬 안경 낀 사내가 가방을 허리춤에 끼고 걸어오고 있었다. 고자룡 씨는 그 사내의 얼굴을 얼핏 기억해낼 수가 없었다. 어디서 한두 번 본 기억도 있기는 한데 감이 잘 잡히질 않았다.

"저, 허교만입니다. 언젠가 반상회 하러 우리 집에 오셨잖소. 허허."

눈치 빠르게 저쪽에서 먼저 보충 설명을 했을 때 그제서야 고자룡 씨는 아하, 탄성을 질렀다. 바로 옆집 사내였다. 언젠가 몸이 불편한 아내 대신에 반상회에 나갔다가 그를 만난 적이 있었다. 막상 가보니 소문대로 반상회에 참석한 사람들은 모조리 동네의 열성적인 여자들뿐이었으므로 왠지 어색해져서 현관에서 얼쩡대고 있을 때 고맙게도 집주인이라는 그 사내가 고자룡 씨를 따로 자기 방으로 데려가 담배까지 한 개비 권하던 것이었다. 사내는 모 대학의 교수라고 했었다.

"죄송합니다. 제가 깜박 잊었습니다."

고자룡 씨가 허리를 굽혀 사과를 하자 사내는 선선히 악수를 청했다. 두 사람은 행복동을 향해 나란히 걷기 시작했다.

"무슨 놈의 날씨가 이런지 원."

"글쎄 말입니다. 한 치 앞을 내다보기가 어렵군요. 이런 날은 교통사고 위험이 크지요. 그래서 차를 내보내지 말라고 집사람한테 전화 했답니다."

"아, 예에."

허 교수가 묻지도 않은 설명을 했을 때 고자룡 씨는 괜히 속으로 뜨끔했다. 하지만 그건 괜한 걱정일 터였다. 고자룡 씨의 집주인이 미국으로 떠난 사실을 주위에서 아는 사람은 다 알고 있을 터였으므로, 그의 집 빈 차고의 철문이 자물쇠로 굳게 채워진 채로 닫혀 있는 내력을 고자룡 씨가 새삼스레 변명할 필요까지는 없을 것이기 때문이었다.

"K대학에 계신다고 그러셨지요?"

"아니, M대학입니다. 그저 그런 대학이지요 뭐."

자신의 인격이나 실력을 저울질해보건대 고작 삼류 대학의 교수라는 사실은 대단한 불명예라고 여기고 있는 듯한 눈치였다. 고자룡 씨는 그 젊은 교수의 뒤를 한 걸음쯤 떨어져서 쭈뼛대며 따라갔다. 등에 무언가를 잔뜩 실은 대형 트럭이 우악스레 경적을 울리며 곁을 스치고 달려갔다. 고자룡 씨와 허 교수는 이따금 별 의미 없는 인사치레의 얘기 따위를 시답잖게 주고받으며 행복동 버스 정류장을 지나 그들의 동네로 들어가는 길로 접어들었다. 거기서부터는 차량의 왕래가 뜸했다. 약국과 세탁소, 그리고 외국풍의 이름을 가진 고급 커피숍이 들어서 있는 모퉁이를 돌아섰을 때 문득 허 교수가 걸음을 멈추었다.

"날씨도 이렇고 한데, 어떻습니까? 괜찮으시다면 저하고 한잔하십시다."

허 교수는 책을 읽듯 말했는데, 그것은 술을 사겠다는 권유라기보다는 선택의 여지를 배제한 명령처럼 들렸다. 허 교수는 고자룡 씨를 데리고 오던 길을 되돌아서더니 한길 건너편의 소줏집으로 들어갔다. 주인 여자가 반색을 하며 반기는 것이 허 교수와는 이미 낯이 익은 듯싶었다. 고자룡 씨는 허 교수의 우람한 저택과 호화스런 실내 장식을 떠올리면서 그에게도 이런 소박한 구석이 있는가 싶어 새삼스레 허름한 술집 내부를 휘둘러보았다. 손님은 뜸한 편이어서 예닐곱 되는 탁자 중의 절반은 비어 있었다.

허 교수는 소주와 빈대떡을 시켰다. 그들이 마악 첫 잔을 비웠을 때 드르륵 문이 열리고 두 사내가 들어왔다.

"여어, 허 교수께서 웬일이십니까."

뜻밖이라는 듯 그 사내들은 다가와 허 교수와 악수를 나누었다. 그들은 전부터 잘 알고 있는 눈치였는데, 허 교수는 고자룡 씨를 그들에게 간단히 소개했다. 몇 마디의 인사가 오갔고 이내 그들 넷은 좌석을 합했다. 알고 보니 늦게 나타난 두 사람 역시 고자룡 씨의 이웃에 살고 있었다. 둘 다 고자룡 씨와 허교만 씨 또래로 보였는데 그중 한 사람은 키가 크고 마른 편으로 D신문사의 기자라고 자신을 소개했다. 다른 쪽은 잠바 차림에 장발을 한, 언뜻 나이를 짐작기 어려운 사내였는데 병색이 도는 핼쑥한 얼굴은 어딘가 어두운 느낌을 주었다. 허 교수는 그가 바로 저 유명한 소설가 문창부 씨라고 말했다.

"아아, 알구말구요. 이거 미처 몰라뵈서 죄송합니다."

고자룡 씨는 거의 일어날 듯한 자세로 고개를 꾸벅함으로써 이쪽의 놀라움과 존경심을 표시했다. 문창부 씨라면 유명한 작가임을 상대 출신에다가 그쪽엔 워낙 문외한인 고자룡 씨도 익히 알고 있었다. 요즘 한창 베스트셀러 자리를 독점하다시피 하고 있다는 기사가 신문에 자주 실리고 있었고, 영화로 만든 것도 서너 개가 넘는다고 했다. 1년 내내 책 한두 권을 읽을까 말까 한 그였지만, 하도 소문이 난 책이라 얼마 전엔 일부러 그 소설을 사서 읽기도 했었다.

"숲 속의 여자"인가 뭔가 하는 제목이었는데 정사 장면이 유난히 많은 연애소설이라는 정도밖에는 기억이 없었다. 어쨌든 그런 유명한 사람과 술잔을 맞댄다는 것은 누가 뭐래도 영광스런 일이었다. 고자룡 씨는 새삼스레 앞에 앉은 세 사람의 얼굴을 우러르듯 황공한 눈빛으로 치어다보았다.

"그러고 보니 여기 계신 세 분들 모두가 참으로 훌륭한 일을 하고 계시는 분들이구먼요."

고자룡 씨는 목소리를 잔뜩 굴려가며 조금은 비굴하게, 그러나 진심으로 경의를 표시했다. 그런데 뜻밖에도, 당대 최고의 인기 작가와 젊은 나이에 미국에서 박사 학위를 따온 대학 교수와, 국내 최고의 발행 부수를 가진 신문사의 사회부 기자는 문득 하나같이 얼굴이 딱딱하게 굳어버리더니, 지금 이 친구가 누굴 비꼬고 있는 거야 뭐야, 하는 식의 의심에 찬 눈빛으로 고자룡 씨를 훑어보는 것이었다. 때문에 고자룡 씨는 영문도 모르고 죄나 지은 양 벌겋게 당황했다. 다행히도 그들은 지금 자기들의 눈앞에 앉아 있는 허약한 체구의 사내, 더더구나 고작 작은 회사의 말단인 그 사내가 도저히 자기들을 공박할 만큼의 위인이 못 될 것이라는 사실을 깨달아서인지 의심스러운 시선을 재빨리 거두어갔다.

"우리 집 사람은 문 선생님의 열렬한 팬이랍니다. 선생의 책이 단행본으로만도 열세 권이나 우리 집 서가에 꽂혀 있지요."

어색한 분위기를 지우려는 허 교수의 말에 소설가는 머쓱해져서 뒷머리를 긁적였고, 신문 기자인 노기관 씨 역시 그 비슷한 찬사를 보냈으며, 고자룡 씨도 벙긋거리는 웃음으로 거기에 동조했다. 별안간 시끄러운 음향이 등 뒤에서 튀어나왔다. 주인 여자가 티브이를 켠 모양이었다. 신문 기자가 시끄럽다고 말하자 여자는 잠깐만 참아달라며 히죽히죽 웃었다. 자기 남편이 티브이에 나올 시간이라는 것이었다. 그녀의 남편은 그 동네의 통장이란 감투를 쓴 양반인데 동네 대표 몇과 함께 독립 기념관 성금을 모아 방송국에 기탁했다는 거였다. 과연 뉴스가 끝날 즈음에 성금 기탁자의 사진과 이름들이 화면에 나타나기 시작했는데, 잠시 후 수영복을 입은 여자가 해변에서 요염하게 허리를 꼬며 사이다를 마시는 광고 방송이 튀어나오자 주인 여자는 툴툴대면서 스위치를 꺼버리고 말았다. 아마 남편의 이름은 끝내 나타나지 않은 모양이었다.

"참, 저번에 김팔구 타이틀 매치 보셨습니까."

잠시 티브이에 한눈을 팔던 신문 기자가 얘기를 꺼냈다.

"그거 안 본 사람이 누가 있겠소. 참 아까웠어요. 무척 잘 싸웠는데……"

"난 처음 시작할 때부터 예감이 이상했습니다. 그러다가 5회전부터는 아, 김팔구는 죽을 것이다라는 느낌이 들더군요. 정말 무엇인가에 홀린 듯한 열렬한 기세였잖습니까."

"그래요. 흡사 독 오른 코브라 같았습니다. 지금껏 수많은 권투 시합을 봐왔지만 그만큼 처절한 게임은 첨이었어요."

"아, 허 교수님도 권투를 좋아하시는군요."

"좋아하다마다요. 난 아예 권투광입니다, 광. 허허헛."

"저도 마찬가집니다. 그래서 다음엔 권투 선수를 주인공으로 소설을 쓸 계획입니다. 어때요. 고 선생이시라고 했던 가……"

"예, 고자룡입니다. 저도 차라리 밥을 굶지, 권투 경기는 빼지 않습니다."

"허헛, 그러고 보니 우리 모두가 열렬한 권투광이군요. 그런 의미에서 건배합시다."

좋소. 건배. 건배. 그들 넷은 처음으로 한바탕 웃음을 터뜨렸다. 그때부터 한동안 권투에 대한 화제가 그들 넷을 단단히 묶어두는 혁혁한 공로를 세웠다.

"김팔구가 끝내 죽었다는 소식에 눈물이 핑 돌더군요. 어릴 때부터 허기진 배를 움켜쥐고 연습했다잖습니까."

"저는 혼수상태에 빠진 그를 위해 깨어나라 팔구야, 어서 깨어나라 하고 얼마나 기도했는지 모릅니다."

"그를 쓰러뜨린 맨시니란 선수는 얼마 후에 보니까 라스베이거스의 환락가에서 여자들과 흙탕 속을 반라로 뒹굴며 히히덕대고 있더군요. 해외 토픽에 나왔습니다. 보셨을 거예요, 아마."

"나쁜 자식입니다. 그 자식은 배부르고 호강하며 커온 놈이라 한 가난한 후진국 청년의 배고픈 서러움을 짐작도 못 할 것입니다."

그들은 모두 열을 올리고 있었다. 링 위에서 쓰러진 한 후진국 복서의 죽음에 대하여, 그가 잠자리로 했던 한겨울의 체육관 마룻바닥과, 가난보다 더 완고하게 앙다문 이빨과 약혼녀의 배 속에 든 태아와, 죽은 아들의 콩팥을 미국 땅에 기증한 그의 시골 노모에 대해서 눈물을 질금거릴 것 같은 애정과 동정을 보냈고, 한편으로는 그를 때려눕힌 건장한 외국인 복서에게 과장된 분노와 적의를 격렬하게 퍼부어댔다.

아마도 틀림없이 그들 모두는 장소는 다르지만 바로 똑같은 시간에, 지구의 반대쪽에서 벌어지고 있는 그 권투 시합을 중계를 통해 처음부터 끝까지 지켜보고 있었을 것이다. 그들의 말마따나 그들 모두는 권투광이었으니까. 천적(天敵)끼리 만난 것처럼 두 인간이 미친 듯 치고 두들겨 맞으면서 처절한 혈투를 벌이는 모습에 온통 넋을 빼앗긴 채, 몸을 움찔움찔 떨어대거나 주먹을 불끈불끈 쥐어보기도 하고, 아쉬운 탄성과 희열에 찬 신음 소리를 끽끽 질러대기도 하면서 그들 모두는 그 손수건 크기만 한 화면 앞에서 한 줄에 꿰인 꼭두각시처럼 순간순간마다 엇비슷한 반사 작용을 동시에 연출해내고 있었을 것이다. 어디 그들 네 사내뿐이랴. 얼마나 많은 이 땅의 남성들이 그 15라운드 동안만은 모두가 그 같은 꼭두각시 놀음에 진지하게, 참으로 진지하게 참여하고 있었을 것인가. 그 순간만은 그들 모두는 저마다 보이지 않는, 그러나 분명히 이 세상에 존재하고 있는 어떤 적과 필사적으로 자신이 싸우고 있노라고 믿고 있었을 것이다. 저 까마득한 옛날. 화산이 시뻘건 불기둥을 하늘을 향해 꽈릉꽈릉 토해내고 땅바닥이 지진으로 쩍쩍 갈라지던 태곳적에 맹수들이 득실대는 밀림을 알몸으로 질주하며 돌과 몽둥이, 혹은 맨손으로 사냥감을 찾아 누비던 용맹스러운 원시인들…… 그 위대한 원시인의 후예인 이 땅의 수컷들은, 자신의 유전 인자 속에서 참으로 오랫동안 잊혀왔던 순수한 투혼의 희미한 실오라기나마 드디어 되찾아내기라도 한 듯, 그 순간만은 티브이 앞에 주저앉아서 움찔움찔 몸을 떨고 있었을 것이다. 기억조차 할 수 없이 오랜 세월 동안 철저하고 완벽하게 억눌려왔던 놀라운 용기를 그들 모두는 어느 찰나엔가 번개처럼 감지하고는 저도 몰래 전율하기도 했으리라.

하지만 끝내 그들은 자신들의 적의 확실한 모습을 확인할 수가 없었을 것이다. 적은 어디에도 뵈지 않았고, 다만 생계를 위해 코피를 쏟고 눈꺼풀을 걸레마냥 찢겨가며 미친 듯 뒤엉켜 싸우고 있는 두 알몸뚱이 인간들이 있었을 뿐. 그렇다. 자기 몫의 적을 찾아내지 못한 수컷들은 이제 고작 남이 대신 치러주는 싸움을 눈으로만 지켜보면서 혼자 하릴없이 괴성을 질러대고 몸을 떨어대는 것만으로 만족하고 있었을 것이다. 어쩌면 이제 수컷들은 모두 거세되어버리고 만 것인지도 모른다. 원시인들이 밀림을 질주하며 자랑스레 흔들고 다니던 그토록 당당한 수컷의 심볼은 이제는 거세당한 그들에게는 다만 수치와 굴욕의 기념물로서만 남아버린 것인지도 모른다. 그래서 저희들 중에서 몇을 골라내어 몇 푼의 돈을 미끼로 삼아 발가벗긴 채 링에 올려놓고는, 그들의 원시적 흉내를 지켜보면서 경기장에서, 티브이 앞에서 혼자 고함치고, 움찔대고, 손바닥을 맞두드려대고 있었던 건 아닐까. 그리고 그들은 이렇게 변명하고 있었다. 우리는 영웅이 아니다, 지금은 결코 그 누구도 영웅이 될 수는 없는 시대, 영원히 영웅이 태어나지 못하도록 만드는 시대이니까, 하고. 그렇게 소리치면서 그들은 단지 티브이 앞을 지키고 앉아서 그들이 꾸며놓은 거짓된 영웅을 찬양하고 추앙하는 비천한 신분으로 전락해가고 있는 것이었다.

화제는 이어 다른 것으로 옮겨갔다. 세계적 불황, 미국의 실업 문제, 이스라엘군의 베이루트 학살 사건, 일본 수상의 뇌물 혐의, 그리고 아직도 계속되고 있는 아프가니스탄 내의 소탕 작전, 남미의 군사 정권, 또 영국 왕자의 연애 사건과, 개가 물에 빠진 어린 주인을 구했다는 기사가 뒤늦게 오보로 밝혀진 진상 등등. 고자룡 씨를 빼놓고는 그들은 모두 넓고도 복잡한 이 세상의 돌아가는 내막을 훤하게 알고 있는 것 같았다.

그러나 그렇게 한참 요란하게 떠들어대던 그들 네 사람은 어느 곁엔가 차츰 시들해지기 시작했다. 이윽고는 제풀에 지쳐 하나둘 입을 다물고 말았다. 잠시 침묵이 끼여들었다. 그들 넷은 문득 까닭 모를 허탈감으로 까마득히 추락해가는 자신들을 분명히 의식하고 있었다. 그들이 지금껏 열렬히 토해내던 온갖 찬사와 분노와 애국심과 인류애와 정의감으로부터 솟아나온 용기는 다만 몇 병의 소주를 바닥까지 비우게 했고, 몇 접시의 안주를 주인 여자로 하여금 나르게 했으며, 탁자 위에 어지러이 침방울을 흩뿌리게 했을 뿐이었다. 금방이라도 불꽃처럼 활활 타오를 것 같던 그들의 찬연한 열정은 문득 그 어디에도 흔적조차 보이지 않았다.

대학 교수와, 신문사의 사회부 기자와, 인기 작가와, 가난한 회사원은 한동안 입을 다문 채 서로의 얼굴을 겸연쩍게 흘끔거리면서 바로 조금 전까지 자신들을 열광케 했던 그런 갖가지 사건들이 도대체 자신들에게 얼마만큼의 무게로 관련되어 있는 것일까, 그리고 그 열띤 분위기가 스러져버린 뒤에 남은 지금의 이 알 수 없는 허탈감과 배신감은 또 무엇인가에 대하여 침묵 속에서 서로 약속이나 한 듯 내심 곰곰이 따져보고 있었다.

"왠지 허전하군요. 그렇잖습니까."

침묵을 깨며 잠시 후에 허 교수가 말문을 열었다. 그는 묵묵히 앉아 있는 다른 세 사람의 표정 속에서도 역시 자신의 것과 비슷한 느낌들을 찾아낼 수 있었던 것이다.

"그렇군요. 뭔가 비어 있는 느낌입니다. 오래 지니고 있던 어떤 소중한 것을 문득 떠나보낸 느낌 말입니다. 이야기를 너무 많이 한 탓일까요."

신문 기자가 약간 감상적인 눈빛으로 허 교수의 말에 동의했다. 그런 우울한 감상은 문창부 씨에게도 감염되어졌다.

"우린 뭔가를…… 잃어버린 그 무엇인가를 그리워하고 있을지도 모릅니다."

"맞아요. 역시 작가다운 예리한 눈을 갖고 계시는군요. 그래요, 우리는 그리운 겁니다. 모두 뭔가를 그리워하고 있는 거예요."

"그 뭔가라는 것이 도대체 무엇일까요."

정말 그건 무엇인가. 우리들은 무얼 잃어버렸고 그리고 잃어버린 그 무얼 그리워하고 있는 것일까. 무엇일까. 술기가 올라 발그레한 볼따구니를 하고 그들 넷은 한동안 허공을 바라보고 있었다. 때마침 주인 여자가 다가오더니 난로 뚜껑을 열고는 연탄불에 마른 오징어를 굽기 시작했다. 난롯가에 앉아 있던 소설가는 파랗게 불꽃이 오르는 연탄 구멍을 내려다보았다. 오징어가 온몸을 비틀어대며 구워지고 있었다. 타는 냄새가 났다. 이윽고 소설가는 시를 읊듯 조용조용 입을 열었다.

"꿈. 꿈입니다. 우리가 빼앗긴 것은, 잃어버린 것은 바로 꿈입니다."

그러고 보니 그럴듯한 얘기라고 모두 고개를 끄덕였다. 정말 그들이 잊어버린 것은 꿈일지도 모른다. 꿈, 소망, 희망. 먼지 낀 어린 시절의 일기장 속에서 이제는 아련한 그리움으로 섞여 있을 그런 단어……

"하지만, 꿈이란 가까운 곳에 놓아두기엔 위험한 존재입니다."

허 교수가 말했다.

"위험하다구요? 그러나 꿈이 없는 삶은 공허할 뿐입니다."

"그럴지도 모르죠. 하지만, 위험합니다. 꿈을 꾼다는 것은 인간에겐 언제나 위험한 일이었습니다. 그 때문에 어쩌면 빼앗긴 게 아니라 우리 쪽에서 스스로 먼저 그것을 포기해버리고 만 것인지도 모릅니다."

"포기해버렸다구요? 우리가?"

"맞아요. 제 생각도 교수님과 같습니다. 우린 포기했을 겁니다, 스스로. 그런 의미에서 우리들은 씨 없는 수박입니다."

"아니, 작가 선생께서조차 그 엉터리 소문을 믿으십니까? 허헛."

허 교수의 웃음에 나머지 두 사람도 건성으로 따라 웃었다.

"웃을 일이 아닙니다. 예를 들면, 이걸 좀 보세요."

문창부 씨는 안주로 나온 닭발 하나를 젓가락으로 집어 올렸다.

"이놈도 우리하고 똑같습니다. 수박이지요. 꿈을 잃은 놈입니다. 아니, 빼앗겼는지도 모르죠. 태어나자마자 양계장의 좁은 철망에 갇혀서 날마다 알을 낳도록 길러졌을 겁니다. 낳아도 낳아도 언제나 똑같이 생명을 잉태할 수 없는 무정란들을 말입니다. 때문에 턱없이 어린 나이에 벌써 폐경기를 맞게 되고, 드디어는 이렇게 마지막 남은 육신까지 고스란히 남겨 주기 위해 술상 위에 난도질을 당한 채 끌려 나온 녀석들입니다. 우리도 다를 게 없을 겁니다. 모두가 수박입니다. 씨도 배알도 없이 맹물만 뺑뺑하게 차 있는 껍데기 수박 말입니다. 나도, 여러분들도, 또 예를 들면 저 맹랑한 소문 따위에나 고작 낄낄대며 나자빠져 있는 넋 빠진 사람들 모두가 깡그리 머리통엔 물만 가득 찬 수박들입니다. 제 말이 틀렸습니까."

과연 작가다운 달변이었다. 이번엔 신문 기자께서 바통을 받았다.

"그럴지도 모릅니다. 생각하면 참으로 오래 우리는 견디고 참아왔었지요. 우리들의 젊은 시절은 늘 암울하기만 했어요. 코흘리개 때부터 대학을 나올 때까지 늘 한없는 간절함으로 손을 뻗어보았지만 번번이 아무것도 확실히 쥘 수가 없었습니다. 미친 듯 외치고 악을 써보기도 했지만 결국 아무런 메아리도 돌려받지 못했지요. 어딘가를 향해 부지런히, 정말이지 혓바닥이 기어 나오도록 헐떡이며 달려가고 있노라고 믿었지만 목적지는 끝내 나타나지 않았고, 그러다가 느닷없이 길목을 막아선 무뢰한들은 매번 우리들의 발을 걸고, 전혀 엉뚱한 곳으로 끌고 가버리곤 했습니다. 꿈, 진리, 양심, 정의, 자유…… 언제나 옛날얘기 속에서처럼 당당하고 찬란했던 추상명사들. 그 어느 것 하나 제대로 이루지 못한 채 우린 늙어온 것입니다. 그 변함없는 좌절과 배신의 윤회. 소망은 늘 채 싹이 돋기도 전에 목 잘리게 마련이었고, 꿈을 지녔다는 것은 언제나 마치 엄청난 범죄처럼 위험스러웠지요. 그러다가 보니 우린 차츰 움츠러들기 시작한 것입니다. 손바닥을 움츠리고, 목과 가슴을 움츠리고, 입과 눈꺼풀과 귀와 그리고 가끔은 심장의 고동까지도 움츠리고, 그렇듯 모두 너무나도 움츠려서 끝내는 우리들의 몸뚱이는 갈수록 작아들어간 것입니다. 죄송합니다. 제 말이 너무 길어졌습니다."

이번엔 허교만 교수 차례였다.

"그래요. 우린 저마다 잊어버리고 싶었을 겁니다. 보이는 것, 들리는 것, 느껴지고 냄새나는 것들, 아니 세상의 온갖 물체와 현상과 그것들의 변화조차 모조리 까맣게 망각해버리고 싶어졌을 것입니다. 그래야만 편안하니까요. 부질없이 위험한 꿈을 꾸지 않고 또 소망하지 않는다는 것은 우리를 평안하고 아늑한 휴식의 품 안에 드러누울 수 있게 하는 것이니까요.

결국 그렇게 우리는 조금씩 거세되어왔습니다. 아무런 저항도 없이, 아니 자신이 거세되고 있다는 자각마저 없이 우린 스스로 거세되어오고 있었습니다."

"거세라구요? 재미있는 얘기로군요. 그래서일까요. 요즘 젊은 애들을 보면 턱없이 늙어 보인다는 게 공통점입니다. 왜 그처럼 빨리 노인같이 보이는지 모를 일입니다. 모르긴 해도 턱수염만 길지 않다뿐이지 노인 같은 젊은이들은 이 나라에 꽤 많을 것입니다."

"무엇이 요즘의 아이들을 조로하게 만드는 것일까요. 역시 그 변함없는 우리들의 적일까요. 아니면 티브이, 영화, 라디오, 팝송, 전자 오락실, 주간지, 혹은 비행접시와 핵무기?"

"글쎄올시다. 하나씩 따져보면 저마다 그럴듯한데, 막상 완전한 답은 아닌 것 같고……"

무엇일까. 정말 무엇이 요즘 아이들의 턱에 수염이 빨리 자라게 하고, 우리들의 꿈을 너무도 쉽사리 도둑맞게 만드는 것일까. 무엇일까. 무엇일까. 네 사람의 남자들은 달아오른 얼굴로 앉아서 퀴즈 게임을 하듯 곰곰이 생각해보며 폼을 잡고 있었다. 마침내 신문 기자 노기관 씨가 딱 잘라 말했다.

"알았습니다. 그건 바로 우리들입니다. 요즘 아이들을 늙게 만드는 것은 바로 여기 모인 우리들이란 말입니다."

"우리들이라구요? 아니 어째서 그런 생각을 하게 되었습니까."

"우리들이 수박이기 때문이죠. 씨 없는 수박인 우리가 그들을 낳고, 그들이 우릴 닮은 수박이 되어가는 것은 당연합니다. 안 그래요?"

"지극히 비관적이기는 하지만, 글쎄요, 일리가 있는 얘기라고 해두죠 뭐."

허 교수의 웃음에 고자룡 씨도 입을 헤벌쭉 벌려주었다. 마침내 인기 작가께서 최종 판결을 내리며 술잔을 집어 들었다.

"자아, 드디어 합의점에 도달한 것 같군요. 결론인즉슨…… 우리는 모두가 수박이라는 사실입니다. 허허헛. 자, 그런 뜻에서 씨 없는 수박 여러분, 건배합시다!"

건배. 건배. 건배. 대학교수와 신문 기자와 소설가와 회사원은 별안간 의기양양해져서 개선 장군들처럼 술잔을 높이 치켜올리며 외쳐댔다. 그들 네 사람의 수박들은 우정 어린 술잔을 다시 돌리기 시작했고, 그러다가 허 교수가 장난기 섞인 투로 이렇게 제안했다.

"그럼 이제부터는 각자가 수박이 될 수밖에 없었던 눈물겨운(하지만 이 대목에서 그는 웃었다) 정말로 눈물겨운 연유를 들어보도록 하는 것이 어떻습니까."

"쪼옷습니다. 거, 대단히 기발한 아이디어외다."

나머지 사람들도 킬킬킬킬 웃음을 흘리며 찬동을 표시했다. 확실히 그들은 많이 취해 있었다. 그토록 희극적인 장면을 그들은 대단히 재미있어하면서도, 한편으로는 지극히 진지하고 열성적인 태도로 저마다의 배역을 훌륭히 치러낼 것을 결정한 것이었다. 첫번째 순서는 노기관 기자였다.

"제겐 자식이 둘 있습니다. 눈이 토끼처럼 반짝이고 영특한 아이들입니다. 아아, 나는 얼마나 그들을 아끼고 사랑하는지 모릅니다. 아내는 젊고 예쁩니다. 하지만 별로 건강치가 못해서, 요즘은 당뇨병 증세가 있다고 합니다. 내 유일한 재산은 오직 그들뿐입니다. 그런 소중한 보물들을 버리고 대나무숲에 가서 임금님 귀는 당나귀 귀라고 악을 쓸 수는 없습니다. 낄낄 낄."

그는 어딘지 얼간이같이 웃었다. 다음엔 허교만 교수 차례였다.

"난 미국에서 7년을 보냈습니다. 박사 학위를 따기까지엔 말 못 할 어려움이 많았지요. 고향 집의 부동산은 거의 바닥이 났으니까요. 엄밀한 의미에서 지금 살고 있는 행복동 집의 소유권은 아내라고 해야 옳을 겁니다. 결혼할 때 장인이 사주었지요. 장인이 그러십디다. 내가 가진 박사 학위만으로도 행복동 140평짜리 저택에서 살 만한 충분한 자격이 있다구요. 돈은 모았지만 국민학교밖에 못 나온 장인은 박사에다가 교수인 사위를 가졌다는 것을 무척 흡족해하고 있습니다. 어쩌면 머지않아 일류 대학으로 옮길 것 같아요. 벌써 말이 오가고 있으니까요. 전 두렵습니다. 그 모든 것을 잃는다는 것은 상상조차 할 수 없습니다."

허 교수는 두렵습니다라고 말하는 대목에서는 대단히 진지한 표정을 지으려고 했는데, 웬일인지 다른 세 사람의 눈에는 그가 거만을 떨고 있는 것으로 보였다.

"제겐 사실은 아직 꿈이 있습니다. 웃으시는군요. 하지만 사실입니다. 아아, 언젠가는 정말 멋진 소설을 하나만 쓰고 죽고 싶습니다. 이따위 냄새나는 싸구려 소설이 아니라…… 크윽…… 언젠가는……"

문창부 씨는 울먹일까 봐 겁이 났던지 급히 말을 끝맺었다. 사실 그것은 희극 속에 잘못 삽입된 비극적 장면과도 같았으므로 나머지 사람들은 적이 흥이 깨어져버린 듯한 어색함을 맛보아야 했다. 그러나 취기는 이내 그런 분위기를 쉽게 이겨내도록 수완을 발휘해주었다.

"마지막으로, 고 선생의 꿈은 무엇이었습니까."

허 교수가 벌건 눈으로 고자룡 씨를 쳐다보며 물었다.

"저, 저요? 부, 부끄럽습니다만, 저어, 제 꿈은 이 행복동에서 사는 것입니다. 헤헤헤."

고자룡 씨는 머리통을 긁었다.

"뭐라구요. 아니, 선생은 지금 행복동에서 살고 계시잖습니까."

"사실은 그게 제집이 아닙니다. 셋집이죠. 그것도 겨우 3년간, 아니 벌써 1년이 지났으니 이제 2년밖에 남지 않은 셈이군요. 저는 여러분들처럼 훌륭한 집에서 일요일엔 잔디를 깎거나 화초를 돌보기도 하고 시내버스가 아니라 자가용을 몰고 출퇴근을 하고 싶습니다. 전기 요금, 수도 요금, 오물세 따위를 쩨쩨하게 걱정하지 않고, 찾아오는 방범대원에게는 팁까지 섭섭지 않게 더 얹어주면서 우리 집 주위를 특별히 한번씩이라도 순찰을 더 해달라고 부탁도 하고, 도둑이 들지 못하도록 황소만 한 셰퍼드를 몇 마리씩이나 기르면서 그렇게 느긋하게 살고 싶습니다. 헤헤."

고자룡 씨는 솔직하게 자신의 소망을 피력하고 나자 가슴이 후련해지는 것 같았다. 그런데 이상한 일이었다. 나머지 세 사람은 입을 따악 벌리고 원, 세상에, 하는 표정으로 아연해서 고자룡 씨를 쳐다보고 있는 거였다.

그들 네 사람이 술집을 빠져나왔을 때는 자정이 가까워오고 있었다. 자욱한 안개는 여전히 걷히지 않고 있어서 한길을 달려가는 차량의 헤드라이트가 흐릿한 눈두덩을 한 채 두터운 안개의 윤곽을 더듬어대는 모습이 보였다. 한길을 건넌 대학 교수와 기자와 작가와 회사원은 행복동으로 들어가는 비교적 널찍한 골목길을 택했다. 상당히 취기가 올라 있었음에도 심하게 갈지자걸음을 하는 사람은 없었다. 권투광들이라 그런지 주량도 센 편이구먼, 하고 고자룡 씨는 생각했다.

"가만있자. 여기가 어디더라?"

안갯속이라 잘 보이지 않는다는 듯 노 기자가 거슴츠레한 눈으로 짐짓 너스레를 떨었다.

"어디긴, 우리 행복동이지."

"오호라. 여기가 바로 그 유명한 행복동, 아니 수박촌이라이 말씀이군."

그러더니 신문사 사회부 기자는 별안간 목소리를 돋우며 소리치는 것이었다.

"이봐, 수박 같은 놈들아. 어디 한번 나와봐. 내 말이 아니꼬우면 당장 쫓아나와보란 말야. 이 동네 사는 놈치고 수박 아닌 놈 있어, 엉?"

그들은 한꺼번에 길길길길 웃어젖혔다. 하지만 그런 치욕적인 중상모략에도 불구하고 분연히 뛰쳐나오는 사람은 그 어디에도 보이지 않았다. 그도 그럴 것이, 술에 취한 신문 기자는 그 통에도 용케 겨우 그들 네 사람만 알아들을 수 있을 정도로만 자신의 성량을 조절했기 때문이었다.

그렇듯 히히덕대며 걸어가던 그들 네 명의 행복동 사내들은 때마침 가로등이 환하게 내리비치는 길모퉁이에서 웅성웅성 모여 있는 한 무리의 사람들과 마주치게 되었다. 처음에 그들은 거기서 무슨 싸움이 벌어지고 있는 줄로만 여겼다. 가까이 가보니 그 무리의 구성원은 모조리 여자들이었다. 그런 밤 늦은 시각에 수십 명의 여자들, 그것도 무슨 시장 바닥의 행상 패들도 아니고 내로라하는 행복동의 귀한 부인네들이 함부로 품위 없게시리 떼거리로 길바닥에 나와 웅성거리고 있다는 사실은 분명 심상치 않은 일이었다. 대략 5, 60명은 족히 되어 보였다. 술 취한 네 명의 행복동 사내들은 부쩍 호기심이 달아올라 그쪽으로 비칠비칠 다가갔다.

"여러분도 한번 생각해보시라구요. 아니 왜 그 거지 같은 시내버스가 기왕에 다니던 코스를 놔두고 지금에 와서야 새삼스럽게 우리 동네 한가운데를 관통해 다니겠다는 건가요?"

"글쎄 말예요. 이건 아주 우리 행복동 주민들을 우습게 보는 처사라구요. 이 기회에 따끔하게 본때를 보여줘야 한다구요."

"시 당국도 마찬가지예요. 주택가 한가운데를 시내버스가 우당탕 달려다니도록 내버려두겠다는 발상 자체가 그야말로 불합리한 행정의 표본이 아니고 뭐겠어요?"

"맞아요 맞아요. 그까짓 시내버스가 다녀봐야 우리 행복동 사람들에겐 이익될 게 하나도 없다구요. 공연히 번거롭기만 할 테구."

여자들은 저마다 한마디씩 거들며 무엇인가에 대해 대단히 흥분하고 있었다. 둥글게 에워싼 대열의 중앙에 버티고 선 몇몇 여자들의 음성이 유별나게 두드러졌는데, 아마도 그녀들

이 패거리의 여론을 주도하고 있는 눈치였다. 흡사 무슨 공청
회나 토론장에 나온 연사들처럼 쨍쨍하니 힘이 들어가 있는
목소리로 사뭇 팔을 올렸다 내렸다 하며 열변을 토하는 품들
이 꽤나 진지해 보이기까지 했다.

네 명의 행복동 사내들은 저만큼 떨어진 곳에서 쭈뼛대며
대체 무슨 일로 저러는 것일까 하고 눈치를 살피고 있었다. 한
밤중에 워낙 많은 수의 여자들이 떼거리로 몰려 있는 데다가,
어슴푸레한 안개 속을 가르고 날아오는 고음의 목소리 때문에
잔뜩 주눅이 든 그들로서는 섣불리 말을 건넬 엄두가 나지 않
았다.

사실상 언제부터인가 행복동은 여자들의 위세가 다른 어
느 동네보다도 단연코 두드러지고 돋보인다는 점에서 특이하
다고 할 수 있었다. 그중 무엇보다 특출한 것이 바로 철두철미
하고 일사불란한 주부들의 단결심이었다. 적어도 행복동 정도
의 부자촌쯤 되면 으레 그들의 집 주위에 쳐놓은 담장의 높이
만큼이나 철저하게 이웃 간에 무관심하고, 지극히 배타적이
며 폐쇄적인 생활 방식을 지니고 있으리라 짐작하기 쉬운 법
이다. 물론 얼마 전까지만 해도 행복동 역시 그 예외는 아니
었다. 월부 장수나 각양 각종의 외판원들은 초인종을 누르기
가 무섭게 말도 꺼내지 못하고 내쫓김을 당하기 일쑤였고, 대
부분이 바로 옆집 사람의 이름은커녕 얼굴조차 모르고 지내
는 게 보통이었다. 아이들조차 저희들끼리 왕래가 거의 없이
저마다 자기 성 안에 유폐된 왕자나 공주 놀음을 하고 있었고,
덩달아 서로 종자가 다른 값비싼 개새끼들마저도 오만하기 그
지없어서, 어쩌다 주인과 함께 산보라도 나왔다가 저희들끼리

마주치기라도 하면 투견장에나 나온 양 서로 으르렁거리며 못 잡아먹어 아우성이었다.

그런데 이런 행복동에 어느 날 갑자기 놀라운 변화가 일어난 것이었다. 그것은 묘하게도 이 도시에 행복동이 '수박촌'이니 '내시촌'이니 하는 고약한 명칭으로 불리기 시작하던 무렵과 일치하고 있었다. 그 변화란 바로 행복동 부자촌의 안주인되는 여자들이 단결·협동·질서라는 그럴듯한 삼대 구호를 기치로 내걸고 자칭 '행복동 여성 봉사대'를 조직한 사건으로부터 비롯되었다고 할 수 있다. 때아니게 씨 없는 수박으로 몰려 어깨를 푹 내려뜨리고 다니는 남편들과는 달리 별안간 행복동 여자들의 얼굴엔 활기가 넘치고, 걸음걸이도 당당하게 사방을 누비고 다니기 시작한 것이었다. 봉사대가 보여준 그간의 실적은 짧은 기간에 비해 실로 놀라운 바가 있었다. 조기청소라든가 자연보호운동에서부터 무슨 궐기대회다 캠페인에 이르기까지, 만사를 제쳐놓고 우르르 몰려 나가 붉은 글씨를 굵직하게 써넣은 머리띠를 이마에 질끈 동여매고는, 남자들은 감히 엄두도 못 낼 날카롭고 째지는 듯한 목청으로 힘껏 구호를 외쳐대기도 했다. 연말이면 불우이웃돕기 성금을 마련한다고 네댓씩 짝을 지어 집안일은 가정부한테 맡겨두고 거리로 어디로 부리나케 쏘다녔다. 그 이외에도 무슨 무슨 성금 모으기라든지 서명운동에도 그녀들의 단결심과 헌신적인 희생정신은 가히 눈부시고도 남았다. 그때마다 신문과 티브이의 성금 기탁자란 혹은 미담을 소개한다는 프로그램에는 아담하고 우아한 포즈로 입술을 쪼개며 나란히 서 있는 행복동 여성 봉사대의 모습이 어김없이 찍혀 나오는 건 물론이었다.

언젠가는 티브이 방송국에서 도시 새마을운동의 모범적 성공 사례로서 행복동을 특집으로 소개하기로 결정을 했다고 하여 온 동네가 벌컥 뒤집힌 적도 있었다. 기실 그전까지만 해도 조금 시들해져 있던 봉사대 활동에 불이 당겨진 것은 바로 그 티브이 촬영 소식이 있고 난 다음이었으리라. 그 30분짜리 방송을 위해 행복동 여자들은 이틀 전부터 모여 자진해서 민방공 훈련을 방불케 하는 리허설을 멋지게 실시했다. 그녀들은 먼저 예쁜 앞치마와 머릿수건을 단체로 맞추어 입었다. 또 청소하는 장면을 위하여 대빗자루도 함께 통일하여 주문했는데, 그중 몇 개가 부족하여 뒤늦게야 헐레벌떡 자가용을 몰고 멀리 변두리 시장까지 사러 나가는 열성까지 보여주기도 했다. 그런 보람이 있어서 방송은 성공적으로 끝났고, 봉사대원들은 자신들이 나오는 그 프로그램을 한결같이 비디오 필름으로 녹화해 보관해두었다. 그처럼 여자들이 설치고 다니는 동안 행복동 남자들은 어딘지 위축되어가는 듯한 느낌을 보여주고 있는 것도 사실이었다.

고자룡 씨는 골목에서 웅성대고 있는 그 무리들이 예의 그 봉사대인가 뭔가 하는 패거리들이 틀림없다고 생각했다. 유난히 쨍쨍거리는 목청의 그 안경 낀 여자를 신문에서 본 기억이 있기 때문이었다.

"아차 하면 최후 수단을 쓰는 수밖에 없어요. 그때는 아까처럼 너도나도 길바닥에 드러눕는 거예요. 어디 지나갈 테면 나부터 뭉개고 가보라 이거예요, 뭐."

"그러믄요. 나도 내일은 선봉에 나설게요. 이래 봬도 우리 행복동을 위해서라면 목숨이라도 바칠 각오가 되어 있다니까요. 오호호호."

그 여자들은 여전히 들뜬 어조로 떠들어대고 있었다. 그때 누군가가 문득 고자룡 씨의 팔꿈치를 잡아당겼다. 아내였다. 그녀는 얄팍한 스웨터 차림으로 어깨를 웅크린 채 맨 뒷줄에 서 있었다.

"아니, 임자가 웬일이야. 아이는 어떻게 하구."

"마침 잠이 든 걸 보고 나왔어요. 할 수 없이 이렇게 끌려나왔지 뭐유. 안 나오면 벌금을 물린다는 둥 이단자라는 둥, 하도 윽박질러대는 통에 부랴부랴 나왔다니까요."

"원, 세상에. 도대체 무슨 일이길래 그러는 거야?"

그러자 아내는 행여 누가 듣기라도 할세라, 남편에게만 가만가만 속삭이듯 얘기하는 것이었다.

"글쎄, 시내버스가 오늘부터 운행될 거라고 해서 그걸 막겠다고 저 법석이라는군요. 오전에 처음으로 시내버스 두 대가 이리로 지나갔는데, 세번째 버스부터는 억지로 되돌려보냈어요. 아예 길바닥에 벌렁 드러누워 어디 갈 테면 가보라고 하는 여자들도 있었다니까요."

그제서야 고자룡 씨는 사태를 짐작할 수가 있었다. 문제는 바로 그 시내버스 노선인 모양이었다. 한동안 그런 얘기가 오고 가다가 잠잠하더니 시에서 마침내 시내버스 운행을 전격적으로 감행하기로 한 모양이었다. 본디 버스는 행복동을 멀리 우회하여 다니기로 되어 있었다. 그러던 것이 얼마 전 시에서 버스 노선을 재조정하면서 그중 하나가 행복동 중심부의 이차선 도로를 통과하도록 할 방침이라고 발표를 했는데, 그것이 말썽이었다. 행복동에서 시 외곽 쪽으로 더 나아가다 보면 공장 지대를 낀 꽤 밀집한 동네가 있었다. 그곳 주민들은 예전에 행복동에서 밀려난 철거민들을 비롯해 대부분이 지독히도 가난한 사람들이었다. 그들은 시내로 나오려면, 행복동이 가로막고 있는 탓으로, 버스를 타기 위해서 한참을 걸어 나와야 했다. 게다가 10여 분 정도의 시간을 차 속에서 더 보내야 하는 불편을 겪고 있는 형편이었다. 때문에 그쪽 주민들의 어려움을 해소한다는 방침 아래 노선을 재조정하겠다는 것이었는데, 정작 행복동 주민들의 반대는 강력했다. 자가용을 가지고 있는 그들로서는 시내버스를 굳이 불러들일 필요도 없었겠지만, 무엇보다도 조용하고 깨끗한 자신들의 동네가 더러워질 것이라는 사실, 그리고 아이들이 예전처럼 마음 놓고 다닐 수 없으리라는 점을 들어 반대하고 나섰다. 그것은 곧 행복동 자존심에 해당하는 문제이기도 했다. 그래서 지금껏 수많은 선행과 미담의 주인공들이었던 행복동의 여성 봉사대원들은 밤늦은 시각까지 한길에 모여, 다음날 또 계속될지도 모를 사태에 대비하기 위해 머리를 맞대고 쑥덕이면서, 다시 한번 더 단결된 힘과 협동 정신을 재점검 무장하고 있는 중이었다.

"염려 푹 놓으시라구요. 내일 두고 보시라니까요. 죽음을 무릅쓰고 길 한가운데에 발딱 드러눕고 말 테니까요. 호호호. 즈희들이 우리 행복동 여자들을 잘못 봤지, 잘못 봤어."

"맞아요. 우리가 누군데 그래. 아, 수박촌 여사장님들 아냐?"

까르르르르르…… 예의 그 봉사대 왕초 여자가 큰소리를 치자 다른 여자들은 손바닥을 두드리며 호들갑스레 웃어대고 있었다.

'세상에 원. 즈희만 배부르고 편안하면 된다는 거로구먼. 버스를 타려면 한참씩 걸어 나와야 하는 다른 동네 사람들이야 아무래도 좋다는 심보라구. 에이, 빌어먹을……'

고자룡 씨는 불현듯 부아가 치밀어 올라 뇌까렸다. 그 바람에 화들짝 놀란 아내가 그를 붙잡았다. 술냄새마저 풍기는 남편이 무슨 실수를 저지를지도 모른다 싶었는지, 그녀는 고자룡 씨의 팔을 끌고 얼른 돌아가자고 했다.

"이거 왜 이래. 저런 뻔뻔스런 여자들은 남자들이 한번 본때를 봬주어야 한단 말야. 엉."

그렇게 뻔한 호기를 부려보던 고자룡 씨는 이내 못 이기는 척하고 아내를 따라 걸음을 옮기기 시작했다. 문득 돌아다보니 아까까지 같이 있었던 다른 세 마리의 수컷들은 어느 틈에 비실비실 제집을 찾아 기어들어가버렸는지 보이지 않았다. 흥. 지지리도 못난 놈들 같으니라구. 차라리 그것을 떼어서 개나 줘버려라. 고자룡 씨는 조금 전까지만 해도 함께 건배를 했던 동지들을 향하여 혼자 코웃음을 치고 있었다.

"여보. 정말이지 이런 동네에선 살고 싶지 않아요. 모두가 무서운 사람들뿐이에요."

집을 향해 걸음을 옮기던 아내가 불쑥 고자룡 씨를 보고 말했다. 서로 말을 하지는 않았지만 그때까지 줄곧 그들 부부는 그 용맹스런 여자들 틈에서 공연히 죄인이 된 듯한 기분을 맛보고 있었던 것이다. 마치도 몰래 그 자리에 숨어들어온 첩자 혹은 이방인들처럼 자꾸만 조마조마하고 꺼림칙하기만 했다. 고자룡 씨는 문득 아내의 여윈 어깨가, 그리고 그 어깨 위에 걸친 얇고 허름한 스웨터가 새삼스레 안쓰럽게 여겨져서 그녀의 어깨를 한쪽 팔로 꼬옥 안아주었다.

"암암, 이런 괴상하고 해괴망측한 동네에서 한시바삐 떠나버리자구. 이게 어디 성한 사람이 살 동네인가."

자아. 우리는 다 같은 이 땅의 자랑스런 수박들입니다. 그런 의미에서 수박들이여, 건배합시다. 건배. 건배. 건배. 건배.

고자룡 씨는 아까 헤어진 사내들과 그리고 그들과 함께했던 술자리를 생각하며 어둠 속을 아내와 함께 휘적휘적 걸어가고 있었다. 도시를 덮은 안개는 좀처럼 걷히지 않을 모양이었다. 어디를 보아도 온통 안개, 안개뿐이었다.

메멘토 모리 혹은 고통스러운 과거와 마주하기

이수형
(문학평론가)

1.

임철우의 가장 최근 단행본인 소설집 『연대기, 괴물』을 위한 해설에서 김형중은 작가의 첫번째 소설집의 표제작 「아버지의 땅」의 주인공이 유해 발굴자였다는 사실에 주목하면서 이후 임철우의 소설 쓰기 전반이 일종의 유해 발굴 작업의 성격을 띤다고 말한 바 있다.[1]

그는 끈질기게도 오래전 묻힌 시신들을 지상으로 데려오는 일에만 관심을 보였다. 게다가 휴전선 인근에서 시작된 그의 발굴 작업은 광주(『봄날』, 1997), 제주(『백년여관』, 2004), 강원(『황천기담』, 2014)을 거쳐, 태평양 전쟁기 일본

---

1 김형중 해설, 「임철우, 사도 바울」, 『연대기, 괴물』, 문학과지성사, 2017, p. 364.

군 주둔지(『이별하는 골짜기』, 2010), 베트남의 전장(「연대기, 괴물」) 등으로 그 지역과 시간대를 넓혀갔는데, 발굴 작업에서 돌아오는 그의 손엔 매번 차마 입에 담지 못할 형체의 유해들이 들려 있었다.

인용문에 열거된 작품 목록을 통해 임철우의 소설이 한반도는 물론 바다 건너 만리타향의 전쟁터를 비롯해 무수한 인명 살상의 현장들을 쫓아왔음을 여실히 알 수 있거니와, 이를 근거로 김형중은 작가 임철우를 "한국 현대사의 가장 참혹한 시간들을 현재 순간으로 되불러오는" "기억의 발굴자"(p. 365)로 명명한다. 이처럼 1981년 등단 이래 거의 40년에 육박하는 기간 동안 하나의 고유한 경향으로 수렴 가능한 작품 활동을 지속해오는 과정을 통해 우리는 임철우가 거둔 중요한 성과를 확인할 수 있다. 이제 상당한 시간이 지난 시점에서 그의 첫 소설집 『아버지의 땅』을 다시 읽는다는 것은 한편으로는 이미 결과를 알고 있는 상태에서 초기 작품에 나타난 특징들을 사후적으로 읽어내는 동시에 다른 한편으로는 미처 덜 조명된 측면을 새삼 따져본다는 점에서 뜻깊은 독서가 될 것이다.

2.

1984년 초판 출간된 『아버지의 땅』에는 1981~84년에 발표된 소설들이 수록되어 있다. 위에서 잠깐 언급했던 것처럼 임철우 소설을 특징짓는 중요한 키워드 중 하나가 '기억'인데, 이는 임철우 소설 중 처음으로 활자화된 1981년 신춘문예 당선작 「개 도둑」에서도 중요한 의미를 지닌다. 주인공 '나'는 지방 도시의 기차역에 근무하면서 홀로 생활하고 있다. 일을 마치고 하숙집으로 귀가하면서 "내게도 돌아갈 곳이 있었던 가"(p. 154) 하고 되묻는 장면에서 엿볼 수 있듯 '나'의 도시 생활은 짙은 외로움으로 요약되거니와, 그 외로움은 고향을 떠나 도시에서 독신으로 살고 있기 때문이 아니라 좀더 근원적인 이유, 곧 어린 시절의 고통스러운 경험에 기원을 두고 있다.

원래 실성기가 있던 아버지는 갑자기 발작을 일으켜 이듬 해 어린 아들을 남기고 물에 빠져 꽁꽁 언 시체로 발견되었으 며 그런 와중에 어머니는 집을 나갔다. 고아가 되어 친척집에 맡겨져 큰어머니의 학대 속에서 자란 '나'는 고학으로 야간 고 등학교를 마치고 역무원으로 일을 시작한 지 몇 년이 지난 지 금까지도 어린 시절의 학대를 잊지 못한 채 과거에 결박당해 있다. "나는 언제나 혼자였고, 그럴 때마다 혼자인 나는 유령 처럼 내 주위를 떠나지 않는 큰어머니의 그 불가사의한 손을 확인하게 되는 거였다. 어느 땐 주먹이 되었다가도 날카로운 갈퀴가 되고 다시 순식간에 나긋나긋하게 변할 수 있는 수수 께끼의 손. 나는 세상 사람들의 얼굴에서 항상 큰어머니의 그 신비한 손바닥을 찾아내곤 하였다"(p. 155).

사정없이 두들겨 팰 때는 갈퀴같이 날카로워졌다가 주위 에 누군가 있으면 순식간에 나긋나긋하게 변하던 큰어머니의 손으로 대표되는 무서운 과거의 기억에 사로잡혀 있는 '나'는 매표소 창구로 들락거리는 손가락들에서도 동일한 공포를 느 끼고, 그 때문에 창구 바깥에 있는 사람들과 눈을 맞추지 못한다. "나는 절대로 고개를 세우지 않았다. 죄지은 것마냥 눈을 처박고 허둥거리기만 했다. 사람이 두려웠다. 사람의 얼굴이 무서웠다. 눈꼬리를 험악하게 치켜세우고 벌겋게 독기마저 품은 그들의 얼굴은 차마 마주 쳐다볼 수 없도록 끔찍하게 여겨졌다. 그들은 탈바가지였다. 흉측스런 촉수를 오므렸다 폈다 하는 괴물들이었다"(p. 148).

유령처럼 자신의 주위를 떠나지 않는 과거의 고통스런 기억을 떨쳐버리지 못하고 두려운 타인들 속에서 단절된 삶을 살아가던 어느 날, 아버지의 묘가 지난여름 장마로 불어난 물에 휩쓸려 갔으니 수습을 위해 조만간 고향을 방문하라는 큰아버지의 편지가 뒤늦게 도착한다. 지난여름이라면 마침 하숙집으로 통하는 어두운 골목에서 개 한 마리와 조우했던 바로 그 무렵이다. 아마도 그 때문에 아버지의 묘가 유실되었다는 소식을 접하는 순간, 까닭 없이 그 개의 이미지가 머릿속에 떠올랐을 것이다. 몇 번 마주친 개에게서 왠지 모를 음산함과 꺼림칙함을 느낀 '나'는 지금은 그 골목을 피해 다니고 있는 터였다.

이쯤에서 '나'의 과거와 현재를 맞춰보자. 어린 시절 부모를 잃고 친척으로부터 학대받으며 성장한 과거를 지닌 '나'는 삼십대에 이른 지금도 그 시절 공포의 기억에서 벗어나지 못한 채 살아가고 있는데, 그러던 어느 날 과거의 장소로 돌아오라는 편지를 받아 든 것이다. 물론 그곳으로 돌아갈 생각은 애초에 없다. 그것은 아버지에게 그만큼의 애정이나 효성이 있는가 없는가의 문제이기도 하지만 그 이전에 자신의 무서운 과거를 마주 대할 수 있는가 없는가의 문제이기 때문이다.

칠흑 어둠 속에서 파아랗게 피는 두 개의 안구가 나를 소름끼치게 쏘아보고 있었다. 분노한 눈이었다. 온몸을 통째로 빨아들이는 듯한 눈이었다. 난 그를 속인 것이다. 그를 배신했던 것이다. 저주처럼 전신이 빳빳하게 굳어버린 채 나는 그 무시무시한 눈빛을 알몸으로 쬐고 있을 따름이었다. [……] 그건 바로 미친 내 아버지의 눈이었다. 와락 개를 껴안았다. 뜻밖에 따뜻한 체온이었다. 목줄기에서 또렷한 혈관의 박동이 손끝으로 전해왔다. 탁탁탁…… 희뿌연 강물 속을 뼛조각들이 흘러가고 있었다.

　　나는 개를 껴안고 달리기 시작했다. (p. 160)

　　고향으로 돌아오라는 편지를 받은 그날, 큰길을 따라 귀가하던 '나'는 왔던 길을 되돌아가면서까지 몇 달 만에 굳이 예전의 그 골목길로 접어들고 그곳에서 기다렸다는 듯이 나타난 개를 품에 안고서 갑자기 달리기 시작한다. 「개 도둑」의 결말은 다소 돌연하다는 점에서 몇 가지 의문을 남기지만, '나'의 행동이 과거의 공포에서 벗어나지 못했던 상태로부터 어떤 변화를 모색하려는 의지의 극적인 반영이라는 점은 분명해 보인다.

　　이와 함께 자신이 피해자임에도 불구하고 과거의 피학대 기억에 대해 소극적인 회피의 태도만을 취할 뿐, 그 때문에 역설적으로 과거의 기억에 계속해서 결박되어 있는 상태를 일종의 배신으로 받아들이는 '나'의 심리 역시 확인할 수 있다. 그 배신은 누군가에게 피해를 끼쳤다는 것이 아니라 누군가에

게 해야 할 일을 하지 않았다는 것을 의미한다는 점에서 부채
의식의 발현으로 볼 수 있다. 배신, 곧 믿음을 저버리는 행위
란 누가 보더라도 범죄임이 명백한 단계에서부터 누가 보기에
도 잘못이라고 할 수 없는 단계에 이르기까지 복잡 미묘한 스
펙트럼을 형성할 수 있으며, 마찬가지로 '할 수 있는 일/해야
할 일'을 '하지 않았다/하지 못했다'는 점에서 자기 자신을 포
함한 누군가에게 빚을 지고 있다는 부채 의식 혹은 죄의식 역
시 객관적으로 죄가 있느냐 없으냐의 문제와는 무관한 차원에
서 주관적으로 작동한다. 이런 맥락에서 「문명 속의 불만」의
프로이트는 누구보다 도덕적이고 덕이 많은 사람일수록 세상
에서 가장 나쁜 죄인이라고 자신을 나무란다는 모순적 사례를
제시하기도 했으며, 그 밖에 학대받은 아이나 대재앙의 희생
자처럼 무력한 상태에서 피해를 입은 사람들이 역설적으로 죄
의식을 갖게 되는 경우도 빈번하게 보고된 바 있다.[2]

　이상에서 살펴본 바와 같이, 등단작 「개 도둑」은 과거의
고통스러운 경험과 그것을 잊지 않고 기억하는 주인공 간에
발생하는 복합적인 역학 관계를 중심으로 서사가 전개되고 있
다는 점에서 향후 임철우 소설의 원형을 제시한다.

3.

　「개 도둑」에서 고통스러운 경험과 그에 대한 기억이 주인

2　이수형, 「전쟁과 죄의식」, 『1960년대 소설연구』, 소명출판, 2013 참조.

공의 사적인 영역에 국한되어 있다면, 『아버지의 땅』의 다른 수록작에서는 그 범위가 확대되는 모습을 볼 수 있다. 예를 들어 「뒤안에는 바람 소리」는 한국전쟁의 포화 속에서 퇴각하는 인민군을 따라 대숲으로 몸을 숨긴 친구의 죽음을 지척에서 목도한 십대 후반의 소년이 등장한다. 사건 이후 3년이 흘렀지만 그는 지축을 울리는 듯한 어마어마한 총성 속에서 목숨을 잃은 친구에 대한 기억에서 헤어나지 못해 정신을 놓고 환시와 환청의 세계를 오락가락한다.

"아니여! 내가 죽인 것이 아니여어."
느닷없이 아들은 미친 듯 고함을 질러댔다. 그때 그는 똑똑히 보았다. 바람 속에서 수없이 많은 사람들이 이쪽으로 내달려 오고 있는 모습을. 한결같이 흰옷을 입은 사람들은 밤하늘 저편으로부터 하얗게 옷자락을 너울거리며 흐르듯, 가볍게 가볍게 떠오고 있었다.
아들은 머리 위로 두 팔을 활짝 펴 들었다. 흡사 그들을 맞아들이기라도 하려는 듯이, 그렇게 팔을 펼친 채 아들은 골목을 돌아서더니, 이윽고 대나무 숲을 향해 눈 덮인 밭둑을 휘적휘적 걸어 오르기 시작하고 있었다. (p. 292)

전쟁 전부터 단짝이었기 때문에 은신에 필요한 도움을 거절하지 못하여 마지못해 따르고는 있지만, 사실 그 소년은 죽음의 공포에서 그저 멀리 도망치고 싶은 마음뿐이었고 그래서 어머니가 아들의 안전을 위해 경찰에 신고하러 말없이 집을 나서는 것을 알면서도 끝까지 아무것도 모르고 잠든 체했다. 소설의 결말에 이르러 전쟁 중에 죽은 망자들을 맞기 위해 눈 덮인 대숲을 향해 걸어가는 장면은 그가 끝내 현실로 복귀하지 못하고 과거의 고통스러운 기억 속에 유폐되고 말 것임을 강하게 암시한다.

전쟁의 참극 속에서 크고 작은 고통을 경험한 피해자들의 수는 셀 수 없을 것이며, 과거의 고통을 잊지 못해 전쟁이 끝난 뒤에도 지속되고 강화된 고통의 피해자로 남겨졌던 사람들 역시 그 수를 헤아리기 어려울 것이다. 그런 반면에 언제 그런 일이 있었나 싶게 무심히 살아가는 사람들 또한 적지 않았을 것인데, 소년의 어머니 역시 "그랑께 잊어부러야 쓴다. 어디 그거이 꼭 너나 내 탓이냐. 너가 아니더라도 어차피 죽을 사람들인께 그 꼴을 당하고 만 거여"(p. 291)라고 말하며 과거를, 과거의 죽음을, 과거의 죽음에 대한 꺼림칙한 빚을 잊을 도리밖에 없다고 설득한다. 그러나 아들은 어머니의 간곡한 축원을 따르지 않는다. 아니 따를 수 없다는 말이 더 정확한데, 어머니의 귀에는 바람 소리뿐 다른 소리가 들리지 않지만 아들의 귀에는 흰옷 입은 무리들이 다가오는 어지러운 발소리가 뚜렷이 들리기 때문이다.

한국전쟁이 낳은 고통과 그에 대한 기억의 문제는 「곡두 운동회」나 「아버지의 땅」 등 널리 알려진 작품에서도 지속적으로 형상화되고 있다. 전쟁 중에 벌어진 참혹한 학살 사건을 다루고 있음에도 불구하고, 아니 어쩌면 학살의 참극이 짓누르는 무게를 감당해내기 어렵기 때문에 오히려 우스꽝스러운 분위기로 전개되는 「곡두 운동회」는 과거를 잊지 못하는 주인공이 등장하는 임철우의 다른 작품들과는 방향이 사뭇 다른 것처럼 보이기도 한다.

　　그래도 해마다 7월 어느 날이면 마을의 꽤 많은 집들에
선 한꺼번에 똑같이 제사상이 차려지곤 했지만, 무심한 세
월은 사람들의 쓰디쓴 기억의 잔에다가 조금씩 조금씩 맹물
을 타 넣어주었으므로, 오래지 않아 그들은 어느 해 한여름
대낮의 그 기괴한 곡두 놀음의 기억을 뇌리에서 조금씩 지
워가고 있었다.
　　그리고 언제부터인가 하늘이 유리알처럼 맑은 가을날
을 잡아 마을 서쪽 바닷가의 학교 운동장에선 예전처럼 다
시 운동회가 열렸고, 그때마다 온 마을 주민들은 청군/백군
으로 나뉘어 한바탕 열띤 응원을 벌이며 박수를 치고 만세
를 불렀다. 그러다가도, 나이 지긋한 어른들은 손뼉을 치다
말고 제풀에 화들짝 놀라며 돌연 겁먹은 눈빛으로 서로의
얼굴을 흘끗흘끗 훔쳐보곤 했는데, 아직 어린 꼬마들은 도
통 그 까닭을 알 수가 없었다. (p. 62)

　「곡두 운동회」는 1950년 7월 말 나주 경찰서 소속 부대에
의해 완도군 일대에서 실제로 자행되었던 이른바 함정 학살
사건을 다루고 있는데, 해당 지역에서 악명 높았던 이 사건은
차범석의 「산불」과 이청준의 「소문의 벽」에서도 다루어진 바
있다. 소재가 된 사건이 참혹하다 못해 지나치게 부조리해서
차라리 비현실적으로 보인다는 점에서 환영이나 신기루를 뜻
하는 '곡두'라는 말은 적절하게 느껴진다. 「곡두 운동회」의 결
말은 무수한 폭력과 고통, 그와 관련된 가해자와 피해자를 양

산했던 전쟁이 끝나고 도둑처럼 평화가 숨어들었으며, 무심한 세월이 기억을 옅게 하고 그리하여 사람들로 하여금 점점 과거를 잊게 했다고 말한다. 그것으로 끝일 것 같지만 서술자는 예전처럼 운동회가 열리고 동네 축제를 즐기던 주민들이 불현듯 잊었던 그때의 허깨비 놀음을 상기하고 불안에 잠식당하는 장면을 첨부한다. 아무렇지 않게 덧붙이고 있지만, 이것이 임철우 소설의 원장면일 것이다.

과거의 전쟁과 현재의 상처, 집단의 비극적 역사와 개인의 고통스러운 기억을 교접하고 있다는 점에서 「아버지의 땅」은 하나의 종합을 이룬다. 월북한 지식인의 유복자로 태어난 '나'는 부재하는 아버지의 실체를 알게 된 이후부터 그로 인한 공포와 불안에서 벗어나지 못하고 괴로워한다.

바로 그 순간부터 나는 아버지의 그 죄라는 것을 내 스스로 함께 나누어 지니고 만 느낌이었고, 그 때문에 나이에 걸맞지 않게 눈빛이 깊고 어두운 아이가 되어가고 있었다. 그리고 그때부터 아버지의 무서운 환영은 저주처럼 내 곁을 따라다니기 시작했다. 그는 언제나 시커먼 어둠 저편에 숨어서 음산하기 그지없는 눈빛으로 나를 쏘아보고 있었다. [……] 그건 어디서 묻었는지도 모르는, 오랜 시간이 흐른 뒤에까지 지워지지 않는 핏자국처럼 내게는 저주와 공포의 낙인으로 깊이 박혀 있었다. 그리고 그 낙인을 가슴에 지닌 채, 나는 끝끝내 나를 휘감고 있는 어떤 엄청난 죄악감과 불길한 예감으로부터 영영 벗어날 수가 없었다. (pp. 80~81)

월북한 아버지 때문에 고통스러웠던 기억 혹은 월북한 아버지를 기억해야 한다는 고통은 전쟁을 체험하지 않은 세대에까지 유전된 전쟁의 고통일 것이다. 「아버지의 땅」에서 과거의 구속력을 상징하는 '아버지의 무서운 환영이 쏘아보는 눈빛'과 「개 도둑」에서 반복적으로 서술되는 '어둠 속에서 파아랗게 피어나는 안구'가 동일 선상에 놓여 있다는 점은 쉽게 알 수 있다. 또한 발광하다 익사로 생을 마친 아버지와 그로 인해 겪은 어린 시절의 고통에 대해 「개 도둑」의 주인공이 갖는 죄의식의 정체 역시 「아버지의 땅」과 함께 읽을 때 좀더 쉽게 이해할 수 있다. 우리 현대사는 빨갱이, 좌익, 월북자 등의 낙인을 통해 전쟁으로 입은 피해와 고통을 죄의 대가(代價)로 정당화해왔으며, 이 때문에 도리어 피해자가 죄의식을 갖는 모순적 상황에서 제2, 제3의 고통을 당하는 또 다른 폭력적 상황이 연출되기도 했던 것이다. 「개 도둑」에서 미친놈의 아들이라는 대를 물린 개인적 낙인이 「아버지의 땅」에서는 빨갱이의 아들이라는 집단적·역사적 낙인으로 확장되고 있거니와, 이렇게 확장된 임철우 소설의 의미 공간 속에서 피해자의 고통에 대한 정당한 이해의 가능성이 마련된다.

군부대 훈련에 참가해 진지 구축 작업을 하던 도중 유골을 발견한 '나'는 유골의 연고(緣故)를 물으러 인근 마을로 내려간다. 마을 노인에 의하면 한국전쟁 중 북쪽으로 향하던 빨치산과 그들을 퇴로를 막으려던 국군 간에 전투가 근방에서 밤낮으로 계속되었으며 그 결과 낯선 시신들이 산과 들을 채웠다는 것이다. 그 말을 듣고 "그렇다면 이 치도 아마 빨갱이였겠구만" 하고 비난조로 대꾸하는 소대장에게 노인은 다음과 같이 일갈한다. "대관절 그게 어떻다는 얘기요. 죽어서까지 원, 아무리 이렇게 죽어 누운 다음에까지 이쪽이니 저쪽이니 하고 그런 걸 굳이 따져서 무얼 하자는 말이오. 죽은 사람이 뭣을 알길래 [……] 땅속에 누운 사람의 잠을 살아 있는 사람이 깨워서야 되겠소. 또 그럴 수도 없는 법이고. 원통한 넋이니 죽어서라도 편히 눈감도록 해야지, 암. 그것이 산 사람들의 도리요"(pp. 85~86).

이미 오래전에 휩쓸고 지나간, 그래서 겪어본 적도 없는 과거의 전쟁을 월북한 빨갱이의 아들이라는 저주와 공포의 낙인이라는 형태로 기억해야 했던 '나'는 "그 얘긴 다시 꺼내지 말라고" "우리한테는 그게 백번 나아요"(p. 91)라고 의도적 망각을 통해 고통스러운 기억에서 벗어나려 하지만, 그럴수록 기억은 점점 더 강하게 '나'를 옭아매왔고 그로 인한 고통 역시 점점 증식해왔다. 노인을 전송하던 '나'는 전쟁의 와중에 시체로 덮였던 들판 아래에서 누군가 몸 뒤척이는 소리를 듣는다. "얼어붙은 땅 밑에 새우등으로 웅크리고 누운 누군가의 몸 뒤척이는 소리를 들었다. 아버지였다. 손발이 묶인 아버지가 이따금 돌아누우며 낮은 신음을 토해내고 있었다"(p. 93). 결말에 이르러 '나'는 지금까지 부정하려 했던 아버지가 불편한 상태로 매장되어 있음을 인정하려 한다. 실은 '나'의 부정이 아버지를 불편한 가매장 상태로 방치한 것이므로 '나'의 인정은 어떤 형태로든 순리에 따른 정상적 매장으로 이어질 것이다. '나'는 우연한 기회에 아버지가 불편하게 묻혀 있는 '아버지의 땅'을 발견했지만, 사실 그 땅은 '나'의 아버지의 땅만이 아니라 우리 현대사에서 억울한 낙인과 함께 사라져간 많은 '아버지들의 땅'이기도 하다는 점에서 「아버지의 땅」은 특정 개인이나 지역을 넘어 민족과 한반도 전체의 서사로 승화될 수 있다.

4.

「아버지의 땅」은 "6·25 미체험 세대가 6·25를 조명할 수 있는 문학적 가능성"의 헤게모니를 쥔 작품으로 평가받기도 했다.[3] 이러한 평가는 매우 적절하지만, 임철우의 작가적 시선이 한국전쟁에 국한되었던 것은 아니다. 임철우의 소설 세계의 근저에 1980년 5·18 민주화운동이 자리 잡고 있음은 잘 알려져 있거니와 고통스러운 과거를 기억하고 그것과 마주하려 하는 서사적 반복 충동의 근본 대상 역시 바로 이 사건이다. 『아버지의 땅』에서는 잠재되어 있던 5·18 민주화운동은 1985년 출간된 『그리운 남쪽』(문학과지성사)에서부터 가시적으로 드러나고 있으며, 특히 연재 시작 후 8년 만에 완간된 『봄날』(문학과지성사, 1997~98) 전 5권에서 "소설로 이루어진 사실의 복원"을 성취함으로써 5·18 민주화운동을 총체적으로 증언한 바 있다.[4]

그런데 1987년 이전에 5·18 민주화운동에 대한 공개적 발언이 금지되었다는 사실을 염두에 둘 때, 피해자의 고통스러

---

3 김윤식, 「복수와 용서의 변증법」, 『김윤식 선집 4』, 솔출판사, 1996, p. 386.
4 임철우·황종연 대담, 「역사적 악몽과 인간의 신화」, 『문학과사회』 1998년 여름호, p. 662.

운 기억에 주목하는 작가의 관점이 정치적 금기를 우회하기 위한 방법은 아니었던가,라는 질문이 제기될 수 있다. 이는 금기가 사라진 이후에는 기존의 관점이 더 이상 유효하지 않을 수도 있음을 뜻한다는 점에서 근본적인 질문이기도 하다. 이와 관련하여 『아버지의 땅』에 수록된 작품은 아니지만 작가 자신을 연상시키는 소설가가 등장해 자전적으로 읽히는 「물 그림자」의 한 장면을 예로 들어 역사의 피해자에 주목하는 소설 쓰기의 의미를 생각해보자. 그 소설가는 잘 아는 후배로부터 적을 만들지 못하는 평화주의자라는 비난을 듣는다.[5] 아마도 피해자의 고통을 그리기보다 가해자를 단죄하고 처벌하는 것이 더 중요하다는 뜻을 내포한 비난일 것이다. 정답임에 틀림없다. 그런데 그것만으로 폭력이 낳은 고통을 해소할 수 없으리라는 것 역시 틀림없이 정답이다. 『아버지의 땅』에 수록된 작품은 물론 5·18 민주화운동을 좀더 가시적으로 다룬 작품들, 그리고 그 뒤를 이어 또 다른 역사적 고통의 기억을 좇는 작품들까지 아울러 임철우의 소설은 '나'와 타인의 고통과 그에 대한 기억에서 시선을 거두지 않는다. 시공간적으로 멀기도 가깝기도 한 누군가의 고통을 접하고 그에 공감함으로써 누군가의 고통을, 나아가 세계의 고통을 경감하는 것이 불가능한 일이 아니라면, 그것은 소설을 위한 유일한 답은 아닐지언정 가장 가치 있는 답 중 하나가 될 수 있다. 임철우 소설이 그 가능성을 증명한다.

5   임철우, 「물 그림자」, 『물 그림자』, 고려원, 1991, pp. 258~59.

부모를 따라서 처음으로 섬을 떠나 뭍으로 옮겨 온 후, 나는 미술 시간이면 언제나 바다와 배를 그려 넣곤 했었다. 기차와 비행기와 빌딩만을 그려대는 도회지의 아이들 틈에서 이방인 취급을 받아야 했을 때마다, 나는 늘 홀로 낙심하여 담 밖을 맴돌며 그들의 성 안으로 들어가기를 열망하면서도 또 한편으로는 그들이 모르는 혼자만의 세계를 간직하고 있다는 사실이 마치 무슨 은밀한 죄의 기억처럼 내심 자랑스럽기도 했었다. 결국 그 어린 시절 미술 시간의 그림 속에서처럼 나는 지금껏 늘 혼자서 새로운 출항을 꿈꾸며 커온 셈이지만, 그러나 내가 띄운 배는 번번이 가 닿을 곳을 미처 찾지 못하여 갈팡질팡 떠돌기만 하다가 종내는 오던 길로 되돌아와버리곤 했다.

그동안 써온 것들을 막상 한데 모아놓고 보니 그렇듯 물만 가득히 차오른 배를 끌고 초라하게 되돌아온 때와 같은 느낌을 지울 수가 없다. 오직 진실된 삶만이 진실한 목소리를 얻을 수 있을 것이므로, 무엇보다 스스로에게 떳떳해지도록 애써야 할 터인데도 여전히 그렇지가 못하다. 하지만 이 첫번째 작품집이 내게는 또 하나의 새로운 출항을 꿈꾸게 할 좋은 계기가 되었으면 하는 바람이다.

참으로 주위의 여러 귀한 분들로부터 과분한 정을 받아 누리며 살고 있음을 항상 잊지 않고 있다. 그들의 따뜻한 격려와 애정 어린 눈길은 앞으로도 가슴속에서 나와 오래도록 함께 살아갈 것임을 또한 믿는다. 부족한 작품이지만 펴내게 해주신 문학과지성사의 여러 분들께 감사를 드리며, 착한 우리 집 식구들에게 이 책이 내가 바치는 작은 선물이 되었으면 한다.

1984년 6월
임철우

이 책이 처음 세상에 나온 게 1984년이니, 그새 35년 가까운 시간이 흘렀다. 그럼에도 여전히 판을 더해가며 서점 한쪽에 꽂혀 있는 모습을 볼 때마다 나로서는 반갑고 대견스러울 뿐이다. 당연히 누구보다 독자에게 고맙고, 문지에 고맙고, 그리고 못생긴 내 소설들한테도 고맙다.

나에게 이 책은 여러모로 특별하다. 작가로서 세상에 선을 보인 첫번째 책이고, 독자들에게 과분한 사랑을 받아 난생처음 문학상까지 받게 해준 책이다. 하지만 그보다도, 문학과 인간을 향한 지순한 애정과 믿음을 가슴에 품고 고민하던 청년기의 풋풋한 내 모습을 고스란히 담고 있기에, 나로서는 더욱 소중하고 또 두려운 책이다. 그것은 마지막까지 초심을 잃지 않겠노라는 이십대 나 자신과의 약속이 아직 유효한 까닭이다.

여기 실린 작품들은 1980~83년 사이, 대학과 대학원 재학 중이던 이십대 후반에 쓴 것들이다. 모처럼 오랜만에 다시 읽어보노라니, '5·18'은커녕 '5월'이라는 말조차 쓸 수 없었던 전두환 정권하의 엄혹한 시절, 목구멍에까지 들어찬 뜨거운 울음과 분노를 채 어쩌지 못해 항상 열에 들떠 위태롭던 내 젊은 모습을 무려 35년 만에 해후하는 기분이었다.

이번에 새로 꼼꼼히 읽어보면서, 전체적으로 문장에서 눈에 띄는 아쉬운 점들을 조금씩 손을 보았다. 그중 「곡두 운동회」는 거칠고 투박한 문장 여러 군데를 매끄럽게 읽힐 수 있도록 세심하게 다듬었음을 밝힌다. 새로운 모습으로 책을 꾸며준 문학과지성사, 원고를 꼼꼼히 읽고 다듬어주신 조은혜 님에게 고마운 마음을 전하고 싶다.

2018년 여름, 서귀포에서
임철우